www.bbulmedia.com

www.bbulmedia.com

# 좀비묵시록 82-08

# 좀비묵시록 82-08

16

박스오피스 현대 판타지 장편 소설

뿔미디어

# CONTENT

# 1 장

## 째깍째깍!

1

철책을 뚫고 들어온 좀비의 팔!

병사들은 사격을 잠시 멈출 만큼 커다란 충격을 받았다.

"허! 아… 안 돼!"

여기저기서 안타까운 탄성이 터져 나온다. 철책에… 지난 한 달 동안 한 번도 침범당하지 않은 잠실 쉘터 동남쪽의 철책에 균열이 생겼다. 그것은 불길한 징조였다.

그롸아아아!

좀비는 철책 너머로 손을 뻗으며 미친 듯이 울부짖어 댔다. 그 바로 뒤를 이어 수많은 좀비들이 철책을 향해 몸을 날린다.

콰창! 콰창!

철책의 격자무늬 철망들이 요란한 소리를 내며 요동쳤다.

좀비가 팔을 들이민 곳은 외부 철책이고, 병사들의 사대는 내부 철책 안쪽. 10여 미터의 거리는 아직 확보되어 있지만, 쫙 벌린 좀비들의 아가리를 보고 있노라면, 여유 같은 건 생기지 않았다.

투투투— 투투둑— 투투투—

다급해진 병사들이 바쁘게 방아쇠를 당겼다. 매캐한 화약 연기가 주변을 가득 메우고, 고막은 터져 나갈 것만 같다.

"11시! 11시에 붙었어! 갈겨!"

사방에서 지원을 요청하는 목소리가 정신없이 울리고, 병사들은 이리저리 총구를 돌리며 미친 듯이 3점사를 날렸다. 하지만 그들이 쓰러뜨리는 좀비의 수보다 새로 철책에 달라붙는 좀비들의 수가 몇 배나 더 많다.

지뢰밭을 통과하고, 총알을 맞아가며 뛰어오는 동안 엉망으로 훼손된 좀비들의 체액과 살점이 철망을 가득 메운다.

이젠 어떤 놈이 살아 있는 좀비인지, 어떤 놈이 이미 뒈져 버린 것인지조차 파악이 안 될 만큼 철책 주변은 좀비들로 완전히 덮여 버렸다.

애애애앵— 애애애앵—

쉘터 이곳저곳에 설치되어 있는 스피커에서는 비상사태를 알리는 날카로운 사이렌이 울리기 시작했다. 주차장과 경기장 사이에서 이동 연습을 하고 있던 100인대 민간인들은 깜짝 놀라 제자리에 멈춰 섰다. 그들을 인솔하고 있던 병사들도 마찬가지다.

탁탁탁탁— 탁탁탁—

부우우웅—

5분대기조 병사들이 뛰어오는 전투화 소리, 병력을 실은 트럭의 엔진 소리가 더해져서 잠실 쉘터의 동쪽은 더욱 혼란스러워졌다.

그러는 동안에도 동남쪽을 지키고 있던 병사들은 쉬지 않고 방아쇠를 당겼다. 비관적인 것은, 그렇게 열심히 쏴대는데도 사태는 별로 진정되는 기미가 없다는 사실이다. 외부 철책 바로 앞부터 시야 끝의 저 먼 도로까지, 어디를 바라봐도 좀비들이 우글거린다.

끼이이이잉— 꾸우우웅—

수많은 좀비들의 체중이 한꺼번에 실리자 철책의 기둥이 안쪽으로 휘며 섬뜩한 소리를 냈다. 콘크리트에 단단히 박아뒀던 볼트가 뜯겨 나가기 시작한다. 그에 따라 병사들의 얼굴에서는 빠르게 핏기가 빠져나갔다.

"뒤쪽부터 막아! 더 오지 못하게 허리를 끊어!"

지휘관들이 소리쳤다.

텅텅텅텅텅— 텅텅텅텅텅—

학생 체육관 옥상에 설치되어 있던 사대에서 K—4가 요란한 소리를 내며 유탄들을 날렸다. 조준 목표는 철책에서 300미터 이상 떨어진 도로. 좀비들의 행진이 한창 진행 중인 곳이다.

고속으로 날아간 유탄들이 폭발할 때마다 목표 근처 반경 10미터 이내에 있던 좀비들의 신체가 이리저리 잘려 날아간다.

실로 어마어마한 위력이지만, 그것으로도 진정시킬 수 없을 만큼 좀비들의 파도는 도도하게 밀려 들어왔다.

대인 살상용 고폭탄이 터져 움푹 팬 자리는 이내 다른 좀비들에 의해 메워졌다. 십만 이상의 좀비들을 다 쏴 죽이려면 적어도 만 발 이상의 유탄을 명중시켜야 한다. 그것도 중복적인 살상이 없을 때나 가능한 일이다.

투투투투투투투투— 투투투투— 투투투투—

K—3 사수들도 300미터 지점을 긁어 댔다. 불꽃이 선을 그으며 날아간 자리에는 머리가 터지고 팔다리가 찢긴 좀비들이 뒤로 날아가 떨어지지만, 그 역시 임시방편에 지나지 않는다. 좀비 행렬의 허리가 끊기기 전에 뜨거워진 총열이 먼저 망가질 상황이었다.

크르르르릉— 부르르르르—

남쪽 도로로 빠져나간 소수의 좀비들을 깔아뭉개며 두 대의 K—2 전차가 접근해 왔다. 100인대의 이동을 지원하기 위해 서문 탄천 방향에 배치되어 있던 전차들 중 두 대가 긴급히 투입된 것이다.

우우웅—

전차의 포탑이 회전하며 주포가 사거리 쪽을 겨냥한다. 그러고는 콰앙— 122㎜ 주포가 불을 뿜는다.

음속을 돌파하여 요란한 소리를 내며 날아가던 포탄은 1킬로미터 뒤쪽의 거리를 불바다로 만들었다.

콰앙—

두 번째 전차의 주포도 곧바로 불을 내뿜었다.

투투투투투투— 투투투투—

포탑 위의 K—6 중기관총도 쉴 새 없이 12.7㎜ 총탄을 쏘아 댔다. 빨간 불꽃들이 노을 지는 저녁 하늘을 가르며 도로의 먼 끝을 향해 날아간다.

"멍 때리고 있지 마! 빨리빨리 움직여!"

대대 지원화기와 K—3 기관총, 그리고 전차들이 시간을 벌어주는 동안 내부 철책의 병사들은 철책을 보강하기 위해 미친 듯이 뛰어다녔다.

보강이라고 해봐야 트럭과 승용차들을 몰고 와서 철책과 나란하게 세워두는 것밖에 없다. 이렇게 하면 철책이 완전히 무너지는 것을 어느 정도 지연시킬 수 있기 때문이다.

물론 어디까지나 '방지' 가 아니라 '지연' 이다. 이제 동남쪽의 철책 두 개가 무너지는 것은 시간문제일 뿐, 피할 수 없는 기정사실이 되었다.

"아으, 씨발. 돌아버리겠네!"

꿀 같은 잠을 설치고 뛰어나온 밤톨도 다른 병사들과 함께 작업에 투입되어 진땀을 흘리고 있었다. 제발 오지 말아달라고 어젯밤 잠들기 전에 그렇게 간절히 빌었는데, 이 개 같은 좀비 새끼들은 하루도 못 참고 결국 쳐들어와 버렸다.

"거기 비켜! 차 대야 돼!"

사대에 올라 방아쇠를 당기고 있던 병사들에게 트럭을 몰고 온 운전병이 소리를 지른다. 병사들이 피한 자리에는 트럭이 철책에 맞춰 평행 주차를 했다.

혹시라도 철책을 들이받아 넘어뜨리거나 하면 큰일이 나는 상황이라, 운전병들은 그 어느 때보다도 진지하게 핸들을 돌렸다.

~~부우우웅~~ ~~우우웅~~

수십 대의 차량들이 정신없이 교차한다. 주차를 마친 트럭과 내부 철책 사이에는 레이저 와이어가 얼기설기 둘러졌다. 그래봐야 너무도 어설픈 저지선이다.

그러는 동안 외부 철책은 거의 다 무너져 내려 버렸고, 성미

급한 좀비들은 철망을 밟고 뛰어올라 내부 철책 쪽으로 달려오고 있다.

투투투— 투투두— 투투둑—

병사들은 차량의 지붕 위에 올라가 달려드는 좀비들을 향해 3점사를 날렸다.

퍼버벅— 퍽— 퍽—

갈비뼈가 터져 나가고 턱이 날아가도 머리가 남아 있는 한 좀비들은 다시 벌떡 일어나 뛰어온다. 그 끔찍한 모습은 그야말로 지옥도. 병사들의 이성을 마비시키고 오금이 저리도록 만들기에 충분하다.

크롸아악—!

내부 철책 안쪽의 병사들을 향해 두 팔을 내뻗는 좀비!

이제 정말로 놈들과 철책 하나를 사이에 둔 채 대치하게 되었다. 병사들은 파랗게 질린 얼굴로 계속 방아쇠를 당겼다.

레이저 와이어에 긁혀 피를 철철 흘리면서도 자신이 다쳤다는 것을 느끼지 못할 만큼, 오로지 시각과 청각만이 극도로 예민해져 있다.

"철수! 뒤로 빠져! 2차 저지선으로 이동!"

철책 보강 작업을 마친 시점에 퇴각 명령이 내려졌다. 병사들은 분대 단위를 이루어 60여 미터 뒤에 설치된 2차 저지선 쪽으로 내달렸다. 학생 체육관과 제2수영장 사이를 버스나 트럭 같은 대형 차량들로 막아 벽을 세워둔 곳이다.

크르르르릉—

병사들이 모두 철수한 뒤, 통로로 사용되던 빈칸은 장갑차가 막아서며 메웠다. 이제 잠실 쉘터의 영토는 여기까지로 줄어들어 버렸다.

"하아~ 하아~"

피 말리는 전투 내내 호흡하는 것조차 잊고 있던 병사들이 가쁜 숨을 몰아쉬며 바닥에 아무렇게나 쓰러졌다. 자연스럽게 그들의 임무는 막 도착한 야간 경비조들에게 인계되었다.

투투투투— 투투투— 투투둑—

버스 위로 올라가 자리를 잡은 병사들은 내부 철책 바깥쪽의 좀비들을 향해 계속 총알을 날렸다. 그러나 방아쇠를 당기고 있는 병사들 중 누구도 이렇게 해서 저 밀려오는 좀비들을 전부 처치할 수 있다고 생각하지는 않았다. 그냥 시간을 조금이라도 더 벌어보려는 발악일 뿐이다.

퍼엉— 퍼엉—

두 대의 전차도 연신 포탄을 쏘아댔고, 그럴 때마다 까마득히 먼 도로의 끝에서 불길이 피어오른다. 그 광경이 병사들에게는 힘이 되기는커녕 오히려 사형선고처럼 느껴졌다. 그들의 시력으로는 잘 보이지 않을 만큼 먼 곳에도 좀비들이 가득한 것이다.

"자! 저쪽 그만 신경 써요! 지금 당장 무너지지 않을 거고, 우리는 어차피 몇 분 뒤에 나갈 겁니다! 그러니까 우리 연습에만 집중하면 됩니다!"

2차 저지선으로부터 150미터 정도 떨어진 주차장에서는 병사들이 100인대 민간인들을 향해 큰 소리로 외쳐 대는 중이었다.

아직 호흡도 제대로 맞추지 못한 상황이라 갈 길이 바쁜데도, 불안해진 민간인들은 자꾸 동남쪽 게이트 쪽을 돌아보며 멍하니 서 있다.

"빨리빨리 나가! 시간 끌지 말고 빨리!"

좀비들이 몰려오는 방향과 정반대에 있는 서쪽 게이트에서는 100인대 민간인들과 그들을 인솔하는 병사들을 5분 단위로 내몰고 있었다. 아직 준비가 다 갖춰지지 않은 상태라는 것을 알지만, 그렇게 기다려 줄 여유조차도 없다.

크르르르릉— 크르르릉—

민간인들이 탄천과 맞닿은 산책로 위로 뛰어나가면, 호위를 위해 전차가 풀숲 위를 내달린다. 그렇게 해도 여기저기 산재한 좀비 무리들을 모두 처리할 수 없다는 게 안타까운 현실이다.

"얼마나 버틸 것 같아? 여단장님께 뭐라고 보고하냐고!"

종합운동장에 위치한 사령부에서는 남아 있던 하급 장교들이 무전기를 붙잡고 핏대를 세웠다. 들어오는 정보들이 너무 단편적이고 부정확해서 현 상황을 제대로 파악한다는 게 꽤나 힘이 든다.

"공중 지원 왜 안 와? 야! 너 교신한 거 맞아?"

"MD500 두 대 용산에서 떴답니다! 2분 내에 도착한다고 했습니다!"

"철책 근처에 쏘지 말고 허리 끊으라고 해! 허리! 도로를 날려도 돼!"

그들은 동원할 수 있는 모든 방어책을 다 동원해 보려 애를 썼지만, 애초에 가지고 있는 밑천이 너무 적었다.

현재 잠실에 남겨진 병력은 대대 규모 이하. 공중 지원을 오는 것도 겨우 두 대의 소형 헬기.

탑재할 수 있는 무기는 대당 로켓포 두 문씩, 7연발이니까 모두 합쳐 28발이다. 10만을 전멸시키기에는 턱없이 부족하다.

정말 운이 좋아서 도로가 폭발하고 아래로 푹 꺼져 준다면 좀비들이 몰려드는 속도를 잠시 멈출 수는 있을 것이다.

"18일 02시가 고비랍니다!"

얼마나 버틸 수 있겠냐는 질문에 뒤늦게 대답이 돌아왔다. 18일 02시면 내일 새벽이다. 무전기를 잡고 있던 장교가 인상을 쓰며 다시 물었다.

"고비라는 게 뭐야? 그 시각을 넘기면 안정세로 돌아설 거라는 소리야?"

"그 시각 이후로는 버틸 수단이 없답니다!"

동남쪽 저지선과 교신을 하고 있던 병사가 대답했다. 장교는 미간을 찌푸리며 한숨을 내쉬었다.

"너무 빠듯해……."

지금 시각이 19시 24분. 앞으로 여섯 시간 반 만에 잠실에 있는 모든 민간인들과 병력들이 퇴각을 마쳐야 한다. 그 수를 다 합치면 적어도 5천 명은 될 것이다.

조금 있으면 해가 진다. 그때부터는 한 시간에 500명 이동도 쉽지 않다.

암흑 속에서 좀비들에 방어선이 뚫리는 걸 상상하는 것만으로도 장교의 목덜미는 얼음장처럼 차가워졌다. 장교는 입술을 한 번 꽉 깨물어 기합을 넣고 큰 소리로 명령을 내렸다.

"장갑 트레일러 계속 운행하라고 해! 그리고 너! 태양 그룹에 연락해! 인원 수송 속도 올려 달라고! 통보했던 것보다 더 많이 받을 수 있는지도 물어보고!"

"난리 났군."

흡연 구역에서 담배를 피우고 있던 민구가 야구장 내부에서 정신없이 뛰어다니는 사람들을 보며 중얼거렸다.

심상치 않은 상황이다. 오늘 오후까지만 해도 이곳에는 질서라는 게 있었다. 하지만 조금 전, 요란한 총소리가 들려온 이후부터는 모든 것이 대혼돈에 휩싸여 버렸다.

총소리가 가까이에서 울려 댄 건 이전에도 여러 번 겪었지만, 이번은 분위기가 완전히 다르다. 군인들이 야구장을 돌며 빨리 밖으로 나가라는 소리를 외치고 있다. 정말로 막장까지 몰린 모양이다.

"다들 나가세요! 여기 비웁니다! 태양 그룹으로 가실 분들은 2—1 게이트로 나가시고! 용산 철로 가실 분들은 2—3 게이트로 가셔서 종합운동장을 향해 뛰어야 합니다! 거기! 나가세요! 실제 상황입니다!"

어쩔 줄 몰라 하며 웅크리고 있는 민간인들을 향해 병사들은 악을 써 댔다. 같은 말을 계속 큰 소리로 외쳐 대느라 그들의 목소리는 갈라져 있고, 눈에는 핏발이 어렸다.

"군인 아저씨… 왜 그래요, 갑자기……."

겁에 질린 사람들이 울먹이며 묻는다. 병사들은 그들이 잡는 손을 뿌리치며 그저 나가라는 소리만 반복했다. 일일이 대답해 주고 설명할 시간이 없다.

"비켜! 좀 비켜봐!"

사물함 주변에서는 자신의 물건을 챙기려는 사람들이 서로 밀치고 당기며 대단한 난전이 벌어지고 있었다. 그 와중에 남의 물건을 훔치려는 얼간이들까지 가세해서, 그 일대는 발 디딜 틈조차 없다.

"태양 그룹! 이쪽! 이쪽!"

"용산 철로, 이쪽!"

길목마다 안내를 맡은 병사들이 큰 소리로 방향을 일러준다. 태양 그룹으로 보내 달라는 사람들이 갑자기 늘어나면서 길목이 꽉 막혔다.

민간인들은 비명을 내지르며 뛰어다니고, 난리 통에 부모와 떨어진 꼬마들은 울음을 터뜨렸다. 야구장 내부는 순식간에 아수라장으로 변해 버렸다.

"이게 뭐야……."

야구장 건물 내부로 돌아온 민구는 호주머니 속에 든 칼을 매만지며 한숨을 내쉬었다. 시계까지 내주고 기껏 이 싸구려 칼을 샀는데 기동이 놈이 오기도 전에 잠실 쉘터는 문을 닫게 생겼으니, 복수고 뭐고 다 텄다. 그 밉살스러운 놈의 목을 딸 생각에 설레던 자신이 바보처럼 느껴진다.

"젠장, 그 새끼 명줄 한 번 길구만……."

민구는 분한 마음을 꾹 누르고, 어떻게 해야 할지를 생각했다. 지금 담배 두어 갑을 꺼내기 위해 사물함에 가서 시간을 허비하는 건 바보짓이다.

"꺄아악!"

태양 그룹 이동 희망자 줄에서 들려오는 날카로운 비명. 거기에 호통 소리와 욕설이 더해진다. 새치기를 하려다가 붙잡힌 사람들이 집단으로 린치를 당한다. 인정이고 매너고 모두 실종되어 버렸다.

두들겨 맞는 여자의 비명 소리를 듣자마자 민구의 머릿속에 떠오르는 얼굴이 있었다.

"그 계집애는……."

민구는 사람들을 헤집고 다니며 테라를 찾았다. 태양 그룹으로 가지 않을 거라고 했으니, 분명 용산 철로로 가는 줄에 서 있을 것이다. 아니면 예전처럼 모든 걸 포기한 놈들에 의해 화장실로 끌려가 버렸을지도 모른다.

"대체 어쩌자는 거냐… 응? 뭘 어쩌고 싶어서 이러는 거냐고."

사방으로 눈을 돌리며 테라를 찾는 동안 민구는 대체 무슨 생각을 하고 있는 건지 스스로에게 물었다.

아무리 예쁘장한 계집애라고 해도 어차피 남이다. 그런데 지금 그는 마치 잃어버린 첫사랑이라도 찾는 사람처럼 다급하게 그녀를 찾아 헤매고 있다.

민구 본인도 자신의 입장을 정확하게 모르겠다. 사랑이나 동정 같은 한두 마디로 딱 떨어지게 설명할 수 있는 감정은 아니다.

그저… 그 착하고 여리여리한 계집애가 누군가에게 짓밟히고 상처를 받는 일만은 보고 싶지 않았다. 확실히 말할 수 있는 건 그게 전부다.

그것이 자신에게 어울리지 않는 감정이라는 걸 잘 알면서도, 민구는 필사적으로 테라를 찾았다.

"젠장, 어디야… 어디 있는 거냐?"

야구장 내부는 넓었다. 그리고 정신없이 뛰어다니는 인파를 누비며 그 조그만 계집애를 찾는다는 건 꽤나 힘이 드는 일이었다. 시간이 조금씩 흐르고 군인들의 목소리가 쉬어갈수록 민구의 얼굴에는 초조함이 더해졌다.

하늘이 점점 더 어두워지고 있다. 지금 출발해서 줄을 선다고 해도 밤이 오기 전에 야구장 밖으로 나갈 수 있을까 말까다.

쾅—

화장실을 지날 때마다 민구는 자신도 모르게 문을 열어젖히고, 그 안에 테라의 모습이 없는지 확인했다. 그렇게 미친놈처럼 야구장 전체를 헤집고 다니던 끝에 민구는 겨우 테라를 발견할 수 있었다.

"거기 있었구나……."

민구의 입에서 한숨이 터져 나왔다. 테라는 두 명의 꼬마 아이를 품에 꼭 껴안은 채 겁먹은 눈으로 주변을 둘러보고 있었다. 두 꼬마 중 하나는 민구에게 주스를 가져다주며 삿대질을 해 대던 놈이다.

"아저씨!"

민구를 알아본 테라가 반가워하며 불렀다. 민구는 그녀에게 다가가 물었다.

"도망가지 않고 여기서 뭘 하고 있어? 이것들은 뭐야?"

"애들… 엄마를 잃어버렸어요. 아까 사물함 주변에 사람들이 몰렸을 때 헤어졌나 봐요. 두 분 다 아마 이 부근에 계실 텐데……."

테라가 말했다. 꼬마들은 눈물범벅이 된 얼굴을 그녀에게 비벼 대고 있다. 민구는 그녀의 팔을 잡아당겼다.

"군인들에게 맡기고 나가야 돼! 여기에서 이렇게 허비할 시간 없어!"

"아뇨… 아저씨 먼저 나가세요. 이 애들 아무도 챙겨주지 않을 거예요. 엄마랑 만나게 해줘야 해요."

테라는 필사적으로 고개를 저으며 버텼다. 엄마랑 만나게 해줘야 한다는 그녀의 말이 고아인 민구의 가슴을 송곳처럼 쑤신다.

"젠장!"

욕설을 내뱉은 민구가 테라에게 물었다.

"이것들 이름이 뭐야?"

"소영이랑 종민이에요."

테라가 여자아이와 남자아이를 가리키며 말했다. 민구는 속으로 꼬맹이들의 이름을 한 번 되뇐 뒤, 테라에게 말했다.

"한 발짝도 떼지 말고 여기 바짝 붙어 있어."

2

사람들에게 치이지 않도록 테라와 보따리 같은 꼬마들을 기둥 뒤에 밀어놓은 민구는, 성난 파도처럼 몰려다니는 사람들 속으로 뛰어들었다.

마음 같아서는 그녀와 함께 움직이고 싶지만, 그렇게 하다가는 계속 서로 엇갈리며 숨바꼭질을 하게 될 수도 있다.

"소영이! 종민이! 소영이! 종민이!"

팔을 위로 올린 민구는 큰 소리로 두 꼬마의 이름을 외치며 빠르게 걸었다. 그리고 이리저리 고개를 돌려가며 혹시 반응하는 사람이 있는지 찾았다.

아무리 사방이 소음으로 덮여 있다 하더라도 아이를 잃은 여자라면 이름을 알아들을 수 있을 거라고 생각했다.

"윽!"

달려오는 사람들에게 옆구리를 부딪친 민구가 미간을 찌푸렸다. 총알에 맞아 날아간 부위에 불로 지진 것 같은 통증이 엄습해 온다.

이름에 반응하는 사람을 찾는 데에만 온 신경을 집중하느라 마주 오는 사람들을 피하기가 어렵다. 민구는 이를 악물고 고통을 참으며 다시 아이들의 이름을 외치기 시작했다.

"소영이! 종민이!"

그렇게 사람들을 거슬러 가며 걷기를 10분여, 마침내 민구의 외침에 반응하는 소리가 들려왔다.

"소영이! 우리 소영이 어디에 있어요?"

울부짖는 여자의 목소리! 민구는 고개를 돌렸다. 정신이 반쯤 나간 것처럼 보이는 여자 하나가 인파에 휩쓸리며 소리치고 있다.

"누가 소영이 불렀어요? 제가 소영이 엄마예요!"

여자는 눈물범벅이 된 채로 다시 외쳤다. 민구는 사람들 사이를 비집고 들어가 그녀의 팔을 잡았다.

"소영이 저쪽에 있어! 따라와!"

거기까지만 말하고 여자의 팔을 당기던 민구는 이 상황이 엄청 수상해 보일 거라는 걸 깨달았다.

험악한 얼굴의 사내가 다가와 갑자기 팔목을 잡고 따라오라고 하는 중이다. 게다가 자기 아이를 알 리가 없는 낯선 사람이. 누가 봐도 납득하기 어려울 수밖에 없다.

"테라가 데리고 있어! 종민이도 같이! 걔 엄마는 어디 있소?"

그제야 안심한 여자는 깊은 한숨을 내쉬고 나서 뒤쪽을 돌아봤다.

"종민이 엄마는 반대쪽으로… 우리 자리 있던 곳으로 가본다고 했어요… 제가 이쪽을 찾기로 하고."

돌아버리겠군, 가뜩이나 시간 여유가 없는데…….

민구는 끓어오르는 화를 꾹 눌러 참으며 말했다.

"앞장서! 당신들 자리라는 데로 갑시다."

"이쪽이에요!"

여자는 눈물을 닦아내며 걸음을 뗐다. 워낙 혼잡하고 부딪쳐오는 사람들도 많아서 길을 트는 건 민구의 몫이 되어버렸다. 떨어지지 않기 위해 손을 꽉 잡고 따라오는 동안 조금씩 제정신을 되찾은 여자는 연신 고맙다는 말을 되풀이했다.

"됐어, 그런 이야기는. 종민이 엄마라는 사람이나 찾으라고."

감사 인사를 듣기 싫어서 민구는 차갑게 반응했다. 이 여자들이 여기에 갇히게 된 건 그가 지난달 14일 새벽에 저지른 일 때문이다. 그런 주제에 고맙다는 소리를 듣는다는 건 가당치도 않다.

"사물함에 가지를 말았어야 했는데… 애기 물건이 꼭 필요해서 어쩔 수가 없었어요. 언제 보급을 받게 될지를 모르니까……."

여자는 죄인이나 된 것처럼 부끄러워하면서 자신들이 왜 사람들로 북적거리는 사물함에 갔어야 했는지를 이야기했다. 민구는 건성으로 고개만 끄덕이며 계속 소리를 질렀다.

"종민이! 종민이!"

그러는 사이에도 바깥에서는 각종 총소리들이 쉬지 않고 울려왔다.

타타타타타— 콰아앙— 텅텅텅텅—

그 엄청난 소음에 홀린 사람들은 연신 비명을 지르며 이리저리 뛰어다닌다.

"아! 저기에 있어요!"

여자가 반색을 하며 펄쩍펄쩍 뛴다. 그녀가 누굴 가리키는 건지, 민구도 한눈에 알 수 있었다. 너 나 할 것 없이 공포에 질려 있는 수백 명의 사람들 중에서도 가장 상심이 크고 두려운 표정으로 주변을 둘러보고 있는 사람. 그게 종민이 엄마였다.

"종민이 엄마! 종민이 엄마! 여기야! 우리 애들 찾았어!"

여자가 큰 소리로 부른다.

"정말? 정말이야?"

종민이 엄마는 눈을 크게 뜨고 달려왔다. 사람들의 등쌀에 밀려 휘청거리는 그녀를 민구가 잡았다. 메이저에게 함께 두들겨 맞았던 터라 두 사람은 서로 안면이 있다.

"종민이는요?"

민구와 소영이 엄마를 번갈아 보며 종민이 엄마가 물었다. 그녀의 불안이 흔들리는 눈동자를 통해 고스란히 전달된다.

"테라가 B구역에서 보호하고 있소! 빨리 갑시다!"

민구는 두 여자를 이끌면서 사람들의 사이를 헤집고 뛰었다.

이런 짓을 하게 되다니…….

민구는 지금 자신의 모습을 믿을 수가 없었다. 마치 한없이 선량한 인물이라도 된 양 아이를 잃어버린 여자들을 위해 진땀을 흘리고 있다. 사람들에 부딪쳐 시큰거려 오는 갈비뼈와 옆구리의 통증까지 참아가면서…….

불과 한 달여 전만 해도 그의 삶은 이런 종류의 일들과는 거리가 멀었다.

"뭐야, 이 미친 새끼들!"

B구역에 도착한 민구는 욕설을 내뱉으며 달리는 속도를 높였다. 기둥 뒤에서 중년 사내 하나가 테라를 끌어안은 채 목덜미에 입을 맞추려 하고 있었다.

"이러지 마요!"

테라는 아이들을 꼭 감싸며 그를 밀어내 보지만, 힘에 부친다.

"아니, 나쁜 거 안 해! 우리 그런 사람들 아니야! 그냥 뽀뽀 한 번만! 응? 추억으로 뽀뽀 한 번씩만 하자! 언제 죽을지도 모르는데."

사내는 흥분한 숨소리를 씩씩 내뿜으며 달려든다. 시선을 가리기 위해 일행으로 보이는 놈들 셋이 기둥 주변을 빙 둘러 서 있다.

굳이 그렇게까지 하지 않아도 될 만큼 대부분의 사람들은 남의 일에 관심이 없었다. 오로지 출구를 향해 내달릴 뿐이다.

"꺼져!"

민구는 기둥 주변에 서 있던 놈들의 뒷덜미를 잡아채서 넘어뜨리고 중년 사내의 머리카락을 움켜쥐었다.

"아야야! 아아!"

머리채를 잡혀 목이 꺾인 중년 사내가 고통스러운 비명을 지른다. 민구는 녀석의 오금을 걷어차 무릎을 꿇렸다.

"아니! 저기! 나쁜 짓 하려던 게 아니에요! 그냥……."

당황한 사내가 변명을 늘어놓는다. 민구는 녀석의 목젖을 세게 후려쳤다.

"켁—!"

끔찍한 고통에 녀석은 감전된 것처럼 펄쩍 튀어 올랐다가 자빠졌다. 사내는 목을 움켜쥔 채 온몸을 버둥거린다.

"그냥 가요… 저 안 다쳤어요."

몇 대 더 때려주려는 민구의 팔을 잡으며 테라가 말했다. 민구는 한 움큼 뽑혀 나온 사내의 머리카락을 바닥에 버리고, 녀석의 엉덩이를 걷어찼다.

"큭!"

사내가 엉덩이를 움찔하며 비명을 지른다. 고통에 신음하는 사내를 내버려 두고 녀석의 일행들은 네발로 기어 도망을 쳤다.

테라를 때리거나 하지 않은 걸로 보아, 그리 나쁜 놈들은 아니다. 그냥 보통의 흔한 인간이 이 분위기와 총소리에 휘말려 살짝 돌아버린 거다.

"종민아! 소영아!"

뒤늦게 쫓아온 아이 엄마들은 자신의 아이들을 확인하고 오열했다. 테라도, 두 여자도 모두 눈물이 가득 고였다.

"고마워! 고마워… 고맙습니다……."

아이를 꼭 껴안은 엄마들은 테라와 민구에게 고개를 숙이며 어쩔 줄을 몰라 했다. 테라도 민구에게 고맙다는 인사를 연발한다.

하지만 아직 아무것도 끝나지 않았다. 이제야 겨우 지옥 속으로 뛰어들 준비를 갖춘 것뿐이다.

"인사는 나중에 해! 따라와! 빨리 나가야 돼!"

민구는 이제 다섯 명으로 늘어나 버린 일행을 데리고 다시 앞장을 섰다.

그가 살아오면서 경험한 바에 따르면, 이렇게 모든 게 엉망이 되었을 때 막차를 타는 놈들은 생명을 부지하기 어렵다. 얼마나 빨리 줄에 서는가가 생존을 결정하는 중요한 조건이다.

"비켜! 길 막지 마!"

태양 그룹으로 가는 헬리콥터에 오르기 위해 몰려든 사람으로 통로는 꽉 막혀 있었다. 민구는 어깨와 팔로 그들의 사이를 비집고 들어가며 소리를 질렀다.

옆으로 밀려나지 않기 위해 테라는 그의 손을 꽉 잡았다. 손아귀 안에 들어온 그녀의 손이 너무도 가늘고 또 작아서 민구는 새삼 놀랐다.

"어머! 종민이 엄마! 이리 와! 우리랑 같이 태양으로 가! 테라야! 너도 와! 뛰어서는 못 가!"

몇 명의 여자들이 테라와 두 아이 엄마를 발견하고 붙잡는다. 테라가 설득에 실패한 여자들이다. 민구는 그녀들의 손을 매정하게 뿌리쳤다.

"놔! 그렇게 죽고 싶으면 혼자 죽어! 다른 사람 끌어들이지 말고!"

놀라서 주춤거리는 여자들을 뒤로하고, 민구는 테라를 잡아당겼다. 테라는 입술을 꽉 다물고 아이 엄마들과 함께 구름처럼 모여 있는 인파의 사이를 뚫고 달렸다.

그들은 민구와 젠킨스가 누워 있던 자리를 지났다. 두 장의 돗자리는 사람들의 발자국을 잔뜩 뒤집어쓴 채 구석으로 밀려나 있었다.

"젠킨스 씨!"

출구 부근에서 젠킨스를 발견한 테라가 소리를 질러 그를 불렀다. 뒤를 돌아본 젠킨스는 반가움과 두려움이 섞인 얼굴로 서 있다. 대피령이 내려진 이후 그는 계속 테라를 찾았었다.

언제 어떻게 되더라도 마지막까지 그녀와 함께해야 한다. 그래야 실낱같은 희망이라도 가져볼 수 있으니까… 그녀를 JL로 데려갈 수 있다면 자신의 다리 하나쯤은 내줄 수 있다고 했던 그의 말은 거짓이 아니었다.

하지만 테라의 앞에 딱 버티고 서 있는 흉터사내를 보자 젠킨스의 몸은 얼어붙었다. 이 난폭한 사내는 그를 벌레처럼 취급하며 폭력을 휘두른다. 지금도 그렇게 하겠다는 의지를 온몸으로 뿜어내고 있다.

"괜찮아요, 젠킨스 씨! 따라오세요!"

테라가 외쳤다. 그제야 젠킨스는 주춤거리며 그들을 따라 걷기 시작했다. 민구가 발을 멈추고 녀석을 노려보았다.

"어딜 따라와, 이 새끼야!"

젠킨스는 다시 멈췄다. 한국어는 모르지만, 멈추라는 의미였다는 것은 알 수 있다. 흉터사내의 눈빛은 무시무시하다. 어쩌다가 테라는 이렇게 폭력적인 인간과 인연을 가지게 된 걸까…….

"아저씨, 제발… 젠킨스 씨와 함께 가야 해요! 저 사람이 살아 있어야… 약을 만들 수 있어요!"

테라가 민구를 향해 간곡하게 부탁했다. 함께 있는 아이 엄마들 때문에 백신이라는 말은 사용하지 못했지만, 약이라는 말만으로도 그가 충분히 이해할 수 있을 것이라 생각했다.

"저 사기꾼을 믿는다고? 그냥 다 거짓말이야! 저렇게 굼뜬 놈까지 끌고 갔다가는 우리도 위험해져!"

민구는 테라를 노려보며 고개를 저었다. 테라는 그의 사나운 눈빛을 피하지 않은 채 차분하게 대답했다.

"아저씨 말씀처럼 거짓말일 수도 있겠죠. 하지만 거짓말로라도 그런 말을 한 사람은 저 사람뿐이에요. 저는 그 말이 믿고 싶어요. 그리고… 제가 들은 이야기 중에는 정말로 잘 알지 못하면 도저히 지어낼 수 없는 것들도 있었어요."

테라의 검은 눈동자를 바라보며 민구는 생각했다.

도대체 왜 이 계집애와 얽히면 평소처럼 매정해지지를 못하는 걸까…….

저 뚱보 사기꾼을 데리고 가봤자 좋을 일 따위는 하나도 없다는 걸 잘 알면서도, 민구는 결국 승낙할 수밖에 없었다.

"하지만 뒤처지면 안 챙겨줘! 그냥 버릴 거야!"

"네, 알았어요. 젠킨스 씨! 와요! 같이 가재요!"

테라는 젠킨스에게 따라오라는 손짓을 했다.

오케이! 오케이! 젠킨스는 뒤뚱거리며 일행을 따라 뛰었다. 얼마 지나지 않아서 그의 호흡은 가빠졌고, 얼굴은 빨갛게 달아올랐다.

심장이 터질 것만 같다. 잠깐 멈춰 쉬고 싶다. 하지만 저 흉터사내가 그의 사정 같은 걸 봐줄 인간이 아니라는 걸 잘 알기에, 젠킨스는 이를 악물고 달렸다.

"그 과자 상자를 버려요! 그것만 해도 훨씬 덜 힘이 들 거예요!"

보다 못한 테라가 말했다. 젠킨스는 옆구리에 끼고 있던 건빵 상자를 더 꼭 껴안으면서 고개를 저었다.

"안 돼! 얼마나 더 굶게 될지도 모르는데……."

어제 좌절한 상태에서 폭식을 했기 때문에 건빵 상자는 이미 절반가량 비워진 상태였다. 그런데도 젠킨스의 위에서는 벌써부터 꼬르륵 소리가 나기 시작했다.

"용산 선로, 이쪽! 이쪽입니다!"

안내하는 병사들이 쉬지 않고 악을 써 댄다. 하지만 이미 출구로 이어진 계단 앞에는 수많은 사람들이 미처 내려가지 못하고 몰려 서 있었기 때문에 별도의 안내가 필요한 상황은 아니었다.

"밀지 마요! 넘어진다고!"

계단에서는 빨리 가려는 사람들과 앞에 막혀 더 내려가지 못하고 있는 사람들이 언성을 높이고 있다.

발도 제대로 딛기 어려울 만큼 많은 사람들이 몰려 있기 때문에 한 사람만 중심을 잃고 넘어져도 큰 사고로 이어질 수 있는 상황이다.

투투투투— 투투투투투— 투투투투—

기관총 소리가 요란하게 울려 대며 사람들의 조바심을 자극한다. 민구와 테라 일행은 계단 손잡이에 바짝 붙어 서서 한 칸씩, 한 칸씩 아래로 내려갔다.

투투투투투투— 후우웅—

쉘터의 북동쪽 공터에서는 태양 그룹의 검은 헬기가 사람들을 가득 실은 그물 베슬을 매달고 날아올랐다.

세 대의 헬리콥터가 쉼 없이 사람들을 실어 나르고 다시 돌아왔지만, 이송 희망자들 전부를 다 태양 그룹으로 이송하려면 앞으로도 꽤나 긴 시간이 필요할 것처럼 보인다.

"아이들! 노약자! 이쪽! 부상자! 이쪽!"

출구에서 기다리고 있던 한 무리의 병사들이 내려오는 사람들 중 이동이 어려워 보이는 이들을 선별해서 한쪽으로 줄을 세우고 있다. 당연히 소영이와 종민이도 그들의 지목을 받았다.

"거기, 아이와 보호자분들! 이쪽에 섭니다! 선로까지 장갑 트레일러로 이동시켜 드리겠습니다!"

두 엄마는 아이를 꼭 껴안은 채 머뭇거린다. 장갑 트레일러… 분명히 매력적이다. 편하고 안전할 수 있다. 하지만… 아이들을 찾아준 이 사람들을 놔두고 자신들만 거기에 탄다는 것이 영 불편하다. 소영이 엄마가 물었다.

"저기… 저분들은… 저 사람들도 같이 가야 하는데……."

"그렇게 할 수 있을 만큼 공간에 여유가 없습니다. 아이들과 두 분만 해당됩니다! 빨리 저 줄에 가서 서십쇼!"

병사는 조금도 고민하지 않고 단호하게 대답했다. 그러나 테라를 바라보는 병사들의 눈빛만은 차갑지 못했다. 그녀까지는… 테라까지는 장갑 트레일러에 태워주고 싶다.

하지만 이렇게 지켜보는 눈이 많고 사람들의 마음이 조급할 때에는 예외적인 사례를 만들면 안 된다. 그랬다가는 명령에 권위도 서지 않게 되고, 질서나 규칙 따위가 일시에 와르르 무너질 테니까.

"가세요, 언니! 아이들 데리고 뛰기는 힘들어요."

망설이는 아이 엄마들에게 테라가 먼저 결론을 내려줬다.

"하지만… 그러면 너는 어떻게 해? 이렇게 난리가 났는데……."

"저는 괜찮아요! 저는… 이 아저씨가 지켜주실 거예요. 그러니까 걱정하지 말고 어서 가세요. 나중에 선로에서 만나요."

테라는 애써 미소를 지어 보이면서 그녀들의 부담을 덜어줬다. 아이 엄마들은 테라의 손을 잡고 눈물을 글썽인다.

“그래, 꼭 살아서 만나자. 조심해. 그리고… 정말 고마워. 아저씨, 고맙습니다.”

여자들의 인사가 다 끝나기도 전에 민구는 테라의 손을 잡고 제1주차장 쪽으로 뛰었다. 일분일초가 아까운 상황에서 여자들의 눈물 바람을 봐주고 있을 시간이 없다.

테라는 민구에게 이끌려 뛰면서도 몇 번이나 뒤를 돌아보며 아이들에게 손을 흔들어주었다.

“헤엑~ 헤엑~ 왜 헤어진 거야? 저 사람들은 어디로 가는 거고?”

상황을 이해 못한 젠킨스가 숨을 헐떡이며 물었다. 테라는 대답 대신 빨리 쫓아오라는 손짓을 했다.

야구장 외부는 내부보다도 사람이 더 많았다. 줄의 끝에 도착하자, 앞쪽에서 병사들이 외치는 소리가 들려왔다.

“열 명씩 섭니다! 열 명씩!”

민구는 가쁜 숨을 몰아쉬며 발돋움을 해서 앞쪽을 살폈다. 한 줄에 열 명씩 세워 길게 늘어진 행렬은 까마득히 먼 곳까지 뻗어 있다. 이래서야 오밤중까지도 탈출하기는 텄다.

“젠장… 막차 타고 싶지 않은데…….”

수많은 사람들의 뒤통수를 노려보고 있던 민구가 혼잣말을 중얼거렸다. 그때, 그의 뇌리를 스치는 아이디어가 있었다.

그가 들어왔던 그 출구로 나가서 지하철 선로까지 내려가 버릴까 하는 생각이었다. 지하철 안에는 괴물들이 그리 많지 않을 뿐더러 속도도 느리다.

"따라와! 다른 데로 도망칠 수 있는지 살펴보자!"

민구는 테라의 손을 잡고 행렬을 빠져나왔다. 젠킨스가 가쁜 숨을 몰아쉬며 그들의 뒤를 따른다.

"젠장!"

서남쪽 철책 앞에 다가선 민구는 이를 바득, 갈았다. 철책 너머 도로는 이미 꽤나 많은 수의 괴물들에게 완전히 함락된 상태였다. 그가 가진 작은 등산용 나이프만으로는 도저히 뚫어낼 수 없을 만큼의 엄청난 규모다.

그렇게 사람들이 어쩔 줄 몰라 하며 우왕좌왕하는 동안에도 시간은 속절없이 흐른다.

째깍째깍—

내 칼이라도 찾을 수만 있다면…….

철책 너머 도로의 괴물들을 홀린 듯 바라보고 있던 민구는 개인 물품 보관소 쪽으로 시선을 돌렸다. 자신의 마세티만 손에 넣는다면 길을 트는 정도는 할 수 있을 것 같았다.

마세티가 너무 커서 안 된다면 쿠크리라도… 하여간 제대로 날이 선 큰 칼이 필요하다. 일격으로 괴물의 목을 끊을 수 있는, 그런 칼이.

하지만 개인 물품 보관소는 셔터가 굳게 내려진 채 방치되어 있었다. 근처를 지키는 군인도 없다. 다들 어딘가에서 괴물들에게 총질을 하고 있거나, 아니면 사람들을 대피시키고 있는 모양이다.

"왜? 왜 이쪽으로 오신 거예요? 하아~ 하아~"

테라가 숨을 헐떡이며 물었다. 민구는 그제야 그녀를 돌아보았다. 사람들과 부딪치며 뛰어오느라 그녀의 가느다란 팔과 다리는 상처투성이가 되어 있다. 민구는 철책 밖의 지하철역 입구를 가리키며 말했다.

"지하철… 지하철로 들어가야 돼. 거기로 가야 다들 살 수 있어."

"네? 지하철이 왜?"

민구의 말을 이해하지 못한 테라가 다시 물었다.

"저 아래로 내려가면 괴물들이 그리 많지 않아. 느리기도 하고. 한밤중에 강변을 뛰어다니는 것보다는 이쪽으로 가는 편이 훨씬 안전할 거야. 군인들… 군인들에게 말해야 돼."

민구는 군인들을 찾기 위해 바쁘게 고개를 돌렸다. 사방에서 총소리는 울리는데, 정작 군인의 모습은 눈에 띄지 않는다.

잠시 후, 무장을 갖추고 뛰어나오는 한 무리의 군인들이 눈에 들어왔다. 민구는 그들을 향해 달려가며 외쳤다.

"잠깐! 잠깐만! 저기! 이쪽 도로에 있는 괴물들을 죽이고 지하철로 들어갑시다! 아직 그리 많지 않으니까 별로 어려울 것 없소!"

"네에?"

병사들이 눈살을 찌푸린다. 난데없이 튀어나온 민간인 놈이 갑자기 지휘를 하려 드니 어처구니가 없을 수밖에 없다. 게다가 엉뚱하게 지하철이라니…….

"선생님, 당황하신 건 잘 알겠지만, 다른 분들과 함께 병사들의 지시를 따르셔야 합니다. 그래야 보호를 받으실 수 있습니다. 이제 여기는 출입 금지 구역입니다. 곧 폭발물을 설치할 거니까 돌아가세요!"

인솔자로 보이는 군인이 민구를 타이르고 다시 뛰어가려 한다. 민구는 다급하게 고개를 저으며 그들의 앞을 가로막았다.

"그게 아니야! 이쪽이 훨씬 더 안전해! 당신들도 살아야 할 것 아냐? 기억해 보라고! 지하철역에서 괴물들이 나오는 걸 본 적 있소?"

그 말에 병사들의 표정이 흔들린다. 정말로 이 사내의 말처럼, 지하철역에서 좀비가 기어 나오는 꼴을 보았던 기억은 없다. 그런데… 정말로 유심히 보았었냐고 묻는다면, 그건 또 그렇지는 않다.

철책을 향해 달려들 때를 제외하면 좀비가 어디로 가고 어디에서 오는지 관심조차 없었다. 어차피 그것들은 장벽 밖의 존재들이었으니까. 병사들은 서로의 기억을 공유해 보기 위해 술렁였다.

"야! 거기서 뭐해! 이 새끼들아! 빨리 안 튀어와?"

2차 저지선 쪽에서 장교가 큰 소리로 호통 치는 소리가 들려온다.

"네, 넷! 갑니다!"

병사들은 황급하게 그 장교를 향해 뛰어가기 시작했다. 그렇게 해서 민구의 설득은 실패로 끝이 나버렸다.

"젠장, 바보 같은 놈들! 왜 자꾸 죽는 길로 가라고 하는 거야!"

동쪽으로 뛰어가는 병사들의 뒷모습을 보며 민구는 분통을 터뜨렸다. 여기에서 살아 나갈 수 있는 방법을 알고 있는데, 아무도 그의 말을 들어주려 하지 않는다.

결국 지하 선로에 대한 미련을 버린 민구는 테라와 젠킨스를 이끌고 다시 제1주차장을 향해 뛰었다.

그사이에 줄선 사람들은 조금 더 늘어나 있었고, 그들 세 명은 가장 끝에 합류해야 했다. 이미 해가 거의 다 넘어가 버린 뒤여서 사방은 어두컴컴하다.

콰아아앙—

동쪽에서 폭발이 일어날 때마다 그들이 있는 곳까지 섬광이 번뜩였다. 그리고 이 지독한 좀비의 악취. 사람들은 자기도 모르게 이를 딱딱 부딪칠 만큼 두려움에 사로잡혀 떨었다.

"테라 양, 이 줄을 따라가면 어디에 도착하게 되는 거지?"

양복 안주머니에서 꼬깃꼬깃 접은 지도를 꺼내 편 젠킨스가 테라에게 물었다. 테라는 어두운 그늘 아래서 한동안 지도를 쳐다보다가 한 점을 짚었다.

"아마 여기일 거예요. 유람선에서 내리자마자 철로로 이동한다고 했거든요."

그녀가 짚은 곳은 용산역에서 그리 멀지 않았다.

마지막 부메랑이 설치된 장소.

젠킨스는 지도의 축적에 맞춰 거리를 짐작해 봤다. 대략 1.5킬로미터 정도인 것 같다. 그렇다면 철로에 도착해도 부메랑까지 신호를 전달하기는 어려울 거다.

"으음……."

젠킨스는 머리를 긁적이며 생각에 잠겼다. 신호를 보내려면 철로에 도착한 뒤에 또다시 500미터 이상을 북동쪽으로 전진해야 한다.

그게… 가능할까?

힘든 일이다. 하지만 이 행렬을 따라 서울을 벗어나 버리면 그때는 언제 또다시 부메랑이 있는 곳에 접근할 수 있을지 장담

할 수 없다.

물론 무사히 철로까지 도착하지 못한다면, 이런 고민들은 전부 아무 소용이 없는 것들이다. 그래도 젠킨스는 오로지 지도를 바라보는 데 집중하기 위해 애를 썼다. 그렇게라도 하지 않으면 두려워서 미쳐 버릴 것 같았기 때문이다.

이런 식의 위험하고 원시적인 이동… 그는 평생 해본 적도 없고, 해낼 자신도 없다. 신체적인 조건을 놓고 본다면, 여기 모여 있는 수천의 사람들 중 그 자신이 가장 불리하다.

"야! 라이트 어떻게 된 거야? 여기 조명 다 밝혀!"

민간인 인원수를 헤아리고 있던 장교가 어딘가를 향해 소리쳤다. 잠시 후, 가로등과 서치라이트에 불이 켜지자 상황이 좀 더 명확하게 시야에 들어왔고, 사람들의 입에서는 탄식이 흘러나왔다.

수천의 사람들이 이동하기 위해 대기하고 있다. 이미 지칠 대로 지친 그들 대부분은 가방 하나조차 제대로 챙겨 나오지 못했다. 그런데 그들과 함께 이동할 병사들의 수는 60명도 채 안 되는 것 같다.

나머지 병력은 모두 동남쪽의 2차 저지선에서 좀비들과 대치 중이거나, 그 뒤쪽에 아주 허술한 3차 저지선을 설치하기 위해 분주하게 뛰어다니고 있다. 듬성듬성 놓여 있는 바리게이트가 너무 무력해 보여서 사람들의 마음은 더욱 급해졌다.

"빨리빨리 나가요! 뒤에 사람 많다고!"

총소리에 놀라 가슴을 쓸어내릴 때마다 뒷줄 사람들은 앞을 향해 빨리 이동하라고 재촉해 댔다. 그래봐야 줄은 별로 빠르게 줄어들지 않는다. 어떤 이들은 차라리 태양 그룹으로 가겠다며 자리를 이탈하기도 했다.

"열 줄씩 끊겠습니다! 네 명의 병사가 호위합니다! 여러분은 그냥 아무 생각 마시고 앞에서 달려가는 병사와 거리만 유지하시면 됩니다! 여기! 여기까지가 한 조입니다!"

군인들은 사람들 사이를 오가며 이동 요령에 대해 설명하고 있었다. 그들 역시 어지간히 마음이 급하지만, 유람선에 태울 수 있는 인원이 제한적이니까 무작정 막 내보낼 수는 없다.

'젠장, 이런 속도라면 새벽이 되어야 겨우 우리 차례가 오겠군…….'

민구는 초조한 표정으로 어금니를 꽉 깨물었다. 아이들을 찾아주느라고 소모된 시간이 너무 길었다. 그렇게 여기저기로 뛰어다니지만 않았어도 줄의 중간쯤에는 설 수 있었을 텐데…….

크르르릉~

정원을 초과해서 민간인들을 태운 장갑 트레일러가 서쪽 게이트를 통과해서 도로로 나간다. 민구가 구했던 꼬맹이들도 저기에 타고 있을 것이다.

장갑 트레일러를 타고 나섰다가 사고를 당해본 경험이 있으니, 저게 무적이 아니라는 것은 잘 안다. 하지만 그래도 맨몸으로 달리는 것과는 비교할 수 없을 만큼 안전하다.

"걱정하지 마. 그 어린것들은 살아남을 거야."

걱정스러운 눈으로 장갑 트레일러를 바라보고 있는 테라에게 민구가 말했다. 그 말을 하고 나자 우습게도 기분이 조금 나아졌다. 말없이 고개를 끄덕이던 테라가 민구를 돌아보며 입을 열었다.

"죄송해요… 제가 부탁하는 바람에 아저씨까지 늦으셨네요."

민구는 호주머니 속의 캠핑용 나이프를 만지작거렸다. 사람의 목숨은 빼앗을 수 있지만, 괴물들의 목을 자르기에는 턱없이 부족한 날 길이.

게다가 자신은 몸이 아직 온전치 못하다. 그러니 지금의 민구로서는 저 철책 밖으로 나갔을 때, 너무 많은 수의 괴물들과 만나지 않기를 바라는 수밖에 없다.

"아무도 안 죽으면 미안할 일도 없지."

민구는 나지막이 대꾸했다. 물론 허세였다.

ㅋ

"으아, 엄청나네… 손이 이 지경이 될 정도였으면 맞은 사람 얼굴은……."

고 하사가 태권소녀의 주먹에 약을 발라주며 인상을 쓴다. 곁에서 플래시를 비추고 있던 병사도 얼굴을 찡그렸다.

태권소녀의 두 주먹 너클 파트는 온통 살갗이 벗겨져 빨간 속살이 드러나 있었다. 그 부위에 두꺼운 굳은살이 박혀 있는, 태권도 선수의 손이 이렇게 될 정도면 손가락뼈가 부러지지 않은 게 다행이다.

"윽!"

살갗이 벗겨진 부위에 소독약이 닿을 때마다 태권소녀는 이를 악물고 신음을 삼킨다. 고 하사는 고개를 저었다.

"이렇게 아픈데 왜 이제야 의무실로 왔어? 싸움이 끝나자마자 찾아왔어야지."

"그냥… 나을 거라고 생각했어요. 실제로도 별거 아니고. 제니가 하도 치료하라고 성화를 해 대서……."

"제니요?"

플래시로 비춰주고 있던 병사가 깜짝 놀라 묻는다. 태권소녀는 아차 싶어 입을 다물었다. 건대에 오기 전 제니를 보았던 고 하사와 강 소위를 제외하면 제니가 이곳에 있다는 걸 아는 사람은 없다.

"아니~ 재네, 재네들. 이 새끼야, 귓구멍이 어떻게 됐냐? 이 상황에서 제니가 왜 나와?"

당황스런 상황을 고 하사가 단번에 수습해 주었다. 태권소녀도 안심하고 이야기를 이었다.

"그리고 강 소위님하고 김 중사님 분위기도 좀 그래서……."

"분위기가 그렇다는 게 무슨 소리야? 태양 그룹 직원이 아니라, 회장이라도 너희들이 개새끼라고 하면 개새끼인 거지. 설마 강 소위님이 그걸로 뭐라고 했어?"

고 하사는 약을 바르던 손을 멈추고 물었다. 하루 종일 의무실 구석에 파묻혀 다친 사람들 뒤치다꺼리만 해주느라 세상이 어떻게 돌아가는지 몰랐는데, 오늘 아주 대단한 난리가 났던 모양이다. 태권소녀는 고개를 저었다.

"뭐라고 하지는 않았는데요… 에, 그런 걸 뭐라고 해야 되나… 하여간 걱정이 많아 보였어요. 민간인들한테 뭐라고 설명해야 할지도 모르겠다고 했고."

"그래? 섭섭했겠는데? 사실 너희가 우리한테 해준 거 생각하면 뭐든지 오케이 해줘야 하는 상황이긴 한데……."

고 하사는 가볍게 한숨을 내쉬며 재생 연고를 꺼냈다. 태권소녀의 상처에 조심해서 연고를 발라주며 고 하사는 말을 이었다.

"그냥, 좋게 이해 좀 해줘. 이 조직이라는 게, 내가 하고 싶다고 해서 마음대로 할 수 없을 때가 많거든. 강 소위님도 진심은 너희들 편이었을 거야. 알지? 결코 은혜를 잊을 사람은 아니야."

"강 소위님 애 많이 쓴 거 알아요. 진우랑 같이 헬리콥터 잡고 있던 군인들한테 자기가 명령했다고 하라고도 말해줬고요. 솔직히 처음에 김 중사님이 끼어들어서 말릴 때에는 좀 서운하기도 했는데… 한 시간 정도 지나고 나니까 그분들 입장도 이해가 가고, 또 그 새끼 하나 때려죽인다고 해서 뭐가 얼마나 달라졌을까 싶기도 하고… 뭐, 그러네요."

태권소녀는 담담하게 대답했다. 그녀의 손에 정성껏 붕대를 감아준 뒤, 고 하사는 알약을 몇 개 내밀었다.

"이거 한 이틀 정도는 끼니때마다 챙겨 먹어. 요즘 같은 때 곪기 시작하면 골치 아파진다. 그리고 붕대도 자주 갈아줘야 돼."

"그럴게요. 고맙습니다."

태권소녀는 약통을 주머니에 넣고 일어나며 고개를 꾸벅 숙였다. 고 하사는 장난스럽게 빙긋 웃고 자리에서 일어나 더 깊이 허리를 굽혔다.

"무슨 말씀, 나야말로 죽을 때까지 고마워해야 하는데."

"에이, 그러지 마요. 쑥스럽게… 그건 그렇고, 아저씨도 좀 쉬셔야 할 것 같은데요. 얼굴이 완전 반쪽이에요."

"아아, 그렇게 보여? 뭐, 잘됐구만. 안 그래도 얼굴이 커서 걱정이었는데. 크크큭."

고 하사는 시커멓게 그늘이 진 눈 주변을 문지르며 웃었다.

정말 무사히 끝났다고는 하지만, 전쟁은 전쟁. 찢기고 깨진 사람들이 꽤나 많아서 하루에 두 시간도 눈을 붙이기가 어렵다.

그가 외면해 버리면 다들 생으로 앓아야 하니까 자꾸 무리하게 된다. 얼마나 바빴는지, 임수정의 얼굴을 볼 시간도 제대로 없었다.

"그래, 좀 쉬게. 하지만 혹시 조금이라도 아프면 곧바로 이리로 와. 내 걱정 하지 말고."

"훗, 벌써 다 나은 것 같아요."

태권소녀는 붕대 감긴 손을 씩씩하게 들어 보이며 문을 나섰다. 체육관 밖에서는 친구들이 강 소위와 이야기를 나누는 중이었다.

"받으세요. 이게 있으면 강 소위님이 태양 놈들 때문에 처벌받으실 일은 없을 겁니다."

코스트코에서 막 돌아온 유빈이 강 소위에게 휴대폰을 내밀었다. 아무래도 진실을 군인들에게 알려야 할 것 같아서 일부러 진우와 함께 코스트코까지 다녀온 참이다. 강 소위는 아주 새것인 티가 물씬 나는 휴대폰의 동영상 재생기를 켰다.

*[그롸아아아— 그롸아아아—]*

화면 안에서 양복을 입은 좀비가 울부짖고 있었다. 좀비가 크레인에 매달려 있는 남자의 옆구리를 물어뜯자, 빨간 피가 줄줄 흘러나온다.

"음!"

스너프 필름을 보는 것 같은 충격에 강 소위는 눈살을 찌푸렸다. 그러는 동안에도 좀비는 열심히 남자의 근육을 찢어냈고, 잠시 뒤에는 내장이 흘러나왔다.

화면 안에 스마트폰의 프레임이 함께 찍힌 것으로 보아 원본은 아니었다. 원본 스마트폰으로 동영상을 재생시키고, 그것을 코스트코에 진열돼 있던 이 휴대폰을 이용해 찍은 것이다.

"끔찍하기는 한데, 이게 태양 그룹에서 인체 실험을 한다는 증거가 될까? 그냥 좀비가 사람을 잡아먹는 거잖아."

강 소위가 물었다. 유빈이 좀비를 가리키며 말했다.

"이거, 이놈 누군지 모르시겠어요? 태양 그룹 작은 회장이잖아요."

그래? 강 소위는 화면을 다시 쳐다봤다. 이 코, 이 턱 모양… 말을 듣고 보니 그렇게 보이기도 한다. 그러나 이 정도는 닮은 사람이라고 발뺌을 해도 그만이다. 유빈이 다음 영상으로 넘어가라는 손짓을 하며 말했다.

"그리고 그 뒤에 보시면 어떤 아저씨가 쭉 읊는 동영상도 있어요. 태양 그룹 용산 본사라고 건물 여기저기 찍고, 그다음에 작은 회장 좀비 찍고, 자기들이 뭘 하는지도 말해요."

강 소위는 다음 영상을 재생시켰다. 신 차장이 자신의 얼굴과 건물을 번갈아가며 찍은 동영상이다. 미리 언질을 들은 일이지만, 실제로 영상을 본다는 건 적잖이 충격적이었다.

세상에, 어떻게 사람의 탈을 쓰고 이런 짓을… 그것도 굴지의 대기업이라는 놈들이…….

이런 놈들이 협력 업체랍시고 민간인들을 데려간다고 생각하니, 그게 너무 아찔해서 강 소위는 이를 악물었다. 이건 확실히 증거가 될 수 있을 것 같다.

"그럼 이 영상은 이 사람에게서 받은 건가?"

"네."

"이 사람은 지금 어디에 있나? 이 동영상도 좋지만, 증인이 함께 있으면 더 좋을 텐데."

강 소위의 말을 듣고 있던 보안관이 고개를 저었다.

"죽었어요. 아까 그 새끼들처럼 검은 군복 입은 새끼들이 쏜 총에 맞아서."

"…그렇군."

강 소위는 무겁게 고개를 끄덕였다. 민간 기업 놈들이 사람을 마음대로 쏴 죽였다는데도 그리 놀랍지가 않다.

"이건… 내가 잠실에 도착하는 대로 꼭 문 대위님께 전달하겠어. 다른 분들이라면 어떨지 모르지만, 문 대위님은 믿을 수 있는 분이니까… 좀 더 일찍 이런 걸 알았으면 좋았을걸. 하필 잠실도 다 비우는 분위기라고 해서 민간인들도 태양으로 엄청 넘어갔을 텐데……."

강 소위의 말을 듣고 있던 유빈과 친구들이 깜짝 놀랐다.

"뭐라고요? 잠실을 비워요?"

"아, 그렇다고 하더라고. 이동한다는 건 알았어도 그렇게 임박하게 움직일 줄은 몰랐는데, 나도 아까 태양 그룹 헬리콥터 무전기로 교신하면서 그 얘긴 처음 들었어. 잠실에 있던 민간인들… 다 서울보다 훨씬 남쪽으로 이동시키는 거거든……."

친구들 모두의 얼굴에 당황한 기색이 비쳤다. 테라를 데리고 나와야 하는데… 만약에 잠실까지 갔는데 테라를 만나지 못한다면… 그때는 어떻게 해야 할지 막막해진다. 게다가…….

"만약에 테라가… 태양으로 갔으면 어떻게 해?"

태권소녀가 중얼거렸다. 그렇게 되면 조용히 데리고 나온다는 게 거의 불가능해진다. 아니, 그보다 벌써 끔찍한 일을 당했을까 봐 두렵다.

"아니요, 언니. 테라는 절대로 태양 그룹으로는 가지 않아요."

제니가 단호하게 고개를 저었다. 그녀들이 작은 회장을 증오하고 있다는 사실을 모르는 태권소녀가 다시 물었다.

"그걸 어떻게 확신할 수가 있어?"

"그냥 알아요. 걔도 나만큼 태양 그룹을 싫어하니까요. 믿어도 돼요."

제니가 말했다. 조금의 의심도 없는 것 같은 태도다. 강 소위는 그제야 의문이 해소됐는지 연신 고개를 끄덕였다.

"그렇구나. 테라를 만나러 가는 거였구나… 나도 참 바보군. 이쪽에 제니 양이 있는 걸 봤으면서도 자네들이 잠실에 가겠다고 하는 이유를 몰랐으니… 생각해 보면 당연한 거였는데 말이야. 만약 테라 양이 태양으로 가지 않을 게 확실하다면, 걱정하지 않아도 돼. 테라 양이 어디쯤 있는지는 잠실 병사들 전체가 다 잘 알고 있을 테니까."

하지만 계획이 완전히 틀어져 버린 친구들의 마음은 바빠졌다. 잠실로 가서 몰래 테라를 데리고 나온다는 것이 원래의 계획이었으므로.

강만 건너서 지하철 선로를 이용해 돌아오면 되는 일이었는데, 만일 그녀가 서울을 벗어난 상태라면……. 그럼 코스트코로부터 너무 멀어진다. 이동 경로가 길면 당연히 여러 사람의 눈에 띌 수밖에 없고, 결국엔 조용한 탈출이라는 게 불가능해질 거다. 안전 문제도 심각해진다.

"안 되겠어! 지금이라도 가보자!"

보안관이 배낭을 어깨에 걸치며 말했다.

"잠깐만, 어디를 간다는 거야? 잠실에? 이렇게 밤늦은 시간에?"

강 소위가 깜짝 놀라 물었다. 보안관은 당연하다는 투로 대답했다.

"네. 한시라도 빨리 가야 조금이라도 덜 멀어졌을 때 만나죠."

"그건 너무 무모해. 아무리 광훈 군이나 진우가 뛰어나다고 해도 지금 이렇게 깜깜한 밤이야. 플래시 불빛 범위 밖에는 안 보인다고. 그런데… 잠실까지 그 먼 곳을 어떻게 가겠다는 거야?"

보안관이 멈칫한다. 생각해 보니까 밤에 좀비들이랑 싸웠던 기억은 그리 많지 않은 것 같다.

유빈도 강 소위의 말에 일리가 있다고 생각했다. 밤중에 복지센터 뒷산을 오르다가 레이저 와이어에 다리를 크게 다쳤던 경험도 그에게 신중하라고 충고한다.

"어차피 잠실에서도 일몰 후에는 이동을 하지 않을 테니까, 내일 동이 튼 이후에 출발해도 달라지는 건 없을 것 같은데."

강 소위는 간곡하게 보안관을 설득했다. 그는 이 용기가 흘러넘치는 다혈질 영웅이 혹시라도 잘못될까 봐 두려웠다.

물론 강 소위는 지금 잠실이 완전히 궤멸 직전이라는 사실 같은 건 전혀 모르고 있다. 그저 이동 계획이 순조롭게 진행되고 있다고만 생각했다.

"밤에 움직이는 건 힘들기는 해. 나는 좀비가 안 보여도 좀비들은 내가 어디에 있는지 정말 귀신같이 알거든. 뭐, 그렇다고 못 싸울 만큼 난이도가 높아지는 건 아니지만… 웬만하면 피하는 게 현명하지."

진우가 말했다. 유빈은 보안관의 어깨에서 배낭을 벗겨내고 그를 달랬다.

"보안관, 미리 준비 다 해놓고 있다가 내일 해 뜰 때 출발하자. 해 뜰 때라고 해봐야 이제 몇 시간 안 남았어. 그 짧은 시간 동안 무슨 일이야 있겠냐?"

4

"후우우~!"

오 박사는 또 한숨을 내쉬었다. 막 마취에서 깨어나 병실 침대에 비스듬히 기대 누워 있는 메이저의 꼴을 보고 있자니, 답답해서 견딜 수가 없다.

안와 골절에 광대뼈 골절이 동시에 일어나면서 까딱했으면 안구가 함몰될 뻔했다. 찢긴 눈두덩의 상처는 열두 바늘을 꿰맬 만큼 크고 깊었다.

부러진 이에 찔려 엉망으로 찢어진 메이저의 입술은 보랏빛으로 퉁퉁 부어올라 있다. 고막도 나갔고, 턱뼈에도 금이 쭉쭉 가 있다. 부러진 코뼈를 원래대로 돌려놓기는 했지만, 짓뭉개진 모양새는 참담하다.

그리고 갈비뼈가 또 두 대, 옆구리 근육 염좌, 그밖에 자잘한 손상은 다 헤아릴 수도 없다.

"도대체… 자네, 왜 이래? 무슨, 마가 낀 것도 아니고… 멀쩡하던 사람이 쉘터라는 데에만 갔다 하면 이렇게 부상을 입고 돌아오냐고."

오 박사는 고개를 내저으며 말했다. 실력이 없는 놈들도 아니고, 태양 그룹 사설 경비 업체 대장을 맡을 정도의 인물이 이 꼴이 된 걸 보니 속이 터진다.

게다가 동행했던 직원이 보고한 바로는, 메이저를 이 꼴로 만들어놓은 게 여자란다. 이 소문이 퍼지면 회사 내의 기강이 심하게 흔들릴 것이다.

여자한테 맞아 초주검이 된 대장. 그건 진짜 난감한 일이다. 메이저의 무력은 오 박사가 이 본사를 장악하는 데 있어 중요한 역할을 담당한다.

"짜, 짜, 짜증나니까, 그따위 소, 소리 하려면 나가."

팔에 수액 주삿바늘을 꽂은 채 양주병을 기울이고 있던 메이저가 짜증을 부린다. 급하게 의료팀으로부터 수술을 받은 터라 그의 얼굴은 온통 꿰맨 자국투성이다. 메이저가 다시 양주병을 입에 대려 하자 오 박사가 그의 팔을 잡았다.

"술은 그만 마셔. 마취 풀린 지 얼마나 됐다고. 몸이나 좀 회복시킨 후에……."

"모, 모, 몸? 몸은 아, 아픈 것도 아니야! 내, 내, 내 이 속! 이가, 가슴속이 지금 어, 어떤지 알아?"

메이저는 오 박사의 손을 밀쳐 내고 양주를 들이켰다. 계집년에게 맞아 이 꼴이 되었다는 것도 쪽팔린 일이지만, 그를 정말로 괴롭히는 것은 근육덩치 놈에게서 느꼈던 공포다.

단 두 방… 옆구리에 꽂힌 훅과 팔꿈치 돌려치기. 그것만으로 그는 전의를 잃었었다. 그래서 놈이 가지고 노는 대로 이리저리 끌려 다녔다.

그 계집년도 나름 셌지만, 이미 싸움을 하기도 전에 승부가 기운 상황이었다. 그년이 마운트 자세로 올라와서 무릎으로 옆구리를 죄는 순간, 숨이 막히고 정신이 아득해지는 것 같았다.

그리고 결국 힘 한 번 제대로 못 써보고 이 꼴로 겨우 살아 돌아온 것이다.

"씨발… 내 새, 새, 새끼들이 보, 보고 있었는데……."

메이저는 비통한 표정을 지으며 담배를 물었다. 찢어진 그의 입술 사이로 양주가 주르륵 흘러내린다. 말려봐야 소용이 없을 것 같아서 오 박사는 더 입을 떼지 않았다.

"열 받는 거 이해해. 이해하는데… 그냥 덮어버리자고. 아마 자네, 요즘 너무 무리했나 봐. 피곤해서 몸이 무거웠던 거지. 그래도 오늘 잠실 덕에 좋은 일 있었으니까, 그거 생각하면서 참아."

후우우~ 길게 연기를 뿜어낸 메이저가 오 박사에게 물었다.

"자, 자, 잠실? 거, 거기에서 며, 몇 명이나 데려왔는데, 조, 조, 좋은 일이라는 말까지 나와?"

애초에 수용 요청이 들어왔던 인원의 수가 500명 정도라는 걸 메이저도 알고 있다. 꽤 많아 보이지만, 파멸의 마녀 쌍년에게 조공을 몇 번 바치고 나면 그걸로 또 끝이다.

그런데 오 박사는 빙글거리며 고개를 저었다. 다시 생각해 봐도 믿기지가 않는다는 표정이다.

"아, 웃어서 미안해. 자네가 몸이 이렇게 됐는데… 그냥 너무 어처구니가 없어서 말이야. 자네 마취되어 있던 동안 무슨 일이 있었냐면, 잠실이… 푯! 잠실이 지금 거의 궤멸 직전이야. 완전히 무너졌어. 그래서 지금 이 시간에도 헬리콥터 네 대가 쉬지 않고 돌아. 베슬에 태워 달라고 하는 놈들 수천 명이 주차장에 줄을 쫙 서 있거든."

메이저는 멍한 얼굴로 오 박사를 바라보았다.

이게 지금 무슨… 수천 명이라고? 그것도 여기 오고 싶어 난리가 났다고?

거짓말 같은 이야기였다.

"그, 그, 그래서 데, 데려온 새끼들은 어, 어디다가 놔뒀어? 그, 그렇게 마, 마, 많은 놈들 가둘 자, 장소가 없을 텐데……."

"지하 주차장에 처박아놨어. 여자들은 지하 2층, 남자들은 지하 3층. 셔터로 딱 나눠놨지. 발상의 전환을 하니까 가둬놓기에는 거기만 한 데가 또 없더라고."

"씨발, 그, 그럴 줄 알았으면 거, 건대 같은, 조, 조, 좆같은 데를 가, 가는 게 아닌데."

메이저는 입술을 찡그리며 담배 연기를 내뱉었다.

"그러게, 이런 일이 있을 줄 누가 알았나……."

오 박사도 고개를 끄덕인다. 양주를 한 모금 더 들이켜던 메이저가 불현듯 뭔가를 깨달았다.

"그, 그, 그러면 거, 건대 새끼들 누, 누, 눈치 볼 일도 어, 없다는 말이잖아!"

응? 무슨 소리인가 싶어 되물으려던 오 박사도 메이저의 말뜻을 알아듣고 생각에 잠겼다. 건대는 지금 무전이 끊겨 있는데, 잠실은 무너졌다.

다시 말해 건대 놈들은 아무것도 모르는 채로 이동 수단이 오기만을 기다리고 있을 것이다.

“거, 건대 새끼들을 싸, 싹 다 주, 죽여 버려도 아, 아무도 신경 아, 아, 안 쓸 것 아니야? 마, 맞지?”

“…정말 그렇게 됐구만. 상황은 그렇게 되기는 했는데… 그 많은 병력을 어떻게 죽이려고? 총알도 다 빼앗기고 왔으니, 그쪽에서도 반격을 할 텐데?”

“자, 자, 자네, 이, 이상한 거 마, 많잖아. 벼, 벼, 병균이나도, 독가스 같은 거.”

메이저는 망설이지 않고 대답했다. 그의 말을 듣고 나서도 오 박사는 별로 놀라지 않았다. 무식하니까 용감할 수 있는 거다. 오 박사는 자신의 지위를 안정적으로 유지하기 위해 그 무지하고 가학적인 용맹이 필요했다.

그리고 필드에서의 인간을 상대로 한 가스 실험 같은 건, 그에게도 흥미가 동하는 이야기였다. 이런 때가 아니면 언제 그런 짓을 해볼 수 있겠는가.

“그래… 그 정도는 할 수 있겠지… 헬리콥터에서 유탄발사기로 쏘면 될 거고. 거리가 얼마나 되지? 건대에서 여기까지가?”

“대, 대충 시, 시, 십 킬로미터 정도.”

메이저는 고민 없이 대답했다. 매일 헬리콥터로 인간 사냥을 다니는 동안 서울의 지리와 대강의 거리가 머릿속에 새겨져 버렸다.

“꽤 되는군. 그러면 가스 정도는 양 조절을 해가면서 써도 될 것 같은데… 어떤 걸 원해? 그냥 다 가스로 죽일 거야?”

오 박사가 물었다. 안경 렌즈 너머 그의 눈은 새로운 장난감을 찾아낸 악마처럼 빛났다.

“그, 그래. 저, 저, 전부 다 주, 죽여 버… 아니다. 자, 자, 잠깐만.”

증오에 가득 차서 중얼거리던 메이저가 말을 멈추고 고민했다. 그 계집년과 근육덩치를 그런 식으로 손쉽게 죽여 버린다는 건 너무 아깝다.

손맛을 보고 싶다. 그 건방진 계집애가 온몸에 피멍이 든 채 묶여서 살려 달라고 빌고, 그러다가 또 저주의 욕설을 퍼붓는 꼴을 보고 싶다.

근육덩치는… 그건 일단 잡아온 뒤에 어떻게 천천히 고통을 줘가며 죽일지 생각하는 것만으로도 즐거울 것이다.

자신의 몸이 다 나을 때까지 매일 놈을 조금씩 고문하고 약해지게 만든 후에, 쉐도우 실드 대원들이 지켜보는 가운데 진검승부를 벌이는 것도 괜찮을 것 같았다.

“새, 새, 새, 생각이 바뀌었어. 그, 그 가스 중에 기, 기, 기절만 하는 걸로 해줘.”

“음, 실레인도 있지만, 불산 가스를 권장하고 싶군. 좋은 게 뭐냐면, 접촉된 피부를 괴사시키거든. 호흡은 막히고, 살은 녹아 들어가고… 생지옥일 거야.”

오 박사는 미소를 지으며 대답했다. 메이저가 고개를 젓는다.

“아, 아니… 그, 그, 그렇게 다치게 하면 안 돼. 그건 내, 내가 처, 처, 천천히 할 테니까 기, 기절만 시키는 거.”

“음, 뭐 그렇다면 메톡시플루레인이나 할로테인, 펜타닐 변형 화합물… 이런 걸 써야겠군. 재미는 확 줄어들겠지만.”

“지, 지금 가, 갈까?”

기분이 좋아진 메이저는 아직 반 이상이 남은 수액의 주삿바늘을 뽑고 벌떡 일어났다. 빙글~ 땅에 발을 딛자마자 눈앞이 핑 돈다. 마취제에 진통제, 그리고 술까지 들어갔으니 어지럽고 정신이 몽롱할 수밖에 없다. 오 박사는 그를 부축하면서 쓴웃음을 지었다.

"이거 봐, 지금 대목이라니까. 잠실에서 샘플들은 싣고 와야 할 것 아니야."

아~! 메이저는 잊고 있었다는 듯 고개를 끄덕였다.

"그, 그, 그래. 내, 내일 가자, 내일."

그렇게 말한 메이저는 병실 문 쪽으로 비틀거리며 걸어 나갔다. 오 박사가 그의 뒤를 좇으며 물었다.

"어디 가려고 그래? 누워 있어!"

"아, 아, 아니야! 계, 계집년들 세, 세, 세 명 정도만 데려올게. 소, 손이 근질거려서… 내일까지 시, 심심풀이는 있어야지."

"그 손으로?"

오 박사는 믿을 수 없다는 표정을 지었다. 메이저는 왼손의 손가락이 두 개나 부러져서 기브스를 하고 있다.

"나, 나는 오, 오른손잡이니까."

메이저는 왼손을 들어 보이며 복도를 지나 엘리베이터 앞에 섰다. 막무가내다.

"젠장……."

오 박사는 욕설을 내뱉으면서 그의 뒤를 따라갔다. 마음 같아서는 억지로라도 병실에 눕혀두고 싶은데, 오늘 하루 메이저가 워낙 더러운 일진을 겪었다는 걸 알고 있기에 그냥 내버려

됐다.
저렇게 해서라도 기를 좀 살려야 한다. 기가 죽은 사냥개는 아무짝에도 쓸모가 없으니까. 그렇지만 저 상태의 인간을 샘플 들 틈으로 혼자 보낼 수는 없는 노릇이다.
"어이, 너희, 나 좀 따라와."
오 박사는 복도를 지키고 서 있던 쉐도우 실드 요원 둘에게 수행을 명령했다.
메이저는 엘리베이터 단추를 제대로 누르지 못해서 계속 바로 옆의 벽을 눌러 대며 해롱거리고 있다. 진통제와 술이 그의 몸 안에서 아주 적극적인 시너지를 일으키는 모양이다.
"너희 대장 지금 많이 취했으니까 너희가 챙겨야 돼. 여자들 골라서 올라간 다음에 수갑에 묶는 것도 너희가 마무리하고 내려와."
아래로 내려가는 엘리베이터 안에서 오 박사는 쉐도우 실드 대원들에게 당부를 했다. 메이저는 어림도 없다는 듯 고개를 저어 댄다.
"뭐, 뭔 소리야… 왜 그, 그 그렇게까지 한다는 거야? 내, 내, 내가 그, 그 정도도 통제 못할 것 같아?"
메이저는 엘리베이터 문이 열리자마자 가장 앞장서서 복도로 뛰어나갔다. 오늘 오후에 잠실에서 데려온 민간인들을 가둬둔 곳이다.
지금이야 진통제 효과 때문에 저렇게 펄쩍거리고 뛰어다니지만, 내일 아침 약 기운이 떨어져 갈 때쯤에는 아마도 죽는다고 비명을 지를 것이다. 얼굴의 뼈들이 워낙 많이 다쳤다.
"어이! 기다려! 무리하지 말라니까!"

복도 중간의 방문 앞에 서서 번호 키를 누르고 있는 메이저를 향해 오 박사가 외쳤다. 하지만 메이저는 미친놈처럼 열심히 번호 키를 눌러 댄다.

띠리릭—

잠겨 있던 문이 열리는 소리.

신기한 일이었다. 그렇게 커다란 엘리베이터 단추도 제대로 누르지 못하던 주제에 비밀번호는 또 어떻게 잘 맞춰 눌렀다니… 오 박사는 쓴웃음을 지었다.

"어? 이, 이, 이 방이 아니네?"

방 안으로 들어선 메이저는 불쾌하다는 듯 바닥에 침을 탁, 뱉었다. 다물어지지 않는 입에서 튀어나온 타액이 제대로 떨어지지 않고 턱 끝에 걸려 주르륵 흐른다.

방 안에는 발가벗겨 놓은 채 두 손이 뒤로 묶인 남자들이 잔뜩 몰려 서 있다. 여자 방이 아니라 남자들을 가둬둔 방으로 잘못 들어온 것이다.

"제, 제, 젠장, 여, 여, 옆방인가?"

메이저는 머리를 꾹 눌러 두통을 참아내고 비틀거리며 벽을 짚었다. 그가 그렇게 몸을 추스르지 못하는 사이에 민간인 남자들 몇 명인가가 그에게 다가와 애원하기 시작했다.

"선생님! 저희 좀! 저희 좀 살려주십쇼! 저희가 무슨 잘못을 했다고 이런 취급을 하십니까? 저희 그냥 선량한 이송 희망자입니다."

"어어? 이, 이것들이 더, 더럽게……."

자신에게 달라붙는 민간인 남자들을 노려보며 메이저는 인상을 잔뜩 찌푸렸다. 뒤늦게 쫓아 들어온 쉐도우 실드 대원들이 진압봉을 휘두르며 남자들을 뒤로 밀어낸다.
"꺼져, 이 새끼야! 달라붙지 말라고!"
"어윽! 으윽! 살려주세요!"
팔에 피멍이 들고 귀가 찢겨 나가 피를 질질 흘리면서도 민간인 남자들은 애원을 멈추지 않았다.
태양 그룹이 운영하는 난민용 쉘터가 있다고 해서 따라왔더니, 이런 곳에 옷을 다 벗겨서 처박아뒀다. 그런 후, 한 번도 문이 열리지 않았다. 몇 시간 만에 처음으로 누군가 사정해 볼 사람이 찾아왔는데, 그냥 이렇게 보낼 수는 없다.
"도대체 왜 이러는 겁니까? 우릴 어떻게 하고 싶어서 이래요?"
머리를 두들겨 맞아 피를 흘리고 쓰러진 남자가 메이저를 노려보며 울부짖었다. 두 팔이 뒤로 묶여 있는 터라 저항조차도 해볼 수 없다는 게 너무 분하다.
이럴 줄 알았더라면 태양 그룹 같은 데로 오지 않았을 텐데…….
"어떻게 하고 싶냐고? 그걸 정말로 알고 싶어? 아닐 텐데?"
오 박사가 천천히 걸어와 남자의 얼굴을 발로 밟으며 물었다. 남자가 어떻게든 벗어나 보려 애를 쓰지만, 오 박사는 집요하게 그의 볼을 짓이기며 빙글빙글 웃었다.
"여기에서는 너처럼 말이 많은 놈을 좀비 밥으로 주지."
"왜? 왜 그런 짓을 해? 흐! 흐으으!"
신음하는 남자의 눈에 눈물이 맺힌다. 분하고, 아프고, 무섭다. 오 박사의 한마디를 들은 민간인들은 순식간에 입을 다물었다. 일단 말이 많은 놈으로 찍히지 말아야겠다고 생각하는 모양이었다.
"저, 저… 선생님!"
겨우 좀 사태가 진정되었는가 싶었을 때, 뒤쪽에서 한 남자가 필사적으로 소리를 지르며 사람들 사이를 비집고 나왔다. 테라와 젠킨스의 대화를 엿들은 야구모자다.
"이 새끼… 먼저 뒈지고 싶어서 아주 지랄이 났네."
앞으로 뛰어나오다가 결국은 발이 걸려 넘어진 야구모자를 보며 오 박사는 혀를 끌끌 찼다.
어째 이번에 잡아온 놈들은 나사가 좀 빠졌는지, 유난히 징징대는 놈들이 많은 것 같다. 이쯤에서 하나 정도 본보기를 보여줘야 할 모양이다. 지금 시끄럽게 군 이놈으로.
"야, 저 새끼 이 앞으로 끌고 와. 일단 세 번 기절할 때까지 좀 패자."
오 박사가 명령했다. 쉐도우 실드 직원이 야구모자의 머리채를 꽉 움켜쥐고 질질 끌었다.
"아아악! 으으!"
야구모자는 고통 때문에 비명을 질렀다. 하지만 그러는 와중에도 그는 필사적으로 자신이 가진 궁극의 비밀 무기를 내던졌다.
"제가 엄청난 걸 알아요! 좀비에 물리고도 안 죽은 사람을 압니다! 제발! 때리지 마세요! 으아!"
"잠깐! 잠깐 멈춰봐!"
오 박사가 급하게 소리를 쳤다. 야구모자를 후려갈기기 위해 곤봉을 치켜올린 쉐도우 실드 대원이 손을 멈춘다. 진통제에 취해 있던 메이저조차도 순간적으로 제정신을 찾고 똑바로 서 있다. 오 박사는 야구모자에게 몸을 숙여 물었다.

“너 지금 뭐라고 했어? 다시 말해봐.”

“흐으으~! 흐으으! 제가… 좀비에 물리고도 살아남은 사람을 압니다! 잠실에! 잠실 쉘터에 있어요!”

야구모자는 숨을 헐떡이며 외쳤다. 그러면서도 그는 그것이 누구인지는 밝히지 않았다. 아직 행복하게 살 수 있는 기회가 있다고, 야구모자는 믿었다.

“그게 누군데?”

오 박사가 차가운 목소리로 다시 물었다. 야구모자는 도리질을 했다.

“이, 일단 이 방에서 내보내 주세요! 그리고 저는 살려주신다고 약속해 주세요! 그러면… 그러면 이름을 알려 드리겠습니다!”

“거짓말하면 재미없어. 나는 농담 같은 거 키우는 사람 아니야.”

“압니다! 네! 맹세할 수 있어요!”

흐음~ 오 박사는 야구모자의 얼굴을 빤히 쳐다봤다. 그저 이 자리를 모면하기 위해 이런 종류의 거짓말을 할 확률은 극히 낮다. 그런 게 목적이라면 주로 자신의 혈연이나 학연, 아니면 신분 따위를 들먹일 테니까.

만약 이 말이 진짜라면… 그래서 살아 있는 면역자를 손에 넣을 수만 있다면… 그렇다면 머지않아 파멸의 마녀, 그 개 같은 년의 코를 납작하게 만들어줄 수 있다. 그 생각을 하는 것만으로도 오 박사의 입가에는 미소가 지어진다.

오 박사는 쉐도우 실드 직원들에게 손짓을 했다.

"어이, 저분 일으켜 드려. 다치지 않도록 조심해서."

5

오 박사는 야구모자를 데리고 나와 바로 위층의 소회의실로 들어갔다. 놈의 손을 풀어준 쉐도우 실드 대원들이 뒤에서 감시하고 있는 동안, 오 박사는 냉장고에서 맥주를 꺼내 줬다. 그 정도 대접은 해줘야 이놈이 안심하고 입을 열 것 같아서다.

"이, 이, 이제 마, 마, 말해… 우, 우리도 바빠!"

맥주를 급하게 벌컥대는 야구모자에게 메이저가 말했다. 어찌나 구미가 당기는 이야기인지, 여자 생각마저 깨끗이 지워졌다.

면역자가 아직 잠실에 있을 때 가서 데려와야 편하다. 물론 이미 철로로 이동했다고 하더라도 반드시 데려올 거다. 무슨 수를 써서라도!

긴 선로는 쉘터처럼 화력이 집중되어 있지 않다. 마음만 먹는다면 군을 상대로라도 기습을 할 수 있다.

"그래, 정보가 맞기만 하다면 우리도 그냥 입 싹 닦고 있지는 않아. 당연히 그에 맞는 보상도 해줘야지. 음, 전에도 이런 제보했던 사람이 하나 있었는데, 그 양반은 지금 남부에서 이사까지 올라가 있어."

오 박사도 특유의 뱀 같은 미소를 지으며 아무렇지도 않게 거짓말을 늘어놓았다. 이미 이전에도 면역자가 있었다는 말에 조금 놀란 야구모자는 조심스럽게 물었다.

"그… 그러면 저도 이사까지는 가능한 건가요?"

이미 한 번 속아놓고서 또 속고 싶은 거냐?
오 박사는 놈을 비웃으며 고개를 끄덕였다.
"정보가 맞는다면 그렇지. 말해봐. 누구야, 그 물렸다는 사람? 아직 잠실에 있어?"
"네. 제가 아까 여기로 오기 전에 한 번 확인하고 헬리콥터에 탔습니다. 있었어요. 찾기도 엄청 쉬워요. 다들 아시는 사람이니까요."
야구모자는 입술을 핥으며 말했다.
"면역자라는 건 어떻게 알았어? 직접 본 거야?"
"그… JL이라는 회사 아시죠? 거기 최고위 연구 책임자가 타일러……."
"그래, 알아! 타일러 젠킨스. 사이코패스 천재. 그게 뭐? 잠실 이야기 하는데 그 사람이 왜 나와?"
야구모자의 말이 길어지는 것 같아서 짜증이 난 오 박사가 놈의 말을 자르며 다그쳤다. 야구모자는 주눅이 들어 몸을 움츠리며 대답했다.
"그 사람이 한 말을 들었습니다. 아, 지금 그 사람도 잠실에 있거든요."
"젠킨스가? 잠실에?"
"네. 그 사람이 테라하고 늘 붙어 다니면서 이야기를 했었는데… 하루는 막 흥분해서 소리를 지르는 거예요. 네가 물렸다는 걸 말했냐고! 그리고… 테라의 물렸던 발가락에서는 무한… 뭐라더라 아, 기억났어요. 증식과 파괴가 반복되고 있다는 말도 하면서."
"지금 뭐라고 했지? 무한 뭐라고?"

너무나 아찔한 이야기에 오 박사는 혹시 자신이 잘못 들은 것인가 싶어 되물었다. 그의 표정에서 반가움을 느낀 야구모자도 들뜬 목소리로 말했다.

"무한 증식과 파괴가 반복되고 있다고 했어요. 물린 발가락에서 증식이요. Proliferation!"

야구모자는 'proliferation'을 필요 이상 굴려 발음하며 자신의 어학 실력을 강조하기 위해 노력했다. 그렇게 하면 해외 영업 이사의 꿈을 이룰 수 있을 것 같아서였다.

"으으~!"

오 박사는 자기도 모르게 신음 소리를 내며 몸을 벌떡 일으켰다. 둘의 행방을 찾기 위해 비상을 걸 시간이다.

상처 부위에서의 무한 증식과 파괴?

이 멍청한 놈이 뒈지기 싫어 급조한 이야기라기에는 너무도 구체적이고 독특하다. 오 박사 자신조차 한 번도 상상해 본 적 없는, 그런 개념. 하지만 야구모자의 말을 듣자마자 그는 그것이 얼마나 면역자다운 독특한 특성인지를 깨달을 수 있었다.

미스터 배인지 뭔지, 그 마녀 년이 달고 다니는 놈과는 차원이 다르다. 사실 타일러 젠킨스가 인정할 만한 면역자라는 것만으로도, 이미 연구할 가치는 충분하고도 남는다.

젠킨스와 면역자, 대단한 보물을 한꺼번에 둘이나 손아귀에 넣을 수 있는 기회가 왔다. 그러기 위해서는 총력을 기울여야 한다. 건대 쉘터에 수면 가스 쏠 궁리 따위나 할 때가 아닌 것이다.

오 박사는 일단 야구모자 녀석이 잠실을 떠나던 시점에서부터 확인을 시작했다.

"그래… 당신이 잠실을 출발하기 직전에도 젠킨스가 그 면역자와 함께 있는 걸 봤다는 말이지?"

오 박사의 질문에 녀석은 고개를 끄덕인다. 오늘 잠실에서 이 놈들을 태워 왔던 시간이 오후 세 시에서 네 시경, 그 이후로 난리가 났다고 했으니 아홉 시간가량이 지났다. 당연히 젠킨스가 아직까지도 그대로 잠실에 남아 있다는 보증은 없다.

선로로 이미 이동했을 수도 있고, 어쩌면 야간의 혼란 속에서 벌써 이곳으로 실어 와 지하 차고 안에 가둬놨을지도 모르는 일이다.

면역자를 수색하러 잠실로 출발하기 전에 먼저 그것부터 확실히 해둬야 한다. 오 박사는 인터폰을 누르고 명령했다.

"나, 오 박사다. 지하 주차장으로 가서 거기 넣어둔 민간인들 중에 외국인이 있는지 찾아봐. 백인에 키도 꽤 크고, 엄청나게 비대한 중년 남자니까 눈에 확 띌 거야. 아, 그리고 혹시 그 사람 일행도 있었는지도 확인하고."

거기까지 말한 오 박사는 고개를 돌려 야구모자에게 물었다.

"이봐, 당신 면역자 얼굴도 기억하지? 그 인상착의 좀 설명해 봐."

오 박사의 말을 들은 야구모자는 무슨 소리를 하는 거냐는 표정을 지었다.

"인상착의가 뭐에 필요해요? 테라라니까요. 테라가 면역자예요. 그… 검은 미니 원피스를 입었는데요, 멀리서 다리만 봐도 한눈에 알 수 있어요."

"테라? 그게 뭐야?"

오 박사가 미간을 찌푸렸다. 그러나 옆에 앉아 있던 메이저가 피식거리며 웃었다. 프랑켄슈타인 같은 그 얼굴이 좋아하는 모양은 기괴했다.

"하, 하, 한국 사람이 테, 테, 테라를 몰라? 크흐흐흐!"

TV도, 연예 뉴스도 거의 보지 않는 오 박사가 어리둥절한 표정을 짓자 메이저는 다시 설명을 해줬다.

"가, 가수 피, 피, 핑크 펀치는 들어봤지? 끄, 끝내주는 년들 두, 둘 있어. 아, 기, 기, 길게 이야기할 것도 어, 없었네. 여, 여기에 있잖아."

메이저는 야구모자에게 주었던 맥주 캔을 돌려 인쇄된 사진을 오 박사 쪽으로 향하게 했다. 오 박사는 안경을 끌어 올리고 캔을 살폈다. 여자 아이돌 둘이 웃고 있는 사진과 이벤트에 응모하라는 문구가 새겨져 있다.

메이저가 말했다.

"두, 두, 두 년 중에 까, 까, 까만 머리가 테라야. 아냐, 돼, 됐어! 내가 차, 차, 찾으면 되니까."

메이저는 무슨 이유에선지 갑자기 기운이 펄펄 나서 테이블을 쾅, 때리고 일어났다. 하지만 한 걸음을 제대로 떼지도 못하고 의자와 함께 뒤로 나동그라졌다. 진통제와 술에 취해 버린 몸이 도무지 말을 듣지 않는 모양이다.

"으! 아으! 이, 이게 왜, 왜 이래? 끄응!"

메이저는 의자를 붙잡고 일어나 보려 애를 쓴다. 그 모습을 보며 오 박사는 이 수색에서 메이저가 아무 역할을 할 수 없다는 걸 깨달았다.

하긴… 마취가 풀리자마자 진통제 범벅이 된 몸으로 이만큼이라도 돌아다닌 것이 오히려 대단한 일이다. 오 박사는 다시 인터폰을 눌렀다.

"지하 2층에 가둬둔 여자 중에 테라라는 사람이 있는지 확인해 봐. 중요한 일이니까 건성으로 하지 말고 확실히 해! 하나하나 얼굴을 확인하라고! 아까 이야기했듯이 지하 3층에서 뚱뚱한 백인 남자도 찾아보고! 그리고 헬리콥터들에 연락해서 지금 자신이 태우고 있거나 태우기 위해 기다리는 민간인들 중에 테라가 있는지, 현재 위치 어딘지 확인하고 최대한 서둘러서 돌아오라고 해! 돌아오면 출발하지 말고, 내 명령 기다리라고 하고!"

명령을 마친 오 박사는 이마에 달라붙은 머리카락을 쓸어 넘겼다. 기대와 흥분으로 가슴이 벌렁거린다. 이렇게 좋을 수가…….

마음 같아서는 나가 있는 헬리콥터들에게 당장 구조고 뭐고 다 그만두고 테라와 젠킨스만 찾아 데리고 오라고 하고 싶다. 하지만 군인들의 눈치를 봐야 하니 일단 나가 있는 헬리콥터들까지는 정상적인 운행인 척해야 한다.

"출동 준비해! 경비에 필요한 최소한의 인원만 여기에 두고 쉐도우 실드 요원 전원 출동한다. 만일의 사태에도 대비해야 하니까 완전무장하라고 하고!"

메이저를 부축해서 의자에 앉히는 쉐도우 실드 대원들에게 명령을 내리고, 오 박사는 거추장스러운 가운을 벗어 던졌다.

"지, 직접 나가게? 저, 저, 전투가 버, 벌어질지도 모르는데, 내, 내가……."

메이저는 몸을 가눠보려고 안간힘을 쓴다. 오 박사는 그의 어깨를 두드렸다.

"자넨 좀 쉬어. 아까부터 그러라고 했잖아. 애들 와서 부축해

주라고 할 테니까 두어 시간만이라도 푹 자둬. 술도 마시지 말고! 혹시 선로로 옮겨가 버렸으면 전투를 해야 할 텐데, 그때도 자네가 이런 상태면 힘들어!"

문을 열고 나가려던 오 박사가 야구모자를 힐끔 돌아본다. 야구모자는 잔뜩 기대에 찬 표정으로 가슴이 부푼 채 그의 입이 열리기만을 기다리고 있다.

오 박사는 야구모자를 가리키며 쉐도우 실드 대원들에게 말했다.

"이거, 8층 식사실에 넣어둬."

식사실?

낯선 단어를 들은 야구모자는 주변의 눈치를 살폈다.

무슨 뜻이지? 식당을 여기에서는 식사실이라고 부르나?

그곳에서 수많은 희생자들이 X—1에 마비된 상태로 작은 회장 좀비의 먹잇감이 되었다는 건 전혀 짐작조차 하지 못했다.

"작은 회장을 데려가 버려서 식사실에는 이제 아무것도……."

야구모자의 양팔을 잡고 일으키며 쉐도우 실드 대원들이 물었다. 오 박사는 고개를 끄덕였다.

"알고 있어. 좀비는 나중에 넣으면 되니까, 일단 크레인에만 걸어놔."

좀비? 크레인?

별로 적절하지 않은 단어가 또 나오자 야구모자의 눈이 흔들린다. 오 박사는 그에게 빙긋 웃어 보였다.

"축하한다. 네가 오늘 막 시작된 페이즈 2 실험 대상 1호야. 테라인지 뭔지 데려오면 첫 혈청을 너한테 주사해 줄게."

그러고 나서 그는 엘리베이터를 향해 바쁘게 걸음을 옮겼다. 손목시계를 보니 시간은 자정을 막 지났다. 빨리 준비를 갖추고 출격해야 한다.

"왜 이래요! 이러지 마세요! 살려주신다고 했잖아요! 으윽! 억! 윽!"

야구모자가 쉐도우 실드 대원들로부터 두들겨 맞으며 내지르는 비명이 고요한 복도를 뒤흔든다. 물론 그렇다고 해서 그를 동정하거나 도울 사람은 아무도 없었다.

☆ ★ ☆

"야! 여기 다시 연결해! 이 개새끼야! 빠졌잖아! 똑바로 하라고!"

밤톨은 악을 써가며 병사들을 독려하고, 다시 전방으로 총구를 돌려 방아쇠를 당겼다.

투투투— 투투둑— 투투투—

군데군데 파괴되고 무너진 내부 철책 사이로 꾸역꾸역 좀비들이 밀려 들어온다.

찢어진 철책을 비집고 들어와 막아놓은 차량들 사이로 기어나오는 좀비들. 놈들이 머리를 들이미는 족족 바람구멍을 뚫어주고는 있지만, 도무지 끝이 보이지 않는다.

그리고 점점 놈들이 들어오는 구멍이 많아진다. 이래서야 아무리 쏴봐야 소용이 없다. 잠실 쉘터는 이제 곧 무너진다. 외부 철책 안으로 좀비의 팔이 뚫고 들어왔을 때부터 이미 예상하고는 있었지만, 그 시간이 너무 빨리 다가왔다.

콰아아아앙—

총알 세례를 받던 차량이 폭발하며 화염에 휩싸였다. 그 부근에 달라붙어 있던 좀비들의 살이 익어가는 악취가 바람을 타고 실려 왔다.

으읍! 밤톨은 치솟아 오르는 구역질을 가까스로 삼켰다. 불탄 좀비의 악취는 평소보다 몇 배나 강해지는 것 같다.

그롸아아아아— 크롸아악— 카아악—

머리와 옷에 불이 붙은 좀비들이 주차장을 가로질러 달려오다가 사살되어 쓰러졌다. 불이 활활 타오르고 있는 내부 철책 일대는 이제 따로 조명을 비추지 않아도 될 만큼 훤하다.

"도화선 연결 마쳤습니다!"

병사들이 외쳤다. 차량으로 벽을 만들어놓은 2차 저지선을 버리고 퇴각하기 전에 차량들 밑으로 소량의 화약과 휘발유를 연결해 뒀다. 좀비들이 여기를 통과할 때 폭파시켜서 놈들의 전진 속도를 조금이나마 지연해 보겠다는 계산이다.

"퇴각! 3차 저지선까지 퇴각해! 퇴각!"

확성기를 든 장교가 고함을 쳤다. 2차 저지선 차량 위에서 좀비들을 향해 사격하고 있던 병사들이 순차적으로 뛰어내린다.

투투둑— 투투투— 투투둑—

탄창을 다 비울 때까지 3점사를 날린 밤톨도 그의 분대원들과 함께 자동차 아래로 뛰어내렸다.

"빠진 새끼 없지? 응?"

밤톨은 분대원들을 챙긴 뒤, 그들을 기다리고 있는 1톤 트럭 짐칸에 올랐다.

부우우웅—

인원을 채운 트럭은 곧바로 주차장을 내달려 야구장 쪽으로 접근했다. 거기에서 아직 빠져나오지 못한 병사들을 싣고 실탄을 지급 받은 뒤에 제1주차장으로 이동하는 것이 그들의 동선이다.

"야! 여기 있던 사람들은 다 어디 갔어?"

텅 빈 제2주차장을 지나오면서 밤톨이 물었다. 태양 그룹으로 이동하기 위해 헬기를 기다리던 민간인들이 잔뜩 줄을 서 있었는데, 지금은 아무도 보이지 않는다. 시끄럽게 귀를 울리던 헬기의 프로펠러 소리도 뚝 끊겼다.

"퇴각하기 전에 올림픽 주경기장으로 옮겼습니다! 이제 그쪽에서 태운답니다!"

"아, 그래! 그럼 우리는 어떻게 퇴각해? 장갑 트레일러 어디로 온다고……."

고개를 끄덕이며 탄창을 교체하던 밤톨이 깜짝 놀라 옆을 돌아봤다. 대답한 상병의 얼굴이 낯이 익었다.

"야! 너! 너… 민간인 물품 보관소에 있던 놈 아니야? 왜 여기에 있어?"

"예? 아니, 그야… 지원 명령을 받아서… 지금 좀비들이 뛰어다니는데 민간인 물품 지키고 앉아 있는 게 무슨 의미가 있겠습니까?"

상병은 당연하다는 투로 답했다. 밤톨은 다시 물었다.

"그러면 너! 그전에 내가 부탁한 칼 가방 전달했어? 얼굴에 칼자국 난 아저씨가 이동할 때, 조용히 전달하라고 했잖아!"

"못했습니다! 제가 근무 서고 있을 때에는 그분이 안 왔습니다!"

"야이 씨! 줘야 한다니까! 꺼내놓고라도 나오지! 분명히 찾으러 왔을 텐데!"

밤톨은 답답해서 가슴을 치며 방방 뛰었다. 이동 시에 칼 가방을 전달해 주는 것으로 자신과 분대원들이 짊어진 마음의 빚을 갚고 싶었는데, 그게 다 터버렸다.

여기로 옮겨 오면 치료를 받을 수 있다고 호언장담을 했던 것도 깨끗이 무산됐는데… 이러다가 만약 그 남자가 죽기라도 하면 그게 온전히 자신들의 책임이라고 느껴질 것이다.

"야! 너! 열쇠 갖고 있어? 보관소 셔터 열쇠?"

밤톨은 상병에게 손을 내밀었다. 상병은 주머니에 손을 넣고 잠시 망설인다. 밤톨은 녀석에게 소리를 질렀다.

"야! 네 말대로 물건 지키고 있어봐야 뭐할래? 이제 여기 몇 시간 안 남았는데!"

그 말을 듣고서야 상병은 밤톨에게 열쇠를 건네준다. 밤톨은 열쇠를 꼭 쥐고 입술을 꽉 깨물었다.

어차피 실탄을 지급 받고 나면 그들이 가야 하는 위치는 제1주차장. 철로로 이동하는 사람들이 줄을 서 있는 곳이다. 운이 좋으면 칼 가방을 전달해 줄 수도 있다.

"야! 얘들 다 태우고 물품 보관소 쪽으로 돌아와! 어차피 가는 길에 있잖아!"

트럭이 잠실야구장 앞에 멈추자마자 밤톨은 운전병에게 그 말을 외치고 트럭에서 뛰어내렸다. 대기하고 있던 병사들이 차량에 오르는 동안 밤톨은 트럭의 헤드라이트 불빛에 의존해 정신없이 내달렸다.

"하아~ 하아~!"

물품 보관소에 도착한 밤톨은 헐떡이며 자물쇠를 열고 셔터를 들어 올렸다. 칼 가방은 보관소 앞쪽에 따로 빼놓아져 있었다.

삐죽하게 삐져나와 있는 마세티 손잡이에 강민구라는 이름표가 붙어 있다. 이름표 따위가 없었어도 누구의 것인지 너무나 확연히 알 수 있는 물건의 자태이다. 밤톨은 가방을 챙겨서 재빨리 밖으로 뛰어나왔다.

부우우웅—

어느새 대기 인원들과 탄약을 다 실은 트럭이 그를 향해 달려오는 중이다.

# 2장

# 무쌍난무

## 1

투투투투— 투투투— 투투둑— 투투투투투투—

등 뒤에서 쉼 없이 울려 대는 총소리를 들으며 민구는 초조하게 주변을 둘러보았다. 이제는 불과 50여 미터 이내로 당겨진 저지선에서 병사들이 죽어라 총을 쏴대는 중이다.

아직 괴물들의 모습이 보이지는 않지만, 머지않아 저 서치라이트의 범위 내까지도 놈들이 좁혀올 거라는 걸 소리로 알 수 있었다.

그롸아아아아—

괴물들은 자신들이 얼마나 많은지, 또 얼마나 가까이까지 왔는지 소름 끼치는 울음소리로 상세히 알려준다.

다행인 점이라면 이제 몇 분 내로 그들이 나가야 할 차례가 올 거라는 사실이다. 물론 저 허술한 3차 저지선이 그사이에 무너져 버린다고 해도 하나도 이상할 건 없다.

"몇 시야?"

젠킨스가 테라를 통해 물어온다. 민구는 인상을 쓰면서 시계를 이리저리 비췄다. 미키마우스 시계의 야광이 영 시원치 않아서 이렇게 반사각을 잘 맞춰야만 겨우 시간을 알아보는 게 가능하다.

"12시 20분. 그리고 그만 좀 물어보라고 해. 시간하고 상관없는 일이니까."

민구는 테라에게 일러줬다. 테라는 그걸 또 젠킨스에게 전한다. 좀비 세상이 오기 전에는 각계에서 나름 최고의 위치를 고수하던 사람들이건만, 지금은 세 명을 다 합쳐 끈이 나긋한 어린이용 미키마우스 시계 하나뿐이다. 그래서 이런 우스운 짓을 해야 한다.

"끄아아아악! 아아악!"

어딘가에서 비명 소리가 들려온다. 총소리는 사방에서 울려대는데, 비명 소리가 들려오는 방향은 한 군데뿐이다. 바로 잠시 후 그들이 달려 나가야 하는 탄천변의 산책로다.

"좀비들이 또 왔나 봐! 어떡해!"

주변의 사람들이 술렁거리며 울먹였다. 조명도 거의 없는 벌판을 달려 나가야 하니 두려울 수밖에 없다. 언제 어디에서 좀비들이 달려들지 모른다.

콰콰콰콰콰— 콰콰콰콰콰—

한동안 이어지던 끔찍한 비명은 전차의 기관총 소리가 요란하게 울리고 난 뒤 끊겼다. 사람들은 그제야 안도의 한숨을 내쉬었다. 하지만 민구는 그 소리들이 어떤 의미인지를 알고 있다. 다수의 괴물들과 한 덩어리로 뒤섞인 민간인들까지 전부… 한꺼번에 사살해 버린 것이다.

비정하기는 하지만, 이런 상황에서는 합리적인 결정이다. 그렇게라도 해서 산책로를 깨끗이 정리하지 않으면 앞뒤로 좀비들에게 둘러싸이는 형국이 되고 말 테니까.

"잘 들어."

민구는 테라에게 속삭였다.

"누군가 괴물에게 물렸다 싶으면, 그 자리에 머물지 말고 곧바로 뛰어. 도우려고 하지도 말고, 무섭다고 머뭇거리지도 마. 무조건 그 자리에서 멀어져야 돼. 만약에 앞으로 갈 수 없으면 뒤로 돌아서라도 뛰어. 안 그러면 결국 총에 맞아 죽는다."

민구의 말을 들은 테라는 겁먹은 얼굴을 위아래로 끄덕였다. 몇 번이나 망설이다가 겨우 입술을 뗀 테라가 작게 중얼거렸다.

"…무서워요."

그건 말을 듣지 않아도 이미 알 수 있는 일이었다. 핏기가 가신 그녀의 입술은 아까부터 계속 바르르 떨리고 있다.

"손을 주무르고, 제자리걸음이라도 계속해. 그렇게 얼어붙어 있다가는 제대로 못 뛰어."

민구는 그렇게밖에 대답해 줄 수 없었다. 물론 달려드는 괴물의 수가 한 손에 꼽을 수 있는 정도라면 그가 충분히 지켜줄 수 있다. 그러나 그 역시 저 밖의 벌판에 얼마나 많은 괴물들이 돌아다니고 있는지 전혀 모른다.

그동안 이동하면서 물린 놈들이 다 변해 있을 테니, 몇 백 마리로 불어난 채 어둠 속에 몸을 숨기고 있다 해도 전혀 이상하지 않다. 전차들이 열심히 사살을 한다고는 하지만, 불빛이 닿지 않는 곳까지 집요하게 쫓아다니는 것은 아닐 테니까.

민구는 주머니 속의 칼을 꽉 쥐었다. 그 역시 이 계집애가 수십 마리의 괴물들에게 덮쳐져 갈가리 찢기는 꼴은 못 본다.

만약에 그런 상황이 오면… 차라리 자신이 먼저 손을 써서 이 계집애가 고통을 느끼지 못하도록 만드는 편이 나을 거다.

콰아아아앙— 콰아앙—

엄청난 폭음과 열기가 등 뒤에서 훅 밀려온다. 2차 저지선이 폭파됐다. 이제 그들을 좀비들로부터 갈라놓는 것은 허술하게 급조한 철조망과 바리게이트 정도뿐이다.

사람들의 마음은 더욱 급해졌고, 훌쩍이는 소리가 여기저기서 들려왔다. 철조망을 사수하기 위해 방아쇠를 당기는 병사와 민간인들의 거리는 50미터도 안 된다.

"여기까지가 100인입니다! 앞으로 나오십쇼!"

민구의 바로 앞에서 줄이 끊겼다. 병사들에게 지목된 100인이 몇 걸음을 내디뎠다. 그 사이로 두 명의 병사가 끼어들어 큰 소리로 외쳤다.

"게이트 밖으로 나가면 무조건 뜁니다! 멈추지 않습니다! 저희가 앞에서 인도할 테니까, 이 불빛만 따라오시면 됩니다! 선착장까지 800미터! 거기까지만 가시면 유람선이 기다리고 있을 겁니다!"

병사들이 설명을 하고 있는 동안에 게이트를 통해 요란한 엔진 소리와 함께 전차가 들어왔다.

동쪽에서 밀려오는 좀비들을 저지하기 위해서라지만, 지금까지 산책로를 지키던 전차가 한 대 줄었다는 것 때문에 사람들은 더욱 불안에 사로잡혔다. 민구에게도 좋은 소식은 아니었다.

"민구 형님! 민구 형님!"

그때, 총소리 사이로 누군가가 자신의 이름을 부르는 게 들린다.

뭐지? 내 이름을 알 만한 사람이 없는데… 형님이라고 부를 사람은 더 없고……. 착각인가?

민구는 의외라고 생각하면서 줄 밖으로 고개를 내밀었다. 밤톨이다. 민간인들 사이로 플래시를 비추던 밤톨도 민구를 알아보고 달려왔다.

"형님! 이거!"

밤톨은 민구에게 칼 가방을 내밀었다. 민구는 다른 병사들의 눈치를 살피며 가방을 받았다. 다들 이동에만 정신이 팔려 있어서 긴 가방 따위를 신경 쓸 겨를은 없어 보인다. 밤톨은 큰 짐을 내려놓았다는 듯 웃었다.

"하, 하하하! 다행입니다! 약속했던 대로 그걸 돌려 드릴 수 있어서! 엇!"

환하게 웃던 밤톨이 깜짝 놀란다. 민구의 곁에 서 있는 테라를 보았기 때문이다.

"으아, 그동안 잠실에 있으면서도 한 번도 실물로 본 적 없었는데……."

테라와 눈인사를 나누면서 밤톨은 잠시나마 아찔한 기분을 느꼈다. 사람이 아니라 인형 같다고 했던 김 이병 새끼의 말이 구라가 아니었다.

"테라 씨! 이 형님 곁에 바짝 붙어 계세요! 확실히 지켜 드릴 겁니다!"

밤톨은 그녀를 향해 엄지손가락을 치켜올리고 바리게이트 쪽으로 몸을 틀었다. 예상치 못했던 도움에 민구는 북받쳐 오르는 감정을 이기지 못하고 밤톨에게 고백했다.

“나… 나는 네가 생각하는 것처럼 좋은 놈이 아니야! 무술가 같은 것도 아니고!”

“압니다.”

고개를 돌린 밤톨이 웃었다. 그런 후, 그는 칼 가방을 가리키며 말을 이었다.

“이제 그걸 좋은 데 쓰실 거라는 것도 잘 알고요.”

젠장! 민구는 이마를 감싸 쥐었다.

“이 은혜를… 어떻게 갚아야 할지 모르겠군.”

“살아남으세요!”

그 말을 남기고 밤톨은 바리게이트 쪽으로 달려갔다. 화약 연기가 철조망 주변을 자욱하게 채운다.

밤톨을 보낸 뒤, 민구는 젠킨스의 거대한 몸 뒤에 숨어 가방에서 쿠크리 나이프 홀더를 꺼냈다. 그러고는 주변 사람들의 눈에 띄지 않도록 조심하며 트레이닝복 안에 착용했다.

얇은 트레이닝복 등판이 툭 튀어나온다. 밝은 곳에서라면 대번에 티가 났을 테지만, 워낙 주변이 어두워 별로 시선을 끌지는 않았다.

“본색이 나오는군… 테라 양, 이 남자 괜찮은 걸까…….”

민구가 등 뒤로 칼을 차는 것을 보며 젠킨스는 겁에 질린 표정을 지었다. 그의 경호원들과 달리 이 남자는 통제가 안 된다. 그러나 젠킨스에게는 이미 선택의 여지가 없다.

민구는 오른손을 뒤로 해서 쿠크리의 손잡이를 잡아봤다. 비록 옆구리 근육이 날아갔어도 그 정도는 문제없을 것 같다. 이런 좆같은 상황에서도 사막에서 단비를 만난 것처럼 웃음이 난다.

민구는 입을 비틀어 오랜만에 웃었다. 민구는 마세티의 손잡이가 왼손에 닿을 수 있도록 가방을 비스듬히 멨다. 칼을 뽑아야 한다면 왼손의 마세티가 주력이 될 것이다.

"준비하십쇼! 지금 나갈 겁니다! 옆 사람과 간격 맞추십쇼!"

병사들이 목청껏 외친다. 민간인들은 두 주먹을 불끈 쥐고 달릴 준비를 했다. 플래시를 하이바에 부착한 두 병사가 100인대 대열의 앞에 와서 선다. 그 플래시 두 개가 앞으로 800미터를 내달리는 동안에는 그들의 거의 유일한 조명이다.

끼리리리릭—

게이트가 열렸다. 선봉의 두 병사는 앞서 뛰어가기 시작하며 큰 소리로 외쳤다.

"출발!"

병사들이 달리고, 그들로부터 2미터 정도 거리를 두고 서 있던 첫째 줄이 그 뒤를 따른다. 민구와 테라, 젠킨스도 그 줄에 속해 있다.

탁탁탁탁탁—

시끄러운 발소리. 모두들 필사적으로 뛰었다. 좀비들의 습격이 무서워서이기도 하지만, 뒤에서 달려오는 사람들에게 깔릴까 봐서도 주춤거릴 수가 없다. 선두의 플래시 불빛이 방향을 바꿔 산책로로 진입했다.

"으! 으흐으!"

달리던 민간인들의 사이에서 신음이 터져 나왔다. 산책로 주변에는 끔찍하게 훼손된 시체들이 여기저기 널려 있다. 바로 지난 저녁부터 밤사이 몇 시간 동안에 만들어진 시체들이다.

달려들던 좀비였을 수도 있고, 놈들에게 물렸기 때문에 사살된 민간인들일지도 모른다. 어쨌든 끔찍하다는 점에서는 동일했다. 플래시 불빛이 비추는 좁은 범위밖에 볼 수 없다는 게 그나마 다행일 정도다.

"어흐! 으윽!"

암흑 속에서 짓뭉개져 있는 살덩어리나 피 웅덩이를 밟게 되면, 사람들은 견디기 어렵다는 식으로 진저리를 쳤다. 그래도 멈출 수는 없다. 저 멀리 코너 지점에서 대기하고 있는 전차의 불빛이 훤하게 내비치고 있다. 저기까지만 가도 생존 확률은 훨씬 높아질 것이다.

"하아아! 하아아~! 헥! 헥!"

가장 먼저 거친 숨소리를 내며 비 오듯 땀을 흘린 것은 물론 젠킨스였다. 턱까지 차오른 숨 때문에 그의 시야는 좁아졌고, 귀는 먹먹하다. 심장은 터질 것만 같다.

하지만 젠킨스는 후들거리는 두 다리를 열심히 번갈아 뻗으며 달렸다. 이 황량한 암흑 속에 버려진다는 상상만으로도 등골이 얼어붙는 것 같아 최선을 다할 수밖에 없다.

"댐 잇!"

젠킨스는 결국 건빵 박스를 옆으로 내던져 버렸다. 바로 등 뒤에서 총소리가 울려 대는 동안에도 소중하게 끌어안고 있던 건빵 박스지만, 정말로 목숨이 왔다 갔다 하는 상황에 이르자 그저 짐일 뿐이란 걸 절감하게 됐다. 그래봐야 이미 한계에 도달한 폐가 기운을 차리기에는 역부족이다.

"기, 기다려! 나를… 나를 버리면 안 돼… 테라 양……."

산소가 부족해서 얼굴이 파랗게 질린 젠킨스가 애원하며 손을 들어 올린다. 하지만 그의 목소리는 제대로 터져 나오지 않았고, 그러는 동안에도 테라와의 거리는 조금 더 멀어진다.

젠장, 등 뒤로 부딪쳐 오는 사람들을 느끼면서 젠킨스의 머릿속은 후회로 가득 찼다. 그녀가 친절하게 물을 먹이고 걷는 연습을 시켰을 때, 조금 더 열심히 훈련을 했어야 한다. 조금 더… 성실하게 체중 관리를 했어야 하는데…….

자신의 옆에서 묵직한 인기척이 사라진 걸 느낀 테라가 뒤를 돌아보았다. 젠킨스는 그녀의 눈빛이 반가웠지만, 따라잡을 만한 기력은 남아 있지 않았다. 잠시라도… 아주 잠시라도 좋으니 숨을 돌릴 수 있는 휴식이 필요하다.

"으아앗!"

줄의 밖으로 밀려나 버린 젠킨스가 포기하기 직전에, 선봉에서 달리던 병사들의 비명 소리가 들려왔다. 그러고는 플래시의 불빛이 우뚝 멈춰 선다.

좀비들이다. 열댓 마리가 넘는 좀비들이 좌측 탄천의 검은 물 밑에서 하나씩 하나씩 산책로 위로 기어오르고 있다.

"전방에 좀비! 좀비!"

선봉의 두 병사가 큰 소리로 외친 뒤, 방아쇠를 당겼다.

투투둑— 투투둑— 투투투—

예광탄의 불빛이 날아가고, 총알에 꿰뚫린 좀비의 머리통이 터져 나간다. 플래시가 비추는 방향이 탄천 쪽으로 바뀌었다.

으아아아! 아흐흐!

뒤따르던 민간인들이 두려움 가득한 신음 소리를 냈다. 탄천은 길거리에서 밀려난 시체들로 가득 차 있다. 마치 시체로 만들어진 작은 댐을 보는 것 같다. 그리고 그 댐의 사이사이에서 불쑥불쑥 팔이나 머리가 솟아 올라왔다.

"비켜요! 비켜!"

뒷줄에서 달리던 나머지 두 명의 병사도 서둘러 달려와 선봉의 둘과 합류했다. 요란한 총소리와 함께 전방을 가로막고 있던 좀비들이 거의 다 정리되었을 무렵, 이번에는 어둠에 묻힌 뒤쪽에서 비명이 들려왔다.

"끄아악! 아악!"

단순히 무서워서 내는 소리가 아니라는 걸 듣자마자 알 수 있을 정도로 끔찍한 비명이었다. 저 캄캄한 뒷줄 어딘가를 좀비가 덮친 것이다.

"으아아아!"

사람들은 두려움에 사로잡혀 무작정 앞쪽으로 달려갔다. 병사들도 탄천에서 기어 올라오는 좀비들 사살을 중단하고 갈대밭 쪽으로 붙어 뛰기 시작했다.

몇 시간 동안이나 유지해 왔던 오와 열은 순식간에 개판이 됐다. 사람들은 앞도 제대로 보이지 않는 상황 속에서 계속 비명을 내지르며 달렸다.

"테라 양!"

잠깐 숨을 돌린 덕에 다시 뛸 수 있게 된 젠킨스가 테라의 곁에 합류했다. 민구는 테라의 팔목을 꽉 잡고 당기며 외쳤다.

"군인들 뒤에 바짝 붙어! 떨어지면 안 돼!"

민구가 군인들에게 의지하는 이유는 병사들의 사격 실력을 믿어서가 아니라, 그들이 가지고 있는 플래시 때문이다. 조명이 없이는 이 어두운 강둑을 헤쳐 나갈 수가 없다.

세 사람은 안간힘을 써가며 병사들과 보조를 맞춰 달렸다. 등 뒤에서 조여오는 공포를 이기지 못한 채 갈대밭 속으로 도망쳤던 사람들이 속속 비명을 지르며 나자빠진다.

열심히 내달리는 사람들 모두가 절감하고 있었다. 이 이동로는 벌써 한참 전에 한계를 맞았고, 이제는 거의 지옥처럼 변해 있다는 것을……. 어둠 속에 숨겨져 있는 좀비들이 너무 많다.

"줄을 지켜요! 이탈하면 안 됩니다!"

선봉의 병사들이 애타게 외쳤다. 하지만 사실 가장 먼저 대열을 이탈한 것은 병사들 자신이었다. 만약 전방에 좀비들이 나타났을 때, 후방의 병사들이 자리를 비우지만 않았더라면 이 정도로 극심한 혼란은 일어나지 않았을지도 모른다.

"빨리 가요! 멈추지 말라며! 저 사람들은 포기해요!"

뒷줄에서 따라오던 사람들이 애타게 외쳤다. 병사들도 이내 상황을 직시하고 달리는 속도를 높였다.

이미 모든 사람들을 다 안전하게 인솔하기는 텄다. 아직 남아 있는 사람들만이라도 최대한 살려야 한다. 아니, 그보다 일단 자신들의 목숨도 지금 아슬아슬하다.

그롸아아아아—

갑자기 좌측에서 울려오는 커다란 울음소리!

그리고 시커먼 그림자가 시야를 가린다고 느낀 순간, 왼쪽 가장 앞에서 달리던 병사가 확 고꾸라졌다. 몸을 날린 좀비가 그를 덮친 것이다.

투투둑— 투투투— 투투둑—

다른 세 병사가 돌아서서 좀비를 향해 3점사를 날렸다. 병사를 깔고 앉아 살을 물어뜯으려던 좀비가 벌집처럼 꿰뚫린다. 그중 일부는 좀비의 몸을 관통해서 그 아래에 깔린 병사의 몸에 박혔다.

"크아악!"

짧은 단말마! 가슴과 복부에서 피가 솟아오른 병사는 눈을 홉뜬 채 숨을 거뒀다. 잠시 그 참혹한 모습을 바라보던 병사들은 죄책감과 두려움에 몸을 떨었다.

숨진 병사가 좀비에게 물렸었는지 확실하지가 않다. 하지만 고민해 봐야 이미 늦은 일. 그들은 이를 악물고 뒤돌아 달렸다.

네 명의 호위 병사 중 세 명이 남았고, 100인의 민간인 중 삼분의 이가량이 그들을 따라 뛰고 있다.

"초… 총이다! 총을 잡아!"

숨진 병사의 곁에 떨어져 있는 K-2와 그의 하이바에 부착된 채 허공을 비추고 있는 플래시가 민간인 남자들의 시선을 사로잡는다. 두어 명의 간 큰 중년 사내들이 뛰어갔다.

그중 한 명이 총을 집어 들었다. 그러고는 병사의 시체에서 탄창을 회수하기 위해 허리를 굽혔다. 그때, 옆에 서 있던 남자가 비명을 질렀다.

"으아악!"

물속에서 기어 나온 세 마리의 좀비. 놈들은 땅에 발을 딛자마자 귀신처럼 빠르게 움직인다. 총을 집은 사내가 엉덩방아를 찧으며 방아쇠를 당겼다.

투투투— 투투둑—

발사된 총알은 정면에서 달려오던 좀비의 가슴과 얼굴을 엉망으로 박살 내버렸다. 하지만 그사이에 나머지 두 마리가 사내를 향해 몸을 날렸다.

"끄아아악! 아악!"

두 마리 좀비에게 목덜미와 어깨를 물어뜯긴 사내가 목이 터져라 울부짖는다. 고통을 이기지 못한 사내의 손가락은 방아쇠를 있는 힘껏 당겼고, 총구는 제멋대로 흔들리며 사방으로 총알을 날렸다.

"아윽! 억!"

여기저기에서 비명 소리가 터져 나오고, 총알에 맞은 사람들이 나동그라졌다.

그롸아악— 그롸악—

산책로 우측의 덤불 속에서, 또 좌측의 탄천에서, 혹은 후방의 산책로에서 좀비들의 울음소리가 울릴 때마다 도망치는 민간인들의 수가 하나씩, 둘씩 줄어든다.

물론 모두들 필사적으로 앞만 보며 내달리고 있기 때문에 목덜미를 물리는 당사자나 그 바로 옆의 몇몇을 제외하고는 그렇게 희생자가 늘어나고 있다는 사실조차 모르고 있다.

투투투— 투투투— 투투둑—

앞서 뛰어가며 길을 트는 세 명의 병사는 희끗한 그림자만 보여도 곧바로 방아쇠부터 당겼다. 그것이 바람에 흔들리는 갈대이거나, 혹은 샛길로 앞질러 달려와 합류하려던 민간인이라도 상관없었다.

이제 그들의 정신은 완전히 공포에 잠식되어 있었고, 오로지 생존만이 유일한 목표로 남았다. 바짝 뒤따라오는 민간인들이 20여 명에 불과한데도 속도를 늦출 생각조차 하지 못할 만큼 그들은 다급했다.

"잠깐! 멈춰! 오른쪽! 오른쪽!"

코너에 이르기 직전, 민구가 군인들을 향해 다급하게 외쳤다. 하지만 군인들은 멈추지 않고 계속 내달렸다.

총성에 묻혀 그의 목소리가 제대로 전달되지 않았는지도 모른다. 쫓아가서 붙잡아주고 싶었지만, 지금 그의 몸 상태로는 그만한 속도가 나오지 않는다.

젠장! 민구는 테라의 팔을 붙잡았다. 테라가 깜짝 놀라 물었다.

"왜요? 하아! 하아! 군인들을 쫓아가야……."

"아니, 안 돼……."

민구는 그녀를 자신의 등 뒤에 숨기고 양손을 칼의 손잡이에 댔다. 무성한 덤불 속에서 바람이 만든 것이 아닌, 격한 흔들림을 보았다. 꽤나 많다. 그것을 미처 눈치채지 못한 군인들이 죽음을 향해 달려가고 있는 것이다.

"헤에~ 헤에~ 컥! 컥!"

덩달아 멈춰 선 젠킨스는 민구에게 기대서 구역질까지 해 대며 숨을 몰아쉰다. 민구는 녀석을 뿌리치고 깜깜한 풀숲을 노려보았다.

크롸아아악— 카아악—

덤불을 흔들던 놈들이 모습을 드러내기까지는 그리 오랜 시간이 걸리지 않았다. 푸른 달빛을 덮어쓴 갈대들이 흔들리고, 야생동물처럼 뛰어오른 좀비들이 병사들을 덮쳤다.

"으아아아!"

병사들은 우측으로 고개를 돌리며 방아쇠를 당겼다. 정신없이 흔들리는 플래시 불빛 사이로 아가리를 쫙 벌린 좀비들이 휙휙 떨어지고, 또 뛰어오른다.

"끄윽! 아으윽!"

손을 물린 병사가 비명을 질렀다. 좀비의 입안으로 잘려 들어간 손가락! 잘린 부위에서는 핏줄기가 솟아올랐다.

급하게 총구를 돌리려 할 때, 또 다른 좀비들이 그의 어깨를, 또 무릎을, 가슴과 목덜미를 덮쳤다. 극도로 감각이 예민해진 신체 이곳저곳에서 좀비의 이빨이 살을 잘라내는 통증이 전해졌다.

"큭! 으아아아!"

좀비들에게 깔린 병사의 입에서 인간의 것처럼 들리지 않는 날카로운 울부짖음이 터져 나왔다. 그러는 동안에도 좀비들은 그의 살점을 자르고 뜯어냈다.

투투투— 투투둑— 투투두— 투투투—

아직 숨이 붙은 두 병사는 황급하게 3점사를 날리고 왔던 길을 뒤돌아 달렸다. 하지만 그중 하나는 좀비를 뿌리치지 못했다. 간발의 차이로 뒤처져 있던 병사의 어깨에 갈퀴 같은 좀비의 손이 걸렸다.

"헉!"

뒤로 당겨지는 강력한 힘을 느낀 순간, 병사는 자신의 죽음이 다가왔다는 것을 직감했다. 거짓말처럼 왈칵 뜨거운 눈물이 솟는다. 이렇게 죽고 싶지 않았다.

콱!

하이바를 때리는 둔탁한 충격! 병사는 이내 그것이 어떤 상황인지를 깨달았다. 그를 끌어당긴 좀비가 하이바에 이빨을 박아 넣으려고 했던 것이다.

"으아아아!"

천우신조로 살아남은 병사는 좀비의 팔을 뿌리치고 몸을 홱 돌려 녀석을 향해 총알을 날렸다.

투투투—

근거리에서 3점사를 가슴에 맞은 좀비가 뒤로 날아간다. 녀석의 갈비뼈 조각과 체액이 사방으로 튀었다.

투투둑— 투투투— 투투두—

병사는 그 바로 뒤에서 달려오는 좀비들을 향해 탄창이 빌 때까지 총알을 날려 댔다. 하지만 거기까지였다. 그에게는 탄창을 갈아 끼울 수 있을 만한 시간 여유가 없었다.

"죽어라! 죽어!"

총알이 바닥난 병사는 K—2의 개머리판을 휘두르며 마지막까지 저항을 해봤다.

빠각—

한 놈의 턱을 부수는 데까지는 성공을 했지만, 그사이 다른 놈들이 그의 얼굴과 팔다리를 물어뜯고 늘어진다.

까드득!

자신의 얼굴에서 살점이 뜯겨 나가는 소리!

그리고 또 와드득! 우드득!

여기저기에서 피가 솟아올랐다. 발버둥을 쳐 대던 병사의 몸에서 마침내 힘이 쭉 빠져나간다. 그 후로는 이렇다 할 저항도 없었다. 좀비들이 쩝쩝거리며 살을 뜯어먹고 있는 동안, 병사의 사지가 이따금씩 경련할 뿐이다.

"으아아아!"

마지막 살아남은 병사는 탄창을 갈아 끼우며 울부짖었다. 네 명의 호위 병력이 차례차례 목숨을 잃고, 이제 그 혼자만 남았다. 탄창도 어느새 마지막. 반면에 좀비들은 아직 열 마리도 더 남았다.

콰드득, 콰드득!

놈들이 동료 병사의 시체를 뜯어 먹는 소리가 고막을 파고든다. 저 식사가 끝이 나면… 이제 놈들은 자신을 향해 달려들 것이다. 실탄에 여유가 없는 걸 알기에 병사는 신중하게 조준하며 숨을 골랐다.

그롸아아아—

측면에서 들려오는 포효에 병사는 자기도 모르게 고개를 돌렸다. 무성하게 자라나 있는 풀숲 사이에서 덮쳐 오는 좀비!

총구를 돌린다 해도 이미 늦었다. 전방에만 온 신경을 다 집중하고 있던 게 패착이다.

칵—

병사가 마지막을 각오하고 눈을 질끈 감으려던 순간, 둔탁한 절단음이 들리고 그를 향해 달려들던 좀비의 고개가 오른쪽으로 확 꺾였다. 끝부분만 간신히 붙어 덜렁거리는 대갈통에 민구의 발길질이 날아가 꽂혔다.

우득!

뜯겨진 머리는 포물선을 그리며 날아가 한강의 수면에 물보라를 일으켰다. 모든 것이 순식간에 일어난 일이다.

목이 잘린 채 고꾸라진 좀비의 시체.

병사는 옆으로 시선을 돌렸다. 거기에는 트레이닝복을 입은 남자가 초승달처럼 휜 커다란 칼을 들고 서 있었다. 칼의 긴 날이 플래시 불빛을 받아 번쩍인다. 그가 좀비의 목을 자르고 걷어찬 것이다.

"아! 고, 고맙습니다!"

사내가 그렇게 큰 칼을 어디에서 구했는지 같은 건 궁금하지도 않았다. 오로지 한 가지, 자신이 아직 살아 있다는 것만이 중요했다.

"총알 남았나?"

민구는 병사의 말에 대꾸하는 대신 그것부터 확인했다. 병사는 멍한 얼굴로 고개를 끄덕였다.

"내 쪽으로 쏘지 마. 그리고 모자 좀 빌리자."

민구는 말을 끝마치기도 전에 손을 뻗어 병사의 하이바를 벗겼다. 그러고는 그걸 자신의 머리에 뒤집어쓴 뒤 끈을 조였다.

"이제 뭐가 좀 보이는군."

하이바에 부착된 플래시가 고개를 돌리는 대로 따라 움직이는 걸 확인한 민구는 만족한 표정을 지었다. 그사이 세 번째 병사를 뜯어먹고 있던 좀비들의 식사가 끝이 났다.

그르르르르—

병사의 시체에서 피 묻은 주둥이를 뗀 좀비들이 그릉거리며 새로운 희생자를 찾는다. 고개를 쳐드는 놈들의 모습이 플래시의 불빛을 받아 환히 눈에 들어온다.

한 마리, 두 마리… 점점 더 많은 좀비들이 일어나서 이쪽을 향해 걸어오기 시작했다.

스릉—

민구는 왼손으로 마세티를 뽑았다. 간만에 손아귀에 전달되는 묵직함. 싸구려 등산용 나이프를 손에 들고 있을 때와는 차원이 다르다. 자신감이 끓어오른 민구는 또 한 번 입꼬리를 올리며 씨익 웃었다.

그롸아아아아—

달려드는 좀비들. 모두 합쳐 열 마리나 되는 놈들이 좁은 산책로를 가득 메우고 빠르게 거리를 좁혀온다. 민구는 양손의 쿠크리와 마세티를 가볍게 한 바퀴 돌리며 놈들을 반겼다.

"크, 이 새끼들… 오랜만이다!"

2

그롸아아아아—

괴물들, 많기도 하다. 물론 그래서 더 가슴이 뛰기도 하는 거지만…….

민구는 마세티를 힘차게 내휘두르는 것으로 놈들을 맞았다.

빠악—

가장 앞서서 달려오던 좀비가 마세티의 칼등에 관자놀이를 직격당하고 휘청거린다. 민구는 놈의 골반을 걷어차서 산책로 난간 아래로 밀어버렸다.

풍덩—

서너 바퀴를 굴러 떨어지다가 요란한 물소리와 함께 한강에 빠져 버린 좀비는, 빠르게 흐르는 물살에 휘말려 하류 쪽으로 떠내려갔다. 그러는 사이, 민구는 그 반동을 그대로 살려서 두 번째 놈의 얼굴을 마세티로 찍었다.

콰득—

마세티의 거대한 칼날이 좀비의 입을 가르고 턱뼈까지 파고든다. 하지만 단번에 두 동강을 내지는 못했다.

역시 예전만은 못하군…….

민구는 잘려 나간 오른쪽 옆구리 근육의 빈자리를 실감하며 쿠크리의 칼등으로 마세티의 칼등을 망치질하듯 후려쳤다.

칵—

뼈 사이에 맞물려 꽉 끼어 있던 마세티가 앞으로 뻗어 나가며 좀비의 턱을 두 동강으로 잘라냈다. 허공에 떠 있던 놈의 머리 위쪽이 바닥에 떨어져 구른다. 그러는 사이, 민구는 다시 한 발짝을 내디디며 쿠크리를 휘둘렀다.

휘익—

빠르게 바람을 가른 쿠크리의 유선형 날이 세 번째 좀비의 목에 박힌다. 민구는 박혀 있는 칼날을 밀며 그것을 회전축으로 삼아 몸을 회전시켰다. 회전력을 가득 실은 마세티가 네 번째 놈의 무릎을 찍었다.

우득!

두 개의 무릎이 서로 다른 방향으로 꺾인 좀비는 비틀거리며 허물어졌다. 민구는 녀석을 피해 옆으로 스텝을 밟으면서 마세티로 놈의 뒤통수를 찍었다.

쩌엉—

뒤통수가 쪼개진 좀비가 뇌수를 흩뿌리며 힘없이 엎어졌다.

그렇게 난리를 치는 사이, 세 번째 좀비의 목에 박혀 있던 쿠크리의 칼날은 놈의 목뼈를 파고들었다. 민구는 쿠크리의 칼날을 비틀어 이미 죽어 있는 세 번째 좀비의 목에서 빼냈다.

그러고는 슬쩍 곁눈질로 뒤를 돌아보았다. 테라는 그로부터 몇 미터 뒤에 떨어진 채 군인과 젠킨스의 사이에 서서 민구를 지켜보고 있다.

그롸아아악— 크롸아아—

속속 달려드는 좀비들의 울음소리에 민구는 다시 앞쪽으로 고개를 돌리며 피식거렸다.

"보채지 마라, 이 새끼들아."

물리면 죽는, 아슬아슬한 싸움. 그런데 그 난이도 높은 싸움이 그의 가슴에 기쁜 두근거림을 전달해 준다. 살아 있다는 만족감이 온몸 구석구석에 쉬지 않고 뻗어 나갔다.

시간은 천천히 흐르는 것 같고, 뇌는 손발과 하나가 되어 움직이고 있다. 귓가에서는 쉬지 않고 드럼 소리가 울려 대는 중이다. 짜릿짜릿하다.

쉘터 구석에서 불편한 몸을 억지로 다그쳐 가며 비지땀을 흘렸던 모든 시간들은 바로 이 한순간을 자신의 것으로 만들기 위한 몸부림이었다.

자신의 육체가 아직까지는 자신의 의지를 그런 대로 반영해 주고 있다는 게 즐거워서, 민구는 이를 드러내고 웃었다. 그러고는 마세티를 하늘 높이 들어 올렸다.

카각—

달려들던 좀비의 정수리에 마세티가 박혔다. 민구는 칼날에 박힌 좀비를 앞으로 끌어당기면서 놈의 목에 쿠크리를 찔러 넣었다.

유선형의 칼날은 조금의 저항도 느껴지지 않을 정도로 미끄러지며 좀비의 목을 관통했다. 민구는 두 팔을 X자로 교차시키며 확 당겼다.

으득—

좀비의 머리가 마세티 칼날에 박힌 채로 잘려 나갔다. 그 무게를 지탱하려던 민구의 몸이 잠시 휘청한다. 역시 이번에도 문제는 오른쪽 옆구리. 한 번 몸을 기울이면 도무지 빠르게 제자리로 바로잡기가 어렵다.

"윽!"

민구는 비틀거리며 중심을 잡기 위해 애를 썼다. 물론 그러는 동안에도 여섯 번째, 일곱 번째 좀비들은 피에 젖은 아가리를 쫙 벌리고 달려든다.

푸욱—

민구는 옆에 주저앉아 있는 좀비의 시체에 쿠크리의 칼날을 박아 넣으며 그 힘으로 간신히 버텼다. 그러고는 마세티에 아직도 달라붙어 있는 좀비의 머리통을, 달려들어 오는 놈의 얼굴을 향해 힘껏 후려쳤다.

와직—!

두 개의 머리통이, 두 개의 두개골이 전력으로 부딪치자, 끔찍한 소리가 났다. 제대로 박치기를 한 좀비가 뒤로 넘어진다. 민구는 쿠크리의 칼날을 놓고 옆으로 비켜섰다.

몸을 날려 덮쳐들던 일곱 번째 좀비가 그의 오른쪽 옆구리를 스치듯 지나갔다. 민구는 놈의 오금을 차서 무릎을 꿇리고, 마세티를 휘둘러 뒷목을 힘껏 후려쳤다.

서걱!

머리를 잃은 좀비가 맥없이 고꾸라진다. 옆구리가 이 모양이 된 이래 처음으로 한 방에 머리를 잘랐다. 민구는 만족한 표정으로 좀비의 시체에 다가가 쿠크리를 회수했다.

그사이 다시 일어난 여섯 번째 좀비와 여덟 번째, 아홉 번째 좀비가 한꺼번에 달려든다. 민구는 쿠크리를 등 뒤의 나이프 홀더에 다시 꽂고, 그 손잡이를 꽉 쥐었다.

젠킨스가 일러준 대로 이 손잡이를 잡은 팔의 힘을 이용해 몸의 중심을 잡으려는 것이다.

후우웅—

한 팔로 중심을 잡아가며 휘두른 마세티는 더욱 기운차게, 그리고 빠르게 춤을 춘다. 두 팔을 역방향으로 움직여 몸의 중심을 잡는다는 게 생각했던 것보다는 이질감이 적었다.

좋은 소식이다. 민구는 득의만면해서 발을 뒤로 빼며 비스듬히 섰다. 그러고는 백핸드로 마세티를 힘차게 내질렀다.

카각—!

한꺼번에 두 마리 좀비의 몸통을 갈겼다. 마세티는 갈비뼈가 밖으로 드러날 만큼 커다란 치명상을 놈들에게 안기고 지나갔다. 그 힘 그대로 회전한 민구는 자세를 낮추며 나머지 한 마리의 발목을 끊었다.

으직—!

발목뼈가 부러진 좀비의 몸이 옆으로 기우뚱하게 기운다. 달려들던 두 마리는 놈의 몸뚱이에 막혀 잠시 발이 엉켰다. 아주 짧은 찰나의 시간이지만, 그 정도면 민구에게는 충분했다.

민구는 두 좀비의 사이로 비스듬하게 마세티를 꽂아 넣었다.

까득!

첫 번째 타격은 왼쪽 좀비의 어깨를 잘라냈다. 반동이 느껴지자마자 민구는 곧바로 손목을 틀어 역방향으로 마세티의 칼날을 휘둘렀다.

칵—!

이번에는 오른쪽 좀비의 팔꿈치가 잘려 나간다.

두 놈이 휘청거리는 동안 민구는 계속 방향을 바꿔가며 마세티를 내려쳤다.

좀비들은 팔과 다리, 무릎과 발목이 모두 끊긴 상태에서도 어떻게든 중심을 잡아보려 비틀댄다. 하지만 이미 놈들의 스피드는 1/3 이하로 줄어들어 버렸다.

민구는 한 발짝 물러나 거리를 확보한 뒤, 있는 힘껏 마세티를 휘둘러 세 마리의 좀비를 차례로 처치했다.

카칵—!

아홉 번째 좀비의 머리가 풀숲 속으로 날아간다. 마세티를 휘둘러 좀비들의 체액과 뇌수를 털어낸 민구는, 자신을 향해 달려드는 열 번째 좀비를 노려봤다.

"너희들은 하나같이 겁이 없구나."

재미있다는 듯 중얼거린 민구는 오른발을 크게 내디디며 마세티를 대각선으로 휘둘렀다.

콱—!

관자놀이에 칼날이 박힌 좀비가 한쪽 무릎을 꿇고 넘어진다. 민구는 쿠크리 손잡이를 쥔 오른팔을 아래로 밀어 몸의 방향을 바꿨다.

그러고는 다시 팔을 위로 올리며 마세티를 내리찍었다. 이번에는 좀비의 목이다. 목덜미에서부터 파고들어 간 마세티의 칼날은 놈의 반대편 쇄골에 닿을 만큼 깊숙이 박혀 들어갔다.

민구는 아직 엉거주춤하게 버티고 서 있는 놈의 오른 다리를 힘껏 걷어찼다.

으직—

중심을 잃은 좀비가 마세티 칼날이 파고든 것과 역방향으로 엎어진다. 그 순간을 놓치지 않고 민구는 두 손으로 마세티의 손잡이를 잡고 확 잡아당겼다.

까드드득—

좀비의 목 주변이 뜯겨 나가고, 마세티의 칼날이 확 빠져나온다.

"하아아~ 하아아~"

열 마리의 좀비를 순식간에 해치운 민구는 숨을 몰아쉬었다. 민첩함이 예전의 절반 정도로 줄어들어 있다면, 지구력은 그 반의반도 안 된다. 겨우 이 정도만 몸을 놀렸는데도 가슴이 들썩거릴 만큼 호흡이 빨라졌다.

그나마 좁은 산책로에서 한 방향으로 달려오는 놈들을 상대하는 것이어서 난이도가 조금은 낮았던 게 도움이 됐다.

민구는 묵직하게 울려오는 갈비뼈를 꽉 쥐고 테라 쪽을 뒤돌아보았다. 테라는 경외와 공포심이 한데 깃든 표정으로 그를 바라보고 있었다.

생각해 보면 처음 그녀의 얼굴을 보았을 때도, 철책 앞에서 마세티로 좀비들을 죽이고 난 직후였다.

"가자."

민구는 그녀에게 손짓했다. 테라는 달려와 그의 등 뒤에 바짝 붙어 섰다. 젠킨스와 군인도, 그들의 곁에서 숨을 죽인 채 민구와 좀비들의 싸움을 지켜보던 민간인들도, 그 뒤를 따라 뛴다.

"미쳤군! 미쳤어! 고대 로마에서 태어났어야 할 인간이 21세기를 살고 있어!"

민구의 칼 솜씨에 흥분한 젠킨스가 아이처럼 웃으며 지껄여댔다. 뭔가 대단한 힘을 가진 부하를 얻은 것 같아서 두려움이 꽤나 희석된 것이다.

"애썼다는 건 잘 안다."

좀비들에 물려 죽은 병사의 시체 앞에 도착한 민구는 허공을 주시하고 있는 시체에게 나지막이 속삭였다. 그러고는 마세티를 목에 대고 작두로 썰듯이 눌렀다.

그 광경이 너무도 끔찍해서 뒤를 따라 뛰어오던 사람들이 모두 주춤한다. 하지만 이렇게 해두지 않으면 이 녀석도 되살아나 뒤쪽을 위험에 빠뜨릴 것이다.

"총알 챙겨. 다른 놈들이 주워 가기 전에."

하이바를 벗어 원래 주인인 병사에게 되돌려 주며 민구가 말했다. 동료의 시체가 목이 잘리는 걸 보고 얼이 빠져 있던 병사는, 그 말을 듣고서야 제정신을 차렸다.

그가 동료 병사의 전술 조끼에서 탄창을 꺼내 회수하는 동안, 민구는 잘려 나온 목에서 피투성이 하이바를 벗겨내 자신의 머리에 썼다.

플래시가 하나 늘어난 것만으로도 뒤따르던 사람들은 한결 숨통이 트이는 기분이 들었다.

그롸아아—

뒤쪽에서는 여전히 좀비들이 울부짖는 소리가 발소리와 함께 그들을 쫓아오고 있다. 어둠 속에 묻혀 거리가 가늠이 되지 않기에 그 포효는 더욱 소름 끼친다.

투투투— 투투둑—

하이바를 돌려받은 병사는 이따금씩 뒤로 돌아서서 방아쇠를 당긴 후, 다시 달렸다. 마음 같아서는 뒤따라오는 놈들을 모두 정리하고 싶지만, 그 혼자만의 화력으로는 상대도 안 된다. 죽어라 달리는 수밖에 없다.

크르르르르릉―

코너를 돌아 나갔을 때, 멀리 전차가 움직이는 모습과 소리가 들려온다. 전차는 선착장에서 꽤 떨어진 곳까지 이동해 그 주변에 뭉쳐 있는 좀비들을 깔아뭉개는 중이었다.

지금까지 뛰어오는 동안 산책로에서 만났던 모든 좀비들보다 더 많은 놈들이 탱크에 엉겨 붙어 있다. 저 많은 놈들을 선착장의 반대편 쪽으로 유인해 내느라 산책로로 지원을 못 왔던 모양이다.

"서, 선착장이다! 선착장이다!"

조명이 환하게 밝혀진 선착장을 보며 민간인들이 환호했다. 이제 200여 미터만 더 뛰면 유람선에 탈 수 있고, 그러면 일단 목숨은 건지는 거다. 사람들의 발소리가 빨라졌다.

위이잉―

선착장 조명에 연결된 소형 발전기는 쉼 없이 돌아가고 있다. 때마침 유람선도 환한 조명을 쏘며 선착장 쪽으로 접근하는 중이다.

투투툭― 투투투―

풀숲 사이로 뛰어나오던 좀비가 3점사 세례를 받고 뒤로 나가떨어진다. 병사의 얼굴은 긴장감으로 잔뜩 굳었다. 동료 두 명의 시체에서 회수한 실탄도 이제 50여 발밖에 남지 않았다.

"하아~! 하아~"

선착장에 도착한 사람들은 가능한 한 어두운 풀숲으로부터 멀어지기 위해 물가의 기둥을 잡고 서서 가쁜 숨을 몰아쉬었다. 아직까지 살아남아 한 무리로 움직인 사람들의 수는 출발할 때 인원의 절반도 채 되지 않는다.

나머지 절반은 저 어둠 속 800미터 구간의 어딘가에서 희생당했고, 잠시 후 좀비가 되어 그들을 덮쳐 올 것이다. 초라하고 끔찍한 현실이다.

"빨리 와요! 빨리!"

마음이 급한 민간인들은 선착장의 기둥을 꽉 잡고 유람선을 향해 팔을 내저었다.

뿌우웅—

가까이 다가온 유람선은 속도를 줄이며 고동을 크게 울렸다.

"비켜요! 비켜! 그러고 있으면 배가 못 들어온다고!"

눈치 빠른 사람들이 난리를 쳐 대고, 별것도 아닌 일로 시비가 붙었다. 그렇게 선착장이 시끌벅적해지는 동안에도 민구와 병사는 굳은 얼굴로 캄캄한 덤불 속을 노려보고 있었다.

휘이이잉—

바람이 불어오자, 사람의 키보다도 훨씬 높이 자라나 있던 갈대가 제멋대로 흔들리며 춤을 춘다. 하지만 그 흐름 사이에 어딘가 부자연스러운 움직임이 있다.

뭔가가 저 안에서 무성한 잡초들을 헤치며 다가오는 중이다. 플래시 불빛이 향할 때마다 한 번씩, 이질적인 색깔이 언뜻언뜻 비친다.

"도대체 사람을 얼마나 잡아먹은 거냐……."

민구는 넓은 벌판 가득 자라난 풀숲을 노려보며 중얼거렸다. 병사들이 쏴 죽이고, 전차가 깔아뭉개고, 그가 베어냈는데도… 그런데도 아직 괴물들이 남아 있다. 그것도 꽤나 많이…….

"배는 아직 멀었나?"

민구는 고개를 돌리지 않은 채 등 뒤의 테라에게 물었다.

"지금… 거의 가까이 왔어요. 막 배를 대려고 하는 것 같아요."

뒤쪽을 돌아본 테라가 대답했다. 민구는 고개를 끄덕이며 말했다.

"내 등 뒤에서 떨어지지 마."

그사이에도 덤불들은 바쁘게 흔들린다. 그리고 그 흔들림은 점점 더 가까워진다. 배에 오르기 전에 일전을 피할 수 없음을 깨달은 민구는 왼쪽에 서 있는 병사에게 말했다.

"많다. 알지?"

"네! 네!"

병사는 방아쇠에 손가락을 건 채로 크게 숨을 들이쉬었다. 여기까지 왔는데, 유람선에 타기 직전에 목숨을 잃고 싶지는 않다.

와사삭— 와사삭—

발전기와 유람선의 엔진 소리, 그리고 사람들의 떠드는 소리 사이로 풀이 꺾이는 소리가 귓가를 스친다.

덤불과 선착장의 거리는 불과 3미터. 민구는 쿠크리까지 뽑아 든 채 두 팔을 벌리고 대비를 마쳤다.

크롸아아아—

오른쪽에서 튀어나온 좀비가 첫 테이프를 끊었다. 놈이 포효하며 몸을 날리자마자 민간인들은 째지는 비명과 함께 뒤로 물러났다.

사각!

민구는 쿠크리를 휘둘러 놈의 목을 그었다. 힘을 잃고 덜렁거리는 좀비의 목에 마세티가 박힌다.

콱—!

뼈와 칼날이 부딪치며 갈린다. 민구는 팔을 당기며 녀석의 배를 걷어찼다.

그와아악—

제2, 제3의 좀비들이 속속 풀숲을 가르며 튀어나온다. 민구는 쿠크리로 걸고, 마세티로 내리찍고, 다시 쿠크리로 잘라냈다. 목이 잘리고 발목이 끊어진 좀비의 시체가 산책로 위에 나뒹군다.

투투투— 투투둑— 투투투— 투투투—

옆의 병사도 이를 악물고 방아쇠를 당겨 댄다. 이것이 마지막이라는 생각에 소중한 탄약도 아낌없이 쏟아부었다. 머리가 터지고, 갈비뼈가 박살 난 좀비들이 풀숲에 날아가 꽂힌다.

"으아아아!"

앞에서 밀려드는 좀비들에 집중하고 있을 때, 민간인 그룹의 오른쪽 끝에서 또 다급한 비명이 울려왔다.

고통에 찬 비명! 뒤따르던 좀비들이 어느새 따라잡은 것이다.

"젠장!"

민구는 미간을 찌푸렸다. 좀비들이 섞여 들어오면 이 민간인 무리 전체가 유람선의 공격 대상이 되어버릴 것이다.

하지만 지금 그는 이 자리에서 벗어날 수가 없다. 만약 그가 왼쪽으로 옮겨가 버린다면, 그때는 또 정면이 무너질 것이다.

"싸워! 소리만 지르지 말고! 밀기라도 해!"

마세티로 좀비의 뒤통수를 쪼개며 민구는 악을 썼다. 풀숲 속에서는 끊임없이 좀비들이 튀어나온다. 민구는 쿠크리와 마세티를 어지럽게 교차시키고, 또 펼쳐서 휘두르며 놈들을 상대했다. 자르고, 부러뜨리고, 밀고, 또 걷어찼다.

"하아~ 하아!"

칼을 휘두르는 시간이 길어질수록 점점 더 숨이 가빠왔다. 금간 갈비뼈가 욱신거린다. 잘려 나간 옆구리 근육 주변도 계속 찌릿찌릿한 통증을 준다. 이 허약한 체력으로 앞으로 몇 마리나 더 상대할 수 있을지 잘 모르겠다.

콱! 카득!

쿠크리로 오른쪽 좀비의 목을, 마세티로 왼쪽 좀비의 뒤통수를 찍었을 때, 가운데에서 또 한 마리의 좀비가 뛰어올랐다. 민구는 하이바를 쓴 이마로 녀석의 아가리를 들이받았다. 그러고는 양쪽의 칼을 뽑아 녀석의 목 주변을 도려냈다.

"빠져요! 빠져!"

더 이상은 무리라는 신호가 민구의 몸 여기저기에 왔을 때, 유람선에 승선하고 있던 병력이 큰 소리로 외치며 방아쇠를 당겼다.

투투투— 투투툭— 투투투투투—

두 정의 K—2와 한 정의 K—3가 집중적으로 훑자, 갈대밭 안쪽에서 뛰어오던 좀비들의 사지가 잘려 나가고, 머리통이 박살 났다.

그렇게 시간을 벌어주는 사이에 민간인들은 아직 정박하지 않은 유람선 쪽으로 뛰어 넘어갔다.

투투투투투— 투투투투투—

등 뒤에서 울리는 총소리에 움찔움찔하면서도 민구는 열심히 칼을 휘둘렀다. 그만큼의 화력이 더해진 것만으로도 일대의 좀비들은 이내 깨끗하게 정리됐다.

3

"아저씨, 타요! 이제 우리만 남았어요!"

테라의 목소리. 민구는 마세티를 가방 안에 넣고 선착장 쪽으로 돌아섰다. 그와 함께 싸웠던 병사도 상기된 얼굴로 그를 따른다.

"이게 다야? 나머지는?"

유람선 승무원들이 병사에게 물었다. 병사는 고개를 저으며 대답했다.

"도중에 습격을 받아서 뿔뿔이 흩어졌습니다! 이게 전부입니다!"

"알았어! 고생 많았다!"

승무원이 병사의 어깨를 두드린다. 그러고는 민간인들을 향해 소리쳐 물었다.

"물린 사람 없습니까? 옆 사람들이 확인하세요! 물린 사람 섞이면 곧 아파집니다!"

그 말을 들은 사람들이 웅성거리며 주변으로 고개를 돌리는 동안, 유람선은 선착장으로부터 멀어졌다. 하지만 아직 속도를 내지 않은 채 제자리에서 부유하고 있다.

투투투— 투투투투투—

유람선 지붕에 배치된 K—3는 아직도 미련을 버리지 못하고 강둑에서 서성이고 있는 좀비들을 향해 사격을 계속했다.

"이다음 100인조까지 기다려서 함께 이동할 겁니다! 그동안 여기에서 대기하는 거예요!"

왜 빨리 출발하지 않느냐는 질문에 승무원이 대답했다. 사실 대부분의 사람들은 그런 세부적인 문제에 별 관심이 없었다. 일단 이 배에 올랐으니 생존의 위협에서부터는 벗어났다고 믿는 것이다.

민구와 완전히 탈진한 젠킨스, 그리고 테라도 통로 뒤쪽 의자에 앉아 숨을 골랐다. 등받이에 기대 가쁘게 호흡하던 민구는 뭔가 이질감을 느끼고 눈살을 찌푸렸다.

"응?"

손끝에 느껴지는 이 찐득한 감촉. 민구는 손을 들었다. 그의 손바닥은 다량의 피로 붉게 젖어 있다.

"내 피가 아닌데……."

민구는 앞쪽에 모여 앉아 있는 사람들을 노려보며 중얼거렸다. 저놈들 중 누군가는 크게 상처를 입었다.

민구는 의자에 피를 닦으며 일어났다. 앞쪽에 옹기종기 모여 있는 40여 명의 사람들. 저 중에 누군가는 이렇게 피를 쏟아낼 만큼 심한 부상을 입었다. 그건 바로… 단순 상처가 아니라, 좀비에게 물린 놈일 가능성이 높다는 의미다.

그렇다면 누구일까…….

민구는 희미한 조명 아래서 숨을 헐떡이고 있는 민간인들의 등을 뚫어지게 쳐다보았다. 피를 뒤집어쓴 놈들은 많다. 함께 달리던 옆 사람이 괴물에게 물려 경동맥이라도 뜯기면 피가 사방으로 튀니까.

당장 민구 자신만 하더라도 트레이닝복 여기저기에 피범벅을 해놓은 상태다. 시체에서 하이바를 벗겨내 썼기 때문에 머리카락도 피로 젖어 있다. 그러니 단순하게 피 묻은 놈을 골라낸다고 해결될 수 있는 문제가 아니다.

이 좁고 움직이기도 불편한 곳에 물린 놈과 함께 있다는 생각이 들자 목덜미가 서늘해진다. 수십 명이 아수라장으로 얽혀 달려들기 시작하면, 다치기 전의 실력이라고 해도 감당이 안 되는 수준이다.

민구는 젠킨스를 돌아보았다. 지칠 대로 지쳐 있는 상황에서도 녀석은 테라에게 뭐라고 계속 귀엣말을 건네고 있다. 살아서 여기까지 왔다는 사실에 어지간히 고무된 것처럼 보인다.

저놈이 전문가라고 했었지…….

민구는 젠킨스의 통통한 얼굴을 보며 생각했다. 확실히… 그 많은 시체들을 지나면서 인상 한 번 찌푸리지 않았던 점만큼은 인정할 만하다. 민구는 전문가라는 놈의 말을 믿는 척해보기로 했다.

"물린 사람이 괴물로 변할 때까지 얼마나 걸리는지 저놈에게 물어봐."

민구는 테라에게 몸을 숙이며 작게 말했다. 그가 경험한 바로는 적어도 20분 이상이 걸렸던 것 같지만, 좀 더 확실하게 해두고 싶다. 젠킨스와 대화를 나눈 테라가 민구에게 대답을 해준다.

"젠킨스 씨가 알고 있던 때보다 지금이 훨씬 빨라졌기 때문에 얼마라고 단정할 수가 없대요. 그리고 이렇게 인구가 많은 대도시에서는 숙주를 구하기가 쉬워서 변하기까지의 시간이 점점 더 짧아질 거라고. 그런데 그건 왜……."

그렇다면 얼마나 금방 변할는지 모른다는 건가… 시한폭탄을 안고 있는 셈이군. 그런데 이 군인들은 왜 이렇게 대처가 허술하지? 별로 두려운 기색도 없고…….

고민하던 민구는 그제야 깨달았다. 계속 한강을 왕복했던 이 군인들 역시 이렇게 엉망진창으로 운영되는 이동은 처음인 것이다. 게다가 미친 듯이 다급한 상황. 당연히 허술한 점투성이일 수밖에 없다.

민구는 입을 굳게 다물고 고개를 끄덕였다. 그는 뒤쪽의 문과 가까운 곳으로 테라와 젠킨스의 자리를 옮기게 했다.

"저놈들 보고 있다가 시끄러워진다 싶으면 곧바로 이 문 밖으로 나가. 머뭇거리면 안 돼."

테라에게 당부를 한 뒤, 민구는 중앙의 통로를 따라 앞쪽으로 걸어갔다. 그러고는 조금 전까지 그와 함께 싸웠던 병사에게 다가갔다.

녀석은 동료들의 죽음이 이제야 실감되는지 얼이 빠진 표정으로 창밖만 노려보고 있다.

"이봐."

민구는 병사의 어깨를 툭, 건드렸다. 깜짝 놀라 고개를 돌린 병사는 민구를 알아보고 인사를 건넨다.

"아, 예. 좀 전에는 고생 많으셨습니다. 왜 그러십니까?"

"의자에서 묻었어. 물린 사람이 있는 것 같아."

민구는 손바닥에 아직도 찐득하게 묻어 있는 핏자국을 보여주며 말을 꺼냈다. 병사의 눈에 두려움이 어린다.

"다른 군인들에게 이야기해서 누가 물렸는지 확인을 해야 돼. 지금 이 안에서 괴물로 변해 버리면 난리가 날 거야."

"아… 네, 네! 말해보겠습니다."

병사는 벌떡 일어나서 앞쪽으로 걸어갔다. 그러고는 유람선 승무원들과 모여 서서 귓속말로 회의를 시작했다. 승무원 군인들이 이따금씩 고개를 돌려 민구와 다른 생존자들을 힐끔거린다.

그리고 잠시 후, 짧은 회의가 끝이 났다. 그사이에도 민구는 등 뒤의 쿠크리 나이프 손잡이를 꼭 쥔 채 앞쪽에 몰려 있는 민간인 무리들을 주시하고 있었다.

마음 같아서는 자신이 직접 한 사람, 한 사람 확인을 해보고 싶다. 하지만 군인들이 이렇게 많은데 그런 걸 허락해 줄 리가 없다.

"여기 주목합니다! 주목!"

민구와 이야기를 나눴던 병사가 뒤쪽으로 돌아와 버티고 선 뒤, 승무원이 손뼉을 치며 소리를 질렀다.

"좀 전에도 말씀드렸는데, 물린 사람이 섞여 있으면 큰일 납니다! 자신의 주변을 둘러보시고 피 흘린 사람이 있으면 알려주십쇼! 그것과 별도로 지금부터 저희도 검색을 진행하겠습니다! 다들 일어섭니다!"

검색이라는 말에 사람들이 술렁인다. 혹시 오해를 사서 억울하게 배제될지도 모른다는 공포가 다치지 않은 사람들까지도 불안하게 만드는 것이다.

그러면서도 다들 지시에 따라 자리에서 일어났고, 40여 명에 대한 검색이 시작되었다. 민구의 옆에 선 병사는 혹시 뒤쪽으로 빠져나오는 사람이 없도록 하기 위해 길목을 지키고 있다.

"이 피 뭡니까? 상처 보여주셔야 합니다!"

승무원 둘이 한 조를 이뤄서 플래시를 비춰가며 민간인들을 하나하나 눈으로 훑었다. 그러다가 옷에 피가 묻어 있는 사람을 발견하면 옷을 걷어 상처를 보여 달라고 요구했다. 살을 드러내야 한다는 것 때문에 조금씩 큰 소리가 나기 시작했다.

"바지를 벗으란 말이야? 허벅지라고! 넘어져서 긁혔다니까!"

"이 많은 사람들 앞에서 옷을 벗으라고요? 왜 이래요! 다친 게 아니라 그냥 피가 묻은 거라고요!"

민감한 곳에 피가 묻은 사람들이 얼굴을 붉혀가며 맞선다. 민간인들도 두 편으로 갈라졌다. 빨리 보여주라고 소리를 지르는 사람들과 화장실로 가서 같은 성별끼리 확인시키자는 사람들이 맞서며 소란은 더 커진다.

그래도 군인들은 눈 하나 깜짝하지 않고 수색을 계속했다. 민망하고 부끄러울지 모르지만, 목숨이 걸린 일이다.

"벗어요! 안 그러면 강제로 배에서 내리게 할 겁니다!"

그렇게 몇 분 정도 수색이 진행되었을 때, 갑자기 한 남자가 과장되게 성질을 내기 시작했다. 옅은 색의 청바지가 온통 피로 물들어 있는 남자였다.

"야! 이 개새끼들아! 이까짓 배 안 타고 말아! 안 탄다고! 내가 걸어가면 되는 거지?"

청바지는 사람들을 밀치고 뒤쪽으로 빠져나오려 했다. 민구의 옆에 선 병사가 마른침을 꿀꺽 삼키며 총의 손잡이를 꽉 쥔다.

만약 저 사람이 달려들어 난동을 피우면 어쩌지? 주먹을 휘두른다거나, 총을 탈취하려고 들면?

병사의 머릿속이 복잡해진다.

이런 상황에서 어떻게 대처해야 하는지는 한 번도 배운 적이 없다. 뒤쪽에 아군과 민간인이 저렇게 몰려 있는 상황이라서 함부로 총구를 겨눌 수도 없다.

"거기 섭니다! 도망가지 않습니다!"

수색을 하던 승무원이 청바지를 향해 경고를 하며 그의 뒤를 따른다. 청바지는 아무것도 들리지 않는다는 듯, 통로를 따라 걸어오며 고래고래 소리를 질렀다.

"됐어, 이 개새끼들아! 너희들 말 안 들어! 내가 씨발, 군대에서 얼마나 뺑이를 치고, 세금을 얼마를 냈는데! 이 씨발 새끼들! 새파랗게 어린 후배 새끼들이! 어유, 더럽다, 더러워! 하여간 다 썩었어!"

민구는 자신 쪽으로 다가오는 청바지를 빤히 쳐다보았다. 사실 객실 밖으로 나간다고 해도 배에서 내리거나 할 수는 없다. 이미 유람선은 선착장으로부터 조금 떨어진 곳까지 물러나서 기다리는 중이기 때문에 사방은 오직 강물뿐이다.

청바지도 그 사실을 모르고 있지는 않을 텐데 저렇게 허세를 부리는 건 한 가지 이유밖에 생각할 수 없다.

…놈은 물렸다.

"미친 새끼들이 어디에서 여자들 옷을 훌렁훌렁 벗기려고 그래? 더러워서 못 봐주겠네. 아무리 욕구불만이라… 큭!"

힐끔힐끔 뒤를 돌아보며 군인들에게 욕설을 날리던 청바지가 외마디 비명과 함께 푹 쓰러진다. 시선이 가려진 틈을 타서 민구가 배에 한 방을 먹인 것이다.

"잘했어!"

쫓아오던 승무원들은 민구 옆에 엉거주춤 서 있는 병사에게 칭찬을 했다. 아마 그가 제지했다고 생각한 모양이다.

"아, 진짜 왜 이렇게 힘들게 합니까? 한 번만 더 이러면 경고

없이 강제 하선 조처 취할 겁니다!"

승무원들은 청바지를 타박하고 나서 그의 겨드랑이를 붙잡았다. 다른 병사가 피투성이가 된 그의 바지를 강제로 벗겨냈다. 민구의 펀치를 맞아 숨을 헐떡거리던 청바지는 제대로 저항조차 하지 못했다.

"으!"

단추를 풀고 바지를 끌어내리던 병사가 안타까운 신음을 내뱉으며 사내에게서 떨어져 나온다. 사내의 골반 바로 위쪽에 피투성이 상처가 있다.

거칠게 뜯겨 나간 살점, 독이 올라 붉게 부어오른 상처 주변, 그리고 이빨 자국… 물린 상처다.

"아, 아니야! 이건! 이건… 나무에 넘어져서 찔린 거야! 산책로에서 나무가… 뾰족하게 부러진 데가 있어서……."

청바지는 바쁘게 손을 내저으며 상황을 부인하기 위해 애를 썼다. 병사들은 뒤로 두어 걸음 물러났다. 정말 난감하고 싫은 순간이 왔다. 몇 번을 경험해도 익숙해지지 않는, 이 불편한 감정.

좀비에게 물린 사람을… 더 이상 인간이 아닌 존재라 간주하고 격리해야 한다. 그리고 변하는 즉시 사살해야 한다.

문제는 이곳에 격리할 만한 시설이 없다는 점이다. 유람선 내에 철창 같은 건 가져다 놓지 않았다. 그러니 지금 가장 효율적인 수단은 사살이다.

그런데 그게 꽤 어렵다. 그것에 비하면, 100미터 이상 떨어진 거리에서 좀비들과 뒤엉킨 민간인들에게 방아쇠를 당기는 게 차라리 쉬운 일이다. 그때는 눈을 마주 보지 않아도 되니까.

병사들은 마음이 약해지지 않기 위해 이를 꽉 물었다.

"그, 그런 눈으로 보지 마! 나는 안 변해요! 봐요! 아까 다쳤는데, 아직도 멀쩡하잖아!"

다급해진 청바지는 존댓말을 섞어 써가며 자신이 안전하다고 소리를 질러 댔다. 하지만 상처가 들킨 이상, 이 배에 그의 편을 들어줄 사람은 없다.

"뭐해? 빨리 끌어내서 강물에 던져요! 좀비로 변하기를 기다려요?"

몰려서 있는 사람들은 병균을 대하듯 하며 빨리 청바지를 처단하라고 소리를 질러 댔다. 병사들도 결심을 하고 매정하게 명령했다.

"일어나십쇼! 일단 객실 밖으로 나가야 합니다!"

청바지는 그 말을 듣지 않았다. 만약 그렇게 하면 모든 게 끝나 버릴 것 같아서 두려웠다. 그가 버티자 보다 못한 병사들이 양쪽에서 겨드랑이를 잡았다.

"놔! 놓으라고! 물어버릴 거야! 너희도 옮고 싶냐? 나는 안 나가!"

청바지는 미친 듯이 발버둥을 쳤다. 그러고는 머리를 흔들며 입을 크게 벌리고 정말로 이를 딱딱, 맞부딪치는 시늉을 한다. 깜짝 놀란 병사들은 기겁을 하며 그를 의자 사이로 내팽개쳤다.

"진짜 이럴 겁니까? 쏩니다!"

병사들이 사격 자세를 취하며 소리를 질렀다. 청바지도 악에 받쳐서 소리를 질러 댄다.

"쏴! 죄 없는 사람 죽이고 네가 무사할 것 같아? 사람들이 다 보고 있어!"

"일어나라고! 나가!"

"으아아아아—!"

궁지에 궁지까지 몰린 청바지가 목이 찢어져라 울부짖었다. 그러고는 갑자기 벌떡 몸을 일으켜 의자 너머로 뛰어 달아나려 했다.

투투둑—

객실 안을 울린 세 발의 총성!

소란스럽던 분위기는 순식간에 찬물을 끼얹은 듯 고요해졌다. 사람들은 깜짝 놀라 벽 쪽으로 물러났고, 긴 메아리만이 남아 귓가를 흔든다. 방아쇠를 당긴 승무원 본인도 감정을 가라앉히지 못한 채 가볍게 떨고 있다.

청바지는 눈을 홉뜬 채 의자 등받이에 비스듬히 드러누워 있다. 심장을 관통당한 그의 몸에서는 붉은 피가 왈칵왈칵 솟아오른다. 총알이 뚫고 나간 측면의 유리창에도 온통 그의 피로 점철되었다.

"어쩔 수 없었어! 치워!"

앞에서 달려온 부사관이 명령했다. 병사들은 시체를 끌고 나가 강물에 던져 버렸다.

풍덩—!

물이 튀는 소리. 아주 미약한 죄책감이 한차례 휩쓸고 간 뒤, 이제야 골치 아픈 일이 끝났다는 안도감이 객실 전체에 번진다. 병사들도, 민간인들도… 다들 다행스러워하며 한숨을 내쉬었다.

바닥을 잔뜩 적신 붉은 피만이 방금 전 이곳에서 누군가 목숨을 잃었다는 것을 알리고 있었다.

"물린 사람 찾았으면 자기 위치로 복귀! 다음 100인대 접근하고 있다! 맞을 준비해!"

강변 쪽을 살피던 부사관이 명령했다. 산책로에서 플래시의 불빛이 어른거린다. 승무원들은 민간인들을 좌석에 앉히고, 지원사격을 위한 준비를 했다. 민구도 테라의 옆자리로 돌아왔다.

"불쌍해요. 여기까지 와서……."

테라는 커다란 눈을 깜빡거리며 힘없이 중얼거렸다.

"어쩔 수 없는 일이었어. 가만뒀다간 여기 사람들 다 죽었을걸?"

"그건 알지만, 아직 변하지 않았는데……."

그 말을 듣자, 민구도 테라가 왜 그렇게 그 물린 남자에게 감정이입을 하는지 깨달을 수 있었다. 그녀 역시 물렸던 사람. 비록 면역자라서 용케 살아남기는 했지만, 만약 그녀도 그 사실을 숨기지 않았다면 지금 저 청바지와 같은 취급을 받았을 것이다.

"너처럼 살아남을 수 있는 사람이 흔한 건 아니야. 내가 봤던 놈들도 다 변했어. 그건 그렇고……."

민구는 테라 옆자리의 젠킨스를 보며 물었다.

"저놈은 아까부터 뭔 말이 그렇게 많아? 계속 뭐라고 지껄이고 있는 거야?"

"여러 가지 이야기를 하시지만 그냥 한마디로 정리하면, JL로 가자는 거예요. 우리처럼 약한 사람들은 이런 야만적인 환경에서 오래 못 버틴다고."

테라는 별로 신경 쓰지 않는다는 태도로 대답했다.

"JL? 거기 못 간다고 하지 않았나?"

민구가 미간을 찡그리며 물었다. 신호가 올 줄 알았는데 안

왔다고, 엊그제 아주 지랄발광을 해 대던 모습을 분명히 기억하고 있다.

무슨 소리인지 잘 모르지만, 하여간 놈의 계획이 틀어졌다는 것만은 확실해 보였다.

"그게… 용산에 도착한 뒤에 선로를 따라 북쪽으로 500미터 정도만 걸어가면 신호를 보낼 수 있대요. 그러면 하루나 한나절 만에 JL의 헬리콥터가 마중을 나올 거라고."

"말 같지도 않은 소리. 제깟 놈이 그런 걸 어떻게 알아? 신호인지 뭔지, 그냥 글자 몇 개더구만."

민구는 코웃음을 쳤다. 젠킨스는 그사이를 못 참고 또 테라에게 뭐라고 속닥거린다. 테라는 그에게 들은 이야기를 차분히 옮겼다.

"아저씨도 같이 모시고 갔으면 좋겠대요. 칼 솜씨에 반해서 부상당한 옆구리도 고쳐 드리겠다고, 꼭 전해 달래요."

"혼자 많이 가라고 해."

민구는 퉁명스럽게 대답해 준 뒤, 창밖으로 고개를 돌렸다.

투투투— 탕탕탕—

산책로 쪽에서 간간이 총소리가 들려온다. 유람선은 선착장을 향해 접근하고 있지만, 얼마나 많은 사람들이 도착했는지는 아직 잘 보이지 않았다.

"저 검투사가 뭐라고 했나, 테라 양? 별로 긍정적인 반응으로는 여겨지지 않는데?"

젠킨스가 테라에게 물어온다. 테라는 곤란한 표정으로 대답했다.

"가고 싶지 않다고 했어요. 이제 그만 제안하시는 게 좋을 것 같아요."

"이해할 수가 없군. 저 사내의 실력이라면 프로 중의 프로야. 그것도 부상당한 상황에서 저만큼이란 말이지. 예전부터 어딘가에 속해서 자신의 칼 솜씨를 팔아왔을 거야. 그런데 왜 나에게 고용되는 건 싫다는 거지?"

"고용하고 싶다는 말은 제가 전하지도 않았어요."

엉? 왜?

젠킨스가 물었다. 테라는 측은하다는 시선으로 그를 보며 대답했다.

"그랬다가는 또 젠킨스 씨가 맞을 게 분명하니까요. 전 그런 모습 보고 싶지 않거든요."

뿌우우웅—

요란한 뱃고동 소리가 울려와서 두 사람의 대화는 끊겼다. 유람선은 속도를 조절해 가며 선착장으로 접근했다.

쿵— 쿠쿵—

유람선의 측면에 부착되어 있는 타이어가 선착장에 부딪칠 때마다 배가 가볍게 흔들린다. 난폭한 운전이었지만, 전문 함장이 아니라는 점을 감안하면 참아줄 만하다.

투투투투투— 투투투투투— 투투투투—

유람선 지붕에 배치된 K—3에서 지원사격이 시작되었다. 새 100인대의 뒤를 쫓아 달려오던 좀비들이 픽픽 나가떨어진다. 불이 밝혀진 선착장에는 꽤나 많은 사람들이 초조하게 기다리고 있었다. 민구가 속한 조가 달려왔을 때보다는 다행히 좀비들의 공격이 적었던 모양이다.

"빨리 승선하세요! 빨리!"

배가 멈춰 서자마자 승무원들은 이동용 발판을 내리고 승선을 독려했다. 물론 민간인들도 최대한 빠르게 유람선 위로 뛰어올랐다. 열려 있는 객실 문을 통해 사람들이 계속해서 들어온다. 그런데 100명을 훌쩍 넘는 것 같다.

"왜 이렇게 많아? 몇 명이나 되는 거야?"

승무원들이 물었다. 호위해서 달려온 병사들이 큰 소리로 대답했다.

"상황이 너무 안 좋아서 100인대 둘을 한꺼번에 묶어서 내보냈습니다!"

"그럼 200명이라고?"

승무원들이 깜짝 놀란다. 이 배의 정원을 훨씬 초과하게 된다. 하지만 다 죽어가게 생겼다는데 달리 방법이 있는 것도 아니다.

170명 이상이 승선을 마치는 데만도 한참의 시간이 걸렸다. 그사이에도 지붕의 K—3는 쉬지 않고 총알을 퍼부으며 좀비들이 접근하지 못하도록 막았다.

"자리를 좀 더 좁혀 앉으세요! 조금씩만 양보하면 됩니다! 금방 도착하니까 불편하시더라도 참아요!"

사람들이 빽빽하게 들어찬 유람선의 앞쪽에서는 병사들이 계속 질서유지를 위해 소리를 질렀다. 민구와 테라, 젠킨스도 사람들에게 밀려 더욱 뒤로 물러났다.

"으아, 씨발. 진짜 죽는 줄 알았네… 와, 철조망 무너지기 직전까지 거기에 잡혀 있느라……."

민구의 곁에 선 병사가 자신의 동료를 향해 투덜댄다. 뒷문 너머의 유리창을 돌아보고 있던 민구가 그 말에 놀라 물었다.

"철조망이 무너졌다고? 그럼 거기에 있던 군인들은? 그 사람들은 어떻게 됐소?"

"에?"

난데없이 끼어든 민간인을 위아래로 훑던 병사는 귀찮아하며 대답했다.

"모르겠어요. 아마 주경기장 안으로 대피했을걸요? 거기에서 장갑 트레일러 기다리든지 하겠죠."

퉁— 투웅—

또다시 측면의 타이어가 몇 번 부딪치고 배가 흔들린다. 드디어 철교를 향해 출발하는 모양이다. 민구는 잠실 쉘터 쪽으로 고개를 돌린 채 시선을 떼지 못하며 밤톨이 무사히 그곳에서 벗어날 수 있기를 빌었다.

☢ ☢ ☢

태양 그룹의 1층 주차장에는 세 대의 헬리콥터가 세워져 있었다. 그리고 각 기체의 옆에는 무장을 마친 쉐도우 실드 대원들이 늘어서서 대기 중이다.

"찾아야 할 사람이 둘이야! 하나는 테라! 이건 다들 잘 안다고 하니까 따로 설명하지 않겠다! 그리고 또 하나는 젠킨스라는 백인! 중년에 뚱뚱하고 몸집이 크다! 이 둘이 우리 타깃이다! 이 둘만 확보하면 다른 건 더 필요하지 않다! 확보 즉시 모든 작업을 중단하고 이쪽으로 귀환해! 알겠지?"

오 박사가 큰 소리로 지시 사항을 전달했다. 혹시나 하고 기다렸던 세 헬리콥터의 베슬 속에는 두 사람이 들어 있지 않았다. 그러니 이제부터라도 적극적으로 찾아 나서야 한다.

"타깃 확보에 방해가 되는 모든 문제는 즉각 제거해! 다른 건 아무것도 필요 없어! 그 둘만 확보하면 돼!"

"그런데 군인들이 개입되면 어떻게 합니까?"

"군인?"

쉐도우 실드의 질문을 받은 오 박사는 고개를 끄덕였다. 이 녀석들에게 확실히 일러둘 필요가 있을 것 같다.

"군인의 수가 제압 가능하다면, 망설이지 말고 방아쇠를 당겨! 어차피 지금 군인 한두 사람 생사 같은 건 아무도 신경 안 써. 만약에… 군인들이 너무 많다 싶으면, 일단 현장을 떠난 뒤에 헬리콥터로 쫓는다. 명심해. 이 일에 우리 목숨이 달렸어. 자! 출발해!"

명령을 내린 오 박사는 1호기에 올라탔다. 세 대의 헬리콥터 중에 오로지 이 기체에만 대형 서치라이트가 달려 있다.

'테라… 어디에 있든 반드시 데리고 와주지.'

오 박사는 독사 같은 눈을 번뜩이며 생각했다.

4

철교를 향해 출발한 유람선 내부에는 후텁지근하고 답답한 악취가 가득했다. 아무리 짐이 없는 맨몸들이라지만 80명 정원의 조그만 배에 220명가량이 타고 있으니 당연히 공간이 부족하다. 이보다 더 큰 배는 아마추어 수준에서 조종 자체가 불가능하기에 애초부터 고려 대상이 아니었다.

사람들은 서로 어깨를 바짝 맞댄 채 불편과 열기를 참아내야 했다. 화장실 이동도 안 되고, 단순히 줄을 바꾸는 것조차 불가능한 수준. 목숨이 걸린 게 아니라면 견딜 수 없을 만큼 힘겹다.

"끄으으응! 으으으으!"

영동대교를 통과할 때쯤부터 여기저기서 신음이 터져 나온다. 상대적으로 키가 작은 여자들이 다른 사람들의 등이나 가슴에 파묻힌 채 제대로 숨을 쉬지 못해 괴로워하는 소리다. 얼굴의 방향을 돌리고, 꽉 눌린 몸을 빼내보려고 해도 힘이 모자란다.

"우에에엑—! 우웨에엑!"

누군가 구토하기 시작했다. 물론 워낙 빽빽하니까 바로 얼굴을 마주 보고 선 사람이 토사물을 게워낸다 하더라도 그걸 피할 수조차 없다.

으… 사람들은 그 상황을 상상하면서 얼굴을 찌푸렸다. 생각만 해도 역겹고 구역질이 난다.

"우우욱! 우욱!"

구역질이 여기저기로 옮아가기 시작했다. 토하는 사람들이 늘어나면서 가뜩이나 지독했던 객실 내의 공기는 더욱 끔찍해졌다.

"앞으로 몇 분만 참으세요! 금방입니다!"

조타석의 공간을 확보하기 위해 스크럼을 짜며 버텨내고 있는 병사들이 민간인들을 독려했다.

사람들은 모두 눈을 질끈 감고 숨을 몰아쉬며 어서 이 괴로운 항해가 끝나기만을 기다렸다. 그까짓 몇 분. 거꾸로 매달린 채로도 버틸 수 있는 것이니까.

하지만 바로 잠시 뒤, 도저히 참아낼 수 없는 비극의 신호가 터져 나왔다.

"아악!"

객실 앞쪽에서 울린 날카로운 여자의 비명. 그때까지만 해도 사람들은 누군가 지나치게 엄살을 부리는 것이라고만 생각했다. 발을 밟혔거나, 민감한 부위에 접촉이 느껴진 것 때문에 놀라 호들갑을 떠는 것이라고…….

"아아악! 아! 야이, 개새끼야! 으아악!"

이번에는 반대 방향에서 비명과 욕설이 들려왔다. 그런데 한 명이 내지르는 것이 아니다. 여러 명이 동시에 두려움과 당혹스러움이 가득한 비명을 질러 대고 있다.

"…뭐야? 왜 이래?"

"거기 뭐예요? 무슨 소리예요?"

물어보는 사람들의 목소리가 떨린다. 그들 모두 알고 있다. 이런 종류의 비명이 들려온다는 것이 어떤 의미인지를…….

조금 전, 사살당했던 청바지 말고도 물린 사람이 더 있었던 거다. 하지만 여기에서는 달아날 수조차 없다.

그롸아아아아—

커다랗게 울리는 포효! 그와 동시에 객실 내부는 비명 소리로 가득 찼다. 패닉에 빠진 사람들은 어디에서 좀비가 울어 대고 있는지도 모르는 채로 무조건 뒤로 물러나려 했다.

"여기예요! 여기! 아저씨, 이 앞에! 여기 쏴버려요!"

키 큰 사내가 턱으로 앞쪽을 가리키며 군인들에게 외쳤다. 하지만 병사들이라고 해서 거기까지 접근하기가 용이할 리 없다. 오히려 조타실 쪽으로 더 많은 사람들이 밀고 들어오는 바람에 그걸 버텨내는 것조차도 힘에 부치는 상황이다.

"비켜요! 길을… 길을 터요!"

병사들은 밀려오는 사람들을 옆으로 밀치며 악을 썼다. 그러는 동안에도 비명 소리는 더욱 커지고, 혼란은 가중됐다.

콰창―!

여기저기에서 창문이 깨진다. 미처 출입문까지 닿지 못한 사람들이 그 사이로라도 나가보려고 팔을 내밀었다. 물론 그래봐야 밀리고 베이며 상처만 입을 뿐이다.

"문 열어! 문! 으아아!"

겁에 질린 사람들은 문을 열라고 고함을 지르며 양쪽으로 두 개씩 뚫려 있는 출입구를 향해 몰렸다.

하지만 그들이 밀어 대는 바람에 문을 열려던 사람들은 손끝조차 옴짝할 수 없을 만큼 벽 쪽에 밀착되어 버렸다.

"젠장! 이럴까 봐 그 난리를 친 건데……."

민구는 등 뒤의 미닫이 후문을 어떻게든 열어보려고 이를 악물었다. 거대한 파도처럼 밀려오는 사람들의 힘을 감당한다는 게 상상 이상으로 힘이 든다. 의자들로 막힌 공간에 의해 압력이 조금이라도 분산되는 것이 그나마 다행이었다.

"윽!"

반쯤 열린 문 쪽으로 떠밀린 민구는 밖으로 밀려나지 않기 위해 버텼다. 여기에서 그가 나가 버리고 테라만 남겨진다면, 그 말라깽이 계집애는 괴물에 물리기도 전에 깔려 죽고 말 것이다.

턱―

마세티가 든 가방을 빗장처럼 문틀 사이에 건 민구는 그것에 의지해서 간신히 튕겨 나가지 않을 수 있었다.

찌지직― 찌익―

마세티의 손잡이가 철문에 마찰되며 쇠 갈리는 소리를 낸다. 민구의 갈비뼈는 금방이라도 박살이 나버릴 것 같은 끔찍한 고통을 선사해 주었다.

민구는 자신을 향해 달려들고 있는 놈들의 얼굴을 노려보았다. 만일 등 뒤의 쿠크리를 꺼낼 여유가 있었다면, 몇 놈쯤 목을 그어버렸을지도 모른다.

"으으윽! 나와! 빨리!"

민구는 핏대가 선 얼굴을 테라 쪽으로 돌리고 외쳤다. 물론 그녀라고 해서 일부러 늑장을 부리는 건 아니다. 하지만 밀고 오는 사람들이 너무 많았다.

"꺄악!"

샌들 차림의 발을 밟히고, 거칠게 벽 쪽으로 내밀리면서도 테라는 최선을 다해 문 쪽으로 걸음을 옮겼다. 그 정도라도 가능했던 것은 8할 이상이 젠킨스의 공이었다.

"으아앗! 이이익! 컴 온! 컴 온!"

젠킨스는 테라의 곁에 바짝 붙어서 거대한 배와 두툼한 엉덩이로 사람들을 막아냈다. 그러고는 팔을 들어 테라가 깔리지 않도록 보호했다.

"너희들도 막아!"

문의 옆으로 밀려난 병사 둘에게 민구가 소리를 질렀다. 조금 전, 잠실의 상태에 대해 이야기하고 있던 바로 그 병사들이다.

병사들은 끔찍한 압박 속에서 어떻게든 옆으로 몸을 옮겨보려고 이를 악물었다. 바로 서너 걸음만 옮겨가면 되는데… 그게 너무나 힘들다.

탕— 탕탕— 탕— 탕! 탕탕! 탕탕—!

앞쪽에서 울려오는 총성!

좀비에 물린 사람들이 늘어가는 것을 견디다 못한 승무원이 의자 위로 발돋움을 한 뒤, 그쪽을 향해 방아쇠를 당긴 것이다.

민간인인지 좀비인지 가릴 틈도 없었다. 그저 피를 뒤집어쓴 놈들은 무조건 쏴버렸다.

"꺄아아아!"

총소리에 놀란 사람들이 아주 짧은 순간 동안 움찔하며 얼어붙었다. 그리고 그 눈 깜빡할 사이에 주어진 소중한 기회를 민구와 두 병사는 놓치지 않았다.

"이야아아!"

기합 소리와 함께 사람들을 밀친 세 사람은 자신들의 등 뒤로 아주 약간의 공간을 만들어냈고, 테라는 그 틈을 파고들었다.

그녀는 얼른 허리를 숙여 마세티 가방 아래로 뒷문을 통과했다. 그러고는 방향을 틀어 통로의 오른쪽으로 돌았다.

"나가!"

테라가 빠져나간 것을 확인한 민구는 군인들에게 악을 썼다. 이런 상황에서 총을 가진 놈이 없으면 죽은 목숨과 다를 바가 없다.

병사들은 테라가 그랬듯이 자세를 낮추고 마세티 가방 아래로 재빠르게 기어 나갔다.

"윽!"

그러는 동안에도 민구는 계속 사람들에게 밀렸다. 빗장이 받는 압력은 그에게도 고스란히 전해진다. 비지땀으로 범벅이 된 민구는 미닫이문을 완전히 확 당겨서 열고, 그와 동시에 마세티 가방의 방향을 돌렸다.

콰악—

등 뒤에서 버텨주던 기둥이 사라지자 민구는 낙엽처럼 가볍게 뒤쪽으로 떠밀려 나왔다. 길이 5미터가량의 후방 데크가 있지만, 그 정도에서 멈추기에는 그를 밀치며 한꺼번에 뛰어나오는 사람들의 힘이 너무 셌다.

"어흑!"

후방의 난간에 허리가 걸린 민구는 재빨리 난간을 움켜쥐며 그 반동을 이용해 몸을 옆으로 돌렸다. 데크 위를 구르고, 뛰어나온 사람들의 발에 차이는 동안에도 그는 마세티 가방을 놓치지 않았다.

풍덩—! 풍덩—!

떠밀려 달려 나오던 사람들 중 일부는 그 기세를 이기지 못하고 난간에 튕겨진 뒤, 강물 속으로 빠져 버렸다. 여기저기서 물기둥이 치솟아 오른다. 그밖에도 깔리고 넘어지고, 뼈가 부러지는 사람들이 속출했다.

"오우! 노우! 노우!"

젠킨스도 그렇게 밀려져 나온 사람들 중 하나였다. 넘어진 사람에게 발이 걸린 젠킨스의 몸이 튀어 올랐다. 그러고는 난간 위로 떨어졌다.

"윽!"

난간에 강타당한 젠킨스는 고통 때문에 비명을 질렀다. 하지만 진짜 위기는 그 뒤에 찾아왔다. 커다란 키 때문에 난간은 그의 허벅지에 걸렸고, 무거운 상체는 유람선 너머 강물 쪽으로 확 기운다.

"으아아아!"

젠킨스는 두 팔을 허공에 휘두르며 어떻게든 중심을 잡아보려고 발버둥을 쳤다. 하지만 몸무게에 비해 턱없이 작은 크기의 복근은 그의 몸을 다시 뒤로 당기지 못했고, 뒤꿈치마저 약간 들렸다.

손을 내려서 난간을 잡아야 한다는 것을 알지만, 거대한 배에 가려져 난간이 보이지도 않는다.

턱, 턱.

젠킨스의 통통한 손가락이 두 번 난간을 헛짚었다. 그사이 그의 몸은 앞으로 더 기울었다.

'이렇게 끝난다고?'

검은 강물과 하얀 수포가 시야를 가득 채웠을 때, 그의 머릿속에 떠오른 생각은 그런 것이었다.

세상에… 천하의 MJ가 이런 작은 나라의 강물에 수장되어 버린다니…….

"으아아아아!"

바로 옆에서도 한 남자가 비명 소리를 허공에 남겨둔 채 강물 속에 빠져 버렸다.

풍덩―!

치솟아 오른 물기둥이 젠킨스의 얼굴을 적신다.

턱―!

마지막이다 싶은 순간, 뒤쪽에서 저항이 느껴졌다. 누군가 그의 허리띠를 움켜쥐고 있다. 이주 조금 상체가 들린 젠킨스는 필사적으로 몸을 일으켜 보려 애를 썼다.

"으으으으! 이놈! 진짜 무겁네!"

젠킨스의 허리띠를 움켜쥔 민구는 몸을 뒤로 눕혀 버티며 미간을 찌푸렸다. 100킬로그램이 넘는 기둥이를 간단히 들어 메치던 예전 그의 몸이 아니다.

"에잇!"

앙증맞은 소리와 함께 달려든 테라도 힘을 보태 당겼다.

"으라아아!"

민구는 아이라도 낳는 것처럼 커다란 기합 소리를 내지르며 젠킨스의 몸을 옆으로 돌렸다.

쿠웅!

데크 위에 나자빠진 젠킨스는 눈물이 맺힌 눈으로 민구를 보며 고개를 끄덕였다.

"땡큐! 땡큐! 하아~ 하아!"

"일어나! 도망가야 돼!"

다시 벌떡 몸을 일으킨 민구는 젠킨스의 목덜미를 잡아채서 따라오라는 신호를 보냈다. 젠킨스도 허둥대며 네발로 기어 그의 뒤를 따랐다.

"이 위로 어떻게 올라가?"

테라를 끌고 군인들에게 다가간 민구는 유람선의 지붕을 가리키며 물었다. 뒷문으로 나가면 당연히 사다리가 있을 것이라 기대했는데, 그게 없다.

두 명의 병사가 좌우로 고개를 돌리며 어쩔 줄 몰라 한다. 앞뒤에서 달려 나오는 피투성이 민간인들에게 홀려 넋이 반쯤 나간 모양이다.

"정신 차려! 저 위로 어떻게 올라가냐고! 사다리! 사다리 어디 있어?"

민구는 병사의 어깨를 잡고 거칠게 흔들었다. 병사들은 그제야 정신을 되찾고 앞쪽을 가리켰다.

"맨 앞에… 조타실 유리창 옆에 붙어 있습니다."

젠장, 민구는 입술을 꽉 깨물었다. 그렇다면 배의 외부 통로를 따라 반 바퀴를 빙 돌아가야만 한다.

"올라가 봐! 누가 좀 받쳐 줘!"

지붕 위로 달아나려던 사람들이 높은 벽을 기어오르지 못하고 미끄러져 떨어진다.

시야 확보를 위해 만들어진 유람선이어서 매끈한 아치형의 유리 지붕이 높게 설치되어 있다. 누가 위에서 잡아준다면 모를까, 보통의 체력으로는 저기를 올라간다는 건 불가능해 보였다.

타타타타— 타타타타—

으아아악!

객실 내부에서는 총소리와 비명이 계속 울려 댄다. 깨진 창문의 파편마다 피가 덮여 있고, 어느새 손으로 헤아리기 어려울 만큼 불어난 괴물들이 사람들을 덮치고 살을 물어뜯는 중이다. 승무원들은 사람들이 밀리고 치이면서도 가까스로 버티며 방아쇠를 당겼다.

핑— 핑— 쨍그랑—

난사된 총알 중 일부는 유리창을 박살 내며 객실 밖 여기저기로 날아간다. 민구는 얼른 테라의 머리를 누르며 허리를 굽혔다. 젠킨스도 뒤통수를 감싸며 자세를 낮췄다. 오발에 맞고 쓰러져 신음하는 민간인들이 점점 늘어난다.

풍덩—! 풍덩—!

여기저기서 물에 뛰어드는 사람들이 속출했다. 아무리 여름이라지만, 밤의 검은 강물에 뛰어든다는 게 얼마나 위험한지 계산해 볼 만한 여유 따위도 없었다.

그저 뒤를 쫓아오는 좀비들로부터 벗어나 보고 싶은 욕망이 그들의 등을 떠밀고 있는 것이다. 사람들은 손에 닿는 대로 아무 물건이나 하나씩 붙잡은 채 난간을 밟고 물을 향해 몸을 날렸다.

앞에는 좀비와 섞인 피투성이의 인파, 뒤에는 강물, 그리고 간간이 날아오는 오발탄. 뒤쪽 데크로 달아난 사람들은 아주 끔찍한 형태의 지옥과 맞닥뜨리게 되었다. 도무지 활로가 보이지 않는다.

투투투— 투투투— 투투둑—

객실 안에서는 총성이 끊임없이 울린다. 오발 사고가 난다는 걸 알면서도 승무원들은 쏠 수밖에 없었다. 얼굴에 피 묻은 사람들이 달려오면 좀비인지 판정을 내리기 전에 곧바로 방아쇠를 당긴다.

이제 민간인과 좀비를 가려가며 조준 사격 한다는 것조차 불가능한 수준이다. 총에 맞았을 때, 비명이 터져 나오면 사람이다.

그들은 가까이 다가오는 모든 것들을 죽여 버리겠다는 마음으로 사정없이 3점사를 날렸다. 그렇게라도 버텨내지 못하면 조타실이 점령당하고, 조타실이 점령당하면 이 배는 끝이다.

"으아악!"

좀비에게 목덜미를 물린 승무원이 비명을 지르며 쓰러진다. 그 위로 또 다른 좀비들이 덮쳐들었다. 가능한 한 많은 민간인을 태우기 위해 네 명만 배치되었던 승무원들이 하나씩 줄어든다.

"야이, 개새끼들아! 우리는 너희를 살리려고 목숨을 걸었는데! 으아아!"

마지막까지 살아남은 승무원이 피를 토하듯 절규했다. 그저 군인이라는 이유 하나 때문에 이름도 모르는 이들을 위해 목숨을 걸고 이 밤늦은 시간까지 이송 작업을 계속했는데…….

그런데 물렸다는 사실을 끝까지 숨긴 몇 놈 때문에 이 많은 사람들이 함께 죽어야 한다는 것이 너무 분하고 원통하다.

눈앞을 어지럽히며 뛰어다니는 사람들, 그 사이에 간간이 섞인 좀비들. 승무원은 그 모두를 원망하며 다 죽여 버리겠다는 심정으로 탄창을 갈아 끼웠다.

그롸아아아—

사각에서 몸을 날린 좀비가 그를 덮쳤다. 마지막 승무원의 얼굴은 공포와 분노로 일그러졌다.

와득—!

피부와 근육을 뚫고 이빨이 박혀 들어오는 소리가 울린다. 이제 고통까지 더해지면서 그의 표정은 더욱 더 처참해졌다.

콰득—! 우득!

서너 마리의 좀비가 동시에 그를 깔아뭉개며 살을 뜯어먹는다.

쿠웅— 쿠웅—!

다른 좀비들은 조타실로 이어진 얇은 문을 향해 힘차게 박치기를 해 대고 있다. 그들의 머리가 부딪쳐 올 때마다 허술한 잠금장치가 삐걱거리며 안으로 휜다.

"떨어지지 마."

민구는 테라를 돌아보며 말했다. 그는 후면 데크에서 출발해

좁은 외부 통로를 따라 앞으로 나아가고 있었다.

그가 가장 앞에 서고, 테라와 젠킨스, 그리고 한 무더기의 민간인들과 군인 둘이 뒤를 따랐다.

외부 통로의 너비는 겨우 1미터 남짓. 좁고 아슬아슬하다. 그는 최대한 서둘렀지만, 마주쳐 달려오는 수많은 인간들 때문에 좀처럼 속도가 나지 않았다.

단순히 사람들을 피하는 거라면 별게 아닐 수도 있겠지만, 그 사이에 끼어 있는 괴물들도 일일이 상대해야 한다.

투투투— 투투둑—

뒤쪽을 맡으며 따라오는 군인들의 총구가 이따금씩 불을 뿜는다. 그리고 그들을 응원하는 화력이 또 한 팀 있었다. 지붕 위에 배치된 K—3 사수와 부사수는 멀리서 달려오는 좀비들의 머리를 날렸다.

아래 두 명, 위에 두 명, 도합 네 명의 군인에게 배후를 맡긴 민구는 길을 트는 것에만 최대한 집중했다.

캄캄한 밤의 강물 위, 흐릿한 조명 속에서 민구가 괴물과 인간을 구분하는 방법은 단순했다. 커다란 마세티를 왼손으로 꽉 잡은 채 그 날을 앞세워 걷는다.

달려오다가 번뜩이는 칼날을 보고 움찔하는 놈은 인간이고, 막무가내로 계속 뛰어오는 놈은 괴물이다. 그렇지 않다고 해도 어쩔 수 없는 노릇이다.

콰창!

유리창을 깨고 뻗어오는 머리! 이건 백 퍼센트 괴물이다. 민구는 몸을 옆으로 틀며 오른손의 쿠크리를 아래로 휘둘렀다.

서걱!

괴물의 머리카락을 잘라내고 뒷목에 박히는 쿠크리의 칼날! 민구는 손잡이의 방향을 바꿔 잡고 당기며 그것을 지렛대 삼아 몸을 앞으로 내보냈다. 그사이에 맞은편에서는 또 너덧이 달려오고 있다.

"헉!"

맨 앞의 놈이 칼날을 발견하고 옆으로 몸을 튼다. 민구는 어깨로 녀석을 밀어 뒤로 보내고, 그 뒤의 놈에게도 마세티를 내밀었다.

찌익—

칼날 끝에 얼굴이 잘려 나가는 동안에도 놈은 속도를 늦추지 않는다. 민구는 손목을 비틀어 후리며 놈의 목을 내리찍었다.

칵—

목이 칼날이 박힌 괴물의 몸이 옆으로 기우뚱하며 난간에 걸린다. 민구는 전력을 다해 마세티를 밀었다.

풍덩—!

괴물을 물속에 밀어 처넣은 순간에도 또 사람이 하나 뛰어왔고, 그 뒤를 괴물 둘이 쫓아온다. 민구는 벌렸던 왼팔을 당겨 들이며 괴물의 관자놀이를 후려쳤다.

빠직—!

얇은 뼈들이 박살 난다. 충격을 받은 괴물은 유리창에 머리를 들이받으며 멈춰 섰다.

찌지직— 찌이익—

괴물은 유리 파편이 박혀 있는 목을 억지로 빼보려고 버둥거린다. 놈이 그렇게 스스로의 목을 잘라내고 있는 동안, 민구는 그 뒤의 놈 아가리에 쿠크리를 박아 넣었다.

와작—!

비록 제대로 힘이 실리지 못했지만, 그가 공들여 관리해 왔던 쿠크리의 칼날은 아주 예리하게 괴물의 턱과 턱 사이를 가르고 들어갔다.

놈의 입술과 턱 주변이 잘려 나가는 동안에 민구는 마세티를 휘둘러 녀석의 어깨와 목을 차례로 내리찍었다.

칵— 칵—!

마세티의 묵직한 날이 뒷목 전체를 베어내자 괴물의 움직임이 멈췄다. 민구는 그제야 유리창 사이에 박혀 있는 괴물의 목을 힘차게 내려쳤다.

썽둥—!

잘려 나간 목이 객실 안으로 구르고, 시체의 나머지 부분은 힘없이 미끄러진다. 민구는 놈의 다리 사이를 타 넘어 앞으로 뛰어나갔다.

테라가 따라오는 기척이 등 뒤에서 느껴진다. 하지만 그녀를 돌아볼 수 있을 만큼의 여유는 허락되지 않았다.

"으으아아!"

뒤따라오던 민간인 중 하나가 창문 사이로 뻗어 나온 팔에 붙잡혀 안으로 끌려 들어간다. 후방의 병사들이 재빨리 총구를 돌렸지만, 이미 물린 뒤였다.

## 5

"이리 와! 올라가!"

마침내 배의 앞쪽까지 길을 뚫어낸 민구가 테라를 잡아 사다리 쪽으로 끌었다. 테라가 사다리에 한 발을 막 올렸을 때, 반대편 통로에서도 괴물들이 달려왔다. 놈들은 테라와 사람들이 함께 몰려 있는 사다리를 향해 손을 뻗는다.

"안 되지!"

민구의 마세티가 바람을 가른다. 괴물의 팔이 날아가 조타실 유리에 부딪쳤다. 민구는 다시 한 번 마세티를 휘둘렀다.

허리가 반쯤 끊긴 괴물이 뒤로 밀려나다가 나자빠진다. 민구는 얼른 쫓아가서 무방비로 열려 있는 목을 향해 마세티를 내리찍었다.

콰득!

잘려 나온 괴물의 머리가 경사진 바닥을 구르다가 강물 속에 빠진다. 그리고 또 한 마리가 덤벼들었다.

민구는 쿠크리로 놈의 왼쪽 목을 사선으로 긋고, 마세티로 반대편 목을 잘랐다.

"올라오세요!"

위쪽에서 들려오는 테라의 목소리. 그녀는 자신이 무사히 지붕에 닿았음을 알렸다. 또 다른 괴물의 손아귀를 피한 뒤 뒤통수를 박살 낸 민구는 조타실 쪽으로 고개를 돌렸다.

코끼리처럼 커다란 몸집으로 사다리를 기어 올라가는 젠킨스의 모습이 눈에 들어온다. 그리고 그 바로 아래 측면에 조타실이 있다.

괴물들에 의해 점령되어 버린 피투성이 조타실. 잠금장치가 뜯겨 나간 조타실의 문이 허망하게 앞뒤로 흔들린다.

"이런 젠장!"

민구는 욕설을 내뱉었다. 이 배는 지금 아무도 몰고 있지 않다. 앞쪽에서는 성수대교의 둥근 교각이 만들어낸 검은 그림자가 빠른 속도로 가까워지고 있었다.

"아저씨! 올라오세요!"

테라가 지붕에서 얼굴을 내밀며 외쳤다. 그러는 사이에도 뒤따라 온 민간인들은 앞 다투어 사다리를 기어 올라간다. 이 배가 키잡이를 잃은 채로 그저 무작정 돌진 중이란 걸 모르고들 있다.

"아무거라도 잡아! 부딪친다!"

민구는 테라에게 외쳤다. 한 번에 그 말을 이해하지 못한 테라가 멍하니 그를 바라본다.

"선장이 죽었어! 조종할 사람이 없다고! 꽉 잡아!"

민구는 똑같은 말을 사람들에게도 다시 한 번 외쳤다. 그러는 동안에도 컴컴한 교각은 점점 더 가까워지고 있다.

사람들 중 절반 정도는 그것이 눈에 들어오지 않는다는 듯, 지붕 위로 올라갈 생각만 하고 있다. 좀비에 대한 공포 때문에 다들 이성과 감각이 마비된 모양이다.

"난간이라도 붙잡아요!"

뒤따라오던 병사들이 목이 찢어져라 소리를 질렀다. 그런 후, 그들도 난간을 꽉 끌어안았다. 민구는 마세티를 칼집 안에 넣고 선수의 난간 사이에 팔을 교차시켰다.

쿠쿵!

곧바로 느껴지는 엄청난 충격!

유람선의 측면이 교각을 때린다. 배가 한쪽으로 휘청하고, 사다리를 오르려던 사람들은 아래로 떨어져 바닥을 굴렀다.

벽을 들이받은 사람들의 머리에서는 피가 솟아 흐르고 좀비들 사이로 떨어진 사람들은 비명을 내질렀다. 민구의 몸도 잠시 떠올랐다가 바닥에 내리꽂혔다.

조타실의 유리창이 박살 나며 안에 들어 있던 좀비들이 밖으로 튕겨져 나온다. 사방은 순식간에 아수라장으로 변했다. 부딪친 배는 둔탁한 굉음과 함께 다시 교각을 들이받고 방향이 틀어졌다.

쿵—

또 한 번의 충격! 민구는 난간을 잡고 필사적으로 버텼다. 충격을 줄이지 못한 사람들과 좀비들이 미끄러지고 튕기며 강물 아래로 떨어져 버렸다.

끼기긱—

배의 측면에서 쇠가 찢어지는 듯한 소리가 울린다.

쿵—

조타실 벽에 부딪쳐 솟구친 좀비의 시체가 방향키 위로 툭, 떨어졌다. 좀비의 무게를 받은 키가 휘리릭 돌아간다. 몇 번이고 쿵쿵대며 교각을 짓찧는 동안, 유람선의 방향도 바뀌었다.

이번에도 또 한 번 급격한 회전이 이루어졌다. 기우뚱한 채 옆으로 도는 배 위에서 사람들은 제대로 서지도 못하고, 오로지 떨어지지 않는 데에만 집중해야 했다.

찌이이이익—

깨진 유리창의 파편들과 함께 두 마리의 괴물이 민구 쪽으로 밀려온다. 왼팔을 난간에 건 채 겨우 버티고 있던 민구는 오른팔을 다급하게 등 뒤로 돌렸다.

스릉—!

홀더를 벗어난, 쿠크리의 휘어 있는 칼날이 조명을 받아 번쩍였다. 하지만 그의 왼팔은 이 아름다운 곡선의 칼이 가진 힘을 온전히 끌어낼 수 없는 상태다.

"먹어라!"

민구는 자신을 향해 아가리를 벌리고 밀려드는 좀비의 얼굴에 수직으로 세운 쿠크리를 박아 넣었다.

카가각—

놈의 코와 앞니, 그리고 턱에 쿠크리의 날이 박혀 들어간다. 민구가 팔을 꺾어 올릴수록, 그리고 놈이 계속 윗니와 아랫니를 딱딱 부딪칠수록 쿠크리는 놈의 코와 인중을 반으로 가르며 더 깊숙하게 파고들었다.

그롸아아아—

두 번째 괴물도 유리 조각과 함께 민구를 덮친다. 난간에서 팔을 뺄 수 없는 민구는 가방 안에 든 마세티의 손잡이를 틀어 가까스로 놈의 아가리를 막았다.

콰창—

난간에 하체를 부딪쳐 척추가 꺾이면서도 괴물은 여전히 민구의 살을 뜯어내려 든다. 배가 휘청거릴 때마다 괴물과 민구의 간격이 점점 줄어들었다.

카득! 카득!

괴물이 마세티의 손잡이를 이로 갉아낸다. 잇몸이 들리고 이빨이 빠져나와 덜렁거려도 오로지 눈앞의 먹이를 깨물겠다는 집념뿐이다.

민구는 놈이 아가리를 벌린 틈을 타서 경사진 쪽으로 걷어차 버렸다. 옆구리를 채인 괴물이 아래쪽으로 밀려났다.

텅—

난간 기둥에 두어 번 부딪친 괴물은 그 틈으로 빠져, 강물 속으로 떨어져 버렸다. 그러는 사이에 쿠크리에 박힌 첫 번째 괴물은 갈퀴 같은 손을 휘저으며 민구를 할퀴어 댄다.

"윽! 이 새끼가!"

가슴의 살갗이 벗겨지는 것을 느끼며 민구는 쿠크리의 칼날을 옆으로 틀어 괴물의 얼굴에서 빼냈다. 그러고는 곧바로 놈의 목에 수평으로 박아 넣었다.

칵—!

괴물은 목에 칼날이 박힌 이후에도 어떻게든 민구와의 거리를 줄이기 위해 난리를 쳐 댄다. 그때, 심하게 기울었던 배가 다시 수평으로 돌아왔다.

민구는 난간을 두르고 있던 오른팔을 빼서 마세티의 손잡이를 쥐었다. 그러고는 쿠크리를 확 밀어 괴물의 몸이 뒤로 기울도록 했다.

팟—

옆으로 몸을 틀며 백핸드로 마세티를 뽑은 민구는 그 속도와 방향을 그대로 살려, 뒤로 넘어가는 괴물의 뒷목을 베었다.

툭— 데구르르르—

괴물의 목이 선수 데크 위로 구르고, 머리를 잃은 놈의 몸뚱이는 맥없이 허물어졌다. 민구는 얼른 일어나서 난간으로부터 벗어났다.

하지만 배가 수평으로 돌아오고 난 뒤에는 괴물들 역시 두 발로 바닥을 딛고 설 수 있게 되었고, 비틀거리는 사람들보다 더 빠르게 운동 능력을 회복했다.

"빨리 올라가! 배가 똑바로 서 있을 때!"

민구는 통로 쪽에서 뛰어오는 괴물들의 머리통을 찍고, 어깨뼈를 박살 내며 시간을 벌기 위해 노력했다. 하지만 상황이 너무 좋지 않았다. 몇 차례 급격하게 배가 기우는 동안, 생존자들과 괴물들이 다 한데 뒤섞여 버렸다.

게다가 이 어둠! 충돌 때, 선수 쪽에 설치되어 있던 두 개의 대형 조명등이 모두 박살 나버리면서 시야가 확연히 좁아졌다.

뒤쪽의 어둠 속에서 누군가 포효하고, 또 누군가는 비명을 지른다. 그리고 총소리가 거기에 섞여 터져 나온다.

"젠장, 이 배… 어디로 가고 있는 거야?"

선수를 등지고 서서 괴물들을 상대하게 된 민구는 계속 등 뒤를 힐끔거렸다. 잠실 쉘터의 불빛이 보인다. 그건 좋은 소식이 아니다. 조금 전 충돌 이후, 이 유람선이 180도 이상 선회해서 왔던 방향으로 다시 되돌아가고 있다는 의미이니까.

그나마 똑바로 직진을 하는 것도 아니다. 배는 지금 강의 남쪽 기슭을 향해 돌진하고 있다.

투투둑— 투투투—

지붕 위의 병사들이 3점사를 날리자 통로를 따라 달려오던 괴물들이 몸 여기저기에 구멍이 뚫린 채 난간 아래로 떨어진다. 꽤나 든든한 지원군이기는 한데, 그래봐야 군인이 넷뿐이니 상황을 완전히 지배할 수는 없다.

그롸아아아—

그가 잠시 배의 진로에 대해 고민하고 있는 동안에도 괴물들은 쉬지 않고 달려들었다. 민구는 놈들의 다리를 후려쳐서 중심을 흩고, 뒤통수를 때려 강물에 밀어 처넣었다. 목을 자르고 머리를 쪼개는 것보다 그쪽이 몇 배나 수월하다.

"방향을 틀어야 돼……."
어지럽게 스텝을 밟으며 한바탕 거하게 칼춤을 춘 민구는 조타실 쪽으로 시선을 돌렸다. 날카롭게 깨진 유리창 파편 너머로 둥근 방향키의 손잡이가 보인다. 민구는 그쪽으로 뛰어가 유리창 안쪽으로 팔을 집어넣었다.
크롸악―
벽 뒤에서 갑자기 뛰어나온 괴물!
민구는 깜짝 놀라 황급히 팔을 뺐다. 민구를 노려보고 있던 괴물이 계기판 위로 뛰어오르며 울부짖어 댄다. 그러고는 깨진 유리창 사이로 머리를 들이밀었다.
"어딜! 이 새끼야!"
민구는 대각선으로 마세티를 휘둘렀다.
칵―!
마세티의 칼날이 목에 박힌 괴물이 창틀에 밀려가 부딪친다. 민구는 놈의 목에 마세티를 박아 넣은 채로 다시 팔을 안쪽으로 집어넣었다.
조타실 문 너머 객실 쪽에서도 그를 발견하고 뛰어오는 괴물들의 모습이 보인다.
휘리리릭―
길게 튀어나와 있는 방향키의 손잡이들을 잡고 반대 방향으로 돌렸다. 돌리면서 민구의 머릿속에 떠올랐던 걱정은 배가 너무 많이 돌면 어쩌지 하는 것이었다.
배라는 건 한 번도 몰아본 적 없다. 애초에 이게 자동차 핸들처럼 돌리는 방향대로 따라 움직이는 것인지조차도 잘 모르겠다.

"이게 왜……."

급격한 회전에 대비하고 있던 민구가 중얼거렸다. 방향키를 두 바퀴 이상 돌린 것 같은데, 별 변화가 없다.

뭐야? 이걸로 조종하는 게 아닌가?

그렇게 민구가 고민하고 있을 때, 지붕에서 지원사격을 하고 있던 군인들이 소리쳤다.

"이제 그만 올라오십쇼!"

민구는 주변을 돌아봤다. 이제 1층에 살아 있는 사람은 몇 명 되지 않는 것 같다. 그나마도 대부분 괴물들에게 몰려 있다. 여기저기서 비명이 울린다.

"위험합니다!"

그와 함께 외부 통로를 헤치고 나왔던 두 명의 병사가 외쳤다. 위험하다는 건 민구 본인도 잘 안다. 괴물들로 그득한 배의 안쪽에 팔을 집어넣어서 방향키를 돌리고 있으니 당연히 위험천만하다.

하지만 아직 배가 돌아가지 않았는데… 이대로 직진하면 강둑에 정면충돌하게 된다. 그것도 강의 남쪽에…….

"좀 더 돌려볼까……."

민구가 재빨리 다시 조타실 안으로 팔을 집어넣고 방향키를 잡았을 때, 그제야 유람선의 진행 방향이 천천히 바뀌기 시작했다. 정면에서 보이던 강둑이 아주 조금씩 옆으로 밀려난다.

"젠장… 애먹이는군. 배라는 건 원래 이렇게 방향 트는 게 느린가?"

안도의 한숨을 내쉰 민구는 주변으로 몰려드는 괴물들을 향해 마세티를 내리찍고, 쿠크리를 박아 넣었다. 옆구리 때문에 가끔씩 휘청거려서 진땀을 뽑아내기는 하지만, 오랜만에 익숙한 칼을 쥐고 벌이는 싸움은 그에게 아드레날린을 솟아오르게 했다.

다만, 통로를 통과해서 오는 놈들의 수가 점점 더 늘어나고 있다. 둘을 죽이면 이미 넷이 달려드는 형국이다. 이대로 버틴다는 건 불가능하다.

어느 정도 배가 회전했다 싶어졌을 때, 민구는 다시 조타실 안쪽으로 팔을 집어넣고서 방향키를 역방향으로 한 바퀴 돌렸다. 그 정도에 두면 얌전하게 직진해 줄 것 같았기 때문이다.

"아저씨! 뒤에요!"

애타는 테라의 외침. 민구는 유리 조각 사이로 팔을 빼내며 몸을 틀었다. 그러고는 마세티를 가볍게 휘둘러 달려들던 놈들의 진행 방향을 틀어버렸다. 두 마리의 괴물이 그를 덮치려다가 바닥에 곤두박질친다.

칵—! 칵—!

민구는 괴물들의 뒤통수에 마세티를 후려갈겼다. 한 방! 두 방! 세 방! 한 곳을 계속 두드리니 뼛조각이 튀고, 두개골이 움푹 팬다. 아직 딸리는 힘 때문에 단번에 죽이지 못하니, 이렇게 집요해질 수밖에 없다.

투투둑— 투투투—

반대쪽 통로를 향해 퍼부어지는 총알들, 그것이 민구가 포위되지 않도록 돕고 있다. 그 틈을 놓치지 않고 민구는 사다리 쪽으로 뛰었다. 저렇게 시간을 벌어줄 때 몸을 피해야 한다.

"그만 놀 거라고, 이 새끼들아!"

자신을 향해 뻗어오는 괴물의 팔을 잘라 날려 버린 민구는,

놈을 걷어차고 사다리에 올랐다. 지붕 위에서 대기하고 있던 병사들이 그의 팔목을 잡고 당겨준다.

그롸아아아— 가아아악—

뒤늦게 달려와 민구를 놓친 좀비들이 펄쩍펄쩍 뛰어올랐다. 개중 한두 놈씩 사다리에 손을 걸치는 놈이 나올 때마다 지키고 있던 병사가 방아쇠를 당겼다.

타앙—

그러면 정수리에 구멍이 뚫린 좀비는 맥없이 고꾸라진다. 불과 3.5미터 남짓의 높이여서 대단한 겨냥도 할 필요 없다.

"아저씨……."

지칠 대로 지친 민구가 지붕 위에 올라와 비틀거리자 그때까지 맘 졸이며 지켜보고 있던 테라가 그를 부축했다.

"하아~ 하아~ 이게 단가?"

민구는 허무하다는 표정을 지었다. 그렇게 생난리를 치고 싸워서 길을 트고 시간을 벌었는데, 유람선의 지붕에 올라와 있는 사람들의 수는 스무 명도 채 되지 않는다.

"아까 배가 다리에 부딪쳤을 때, 많이 떨어졌습니다. 미끄러져서요."

경외심이 가득한 눈빛으로 그를 보고 있던 병사들이 대답했다.

젠장, 민구는 적잖이 낙담했다. 이만큼만 살아남았다는 건, 괴물로 변해 버린 놈들이 그만큼 많아졌다는 뜻이다.

민구는 뒤쪽의 유리 지붕 아래로 시선을 돌렸다. 객실 안에는 아직도 괴물들이 가득하다.

그롸아아악! 그와아아—

괴물들은 유리 천장 너머로 보이는 민구와 다른 민간인들을 향해 펄쩍펄쩍 뛰어오르며 포효해 댔다. 보이는 놈들만 대충 더해도 최소한 70마리. 지치지 않는 기세도, 그 수효도, 민구 혼자서 상대하기엔 무리다.

어쨌든 잠시나마 칼을 손에서 놓을 수 있게 된 민구는 야트막한 난간에 등을 기대며 거친 숨을 몰아쉬었다. 부상당한 이후 이만큼 격렬하게 뛰어다닌 적도 처음이고, 이렇게 오랫동안 칼을 휘둘러 뭔가를 베어낸 것도 처음이다.

당연히 온몸이 다 끊어지는 듯 아프고 쑤신다. 특히 오른쪽 옆구리의 통증은 이루 말할 수도 없다.

"근데… 좀 전에 뭐하고 계셨던 겁니까?"

병사 중 하나가 물었다. 민구는 힘없이 중얼거렸다.

"배를 운전하던 사람이 다 죽었어. 키는 옆으로 돌아가 있었고… 그래서 직진이라도 시켜둔 거야. 강둑을 들이받게 생겨서."

상황을 뒤늦게 파악한 병사들의 얼굴이 파랗게 질린다. 지금까지 지붕 위로 도망쳐서 살아남는다는 것에만 온 정신이 팔려 있었기 때문에 조타실은 까맣게 잊고 있었다.

이런 젠장, 그러면 지금 이 배는…….

병사들은 전방으로 고개를 돌렸다. 아까 지나쳤던 영동대교가 다시 가까워지고 있다. 워낙 어두워서 잘 보이지는 않지만 속도도 꽤나 빠르다.

"이거… 부딪치는 거 아니야?"

수군대는 병사들의 목소리에는 두려움이 가득했다. 그들 중 누구도 이 배를 몰아본 경험이 없으니, 배의 좌우 폭이 정확히 얼마인지 모른다. 진입하고 있는 각도로 보아서는 그야말로 아슬아슬하다.

"멍청한… 방향타를 돌릴 시간이 있었으면 속도부터 줄였어야지!"

민구가 뭘 하다 늦게 올라왔는지를 테라로부터 전해 들은 젠킨스는 오만한 표정을 지으며 민구를 위아래로 훑어봤다.

"저 새끼, 지금 내 욕 했지?"

젠킨스의 시선에서 경멸을 읽은 민구가 몸을 벌떡 일으키며 물었다. 아무래도 매가 부족했던 모양이다. 그의 사나운 기세에 놀란 테라는 다급하게 손을 저었다.

"아, 아니에요! 그냥… 속도를 줄였어야 했다고 안타까워한 거예요."

그 말을 들은 민구도 아… 하고 탄식했다. 촌각을 다투는 상황에서 목숨을 걸고 했던 일이지만, 방향키를 돌린 게 최선의 선택은 아니었던 거다.

저놈 말처럼 속도를 줄였더라면 훨씬 더 안전했을 텐데… 하지만 사실 속도 조절 따위는 어떻게 하는 건지도 모른다.

후우우우욱—

그렇게 말다툼을 하고 있는 동안에도 유람선은 빠르게 영동대교를 향해 나아가고 있다.

"꽉 잡아요! 충돌이 있을지도 모릅니다!"

병사들이 외쳤다. 다들 난간에 팔을 걸고 긴장된 표정으로 잠시 후에 있을 충돌에 대비했다.

콰아악— 카가각!

유람선의 오른쪽 선수가 교각을 들이받고 움푹 찌그러진다.

배는 지진이라도 난 것처럼 요란하게 좌우로 흔들렸다. 롤러코스터가 급회전 구간을 지날 때보다도 더 큰 중력이 사람들의 몸을 띄웠다가 다시 내동댕이친다.

성수대교 교각과 충돌하고 회전했을 때보다도 훨씬 더 큰 충격이 유람선의 지붕 위를 흔들었지만, 다들 죽을힘을 다해 난간을 꽉 잡고 버텨냈다.

그러나 물건들은 그렇지 못했다. 부러지고 꺾인 조명등이 하늘 위로 치솟았다가 뒤쪽의 유리 지붕을 뚫고 떨어지며 박살이 난다. 형광등이 다 터져 버린 객실 내부는 순식간에 암흑 속에 휩싸였다.

풍덩! 풍덩!

여기저기서 물기둥이 솟았다. 무방비로 돌아다니던 좀비들이 튕겨져 강물에 떨어진 것이다.

끼이이이익— 찌이이이익—

유람선은 쇠가 갈리는 소리를 남겨두고 가까스로 영동대교를 통과했다. 여기저기서 안도의 한숨이 터져 나온다. 불과 몇 미터만 오른쪽으로 치우쳐 있었더라도 정면충돌을 피하지 못했을 것이다.

"다들 괜찮으십니까?"

난간에 부딪쳐 얼얼한 코를 문지르며 K—3 사수가 물었다. 병사들이 비추는 플래시가 유람선의 거의 유일한 조명이 되어버렸다.

"하아아~ 젠장, 이게 무슨 지랄이야."

다른 병사들도 잔뜩 얼굴을 찌푸린 채 비틀대며 일어섰다. 이번에는 겨우 통과했지만, 그 뒤로 몇 개나 또 다른 다리들이 나타날 것이다. 게다가 잠실대교 아래에는 수중보도 있다. 배가 지나치지 못하는 곳이다. 그전에 결판을 내야 한다.
"빨리 좀비들 잡고, 조타실로 내려가서 배 돌리자."
K-3 사수는 품에 꼭 끌어안고 있던 K-3를 두드리며 말했다. 지금까지는 사람들이 좀비들과 뒤섞여 있다는 것 때문에 망설였지만, 이제는 그럴 필요도, 여유도 없다.
K-3로 아래쪽을 겨누고 몇 번 난사를 훑기만 하면 좀비들 5, 60마리쯤은 금방이다.
"예비 탄통이……."
몇 발 남아 있지 않은 탄통을 교체하기 위해 K-3 사수는 플래시로 좌우를 비췄다. 그런데… 탄통이 없다. 분명히 예비 총열과 840발들이 하나를 더 실어뒀는데…….
'설마…….'
겁에 질린 K-3 사수는 플래시를 더 먼 곳까지 비췄다. 여기저기 박살이 난 유리 지붕… 그리고 그 아래 객실의 의자 위에 그가 찾던 예비 탄통이 떨어져 있다.
국방색의 각진 철제 상자가 플래시의 불빛을 받아 반짝인다. 조금 전, 충돌했을 때 튕겨져 나가 유리지붕을 깨고 저런 곳에 떨어져 버린 것이다. 좀비들이 우글거리는 곳에…….
"아아, 씨발……."
K-3 사수는 머리를 감싸 쥐었다. 다른 병사들이 무장하고 있다고는 하지만, 다들 마지막 탄창에 그것도 몇 발 남지 않은 상황. 그가 가지고 있는 탄통만이 유일한 희망이었는데… 경황이 없어서 그걸 그만 깜빡하고 말았다.
그롸아아아—

탄통 옆을 지나던 좀비가 K—3 사수를 노려보며 울부짖는다. 그 주변에만 수십 마리가 몰려다니고 있다. 저 지옥 같은 곳으로 내려가서 탄통을 되찾아온다는 건 불가능한 일이다.

좌아아아악—

지붕 위의 사람들이 다들 좌절하고 있는 동안에도 유람선은 유유히 물살을 가르며 한강을 거슬러 올라간다.

# 3장

# 좀비 세계의 최강자

## 1

그 시각, 오 박사를 태운 헬리콥터는 한강철교 상공에서 선로와 선착장 사이를 배회하며 서치라이트로 아래쪽을 비춰 대고 있었다.

선착장 주변에는 잠실에서 무더기로 몰려온 사람들이 오와 열을 맞춰 선로로 올라가기 전의 마지막 심사를 받는 중이다.

외상이 발견된 사람은 선로 위로 올려 보내지 않고, 선착장 우측에 설치된 컨테이너에 따로 수용했다.

"잘 찾아봐! 검은 미니 원피스를 입고 있다고 했어! 까만색 긴 생머리! 그리고 남자는 거구의 뚱뚱한 백인!"

오 박사는 손가락만 하게 보이는 발아래의 사람들을 가리키며 쉐도우 실드 대원들에게 명령했다. 쉐도우 실드 대원들은 눈을 부릅뜨고 망원경까지 동원해 수천의 사람들을 훑었다.

거리가 꽤 되지만 둘 다 워낙 특징이 있는 인물이어서 이 자리에 있기만 하다면 찾아내는 데 큰 문제는 없을 듯하다.

처음 헬리콥터를 이곳으로 몰고 왔을 때, 오 박사는 내심 조금은 걱정을 했다. 바쁘고 다급한 군인들이 불청객 민간 헬리콥터를 몰아내려 들면 어떤 핑계를 대야 할지 모른다는 것이 그의 걱정이었다.

하지만 군인들은 정말로 바빠서 머리 위에 떠 있는 헬리콥터가 어디 소속인지 따위의 소소한 문제에 신경을 쓸 겨를이 없는 상황이었다.

배 안에 좀비가 있다는 무전을 마지막으로 교신이 끊긴 유람선 2번 배를 구조하러 나갈 엄두도 못내는 판국에, 시끄러운 프로펠러 소리 같은 건 관심의 대상이 아니었다.

방금 선착장에 도착한 유람선 1번 배 승무원들에 의하면, 2번 배는 조명도 다 꺼진 채 유령선처럼 한강 상류 쪽으로 오히려 거슬러 올라가는 중이라고 했다. 그쯤 됐으면 다 죽었다고 보는 게 맞다.

프로펠러 소리가 조금 거슬리기는 하지만, 헬리콥터가 비추는 서치라이트의 불빛이 주변을 밝혀주는 것도 외상자 색출 작업에 꽤 도움이 됐다. 그러니 딱히 항의를 하려고 드는 군인은 아직 없다. 덕분에 오 박사는 선착장 주변을 마음껏 활개치고 나는 중이다.

— *치이이익, 1호기 나와라. 여기는 2호기. 치이익.*

3호기와 함께 잠실로 간 2호기에서 무전이 날아왔다. 오 박사는 헤드폰을 꽉 눌러서 주변의 소음을 차단하고 반가운 목소리로 물었다.

“응, 나야! 혹시 찾았어?”

2호기와 3호기는 잠실 주경기장으로 날아가 태양 그룹 이동 희망자들 중에 두 사람이 있는지를 확인하는 중이었다.

*— 치이익, 아직 재확인 중입니다만, 일단 현재까지는 여기에 없는 것으로 보입니다. 치이익.*

끄응~ 오 박사는 아쉬운 신음 소리를 냈다. 이곳 한강철교의 선착장이든, 아니면 잠실 주경기장이든 둘 중에 한 군데에만 있어주면 모든 게 순조롭게 해결될 수 있는데…….

“거기 있는 게 전부 다야? 민간인들 더 없어?”

*— 치이익, 마지막까지 남아 있던 사람들 중 일부는… 치익, 지금 막 군 병력과 함께 장갑 트레일러로 쉘터를 빠져나갔습니다. 치이익.*

“일부는? 그럼 나머지가 더 있다는 말이야? 이제 거기 좀비로 다 덮였다며?”

*— 치익, 맞습니다! 치이익, 미처 도망치지 못한 사람들이 야구장으로 다시 되돌아갔다고 합니다. 치익.*

장갑 트레일러와 야구장이라… 긁을 수 있는 복권의 수가 점점 줄어드는 것 같아 초조해진 오 박사는 입술을 잘근잘근 깨물었다.

“2호기는 야구장으로 가서 수색을 진행하고, 생존자를 발견하면 구조해서 테라의 행방을 물어봐! 유명인이니까 누군가 알고 있을 거야! 3호기는 장갑 트레일러 뒤를 쫓아가서 내리는 사람들을 확인해 보고! 장갑 트레일러는 화력이 이쪽을 압도할 테니까 시비를 붙거나 하지 말고, 일단 테라가 있는지만 확인하라고 해!”

— *치이익, 그러면 여기에는 뭐라고… 치익.*

2호기 승무원이 난감해하며 물어온다. 태양 그룹 헬리콥터가 오기만을 기다리던 민간인들이 잔뜩 있으니, 물론 뿌리친다는 게 쉬운 일이 아니다. 하지만 오 박사는 냉정하게 내뱉었다.

"그런 건 대충 둘러대! 테라하고 젠킨스 찾기 전에는 다른 짓 할 생각 말라고!"

2호기 승무원은 알겠다고 말하며 교신을 끊었다. 그들이 무전으로 대화를 나누는 동안에도 두 명의 쉐도우 실드 대원은 면역자와 미친 과학자를 찾기 위해 계속해서 아래쪽을 살피고 있었다.

"없는 것 같습니다! 선로를 따라서 남쪽으로 더 내려가 볼까요?"

쉐도우 실드 대원이 망원경을 떼며 말했다. 선로 위에서는 외상자 검색을 마친 민간인들이 터덜터덜 남쪽을 향해 걸어 내려가고 있다. 장장 300킬로미터에 달하는 대장정의 시작이다.

"확실한 거야? 다시 한 번 확인해 봐!"

"지금 두 번째 살핀 겁니다!"

젠장, 오 박사는 초조하게 눈을 굴렸다. 잠실에도 없고 여기에도 없다면, 경우의 수는 세 가지로 줄어든다.

이미 선로로 들어와서 안전하게 이동 중이든가, 아니면 아직 이곳으로 오는 중이든가, 그것도 아니면… 정말 상상하기도 싫지만, 어딘가에서 시체가 되어 누워 있거나……

"아니! 아니! 안 돼! 그렇지 않다고!"

테라가 죽었을지 모른다는 데에 생각이 미친 오 박사는 진저리를 치며 혼잣말을 내뱉었다. 신 차장, 그 개새끼 때문에 이미

한 번 면역자를 죽였는데, 이렇게 또 보물을 놓쳐 버릴 수는 없다. 그쯤 되면 손에 쥐어 준 복을 차버리는 천하의 똥멍청이라고 평가 받아도 변명의 여지가 없는 일이다.

"잠실 선착장부터 가보자! 그쪽에 아직 사람이 있다고 했지! 거기로 가서 이동 경로를 차분히 역으로 훑어!"

빠르게 머리를 굴린 오 박사가 명령을 내렸다. 만약 테라와 젠킨스가 이미 선로 위에서 걷고 있다면, 급사할 위험은 없다는 의미다. 그러니 그쪽 수색은 다른 위험한 곳을 다 찾아보고 시작해도 늦지 않는다.

투투투투투— 훙훙훙—

오 박사를 태운 1호기 헬리콥터는 크게 선회해서 잠실 쪽으로 기수를 돌렸다. 잠실 쉘터에서는 자잘한 폭발과 함께 화염이 피어오르고 있다.

쉘터로부터 2.5킬로미터가량 떨어진 잠실대교 북단에서는 유람선 2번 배가 빙글빙글 표류 중이었지만, 조명이 모두 꺼져 버린 채 어둠 속에 묻혀 있는 터라 오 박사의 주의를 끌지는 않았다.

⁂ ⁂ ⁂

쿵—

수중보에 부딪친 유람선이 또다시 방향을 바꾸며 빙글 돈다. 지붕 위의 사람들은 난간을 꽉 움켜쥔 채 비통한 표정으로 서로를 바라보고 있다. 잠실대교에서 그들의 키잡이 없는 항해는 여전히 계속되는 중이다.

다행인 점을 고르라면 조금 전의 두 번째 충돌 때, 머리통 없는 좀비의 시체가 또 방향키 위에 엎어지면서 물속에 잠겨 있는 러더를 최대치인 35도까지 돌려놓았다는 사실이다.

덕분에 배는 좀처럼 빠른 속도를 내지 못하고 그저 크게 원을 그리며 빙글빙글 돌고만 있다.

불행스러운 점을 고르라면… 젠장, 너무 많다.

첫째, 이 배에는 아직도 60마리 이상의 좀비들이 남아 있다.

둘째, 실탄이 떨어져 가는데 K—3용 예비 탄통은 좀비들로 가득한 객실 의자에 떨어져 있다.

셋째, 구조하러 올 것 같지가 않다. 조명은 꺼졌지만 아직 모든 전자 기기는 작동하는데, 위치를 묻는 무전조차 이제는 더 이상 울리지 않는다.

그리고 마지막으로… 배의 측면에서 침수가 시작되고 있다. 쉼 없이 뽀글대며 올라오는 기포가 배의 어딘가에서 산소가 빠져나가고 있다는 걸 알려준다. 유심히 보면 아주 약간이기는 하지만, 배도 우측으로 기운 것 같다.

"이거… 얼마나 걸려요? 가라앉기까지?"

민간인 생존자 중 하나가 겁에 질린 표정으로 물었다. 병사들도, 민간인들도 모두 고개를 저을 뿐이다.

공학자도 아니고, 선원도 아닌데, 그런 걸 알고 있을 리가 없다. 배가 완전히 가라앉기 전에 저 좀비들을 다 해치우고, 빨리 한강철교로 되돌아가야 하는데… 그렇게 할 수 있는 방법이 없다.

"총알 몇 발이나 남았나, 다들?"

민구는 병사들에게 물었다. 병사들은 잠시 서로의 눈치를 보다가 솔직하게 털어놓았다. 여섯 발, 세 발, 열한 발, 그리고 마지막 한 사람… 사다리에 손을 걸치는 좀비들마다 사살하던 병사는 현재 총알이 전혀 남아 있지 않다.

“그러면 스무 발… 괴물이 한 60마리 되니까…….”

계산을 해보던 민구는 입을 다물어 버렸다. 스무 발로 한 발에 한 마리씩 괴물들을 잡는다고 해도, 마흔 마리가 넘게 남는다. 민구 혼자서 그 많은 놈들을 상대하는 건 무리다.

아니, 무리가 아니라 미친 짓이다. 안정적인 땅에서 멀쩡한 몸 상태로 싸운다고 해도 못 이길 상황인데, 하물며 이 흔들리는 배 위에서는…….

“우리 차라리 배가 강변 쪽에 가까이 갔을 때, 물로 다이빙을 할래요? 백 미터 정도만 헤엄치면 될 것 같은데…….”

누군가 새로운 제안을 내놨다. 그 말을 들은 사람들은 강 쪽으로 시선을 돌렸다.

저 깜깜하고 빠르게 흐르는 물속에서 100미터를 헤엄쳐 간다고?

다들 고개를 저었다. 말도 안 되는 소리다. 좀비들도 뒤쫓아서 물속으로 뛰어들 텐데… 생각만 해도 끔찍하다. 수영을 못하는 사람들은 애초부터 귀담아듣지도 않았다.

“정말 운이 좋아서 저 기슭에 닿는다고 해도 말입니다… 그 다음에 한강 철교까지 어떻게 이동을 합니까? 육로로 20킬로미터는 될 겁니다.”

병사 중 하나가 그 계획의 맹점을 일러준다. 무장 병력의 호위를 받으며 선착장까지 겨우 800미터를 뛰어가는 동안에도 그 많은 사람들이 죽어 나갔는데, 무기도 없이 20킬로미터라면 보나마나 몰살이다.

지붕 위에는 다시 침묵이 찾아왔다. 플래시만 비추면 보이는 지근거리에 실탄이 떨어져 있는데, 내려갈 수가 없다. 지독한 희망 고문이다.

"방법이 없네! 여기까진가 봐!"

좌절한 민간인들이 한숨을 푹푹 내쉰다. 그러는 동안에도 유람선은 또 한 바퀴를 돌아서 수중보를 들이받고 흔들렸다.

"으음……."

테라로부터 사람들이 하는 말을 전해 듣던 젠킨스는 턱을 훑으며 고민에 빠져 있었다. 상황은 다 이해됐다. 다들 답이 없다는 말만을 반복하고 있다는 것까지도……. 확실히 그렇게 이야기할 수밖에 없는 조건이기는 하다.

사실 젠킨스는 이 난관을 극복할 수 있는 방법을 알고 있다. 위험해지는 사람도 전혀 없는, 확실한 해결책. 아까부터 알고 있었다.

하지만 그가 지금까지도 입 열기를 망설이는 건, 그 해결책이 젠킨스 본인의 이익에 심각한 위협을 줄 수 있기 때문이다.

'어떻게 할까…….'

젠킨스는 지금 몇 분째 같은 고민을 반복하고 있다. 총알을 회수해 오는 것이든, 배의 키를 돌리는 것이든… 다 할 수 있다.

아래층에 좀비들이 60마리가 아니라 그 두 배라고 해도 문제될 것은 없다. 널 키드, 테라가 내려가서 총알 박스를 들고 오면 된다. 아주 간단하다.

그 미션에서 가장 어려운 점을 굳이 고르라고 하면, 테라의 가느다란 팔로 10킬로그램 가까이 되는 탄약 박스를 여기까지 들고 와야 한다는 것 정도다. 그 외에는 없다.

좀비들은 그녀에게 관심을 보이지도 않을 거고, 이동하는 걸 방해하지도 않을 것이다. 심지어 그녀가 칼을 들고 내려가서 남아 있는 모든 좀비들의 머리를 차례차례 잘라낸다고 해도 아무 저항이 없을 것이다.

좀비들은 그녀를 인지하지 못한다. 널 키드인 테라는 좀비 세상에서 무적의 투명 인간이니까.

그럼에도 불구하고 젠킨스가 아직까지 굳게 입을 다물고 있는 건, 테라의 특별함이 다른 사람들에게 알려지는 걸 원하지 않기 때문이다. 물론 테라 본인에게도 아직은 비밀을 유지하고 싶다.

만약 테라가 좀비 면역자이고, 좀비들의 파도 속에서도 아주 안전하다는 걸 다른 사람들이 목격한다면, 젠킨스가 그녀를 JL로 데려갈 수 있을 가능성은 제로에 수렴할 수밖에 없다.

군인들과 저 흉터사내는 그녀를 지키기 위해 목숨이라도 바치려 들 것이다. 거기에 추가해서 테라로부터 거짓말쟁이라는 비난을 받게 될 것도 각오해야 한다.

'다른 방법이 없을까? 널 키드라는 걸 알리면 안 되는데…….'

이를 악물고 머리를 쥐어짜던 젠킨스는 결국 고개를 저었다. 그 외에는 방법이 없다. 일단 여기에서 살아나는 게 우선이다. 지금 살아남아야 다음 순간도 도모할 수 있다.

"후우~ 테라 양……."

결심을 한 젠킨스는 테라에게 머리를 기울이며 귀엣말을 시작했다.

"내가 해줬던 이야기 기억나나? 면역자에 세 가지 종류가 있다는 거 말이야."

테라는 젠킨스를 물끄러미 쳐다봤다. 이 시점에 왜 갑자기 이런 소리를 꺼내는 건지 모르겠다. 젠킨스는 그녀의 눈치를 살펴가며 이야기를 이었다.

"그중에 널 키드의 특성, 기억하고 있을 거라고 믿네. 귀하는 영리한 아가씨니까."

"네, 기억해요. 영리한 아가씨인 것 같지는 않지만요."

테라는 가볍게 한숨을 내쉬었다. 일이 이렇게 되고 나니 자신의 옆에 앉아 있는 민구를 끌어들였던 게 너무 미안하다. 아이 엄마들을 찾기 위해 뛰어다니지만 않았어도 그는 지금 선로 위에서 안전하게 이동하는 중이었을 텐데.

"그… 내가 귀하에게 했던 말 중에 아주 살짝 장난을 쳤던 게 있어, 테라 양."

테라는 무슨 말인가 싶어 미간을 찌푸렸다. 죽음이 코앞에 다가왔다고 느껴 고해성사라도 할 참인가…….

음, 적절한 표현을 고르던 젠킨스가 다시 입을 열었다.

"그래, 그보다는 이렇게 말하는 게 나을 것 같군. 테라 양, 이 절망에 빠진 사람들이 살아남을 수 있도록 돕고 싶지 않나?"

"당연히 돕고 싶어요. 하지만 저는 그만한 능력이……."

"아니, 능력은 충분해. 필요한 건 믿음과 용기뿐이라네."

젠킨스가 말했다. 그를 바라보는 테라의 눈이 가늘어진다. 무슨 말을 듣게 될지 어렴풋이나마 짐작이 갔다.

만약 자신의 예상이 맞는다면… 젠킨스가 왜 그리 집요하게 함께 JL로 가자고 졸라댔던 건지도 한 방에 설명이 된다. 젠킨스는 간절한 표정으로 테라의 손을 잡으며 말했다.

"눈치챈 것 같군, 테라 양. 그래, 맞아. 귀하는 널 키드야. 내가 그걸 속였어. 피치 못할 사정 때문에 아나필락시스 진이라고 거짓말을 했었지."

"…정말이요? 제가… 제가 널 키드라고요? 아니잖아요!"

테라는 젠킨스의 손아귀에서 손을 빼내면서 물었다. 젠킨스는 필사적으로 고개를 끄덕인다.

"맞아, 널 키드. 에… 당황스럽겠지, 그 모든 우정을 쌓아오면서 내가 귀하에게 거짓말을 했다는 것 때문에… 하지만 그건 결코 내 이익만을 위한 게 아니었어. 다른 미숙한 놈들이 테라 양의 완벽한 아름다움에 흠집을 내게 될까 봐 두려웠어. 테라 양, 믿어줘. 나는 귀하를 JL로 데려가서 안전하게 보호하고 싶었어. 그렇게 하면서 함께 인류를 구원할 백신을 만들고 싶었던 거야. 이건 내 영혼, 내 어머니의 영혼, 내 아이들의 영혼까지 다 걸고 맹세할 수 있어."

"그런 말은 듣고 싶지 않아요. 남의 영혼을 함부로 걸지 마세요."

테라는 그녀답지 않게 매몰차게 잘라 말하고는 다른 곳으로 시선을 돌렸다.

혼란스럽다. 1억분의 1의 확률. 타인에게 항체를 줄 수 있는 유일한 면역자 타입.

결코 평범하게 행복을 추구하며 살 수 없는 운명이 지금 갑자기 그녀에게 찾아와 버렸다.

"…젠킨스 씨가 널 키드의 특징에 대해 말했던 것도 다 사실인가요?"

"음, 그건 모두 사실이야. 이론적인 진실에 대해서는 거짓말을 해야 할 이유가 없지. 딱 한 가지… 귀하의 발가락과 같이 아물지 않는 상처가 널 키드의 특징이라는 점만 빼고는 전부 다 사실이었어."

테라의 호의를 회복하기 위해 최선을 다하느라 젠킨스는 땀을 뻘뻘 흘렸다.

"그럼… 저 좀비들이 저를 볼 수 없다는 건가요? 공격하지도 않고요?"

테라가 다시 물었다. 젠킨스는 고개를 주억거렸다.

"그래그래! 존재하지 않는 것처럼 취급할 거야. 그러면서도 귀하의 영역을 침범하지도 않을 거고. 그러니까 오직 테라 양만이 저 탄약 박스를 가지고 돌아올 수 있어."

저 아래로 내려간다고? 나 혼자서…….

테라는 고개를 숙여 유리 지붕 아래쪽을 바라봤다. 끔찍한 외모의 수많은 좀비들이 객실에서 서성거린다. 저들 사이로 걸어 다닌다는 상상을 하는 것만으로도 다리가 얼어붙는 것 같다.

"근데… 젠킨스 씨가 착각한 것 같아요. 저는… 널 키드일 수가 없어요. 물렸던 이후에도 몇 번이나 좀비들이 덤벼들었던 적이 있거든요."

"그럴 리가 없어. 다시 한 번 잘 생각해 봐. 좀비들이 달려들 때, 테라 양은 혼자 있었나? 아닐걸? 좀비들은 귀하의 옆에 있던 누군가를 노렸던 건데 귀하가 착각을 한 거지."

젠킨스의 설명을 들은 테라는 격리실에서의 경험을 되새겨 봤다. 확실히… 그때 그녀는 임수정과 함께 있었다.

그리고 좀비 사태 첫날 빌라로 돌아갔을 때, 엘리베이터에서 튀어나온 좀비들도… 그녀가 아니라 뒤에 서 있던 사내들을 덮쳤었다.

"무슨 이야기를 하고 있는 건데 그렇게 심각해? 저놈이 괴롭히나?"

테라의 안색이 변한 걸 깨달은 민구가 물었다. 젠킨스는 움찔하며 뒤로 물러나 앉았다. 테라는 그에게 귀엣말로 대답을 했다.

"제가… 단발성 면역자가 아니래요."

"응? 그게 아니면 뭐라는 거야?"

"좀… 다른 종류의 면역자라고 말했어요. 그래서… 좀비들이 저를 공격하지 않는대요. 제가 안 보이는 거나 다름없다고."

거기까지 들은 민구는 테라로부터 떨어져 젠킨스를 노려보았다. 젠킨스는 그와 시선을 마주치지 않기 위해 안간힘을 쓰고 있다.

"이 새끼……."

민구는 젠킨스의 앞으로 걸어가서 녀석의 멱살을 잡았다. 젠킨스는 쿨럭거리며 놓아달라고 사정을 한다.

"무슨 개수작을 하고 싶어서 그런 말 같지도 않은 소리를 하는 거야? 괴물들 눈에 안 보인다고? 그런 게 가능할 리가 없잖아!"

민구는 주먹을 들어 올렸다. 이런 사기꾼 새끼는 애초부터 동행으로 삼는 게 아니었다.

"왜 이래? 흥분한 걸 보니, 내가 거짓말을 한다고 생각하나 본데! 아니야! 그렇지 않다고! 간단하게 증명할 수가 있어! 이걸 봐! 이걸! 테라 양, 통역 좀 해줘! 제발!"

젠킨스는 피가 몰려 벌게진 얼굴을 흔들면서 다급하게 외쳐 댔다. 그러고는 자신의 손을 지붕 바깥쪽으로 내밀었다.

그롸아아아아— 가아아악—

난데없이 뻗어 나온 사람의 손을 보고 근처의 좀비들이 흥분해 소리를 질러 댄다. 그의 손 주변에는 좀비들이 더 많이 모여들었다.

"그건 당연한 거잖아. 저놈들은 사람 고기라면 환장하니까!"

테라로부터 젠킨스의 말을 전해 들은 민구는 고개를 저었다. 젠킨스는 테라를 손가락으로 가리켰다.

"이 아름다운 아가씨에게 내가 한 것처럼 해보라고 시켜봐! 전혀 다른 반응이 나올걸? 그리고! 이 난폭한 사내가 저렇게 큰 칼을 가지고 있는 걸 아는데! 내가 왜 쓸데없이 거짓말을 하겠어? 참수당하고 싶어서?"

그 말을 들은 테라는 따로 민구에게 통역을 해주지 않고 난간 밖으로 팔을 내밀었다.

조금 전, 젠킨스가 손을 조금 내민 것만으로도 그렇게나 날뛰던 좀비들이건만, 그녀에게는 완전히 무관심했다.

테라도, 민구도 적잖이 놀랐다. 그들뿐 아니라, 이상한 세 명의 조합이 소란스러워진 것을 지켜보던 유람선 지붕에 있는 모든 사람들도 그녀의 행동에 관심을 갖기 시작했다.

"좀비가… 반응을 하지 않네요?"

누군가 믿을 수 없다는 투로 중얼거렸다. 테라는 조심스럽게 사다리 쪽으로 걸어갔다. 그러고는 사다리 가장 위 칸에 발을 딛고 섰다.

좀비들과의 거리는 불과 3.5미터. 하지만 이번에도 그녀를 돌아보는 좀비는 없다. 젠킨스의 말이 점점 더 신빙성을 얻어가고 있다.

"할 수 있을까… 이렇게 겁이 많은 내가……."

발아래 가득한 좀비들을 바라보며 테라가 중얼거렸다. 아무리 용기를 내보려 해도 떨림이 가라앉지를 않는다.

저 끔찍한 시체들 사이를 걸어가는 동안, 혹시 한 마리라도 자신을 알아보면… 그때는 그냥 죽는 거다.

2

휘이이잉—

악취를 가득 싣고 강바람이 불어온다. 테라는 사다리 난간을 잡고 서서 가만히 아래쪽을 바라보았다. 어두컴컴한 뱃머리에는 열댓 마리의 좀비들이 배회하고 있다.

그 뒤 통로에도 또 그만큼이, 통로를 지나 객실 안으로 들어가면 그보다 두 배는 되는 좀비들이 이리저리 돌아다닌다.

하나같이 피투성이에 끔찍하게 훼손된 모습. 멀리에서 지켜보는 것만으로도 몸이 움츠러든다. 하지만 내려가서 총알을 가져와야 한다. 테라는 입술을 꽉 깨물었다.

하는 수밖에 없다!

"테라 씨, 거기에 서 있지 마요! 위험합니다!"

테라의 몸이 앞으로 기울자 군인들이 나서서 그녀를 사다리 뒤쪽으로 당겨온다. 지붕 모서리에 다른 사람들이 모습을 드러내자 좀비들은 금세 다시 포효하며 발광하기 시작했다.

"저놈 말을 믿어도 되는 거야? 나는 아직 납득 못했어."

젠킨스를 내팽개치고 온 민구도 테라를 만류했다.

"에? 저놈이라니… 저 외국인 말인가요? 저 사람이 뭐라고 했는데요? 왜 좀비들이 테라 씨에게 반응을 하지 않는 건지 저 사람이 압니까?"

군인들도 이해할 수 없다는 표정이다. 모두의 시선이 그녀에게 쏠린다.

이 모든 사람들에게 내 비밀을 낱낱이 밝혀야 한다… 말하고 싶지 않은 이야기를…….

테라는 겁먹은 눈동자로 주변을 돌아보며 천천히 입을 열었다.

"제가… 좀비에게……."

"노우! 노우! 테라 양! 제발! 자세하게 다 이야기할 필요 없어! 그냥 특이체질이라고 해! 귀하를 실험체로 만들어 버릴 거야!"

테라가 입을 열려 하자 바닥에 쓰러져 있던 젠킨스가 시끄럽게 떠들어 댔다. 놈을 한 방 걷어차려는 민구를 테라가 잡았다. 더 이상 거짓말을 쌓으려 해봤자 아무 소용이 없다. 어차피 잠시 후에는 모두가 지켜보는 가운데에서 좀비들 사이를 걸어가야 하는데…….

"제가 좀비에게 물린 다음에 이상한 체질이 되었나 봐요. 좀비들 눈에는 제가 보이지 않는대요."

테라는 배에 힘을 주고 또박또박 말했다. 민구를 제외한 모든 이들은 이해할 수 없다는 표정을 짓는다.

"물렸다니… 무슨 소리인지 모르겠어요. 언제요? 오늘요?"

테라를 위아래로 훑어보던 병사가 물었다. 테라는 차분히 대답했다.

"아니요. 아주 예전에요."

"됐어, 그런 소리는. 그것보다 그래서 네가 내려가면 물리지 않는다고? 그게 확실한 거야?"

민구는 이야기가 곁다리로 새지 않도록 차단하고 가장 중요한 것을 물었다. 테라는 고개를 끄덕였다.

"젠킨스 씨 이야기로는 그렇대요. 그리고 아저씨도 보셨잖아요. 제가 몸을 내밀어도 저 좀비들이 전혀 신경 쓰지 않는 거. 그러니까 제가 가서 가져오는 게 맞는 것 같아요."

"간다니… 호, 혹시 아래로 내려간다고요?"

군인들이 깜짝 놀라 물었다. 테라는 두근거리는 가슴을 진정시키며 대답했다.

"네, 제가 가서 총알을 가져올게요."

"아, 아니… 잠깐만요! 안 될 것 같은데… 아무리 그래도 저기를……."

이런 현상을 어떻게 이해해야 할지 몰라 당황스러웠지만, 군인들은 황급하게 만류했다. 아무리 급해도 그렇지, 군인들이 바로 곁에 있으면서 민간인 여자를 앞세울 수는 없다.

다른 사람도 아니고, 테라를… 그럴 것 같으면 대체 뭘 위해서 싸우는 거란 말인가…….

끼이이잉— 쿠웅—

그들이 그렇게 실랑이를 벌이는 동안에도 배는 또 한 번 크게 선회해서 수중보를 들이받고 돌았다. 어느새 익숙해진 사람들은 난간을 꽉 잡으면서 버텼지만, 배의 상황은 점점 더 심각해진다. 침수돼서 잠긴 쪽은 점점 더 심하게 기울고 있다.

"잘난 척하지 말고 그냥 협조나 해! 어차피 시간이 너무 지나면 그것조차도 아무 소용이 없어져! 너희들이 아무리 힘자랑을 해봐도 좀비들 상대로 하는 거라면 테라 양의 발끝조차 따라가지 못해! 이 멍청이들아!"

난간에 매달린 젠킨스는 밉살스러운 소리들을 잔뜩 늘어놓았다. 하지만 그중 한 가지는 분명히 맞는 이야기였다. 시간을 너무 끌면 안 된다. 그랬다가는 침몰하게 된다.

"가볼게요. 너무 늦게 가면 어차피 다 죽어요."

테라는 자신의 팔목을 잡고 있는 민구에게 말했다. 민구는 여전히 마음을 정하지 못하고 있었다. 그의 머리로는 도저히 이해가 가지 않는다.

도대체 어떻게 저 괴물들이 못 알아볼 수 있단 말인가.

"만약 저놈들이랑 스치거나 부딪치면 어떻게 되는 거야? 또 큰 소리를 내거나 하면 어떻게 되는 거고? 그런 것도 전혀 모르면서 무작정 내려가겠다는 거야?"

민구가 물었다. 테라가 듣기에도 중요한 문제인 것 같아서, 그녀는 젠킨스에게 같은 질문을 던졌다. 젠킨스는 조금도 걱정하지 말라는 듯 편안히 대답했다.

"테라 양, 귀하가 뭘 하든, 어떤 소리를 내든 저 좀비들이 귀하를 인식하는 경우는 없어. 공격하는 일은 더 없지. 이건 앱테크나야의 우리 연구소에서 이미 실험을 했던 거니까 의심할 필요가 없어. 달리 널 키드를 기적이라고 부르는 게 아니지."

젠킨스는 마치 자신이 가지고 있던 귀한 보석을 모두에게 선심이나 쓰는 것처럼 과장되게 거들먹거렸다. 테라는 한 가지를 더 물었다.

"그러면 플래시를 가지고 가도 될까요? 너무 어두워서요."
"플래시?"
젠킨스는 아래쪽의 좀비들을 응시하며 말을 이었다.
"당연하지. 그냥 이렇게 생각해 봐. 만약 어떤 사람이 번쩍거리는 플래시와 시끄러운 알람을 달고 좀비로 변했다면… 그가 좀비들 틈에서 다른 좀비들로부터 공격 받게 될까? 아니지. 아니라는 걸 우리는 다 알고 있어. 테라 양이 좀비들 틈에서 위험해지는 건, 귀하가 뛰어가는 좀비의 앞을 갑자기 막아섰을 때뿐이야."
"저놈, 뭐라고 지껄이는 거야? 확실한 말만 하라고 해. 여차하면 혓바닥을 잘라 버릴 테니까."
민구가 끼어들며 끔찍한 소리를 했다. 그의 실력이나 성격으로 미루어 단순히 허언으로만 들리지 않는 이야기라서 더 무시무시하다.
테라는 흥분한 민구가 젠킨스 쪽으로 가지 못하도록 막아선 뒤, 군인으로부터 플래시를 빌렸다.
"다녀올게요. 괜찮을 거니까 너무 걱정하지 마세요."
테라는 사다리의 난간을 잡고 뱃머리 쪽으로 등을 돌린 뒤, 모두를 향해 인사를 했다. 이게… 이게 마지막일 수도 있다…….
다들 먹먹해서 아무 말도 못하고 있을 때, 젠킨스가 다정스럽게 부탁을 해온다.
"테라 양, 이 미련한 인간들이 조언해 주지 않았겠지만, 탄약통을 줍기 전에 먼저 조타실로 가서 속도를 좀 낮춰줘야 해. 그래야 충돌할 때 배가 입는 손상이 지금보다 적어질 거야. 그리

어렵지 않아. 이 정도 크기의 배라면 방향타 옆에 손잡이처럼 생긴 레버가 하나뿐일 거야. 그걸 중앙으로 오기 직전까지로 끌어내리면 돼. 간단하지?"

테라는 고개를 끄덕였다. 그런데 그때, 아래층의 좀비들이 미친 듯이 울어 대기 시작했다.

"헉!"

깜짝 놀란 테라는 숨넘어가는 소리와 함께 발을 헛디뎠다. 심장이 콱 얼어붙는 것 같았다. 플래시가 아래로 떨어지고, 발아래에서는 좀비들이 펄쩍펄쩍 뛰어오른다.

"잡았어!"

민구가 그녀의 손목을 잡고 끌어 올렸다. 그녀가 다시 올라와 파랗게 질린 얼굴로 숨을 몰아쉬고 있는 동안 지붕 위의 모든 사람들은 분노한 채 젠킨스를 돌아보았다.

"제기랄! 또 나야? 이 멍청이들아! 남에게 책임을 돌리기 전에 생각이란 걸 좀 해라! 왜 좀비가 소리를 지르고 반응하냐고? 너희들이 배웅한다고 거기에 서 있었잖아! 테라 양을 보고 울부짖은 게 아니야! 너희들 때문이라고! 테라 양이 편하게 내려가기를 원하면 너희는 이쪽으로 와 있어! 나처럼! 그녀가 가야 하는 방향에 좀비들을 모이게 하지 말라고!"

젠킨스는 손가락으로 테라와 사람들, 그리고 자신의 위치를 가리키며 짜증스럽다는 듯 큰 소리를 질러 댔다.

이번에는 신기하게도 통역조차 필요 없었다. 사람들은 그가 무슨 말을 하는지 몇 번의 손가락질로 알아들을 수가 있었다.

"말이 되는 것 같기는 하네요… 우리를 보고 난리를 피운 거라고 하면……."

민간인들이 먼저 고개를 끄덕이고, 젠킨스가 앉아 있는 쪽으로 자리를 옮겼다. 그리고 군인들이, 마지막으로 민구가 남았다. 그사이 좀비들의 포효는 다시 잠잠해졌다.

"걱정 마세요. 이번에도 또 난리를 치면 곧바로 올라올게요."

테라는 억지로 웃음을 지어 보이며 민구를 안심시켰다. 민구는 떼어지지 않는 발을 들어 두어 걸음 뒤로 물러났다. 그러면서도 비명이 들리기만 하면 언제라도 칼을 뽑고 뛰어내릴 채비를 하고 있었다.

이 계집애가 괴물들 틈에서 혼자 무서워하며 죽게 내버려 두지는 않을 것이다.

"하아아… 하아아……."

테라는 조심스럽게 사다리 아래로 발을 내렸다. 한 발짝, 한 발짝… 발아래의 좀비들은 조용하다. 이제 놈들이 뛰어서 팔을 뻗기만 하면 그녀의 발목을 잡아챌 수 있을 만큼 가까워졌다.

"괜찮아. 괜찮아… 너는 특별해……."

사다리 난간을 꼭 붙잡은 손이 부들부들 떨리고, 발이 아래로 내려가지 않으려 들 때마다 테라는 스스로에게 속삭였다. 등 뒤에서 갑자기 좀비들이 손을 뻗어올까 봐 두려워 심장은 계속 빠르게 뛴다.

턱—

발이 바닥에 닿았다. 아니, 좀 더 정확히 말하자면, 바닥에 쓰러져 죽어 있는 좀비들의 시체에 닿았다. 사다리로 기어 올라오려는 좀비들을 계속 쏴 죽였기 때문에 그 주변은 온통 좀비들의 시체로 덮여 있었다.

"후우우~"

테라는 몇 번이고 심호흡을 해서 마음을 진정시킨 후, 사다리에서 손을 뗐다. 그러고는 떨어져 있는 플래시를 집기 위해 이를 악문 채 좀비 시체들 사이에 손을 집어넣었다.

"으으으~"

테라는 울상을 지으며 신음 소리를 냈다. 내장과 뇌가 터져 나와 있는 피투성이 시체들. 게다가 아직 체온이 다 식지 않아서 따뜻하다. 그 틈을 비집고 플래시를 다시 주워 올렸다.

그롸아아아아—

등 뒤를 지나는 좀비가 울부짖는다. 테라는 흠칫 놀라 엉덩방아를 찧고 커다래진 눈으로 뒤를 돌아보았다. 좀비는 하늘로 고개를 치켜든 채 아무 의미 없이 포효하는 중이었다. 그녀를 보고 있는 게 아니다.

테라는 눈을 질끈 감고 몇 번이나 숨을 내쉬며 팔딱이는 가슴을 진정시키기 위해 노력했다. 그렇게 하고 난 뒤에야 겨우 풀려 버린 다리에 힘을 주고 다시 일어설 수 있었다. 테라는 조심스레 걷기 시작했다.

"우와! 진짜야… 좀비들이 다 조용해."

위쪽에서 긴장한 채 구경하고 있던 사람들이 수군댄다. 그 놀라운 기적을 좀 더 자세히 보고 싶어서 테라 쪽으로 다가서려는 사람들을 군인들이 잡아당겼다. 자신이 믿는 신을 찾으며 감사기도를 올리는 사람들도 있었다.

당연한 이야기지만, 눈으로 보고 있으면서도 도저히 믿기지가 않았다. 저 작고 가냘픈 여자아이가 좀비들의 사이를 뚫고 걷고 있다. 아주 평화롭게, 조금의 저항도 없이.

"오오, 그래. 이런 그림이야… 상상했던 것보다 더 아름답군, 테라 양……."

바닥에 납작 엎드린 채 고개를 돌려 테라의 모습을 훔쳐보던 젠킨스도 만족한 듯 미소를 지었다.

그를 제외한 모두가 신기해하면서도 가슴을 졸였지만, 그중 민구가 가장 긴장이 가득한 채 아래를 노려보고 있었다.

"후우우~ 후우우~"

사방에 가득한 좀비들. 테라는 천천히 숨을 몰아쉬며 조심조심 그 사이를 걸었다. 플래시로 바닥을 비추고, 좀비들과 눈을 마주치지 않으려 노력했다.

젠킨스는 어떤 소리를 내도 상관없다고 했지만, 막상 그가 널 키드라고 해도 여기에 내려오면 그렇게 할 수 없을 것이다. 숨소리를 내는 것조차도 망설여질 만큼 무섭다.

늘어서 있는 좀비들을 헤치며 지나는 동안 계속해서 소름 끼치는 상상이 그녀의 머릿속을 가득 채웠다.

다시 돌아갈 수 없을 만큼 멀리 왔을 때, 갑자기 좀비가 그녀를 돌아보는 상상. 그리고 오래전 들었던 귀신 이야기에서처럼, 이렇게 중얼거릴 것만 같다.

— 얘, 진짜 우리가 자기를 못 보는 줄 아나 봐.

생각이 거기까지 미치면, 가뜩이나 덜덜 떨리던 다리에서 힘이 쭉 빠진다.

정말로 그렇게 돌아보면 어쩌지? 갑자기 내 손을 덥썩 잡아서 끌어당기면 어쩌지?

깜짝 놀라게 될까 봐 무섭다. 그렇게 두려워질 때마다 테라는 이를 꽉 깨물고 스스로를 다잡았다.

'아니, 아니야… 괜찮아. 젠킨스 씨 말을 믿어……. 그리고 지금 네 주변에 저렇게 멍하니 서 있는 좀비들의 반응을 믿어……. 너는 안 보여.'

계속해서 스스로를 다그치며 억지로 걸음을 옮기던 테라는 객실 문 앞에서 멈춰 섰다. 내장이 다 터져 나온 좀비가 객실로 들어가는 문을 장승처럼 딱 가로막고 서 있다. 좀처럼 움직일 생각도 없는 것 같다.

'어쩌지… 다른 문으로 돌아가야 하나…….'

테라는 망설였다. 플래시 불빛을 받은 놈의 피투성이 모습이 너무도 끔찍해서 정말이지 가까이 가고 싶지 않다. 하지만 좁은 통로도 이미 다른 좀비들로 가득 차 있기 때문에 억지로 밀치고 이동해야 한다는 점에서는 차이가 없다. 차라리 이쪽이 빠르다.

"아으으……."

문 앞의 좀비를 밀치기 위해 손을 뻗는데, 저절로 신음 소리가 나온다. 테라는 울상을 지으며 놈의 몸 중에서 아직 체액이나 피가 묻지 않은 부분을 밀었다.

툭.

하지만 좀비는 꿈쩍도 않는다. 더 세게, 더 적극적으로 밀어내지 않으면 안 된다.

'싫어… 싫어… 제발 좀 물러나.'

테라는 눈을 꾹 감고, 좀비를 밀기 위해 힘을 줬다. 좀비는… 대체 무슨 고집이 난 건지, 그 자리를 쉽게 내주려 들지 않는다.

결국 시체의 몸통에 손을 얹고 거의 1분 가까이 씨름을 한 후에야 테라는 객실 안으로 들어설 수 있었다.

"우웁! 읍!"

손이 미끄러져 실수로 내장을 짚었을 때의 느낌 때문에 테라는 와들와들 떨며 구역질을 했다. 허리를 숙이고 있는 그녀의 머리카락을 스윽— 스치며 또 다른 좀비가 지나간다.

"허억!"

테라는 기겁을 하며 몸을 추스르고, 아까 지붕 위에서 봤던 쪽으로 고개를 돌렸다. 객실 내부에는 통로보다 훨씬 더 많은 좀비들이 돌아다니고 있었다. 그리고 움직임도 활발하다.

아마도 유리 지붕을 통해 언뜻언뜻 내비치는 사람들 때문에 계속 자극을 받고 있는 것 같다.

그리고… 좀비들의 시체도 몇 구나 쓰러져 있다. 통로나 뱃머리에 있던 좀비 시체들이 배가 충돌할 때마다 난간 사이로 떨어져 나간 것에 비해, 이 안의 시체들은 계속 벽에 튕겨가며 그대로 자리를 지키고 있다.

"하아아~"

테라는 떨리는 가슴을 진정시키며 시체들과 좀비들 사이를 걸어 배의 앞쪽으로 나아갔다.

문이 박살 난 조타실 내부에는 좀비 세 마리가 어슬렁거리고 있었다. 깨진 유리창 사이와 방향키 옆에 고꾸라진 시체들이 몇 구나 보인다.

"레버… 레버……."

플래시를 천천히 좌우로 움직이던 테라는 젠킨스가 말했던 것처럼, 방향타의 오른쪽 아래에서 레버를 발견할 수 있었다.

테라는 좀비들의 틈을 비집고 들어가서 천천히 손을 뻗었다.

그때, 배가 또 한 바퀴를 돌아 수중보를 들이받았다.
쿠웅—
측면에서 가해지는 강력한 충격!
시체를 밟지 않기 위해 어정쩡한 자세로 서 있던 테라는 중심을 잃고 벽 쪽으로 밀려 나갔다. 그리고 그녀의 몸 위로 좀비 세 마리와 두 구의 시체가 확 덮쳐든다.
"꺄악!"
꾹 참고 있던 비명이 결국 터져 나왔다. 좀비에 깔린 테라는 몸을 잔뜩 움츠린 채 손으로 얼굴부터 막았다. 하지만 채 1초도 지나지 않아 자신이 정말로 안전하다는 것을 실감했다.
그녀가 그렇게 비명을 지르고, 몸을 움찔거리는 동안에도 좀비들은 아무것도 느끼지 못하는 것처럼 그저 벽을 짚고 다시 일어나려고만 할 뿐이다.
쿵쾅쿵쾅—
지붕 위가 발소리로 시끄럽다. 그리고 사람들이 떠들어 대는 소리도 들려온다.
"내려가면 안 됩니다!"
테라는 그 소동이 민구가 자신을 구하기 위해 뛰어내리려 하기 때문에 일어나는 것임을 깨달았다. 여기로 내려오면 그 사람은 죽는다. 테라는 좀비들의 얼굴을 옆으로 밀어내면서 다급하게 외쳤다.
"오지 마세요! 전 괜찮아요! 그냥… 좀 놀란 것뿐이에요!"
"정말인가?"
물어보는 민구의 목소리는 두려움으로 가득하다. 하지만 그 역시 선불리 뛰어내릴 수도 없다. 그랬다가는 테라가 지금껏 했던 모든 노력이 다 물거품이 되고 만다.

"네… 괜찮아요. 아무렇지도 않아요. 끄응~!"

좀비들의 얼굴이 바로 코앞에 와 있고, 그들의 몸이 자신의 팔다리를 누르고 있지만, 테라는 그렇게 대답했다. 그러고는 낑낑대며 좀비들을 밀어보려 애를 썼다.

잘 안 된다. 다들 왜 그렇게 무거운 건지…….

잠시 후, 배가 잠시 반대로 쏠리자 그녀에게 실려 있는 좀비들의 무게가 확 줄어들었다. 테라는 얼른 그들의 몸을 밀쳐 내고 일어섰다.

"하아아~ 정말……."

테라는 끔찍했던 조금 전의 상황을 떠올리며 안전한 자리를 찾아 이동했다. 저절로 솟아난 눈물 때문에 가뜩이나 어두운 시야는 더욱 흐려져 있다.

좀비들과 얼굴을 비볐다…….

두 번 다시 하고 싶지 않은 일이다.

"중앙에 오기 직전까지 내리라고 했었지."

테라는 계기판 쪽으로 다가가 레버를 당겼다. 그렇게 하고 나니, 정말로 회전하는 속도가 꽤나 줄어드는 게 느껴졌다.

이제 탄창을 가지러 갈 차례다. 피투성이 조타실을 빠져나온 테라는 의자들을 타 넘고 좀비들의 움직임을 피해 탄약상자가 있는 곳까지 도착했다.

"끄응차!"

탄약상자를 들어 올린 테라의 코끝에서 땀이 뚝뚝 떨어진다. 무게는 대략 8킬로그램 정도. 충분히 가져갈 수 있다. 지금까지 무섭고 힘이 들었던 것에 비한다면 이건 아무것도 아니다. 이제 이걸 가지고 돌아가기만 하면 된다.

ㅋ

"끄응……."

통로를 배회하는 좀비들을 만날 때마다 테라는 벽에 바짝 붙어 걸었다. 놈들과 몸을 부딪치는 한이 있어도 난간 쪽으로는 가지 않았다. 혹시라도 이 소중한 탄약상자를 물에 빠뜨릴까 봐 두려웠기 때문이다.

그렇게 해서 모두의 희망을 앗아가는 게… 내장이 삐져나온 피투성이 좀비들 사이로 몸을 비비고 들어가는 것보다 더 무서웠다.

낑낑대며 탄약상자를 옮기던 테라는 뱃머리 근처까지 도착하고 나서야 자신이 이걸 옆구리에 낀 채 사다리를 오를 수 없다는 걸 깨달았다.

8킬로그램… 조금 큰 수박 한 통의 무게. 그걸 머리 위로 들어 올려 3.5미터 위로 정확하게 내던질 만한 힘도 그녀에게는 없다.

"줄이… 있어야겠어."

주변을 두리번거리던 테라는 구명용 튜브를 배의 난간에 고정해 뒀던 줄을 풀어냈다. 그리고 그 한쪽 끝에 탄약상자의 손잡이를, 반대쪽 끝에 자신의 신발을 묶었다.

"신발을 던질 거예요! 받아주세요!"

테라는 지붕을 향해 외친 후, 회전력을 더하기 위해 신발을 무게 추 삼은 긴 줄을 빙빙 돌렸다.

부웅— 부웅—
조금씩 줄을 더 풀어주며 돌리던 그녀는 순간 깜짝 놀라 손의 힘을 뺐다.
턱—!
줄에 묶인 채 돌던 신발이 근처 좀비들의 머리를 때린다. 줄을 올릴 생각에만 집중해 있느라, 좀비들을 염두에 두지 않았다.
본의 아니게 좀비들을 공격하게 된 테라는 바짝 얼어붙어 숨을 죽였다. 하지만 좀비들의 행동에는 아무런 변화가 없었다.
"하아아… 하아아……."
놀란 가슴을 진정시키며 신발을 다시 주워 올린 테라는 지붕 위를 향해 힘차게 내던졌다. 처음 두 번은 거리 조절과 힘 조절에 실패했지만, 이내 신발이 지붕 너머로 사라지고 큰 소리가 들려왔다.
"잡았습니다!"
"올려주세요! 줄 끝에 총알 상자를 매달았어요!"
테라의 말이 떨어지기 무섭게 지붕 위의 군인들은 줄을 끌어당기기 시작했다.
잠시 후, 그녀에게는 그렇게도 무겁던 탄약상자가 쭉— 쭉— 위쪽으로 올라간다. 테라는 탄약상자가 무사히 다 올라갈 때까지 기다렸다가 사다리 난간을 잡았다.
사람들이 줄을 끌어 올리기 위해 앞으로 몸을 기울이자, 좀비들은 또 생난리를 쳐 대기 시작했다. 테라는 어깨를 움츠린 채 빠르게 사다리를 올랐다.
"고생하셨습니다!"

그녀의 손이 사다리 상단부에 닿자마자 양쪽에서 대기하고 있던 병사들이 벼락같이 그녀를 잡아 끌어 올렸다.

네… 네… 테라는 반쯤 넋이 나가 대답하며 바닥에 무릎을 꿇고 두 손을 짚었다.

엄살을 부리고 싶지는 않지만, 꾹 참아왔던 긴장이 풀리자마자 똑바로 설 수가 없다. 다리는 떨리고, 머리는 어지럽다.

아래에 내려가 있는 동안 어찌나 무섭고 두려웠는지, 그녀의 온몸은 땀으로 흠뻑 젖어 있었다. 이 더운 밤인데도 쉼 없이 몸이 떨린다.

"ㅎㅇㅇ… ㅎㅇㅇ……."

테라는 신음 소리를 내며 좀비들의 체액과 피로 더럽혀진 자신의 어깨를 두 팔로 감싸 안았다. 너무나 춥고 떨려서 그렇게라도 해야 조금 진정이 될 것 같았다.

"저기… 샌들 여기에 있습니다. 그리고… 이걸로 좀 닦으세요, 테라 씨. 그리고 괜찮으시다면 이거라도 걸치세요."

그녀의 신발을 돌려주던 병사가 조심스럽게 자신의 수통과 군복 상의를 내민다. 테라는 고맙다는 말을 하기 위해 고개를 들었다. 그러자 사람들과 눈이 마주쳤다.

지붕 위의 사람들은 하나같이 두려움과 경외심이 가득한 눈으로, 마치 성녀를 대하듯 그녀를 바라보고 있다.

아이돌이었기에 늘 관심의 대상이 되는 것에 익숙했던 그녀에게조차 새로운 경험일 정도로, 그 시선들은 강렬하고 또 간절했다.

테라는 그런 눈빛들이 부담스러워 서둘러 일어났다. 그리고는 수통과 군복을 손에 든 채 지붕의 뒤쪽으로 걸어갔다. 그녀를 둘러싸고 있던 사람들은 감히 신체 접촉을 해서는 안 된다는 것처럼 좌우로 벌려 서며 길을 튼다.

"물러나 주십쇼! 사격하겠습니다!"

테라가 가져온 탄약을 K—3에 연결한 사수가 양각대를 바닥에 펼치며 말했다. 다른 병사들이 그 주변을 둘러싸고 앉아 안전 구역을 확보했다.

총구가 겨눈 위치는 배의 좌현 방향. 총알이 관통하더라도 딱히 큰 피해가 없을 만한 각도를 찾아 잠시 총구를 돌리던 K—3 사수가 마침내 방아쇠를 당겼다.

타타타타타— 타타타타— 타타타타— 타타타타타—

듣기만 해도 체증이 뻥 뚫리는 것 같은 시원한 총소리가 밤하늘을 가르며 울려 댄다. 그와 동시에 아래쪽을 배회하던 좀비들은 머리가 꿰뚫리거나, 갈비뼈가 박살 난 채 난간 쪽으로 밀려났다.

풍덩—! 풍덩—!

총알의 힘을 이기지 못하고 강물에 빠지는 좀비들도 속속 등장했다.

테라는 고개를 숙인 채 그 총소리를 가만히 듣고 있었다. 조금 전 자신의 바로 옆에 가만히 서 있던 좀비들이, 자신이 가져온 총알에 의해 모두 사살되고 있다는 데 생각이 미치자 기분이 꽤 복잡해졌다.

"봤지, 테라 양? 이 눈빛들, 구세주를 만난 인간은 이런 눈빛을 짓게 되지. 나는 난치병의 신약을 임상 실험 하면서 몇 번이나 경험해 봤어. 좀비에 대한 이론적 이해가 전혀 없지만, 이들은 본능적으로 느끼고 있을 거야. 테라 양이 기적이자 구원이라는 것을 말이야. 등 뒤에 바짝 따라붙은 죽음으로부터 떼어내줄 유일한 사람이지. 아니, 어쩌면 이미 사람이라 부르는 것조차 송구스러울지도… 후후후.”

젠킨스는 곁으로 나가와 의기양양하게 떠들어 댔다. 그의 거들먹거리는 태도를 보면, 좀비들 사이를 헤치고 탄약을 찾아온 것이 테라가 아니라 젠킨스라는 착각이 들 정도다.

테라가 대꾸하지 않은 채 수통의 물을 손에 받아 몸에 묻은 좀비들의 피를 닦아내고 있자, 젠킨스는 다시 입을 열었다.

“그런데 말이야, 테라 양. 무지한 인간들의 숭배는 항상 구세주를 죽이는 끔찍한 결과로 이어지지. 신화를 봐도 그렇고, 역사를 봐도 그래. 그런 점을 감안한다면, 내가 지금까지 왜 테라 양 본인에게조차 비밀을 지켜왔는지 이제 짐작이 될 거라고 생각해. 귀하가 실험실의 해부용 침대로 보내지는 걸 막고 싶었던 거야.”

시끄럽게 귀를 울리는 총소리, 그 사이사이에 섞여 들어오는 젠킨스의 끔찍한 말들…….

테라의 미간이 걱정 때문에 찡그려진다. 그 모습을 확인한 젠킨스는 더욱 집요하게 떠들어 댔다.

“어쩌면 귀하는 지금 지구상에 남아 있는 마지막 널 키드일지도 몰라. 귀하의 정체는 테라 양 본인이나 그 주변의 사람들이 감당하기에 너무도 중요하고 위대해. 그리고 오직 JL만이 테라 양의 그 고귀한 육체와 정신을 온전히 지켜주면서도, 동시에 백신을 만들어서 저들을 구원해 내줄 수 있지. 왜냐하면 우리에게는 보통의 멍청한 인간들이 소유하지 못한 경험과 기술, 그리고 비전이 있거든… 으흠! 큼! 큼!”

계속 사악하게 지껄여 대던 젠킨스는 갑자기 말을 끊고 헛기침을 하며 옆으로 물러났다. 난폭한 흉터사내, 민구가 다가와 노려보고 있는 것을 느꼈기 때문이다.

"괜찮아?"

젠킨스를 한 번 쏘아보고 나서 민구가 테라에게 물었다. 테라는 고개를 끄덕였다.

"네… 그냥… 그 옆을 스쳐서 걸어가는 것뿐인데도 너무 무서웠어요. 여기까지 오는 내내 좀비들과 한데 엉켜서 싸웠던 분 앞에서 그런 소리 하려니까 부끄럽네요."

테라는 쑥스러움을 감춰보려고 애써 미소를 지었다. 저 사다리를 내려갔다 온 이후, 자신을 대하는 사람들의 시선이 확연히 달라졌다는 게 부담스럽다.

이제 운 좋게 용산에 합류한다고 해도… 그녀는 다른 사람들과 같은 대우를 받게 되지는 않을 것이다.

"여기를 빠져나간 뒤에 이디로 갈지 미리 마음을 정해둬. 너와 함께 갈 테니까."

민구는 총소리가 잠시 뜸해진 사이를 타서 조용히 말했다. 이 계집애가 보여준 기적은 너무도 크고 강렬한 것이어서, 순식간에 사방으로 소문이 퍼져 나가게 될 것이다. 들불처럼 소문이 퍼지고 난 뒤에는 그의 힘으로 지켜줄 수 없다.

물론 아예 소문이 나지 않도록 하는 극단의 방법도 있기는 하지만… 서로의 등을 맡기고 함께 싸웠던 녀석들의 목을 따는 건 그의 입맛에 맞지 않다.

그것만은 피하고 싶지만, 그러나 그것이 그녀를 살릴 수 있는 유일한 길이라면 못할 일도 아니다.

테라가 괴물들 사이를 걸어가는 그 모습을 보았을 때, 민구의 머릿속에는 '운명' 이라는 하나의 단어가 콱 들어와 박혔다.

운명 따위… 그전까지 한 번도 믿지 않았고, 앞으로도 믿을 일이 없을 것 같았건만, 이 아이와의 만남만은 다르다.

테라가 안전한 장소에 닿을 때까지 지켜주는 것으로 자신의 죗값을 치르도록, 누군가가 미리 짜둔 것 같다. 세상을 이 꼴로 만든 죗값을…….

"어디로…라고 해봐야… 달리 갈 데가 없어요. 만약 용산철로에 도착하게 되면, 저는 어떻게 될까요?"

테라는 핏기 없는 얼굴을 쓸어내리며 중얼거렸다.

"소문이 날 테니까 아마 높은 누군가가 데려가려고 하겠지."

"역시 그렇겠죠……."

테라는 한숨을 내쉬었다. 군대 수뇌부에서 그녀를 데려간다면 최고의 의료 기술을 가진 기업과 협력을 할 것이고, 결국 또 태양이 끼어들게 될 가능성이 높아진다.

태양은… 싫다!

그렇다고 해서 젠킨스를 따라 JL로 가고 싶지도 않았다. 그곳은 대한민국의 법이 통하지 않을 것 같아 더 무섭다.

"꼭 지금 결정하지 않아도 돼, 갈 길이 머니까… 그냥 미리부터 생각을 해두라는 거야."

그렇게 말하고 난 뒤, 민구는 군인들 쪽으로 자리를 옮겼다.

투투투투— 투투투— 투투투투—

K—3는 그동안에도 열심히 총알을 날려 대고 있었다. 실탄이 없던 때에 엄청나게 많은 것처럼 느껴졌던 좀비들은 이제 그 수가 확연히 줄어들어서, 손으로 헤아릴 수 있을 만큼만 남

았다.

관통되어 너덜너덜해진 유람선 좌현의 모습에서 얼마나 많은 총알이 집중적으로 퍼부어졌는지를 짐작할 수 있었다.

"아, 젠장… 안에 숨어 있는 새끼들 왜 이렇게 안 나와? 이쪽에서 보여야 어떻게 처리를 하지. 내려가서 잡아야 하나……."

K-3 사수가 투덜거렸다. 이제 주력이라 할 만한 규모는 다 잡았지만, 아직도 객실 내 어딘가 숨어 있는 놈들이 문제였다. 정말 몇 마리 때문에… 섣불리 아래로 내려갈 수 없는 상황이다.

병사들이 플래시를 이리저리 비춰봐도 건물 틈이나 엔진 주변에 박힌 채 나오지 않는 놈들은 잡아낼 수가 없다.

"어쩌면… 이게 답일 수도 있겠군. 해보고 그래도 안 되면 내가 내려가는 걸로 하지."

애태우는 군인들을 가만히 보고 있던 민구는 주머니에서 담배를 두 개비나 한꺼번에 꺼내 물고 불을 붙였다.

그러고는 두어 모금을 깊이 빨아들인 후, 깨진 유리 지붕을 통해 객실 안으로 던져 넣었다. 객실 바닥에서는 담배 연기가 조금씩 피어오른다.

"지금 그게 뭐하신 거……."

너무도 뜬금없는 민구의 행동에 군인들이 의아해하고 있을 때, 객실 구석으로부터 한 마리씩, 두 마리씩 좀비들이 걸어온다. 좀비들은 자석에 끌리는 것처럼 담배를 향해 모여든다.

"이건… 무슨 원리입니까? 왜 담배에 저렇게……."

K-3 사수가 물었다. 민구는 고개를 저은 뒤, 새 담배에 불을 붙였다.

"주워들은 이야기라서 나도 원리 같은 건 몰라. 그냥 저 괴물 놈들이 담배에 끌린다고 하더군."

민구는 이번에도 두어 모금을 빤 뒤, 조금 전 담배를 던졌던 위치 부근에 다시 집어 던졌다.

"그러니까 밖에 나가게 되면 담배 피울 생각 같은 건 않는 게 좋아."

민구의 말을 들은 K—3 사수는 고개를 갸우뚱거리면서도 일단 방아쇠부터 당겼다. 저 괴상한 검투사의 이상한 학설을 어떻게 해석하느냐 하는 건 지금 눈앞에 보이는 좀비들을 다 처지하고 난 다음에 생각해도 충분할 테니까.

투투투투— 투투투투— 투투투투투—

객실의 유리 지붕은 산산조각으로 박살 나고, 의자들 사이는 좀비들의 시체로 채워졌다. 머리가 벌집처럼 꿰뚫린 채 죽어 있는 좀비들의 머리 위로 담배 연기가 뽀얗게 피어오른다.

☢ ☢ ☢

"으아! 진짜 돌아버리겠네! 저것들, 대체 왜 저렇게 질겨! 우리한테 무슨 원수가 진 것도 아닐 텐데!"

흔들리는 장갑 트레일러 위에서 밤톨은 뒤를 돌아보며 악을 썼다. 다른 병사들도 마찬가지다. 다들 이를 악물고 온갖 저주와 욕설을 퍼부어 댔다. 그래도 상황은 달라지지 않는다.

그롸아아아아—

장갑차의 엔진 소리를 뚫고 들려올 만큼 커다란 포효!

규모 넷에 가까운, 엄청난 수의 좀비들이 그들이 탄 장갑 트레일러를 쫓아 달려오고 있다. 잠실에서부터 따라 붙어온 놈들인데 속도는 또 왜 그리 빠른지, 시속 30킬로미터를 상회해서 달리고 있는데도 도무지 떨쳐 내지를 못한다.

"좀 더 빨리 못 가나? 아우, 답답해!"

트레일러 지붕 위의 병사들은 모두 가슴을 친다. 하지만 장갑차 승무원들이 딱히 늑장을 부리거나 그들의 애를 태우기 위해 속도를 내지 않는 것은 아니다. 그들도 나름 최선을 다하는 중이다. 다만, 주어진 상황이 영 좋지 않다.

일단 후방에 달고 끄는 무게가 너무 무겁다. 대형 컨테이너에 민간인들을 꽉꽉 채우고, 그 위에도 병력을 태웠으니 이미 견인해야 할 무게의 한계까지 달했다.

더 빨리 달릴 수 있어도 문제다. 넓은 개활지를 똑바로 내달리는 것이 아니라 좁은 도로에서 계속 좌회전과 우회전을 반복해야 하기 때문에 이보다 더 속도를 올렸다가는 컨테이너가 전복될 수도 있다.

부우우웅—

사거리를 만난 장갑차는 다시 급격한 좌회전을 했다. 다른 곳으로는 들어갈 수가 없다. 잠실을 점령한 규모 여섯 좀비들이 이미 자리 잡고 있기 때문이다.

"으으윽!"

컨테이너가 휘청거리자 지붕 위의 병사들과 컨테이너 내부의 민간인들이 동시에 비명을 내지르며 난간을 움켜쥔다.

지금 여기에서 떨어졌다가는 그대로 황천행이다. 뒤쪽에서는 여전히 천 마리 가까운 좀비들이 바짝 달라붙어 뛰어오고 있다.

잠실 쉘터의 마지막의 마지막까지 방어선을 사수하다가 막차를 타고 탈출한 그들에게 상황은 결코 호의적이지 않았다. 길목마다 좀비들에게 점령당해 버린 뒤여서 탄천을 넘어가지 못했을 때부터 일이 심하게 꼬여 버렸다.

심지어 실탄조차 간당간당하는 상황이다. 장갑차 내부에 무장한 병력과 예비 탄창이 있지만, 장갑차를 세우고 그걸 꺼내 지붕 위의 병사들에게 전달해 줄 만큼의 여유가 없다. 이 상태대로라면 도대체 언제 목표 지점인 선로에 닿을 수 있을지 전혀 장담이 안 된다.

"저 개새끼들은 뭐한다고 아까부터 계속 따라다니는 거야? 가만히 구경만 할 거면서?"

병사들 중 하나가 고개를 위로 들고 헬기를 향해 욕설을 퍼부었다. 천천히 상공에서 따라오는 태양 그룹의 헬기. 아까부터 영 신경이 거슬렸던 참이다.

처음엔 공중에서 내려다보며 경로라도 알려주나 싶었지만, 이렇게 정신없이 헤매고 있는 걸 보면 그렇지도 않은 모양이다.

그렇다고 지원 사격을 해주거나, 하다못해 라이트로 전방을 밝혀주는 것도 아니다. 태양 그룹의 헬기는 도움이 되는 일은 하나도 하지 않으면서 그저 그들을 따라오고 있을 뿐이다.

"아으~ 이 개새끼들아! 그만 따라와!"

뒤쪽에서 달려오는 좀비들의 모습에 질린 김 이병이 K-2를 들어 발작적으로 놈들을 향해 방아쇠를 당긴다.

투투둑— 투투투— 투투투— 투투투—

당기는 동안에는 잠깐 기분이 풀리는 것도 같았지만, 그래봐야 아무런 변화를 주지 못한다. 쫓아오는 좀비들은 너무 많고, 그가 날릴 수 있는 총알의 수는 한계가 명확하다. 정신없이 덜컹거리는 트레일러 위에서 쏘는 총알의 명중률도 낮을 수밖에 없다.

"쏘고 나니까 속이 시원하냐? 이 멍청한 새끼야, 실탄 아끼라고 그렇게 잔소리를 했는데, 그걸 그냥 냅다 갈겨? 그래봐야 흠집도 안 난다고!"

김 이병이 겨우 정신을 추슬러서 방아쇠에서 손을 떼자 밤톨이 타박을 한다. 하지만 진심으로 심하게 나무라지는 않았다. 녀석이 그렇게 하는 것도 다 이해할 수 있다.

이놈들… 하루 종일 너무 압박을 심하게 받고 오래 싸워서, 다들 반쯤 미쳐 있다.

"잘 들어! 이러다가 정말 실탄 한 발이 아쉬울 때가 온다고! 그러니까 일단은 그냥 꾹 참아! 쏴봐야 소용이 없단 말이야, 이 새끼들아!"

밤톨은 난간을 꽉 움켜쥐고 자신의 분대원들에게 다시 당부를 했다. 그가 불어오는 바람 소리보다 더 크게 악을 쓰는 동안에, 장갑 트레일러는 좀비들에게 점령당한 거리를 돌고 돌아서 송파대로를 달리고 있었다.

사실 장갑차장이 그 경로를 선택한 건 아니었다. 그냥 좀비들을 피해서 무작정 내달리다 보니, 토끼몰이당하듯 그곳으로 몰렸다고 하는 편이 더 정확할 것이다.

어쨌든 송파대로는 비교적 뻥 뚫려 있었고, K—21 장갑차는 망설이지 않고 그 길을 택했다.

"어, 이 길… 어디서 많이 본 것 같습니다?"

속도를 높인 장갑 트레일러가 잠실대교를 향해 질주하기 시작하자 밤톨의 곁에 앉아 있던 무전병이 사방을 두리번거린다.

"그러네… 건대로 이동하던 날에 뒈질 뻔했던 데잖아."

밤톨도 고개를 끄덕였다. 구석으로 내몰려 있는 자동차 한 대, 가로등 하나까지도 잊을 수가 없다. 바로 여기에서 민구와 그의 분대원들이 목숨을 걸고 좀비들과 싸웠었다.

'그러고 보니 그 형님은…….'

밤톨은 감개가 무량한 표정으로 주변을 둘러보면서 민구를 생각했다. 자신이 전해 준 칼 가방… 그걸 쓸 일이 없었으면 제일 좋겠지만, 오늘같이 급박한 상황에서는 기대하기 어려운 일이다.

분명 또 한 번 엄청난 칼춤을 추었으리라…….

그와 선로에서 다시 만날 수 있으면 좋겠다고, 그리고 그 옆에 있던 테라도 밝은 곳에서 한 번 더 자세히 봤으면 좋겠다고, 밤톨은 생각했다.

물론 자신들이 건너고 있는 다리의 바로 아래에서 민구 일행을 태운 배가 빙글빙글 돌며 표류하고 있으리라고는 상상도 하지 못했다.

"그런데 왜 이렇게까지 뺑 돌아갑니까? 이러면 용산역에서 엄청 멀어지는 거지 말입니다."

일전에 건대로 이동했을 때와 정확하게 같은 경로를 따라 장갑 트레일러가 이동하자, 무전병이 걱정스러운 얼굴로 중얼거렸다.

"내 생각에도 이대로 용산까지 가는 건 무리야. 건대로 가는 건지도 모르겠다. 거기 중대 병력이 있으니까 지원도 받을 겸… 전에 봤잖아, 게이트 안으로만 들어가면 든든하더구만."

밤톨이 자신의 바람을 중얼거리며 뒤쪽을 돌아보았다. 귀찮고 꼴 보기 싫은 것들은 여전히 그들을 쫓아오고 있었다.

하늘엔 태양 그룹의 헬리콥터, 도로 위에는 울부짖는 좀비들…….

바로 그때, 트레일러를 쫓던 태양 그룹의 헬리콥터는 밤톨이 보지 못한 것을 주시하는 중이었다. 잠실대교 남단 쪽으로 흘러 내려가는 불 꺼진 유람선 한 척이 빙글빙글 돌며 표류하고 있다.

4

오 박사 일행은 잠실 쉘터의 야구장 외야에 헬기를 착륙시켜 두고, 그 안으로 대피한 소수의 생존자들을 구조하고 있었다. 야구장 밖에서는 수만에 달하는 좀비들이 울부짖는 소리가 들려온다.

선로 위에도 없고, 선착장 주변에도 없고, 잠실 주경기장에도 없다면, 테라와 젠킨스가 있을 만한 장소는 이제 딱 두 군데밖에 남지 않았다.

장갑 트레일러의 내부와 여기 이 야구장.

"사, 살려주세요! 살려주세요!"

야구장 내부로 들어와 숨어 있던 생존자들은 오 박사의 헬리콥터를 발견하고 미친 듯이 펜스 아래로 뛰어내렸다.

비록 그들의 원래 목적지가 태양 그룹은 아니었지만, 이 상황에서는 찬밥 더운밥을 가릴 때가 아니다. 일단 여기에서 벗어날 수만 있으면 아무 곳이라도 가야 한다.

야구장 입구를 막아둔 허술한 셔터는 곧 무너질 터였다. 그러면 좀비들에게 갈기갈기 찢겨 죽는 거다.

"진정해! 얼굴을 볼 수 있도록 천천히 걸어와! 뛰지 말고! 뛰면 쏜다!"

쉐도우 실드 대원들은 기관총을 겨눈 채 달려오는 생존자들에게 경고를 했다. 그들 역시도 바짝 긴장을 한 상태여서 듣는 사람의 기분 따위를 배려할 여유는 없었다.

눈깔이 돌아간 오 박사, 저 미친 새끼 때문에 마지못해 따르고는 있지만, 이 야밤까지 이건 정말 할 짓이 아니다. 좀비들의 한가운데에서 이미 물렸을지도 모르는 놈들과 상대하고 있다. 게다가 사방에서 압박하듯 조여오는 좀비들의 포효…….

인간 사냥을 할 때처럼 재미를 볼 수 있는 것도 아니면서, 위험만 몇 배나 가중된 상황이다. 다들 빨리 여기서 벗어나고 싶은 마음이 굴뚝같다.

"쏘, 쏘지 마세요! 제발! 제발!"

위협에 놀란 생존자들은 다급하게 걸음을 멈추고 제자리에 서서 두 손을 들어 올렸다. 그러고는 자신이 좀비가 아니라는 것을 증명하기 위해 계속 떠들어 댔다.

"당신들 말고 더 없었어? 테라! 테라 못 봤어? 뚱뚱한 백인 남자는? 용산철로로 가는 줄에 있었다고 했어. 본 사람 없나?"

오 박사는 새로운 생존자를 베슬 안에 집어넣을 때마다 소리쳐 물었다. 생존자들은 다들 고개를 젓기만 할 뿐, 쓸 만한 대답을 내놓지 못한다.

젠장, 오 박사는 속으로 욕설을 퍼부으며 이를 갈았다. 시간이 흘러갈수록 피가 마른다. 여기에도 없었다면… 그럼 대체 어디로 갔단 말인가.

"테라… 아마 지금쯤 배 타고 가서 용산철로 쪽에 있을걸요? 저보다 훨씬 앞줄에 있었거든요."

열두 번째 생존자가 겨우 정보다운 정보를 전해 줬다. 하지만 그건 개소리였다. 오 박사는 고개를 저었다.

"아니, 철로도, 선착장도 다 봤어. 배에서 내리는 사람들까지 다 샅샅이 봤지만, 테라는 없었어. 젠킨스도 없었고. 그 커다란 덩치는 그냥 못 보고 지나치기 쉽지 않아."

생존자들을 그물 베슬 안에 함부로 집어넣으며 오 박사는 초조하게 야구장 내부를 둘러보았다. 더 이상 인기척이 느껴지지 않는다. 그리고 여기저기서 좀비들의 울음소리가 점점 가까워지고 있다.

아쉽지만 이대로 끝인가…….

오 박사는 분한 마음에 고개를 저었다. 두 대의 장갑 트레일러가 아직 남아 있지만, 거기에 타고 있는 사람들에게 모든 걸 걸기에는 너무 확률이 줄어든다.

그롸아아아아아—

생존자들만 달려오던 야구장 잔디밭 위로 드디어 좀비들이 모습을 드러내기 시작했다. 쉐도우 실드 대원들은 기겁을 하고 뒤로 물러나며 방아쇠를 당겼다.

타타타타타— 타타타— 타타타—

MP5를 난사해서 좀비들을 쓰러뜨린 쉐도우 실드 대원들은 오 박사를 잡아끌고 헬리콥터 안으로 이동했다. 하지만 오 박사는 한사코 그들의 팔을 뿌리치며 다시 내리려고 든다.

1분만 더 기다려 보면… 저 어두운 야구장 건물 내부에서 테라가 뛰어나올 것만 같아 도저히 미련을 버릴 수 없다.

그롸아아—! 카아아악—

펜스를 뛰어내려 달려오는 좀비들의 수가 더욱 늘어났다. 쉐도우 실드 대원들은 열려 있는 헬리콥터의 측면, 문밖으로 MP5를 내밀고 계속 연사를 날렸다.

허술한 그물 베슬 안에 갇힌 채 헬리콥터가 떠오르기만을 기다리고 있던 생존자들은 두려움이 가득한 비명을 지르며 떨었다. 운동장 잔디밭 여기저기에 좀비들의 시체가 널리기 시작한다.

"오 박사님! 이륙해야 합니다!"

쉐도우 실드 대원들과 헬리콥터 조종사가 한목소리로 외쳐댄다. 이 건물 어딘가에는 아직 생존자가 남아 있을지 모르지만, 마냥 기다리고 있을 수만은 없다.

그래도 오 박사가 마음을 정하지 못하고 망설이자, 보다 못한 조종사가 임의로 헬기를 이륙시켰다.

홍— 홍홍홍— 홍홍— 투투투투투—

프로펠러가 빠르게 회전하기 시작하자, 헬리콥터는 곧바로 하늘 위로 솟아오른다. 그물 베슬 안의 생존자들도 그제야 안도의 한숨을 내쉬었다.

"젠장! 이런 씨발!"

20여 미터 아래까지 밀려 들어와 있는 좀비들의 모습을 보며 오 박사는 헬리콥터의 좌석을 몇 차례나 내려쳤다. 그 와중에도 혹시 그중에 젠킨스가 끼어 있지는 않은지 확인하고 있는 자신의 모습이 한심하다.

그렇게 오 박사가 성질을 이기지 못해 펄펄 뛰고 있을 때, 무전이 들어왔다.

*— 치이익, 1호기 응답하라. 여기는 3호기. 치이익.*

"말해."

오 박사는 무전기를 꽉 쥐고 퉁명스럽게 대답했다. 3호기의 목소리 톤에서 이미 기쁜 소식은 아니라는 것을 알 수 있었다. 아마도 트레일러의 문이 열렸고, 거기 들어 있던 사람들 중에 테라나 젠킨스가 없었다는 소식일 거라고 생각했다.

제기랄, 그러면 트레일러 하나만 남게 된다. 오 박사는 입술을 물어뜯었다. 그런데 3호기 승무원은 그의 예상과 전혀 다른 이야기를 꺼냈다.

*— 치이익, 잠실대교 남단에… 치익, 유람선 한 대가 표류 중입니다. 알려 드려야 할 것 같아서… 치익.*

"유람선? 야, 잠실대교면 어디야?"

오 박사는 미간을 찌푸리며 헬기 조종사에게 물었다. 헬기 조종사가 대답을 해준다.

"송파대로에서 이어진 다립니다. 여기에서 동쪽으로 2.5킬로미터 떨어져 있습니다."

"동쪽? 그러면 용산이랑 반대 방향이잖아. 거기 있는 유람선이 무슨 상관이야? 왜? 불이 켜져 있어? 사람이 보이나?"

오 박사는 짜증스럽다는 듯 물었다. 가뜩이나 기분이 좋지 않은데, 멍청한 보고까지 그의 신경을 긁고 있다.

*— 치이익, 조명은 보이지 않았습니다. 치익.*

"그럼 그냥 버려진 배잖아! 예전부터 그 부근에 떠다니던 거 아니야? 대체 이 바쁜 상황에서 그런 난파선 이야기는 왜 하는데?"

질문하는 오 박사의 목소리가 점점 더 날카로워진다. 하지만

3호기 승무원은 기죽지 않고 대답했다.

*— 치익, 저도 처음엔 그렇다고 생각했었는데, 다리에서… 치이익, 좀비들이 뛰어내렸습니다. 치익.*

"…뭐라고?"

*— 치이익, 다리 위를 달리던 좀비들이 배를 향해서 뛰어내렸습니다. 치익, 뭔가 있는 거 아닐까요? 치이익.*

그 말을 들은 오 박사는 벌어진 입을 다물지 못하고 비디오 통화를 하는 것처럼 고개만 끄덕였다. 좀비들이 그렇게 뛰어내렸다는 건, 거기에 살아 있는 사람이나 놈들을 끌어들일 만한 뭔가가 있다는 뜻이다.

그 유람선은… 단순히 오래전에 버려진 배가 아닌 것이다.

"어디라고? 배를 목격한 장소가?"

오 박사의 목소리가 떨린다. 아찔한 느낌이 왔다. 그의 감으로는 거기에 분명 뭔가가 있다. 그를 행복하게 만들어줄 뭔가가…….

*— 치이익, 잠실대교 남단입니다. 치익, 트레일러 추적을 멈추고 타깃을 배로 변경할까요? 치이익.*

"아니야. 트레일러 계속 쫓아. 배는 내가 직접 확인해 보겠다."

오 박사는 단호한 명령을 마지막으로 무전을 끊었다. 그러고는 헬기 조종사에게 손짓을 했다.

"들었지? 잠실대교 남단이야. 서둘러!"

헬리콥터 조종사는 오 박사의 얼굴을 곁눈으로 흘겨보았다. 이 미친놈은 이렇게 깜깜한 밤에 불 꺼진 고층 건물이 즐비한 서울 시내를 비행한다는 게 얼마나 위험한지 전혀 모른다. 그러면서도 그저 사람을 달달 볶아대기만 한다.

"서두르라고!"

마음이 바쁜 오 박사는 망원경을 손에 꼭 쥐고 한강 남쪽을 향해 시선을 고정시킨 채 다시 닦달을 했다.

잠실야구장 상공 위로 떠오른 헬리콥터는 크게 선회해서 대각선 방향으로 날아가기 시작했다.

☣ ☣ ☣

바로 그 시각, 테라를 태운 유람선은 청담대교 북쪽의 그늘 아래를 막 지나치고 있었다. 출발 직전 갑자기 다리 위에서 떨어져 내린 좀비들로 잠시 소동이 있었지만, 민구가 재빨리 나서서 머리를 날려 버리는 것으로 정리한 뒤였다.

워낙 어두웠기 때문에 강의 반대 방향에서 잠실대교를 향해 날아가고 있는 오 박사의 헬리콥터는 그들을 발견하지 못했다.

"테라 양, 이 부드러운 항해술을 좀 봐주면 좋겠는데… 조명 하나 없이 이렇게 엉망이 된 배를 몰아서 캄캄한 밤의 강을 헤쳐 나간다는 거 말이야. 결코 쉬운 일이 아니라고. 후후후, 이렇게 방향키를 잡고 있으니 나폴리의 밤바다가 저절로 떠오르는군. 언젠가 이 좀비 사태가 좀 진정되면 귀하와 함께 방문할 수도 있겠지. 내 요트 이야기해 준 적 없지?"

젠킨스는 유람선의 방향키를 잡고 고정식 의자에 기대앉은 채 계속 떠들어 댔다. 그렇게 여유를 부리면서도 청담대교의 교각 사이를 아주 부드럽게 통과했다. 가끔씩 개인 요트를 몰고 항해를 즐겼다는 말이 허풍은 아닌 모양이다.

오도독— 오독!

젠킨스의 기분이 좋아진 또 다른 이유는 조타실 내부에 있던 과자 상자와 음료수였다. 하루 종일 쉬지 못하고 계속 운항을 해야 했던 승무원들이 그걸로나마 허기를 채우려고 가져다 놓았던 것들이다.

젠킨스는 만족한 표정을 지으며 과자를 한 움큼씩 집어 입에 가져가고 음료수를 벌컥벌컥 들이켰다.

"젠킨스 씨, 꺼림칙하지 않으세요? 바로 눈앞에 좀비들 시체가 그렇게 많은데?"

조타실 유리창과 계기판 주변에 어지럽게 널려 있는 좀비 시체들을 보며 테라가 물었다. 젠킨스는 과자 쪽으로 손을 뻗으며 단호히 고개를 젓는다.

"내가 두려워하는 것은 물리적인 힘을 행사할 수 있는 존재들뿐이야. 시체는 거기에 해당되지 않지. 그러니 입맛에 영향이 없어. 그건 그렇고, 참 속도가 어지간히 나지 않는군. 아무리 배에 물이 차기 시작했다고는 하지만 말이야. 이래서야 시간이 너무 오래 걸리겠어… 뭐, 그렇다고 당장 침몰할 것 같지는 않지만… 아슬아슬하군."

그렇게 젠킨스가 떠들어 대고 있을 때, 군인들과 민구가 동시에 고개를 돌렸다.

"음?"

민구는 객실 밖으로 몸을 내밀었다. 강의 반대편 건물들 사이로 강렬한 빛을 뿜어내며 날아가는 헬리콥터가 보인다. 그리고 그 아래쪽에 대롱대롱 매달려 있는 이상한 그물 감옥 같은 것도…….

태양 그룹의 검은 헬기다.

"구조 헬기가 뜬 거 맞죠? 우리를 구하려고!"

아무것도 모르는 민간인 생존자들은 헬리콥터를 보고 흥분해서 목소리가 높아졌다. 하지만 민구는 긴장한 채 헬기의 방향을 주시했다.

헬리콥터는 조금 전 그들이 표류하고 있던 위치로 날아가 라이트를 번쩍이며 다리를 훑고 떠 있었다. 비록 꽤나 멀리 떨어져 있기는 하지만, 서치라이트의 빛이 워낙 강력해서 눈에 확 띈다.

왜 하필 이 밤중에 여기를… 그리고 하필이면 저 다리를…….

민구는 빠르게 머리를 굴렸다. 그냥 목적 없이 돌아다니는 게 아니다. 조금 전 그들이 아직 표류하고 있을 때, 머리 위로 지나갔던 헬리콥터와 다리에서 뛰어내렸던 좀비들… 그게 상관이 있는 것 같다.

'이 배를 찾고 있다!'

민구는 짐승 같은 본능으로 느낄 수 있었다. 왜인지는 알 수 없지만, 그렇게 생각하면 앞뒤가 맞기는 한다. 그게 아니라면 저런 이상한 짓을 하고 있는 이유가 설명이 되지 않는다.

민구는 다시 앞쪽을 돌아보았다. 불 꺼진 영동대교의 어두운 윤곽이 천천히 다가오고 있다. 이 속도로 용산까지 도착하려면 앞으로도 한참을 더 가야 한다. 빨라도 10분. 어쩌면 그 이상이 걸릴 수도 있다.

반면에 헬리콥터는 그야말로 순식간에 거리를 좁혀올 것이다. 방향만 이쪽으로 돌리면, 눈 깜빡할 사이에 따라잡힌다.

그런 후, 계속 항해를 방해할 수도, 다짜고짜 먼 하늘에서 라이트를 비추며 총을 쏴댈 수도 있다.

"이봐, 그… 기관총으로 쏴서 저걸 떨어뜨릴 수 있나?"

다급해진 민구는 K—3 사수에게 달려가 앞뒤 설명을 모두 생략한 채 그것부터 물었다.

"에?"

K—3 사수는 미간을 찌푸린다.

"아니… 그게 무슨 소리예요? 저걸 왜 쏴요? 구조해 달라고 해도 시원치 않을 판에……."

그렇게 의아해하며 대답을 한 뒤, 그는 계속 헬리콥터 쪽을 향해 손전등을 깜빡거렸다. 워낙 거리가 멀고 플래시의 조명이 약해서 신호가 전달될는지는 모르겠지만, 그래도 안 하고 노는 것보다는 낫겠다고 생각했다.

다리에서 떨어져 내린 좀비들 때문에 확성기가 작살나 버린 지금으로서는 이게 가장 강력한 신호 전달책이다.

"어이! 어이! 그 플래시 좀 꺼! 깜빡거리지 말라고! 그러다가 우리 다 죽어!"

신경이 날카로워진 민구는 자기도 모르게 오른손을 등 뒤로 돌려 쿠크리의 손잡이를 잡았다. 하마터면… 그어버릴 뻔했다.

하지만 조금 전까지 함께 목숨을 걸고 싸웠던 군인 녀석들의 순진해 빠진 옆모습 때문에 차마 그렇게까지 할 수는 없었다.

"저 새끼들… 테라를 잡아가려고 하는 거야. 정신 차려! 저놈들이 어떤 놈들인지 알아?"

민구는 네 명의 군인에게 다시 한 번 진심을 담아서 설득을 해봤다. 물론 통하지 않는다.

"잡아가다니요? 선배님, 저희 군과 함께 있는 동안에는 그런 걱정 하지 마십쇼! 저 헬리콥터, 태양 그룹 거예요. 오늘 하루 종일 저쪽으로도 민간인들 이송했어요! 우리도 용산까지 편하게 가면 좋은 거 아닙니까? 이 배도 가뜩이나 언제 물에 잠길지 모르는 상황인데……. 뭐, 안 되면 어쩔 수 없는 거고요."

병사들은 멍청이 같은 소리를 잔뜩 늘어놓고 나서 다시 플래시를 깜빡거리기 시작했다. 그것만으로도 민구의 속이 타들어가기에 충분한데, 병사 하나가 한술 더 뜨는 제안을 했다.

"하늘에 총을 몇 방 쏴볼까? 그 소리가 이 플래시 깜빡거리는 것보다는 나을 것 같은데."

"에이, 이렇게 사방에서 총소리가 나는데 그게 무슨 효과가 있을까?"

병사들은 의견이 분분하다. 이제는 더 이야기할 필요조차 없을 것 같아서 민구는 얼른 조타실 안으로 뛰어 들어갔다.

"저거… 태양 헬리콥터 맞죠?"

불안해하며 기다리고 있던 테라가 겁먹은 얼굴로 묻는다. 민구는 고개를 끄덕였다.

"저놈에게 오른쪽으로 바짝 붙이라고 해."

테라는 젠킨스에게 주문을 했다. 배를 모는 것에 몰두하느라 뒤쪽의 헬리콥터에 대해 전혀 인지하지 못한 젠킨스는 큰 소리로 기분 좋게 복창을 했다.

"아이, 아이 캡틴! 스타보드! 후후후… 테라 양, 배에서 항해를 하는 동안에는 왼쪽, 오른쪽 같은 말은 쓰지 않아. 왼쪽은 포트, 오른쪽은 스타보드. 왜 그런 이상한 단어를 사용하게 되었는지 이야기해 줄까? 아주 오래전으로 거슬러 올라가면 이 방향키가 배의 중앙이 아니라 한쪽에 붙어 있었거든."

"닥치고 저 다리 지나가기 전에 바짝 붙여서 세워! 다리 그늘 아래 멈추면 더 좋고."

민구는 젠킨스의 수다를 끊고, 그의 옆에 서서 손가락으로 위치를 지정했다.

"선다고? 왜? 무슨 일이야?"

젠킨스가 물었다. 두 사람의 말을 계속 번역해 주고 있던 테라가 대답했다.

"태양 그룹 헬리콥터가 오고 있어요. 빨리 도망쳐야 돼요."

"오 마이! 이런!"

태양이라는 단어를 듣자마자 젠킨스의 얼굴에서도 웃음기가 걷혔다. 그는 통통한 털북숭이 손으로 아주 능숙하게 속도를 줄이고 방향타를 틀어 유람선의 앞부분이 영동대교의 최북단 교각 아래 들어가도록 만들었다. 게다가 뒤쪽의 객실은 그늘 밖에 위치시켜 놓았다.

정말 매끄러운 실력이다. 뱃머리에서 강기슭까지의 거리는 불과 5미터 내외. 물에 뛰어든 다음, 바로 코앞의 기슭에 오르기만 하면 된다.

플래시를 챙긴 민구는 뒤를 돌아보았다. 민간인이고, 군인들이고 할 것 없이 다들 헬리콥터에만 혼이 팔려서 열을 내는 중이다. 달아나려면 지금이다. 만약 저놈들이 본다면 분명 귀찮게 붙잡으려 들 것이다.

"당신이 마지막으로 내려! 그리고 내리기 전에 저 레버를 조금만 앞으로 밀어! 그러면 배가 앞으로 전진할 거고, 우리가 어디에서 멈췄다가 내렸는지 모를 거야!"

난간을 잡고 뛰어내릴 준비를 한 젠킨스가 테라를 통해 말을 전해왔다. 민구는 그렇게 하겠다고 대답하며 고개를 끄덕였다.

때마침 병사들 간의 논의가 끝났고, K—3 사수는 하늘을 향해 총구를 겨눈 채 방아쇠를 당긴다.

투투투투— 투투투투—

"뛰어!"

그 소리를 틈타 젠킨스와 테라는 물속으로 몸을 던졌다.

풍덩—

직접 물에 빠진 두 사람에게는 엄청나게 큰 물소리가 울렸지만, 총소리에 묻혀 배 위의 사람들에게는 전달되지 않았다.

두 사람이 뭍에 오른 걸 확인한 민구는 젠킨스가 시킨 대로 레버를 조금 위쪽으로 밀어 올렸다. 곧바로 배의 속도가 바뀌며 전진하기 시작했다.

민구는 깨진 유리창 사이로 비집고 나가서 뱃머리 우현의 난간 위에 올라섰다. 그러고는 망설이지 않고 물속에 몸을 던졌다.

푸우우웅덩~!

순식간에 온몸을 감싸는 검은 강물!

민구는 두 눈을 부릅뜬 채 앞으로, 그리고 수면을 향해서 팔을 저어 나갔다. 머리 위로 유람선의 그림자가 검게 드리워진 채 지나간다.

등 뒤에 달고 있는 쿠크리와 비스듬히 걸치고 있는 칼 가방의 무게가 몸을 끌어당기지만, 그리 멀리 가는 게 아니니까 이 정도는 참을 수 있다.

"여기예요!"

민구가 기슭에 닿자, 교각의 구조물 뒤에 숨어 있던 테라가 작은 목소리로 신호를 보내온다. 민구는 얼른 물에서 빠져나왔다.

"과자… 과자 상자를 가지고 왔어야 하는데!"

젠킨스는 물을 먹고 괴로워하는 와중에도 자신이 잊고 온 과자를 안타까워하며 바닥을 치고 있었다.

"우리가 도망친 거 아직 모르는 것 같아요."

웃옷을 벗어 물기를 짜내고 있는 민구에게 테라가 말했다. 민구는 고개를 끄덕이며 유람선을 돌아보았다.

군인 놈들은 아직도 공중에 총을 쏴대고, 플래시를 깜빡거리는 것에만 정신이 팔려 있었다.

"가자! 여기 있으면 안 돼!"

민구는 와들와들 떨리는 테라의 가냘픈 손을 잡고 앞서 걸어나갔다. 이곳은 너무 탁 트여 있다. 헬기가 서치라이트를 비추기 시작하면 대번에 발각되고 만다.

그녀의 곁에서 켁켁거리며 물을 토해내고 있던 젠킨스가 입가를 닦으며 물었다.

"이 남자, 지금 어디로 가려는 거야? 무슨 계획이 있는 건가?"

테라는 굳이 그 질문을 번역해서 민구에게 묻지 않았다. 계획 같은 게 있을 리가 없으니까.

## 5

잠실대교 위를 두어 번 선회한 시점에서 오 박사의 인내심은 한계를 맞았다. 난파된 채 표류하는 배 같은 건 없었다.

혹시 교각 사이의 수중보에 걸린 채 멈춰 있는가 싶어 몇 번이나 고도까지 낮춰가며 꼼꼼히 살펴봤는데도 마찬가지다.

"야, 이 개새끼야! 날 가지고 놀아? 여기 배가 어디 있어?"

오 박사는 무전기를 으스러져라 쥐고 3호기의 승무원에게 욕설부터 날렸다. 3호기 승무원은 잠시 멈칫한 후에 사무적인 목소리로 대답했다.

*— 치이익, 있었습니다, 분명히. 치이익, 저 혼자 본 게 아닙니다. 치익.*

"그럼 그 짧은 시간에 어디로 갔다는 거야? 없다고!"

*— 치익, 표류 중이었으니까 물살에 휘말려 떠내려갔을 수도… 치이익.*

"야! 여기 밑에 수중보가 있어! 딱 막혀 있어서 그 배는 강 상류에서 떠내려온 게 아니라고! 배가 계속 여기에 있을 때에는 뭔가에 걸려 있던 거란 말이야! 그런데 왜 갑자기 떠내려가! 지껄이기 전에 생각을 하라고! 이 멍청한 새끼야!"

자신의 무력감과 두려움을 감추기 위해 욕설을 잔뜩 퍼부은 뒤, 오 박사는 무전을 끊어버렸다.

"하여간… 똑바로 하는 새끼가 없어! 마음에 하나도 안 든다고! 어이! 하류 쪽으로 훑으면서 내려가 보자."

오 박사는 거만한 표정으로 조종사에게 명령했다. 헬리콥터는 고도를 높여 한강의 중앙에 라이트를 비춰가며 서쪽으로 날아갔다.

"어! 저! 저기! 불빛!"

헬리콥터 조종사가 전방을 가리켰다. 오 박사도 그쪽으로 시선을 돌렸다. 영동대교와 성수대교의 중간 정도 지점, 한강의 북쪽에서 플래시가 점멸하는 게 눈에 들어온다.

투투투투투— 투투투투—

그리고 하늘을 향해서 쏘아져 올리는 총알도 보였다. 불을 뿜는 총구와 붉은 예광탄이 온통 검정색뿐인 밤하늘에 긴 잔상을 남긴다.

헬리콥터의 서치라이트가 그쪽으로 방향을 바꾸자, 암흑 속에 묻혀 있던 유람선이 모습을 드러냈다.

"뭐야? 난파선이라더니… 운항만 잘하고 있구만……."

유람선의 후미에서 솟아오르는 물거품을 보며 오 박사가 중얼거렸다. 스크루가 돌아가고 있다. 갈라놓은 물살의 흔적을 봐도 분명 달리고 있던 배다. 하지만 우습게도 조명은 완전히 꺼져 있다.

"너무 가까이 가지 말고 위쪽에서 돌아. 저 새끼들 허공에 대고 총 쏘는 거 보니까 무섭다. 대체 뭘 하자는 거야? 유령선 흉내를 내는 것도 아니고……."

피투성이인 배는 끔찍할 정도로 큰 손상을 입은 채로 천천히 물살을 가르고 있었다. 유리 지붕이 다 박살 나고, 사방에 총알 구멍이 나 있는데다가, 뭘 얼마나 들이받았는지 완전히 우그러지고 찢긴 뱃머리에서는 침수가 진행 중이다.

한눈에도 지독한 전쟁을 치르고 살아남은 배라는 걸 알 수 있을 정도였다.

"허허… 저놈들 봐라?"

망원경을 통해 유람선의 상황을 지켜본 오 박사가 재미있다는 표정을 지었다.

배를 가득 메우다시피 한 수많은 좀비들의 시체, 그리고 그 시체들 사이에서 펄쩍펄쩍 뛰며 반가워하는 사람들…….

그런데 그런 와중에도 몇몇은 심각한 표정으로 강가를 노려보거나 배의 이곳저곳을 뒤지고 다니는 중이었다. 누군가를 찾는 모양새다.

비록 열댓 명의 생존자들 중에 오 박사가 진정으로 보고 싶어 하는 사람들은 없지만, 뭔가를 찾고 있다는 지점에서 오 박사는 반가운 사인을 받았다.

"구조해서 베슬에 태웁니까?"

조종사가 물었다. 오 박사는 라이트를 환히 받고 있는 생존자들을 노려보며 사악하게 중얼거렸다.

"후후, 저 새끼들만 있으면 그렇게 하고 싶지도 않네. 이렇게 가슴이 두근거렸던 게 화가 나서라도 그냥 싹 다 쏴 죽여 버리고 싶어. 근데… 이건 감이 좀 좋아. 딱 왔어."

오 박사는 미소를 지으며 외부 확성기와 이어진 마이크를 잡았다.

"생존자 여러분! 저희는 민군 합동 구조 본부 소속입니다! 만약 구조를 원하시면 팔로 크게 원을 그려주십쇼!"

조금 전까지 짜증을 부릴 때와는 완전히 다른 톤이다. 아주 자상하고 신뢰할 만한, 그런 목소리였다.

그 이중적인 모습을 익히 알고 있던 헬기 조종사지만, 곁에서 듣고 있자니 소름이 돋았다.

유람선에서는 당연히 난리가 났다. 민간인과 군인을 막론하고 사람들은 일제히 두 팔을 들어 원을 그리며 펄쩍펄쩍 뛰어댔다. 불이 꺼진 채 서서히 가라앉는 배였으니, 정말 감사할 수밖에 없었다.

"배의 엔진을 꺼주십쇼! 곧 구조용 베슬을 내리겠습니다."

오 박사는 가증스러울 만큼 선한 말투로 지껄여 댔다. 그러고는 조종사에게 헬기를 아래로 내리라는 신호를 보냈다.

구조는 그리 긴 시간이 걸리지 않았다. 열댓 명의 생존자들은 딱히 명령을 하지 않아도 앞다투어 베슬 안에 뛰어들었다.

모두를 옮겨 실은 헬기는 방향을 바꿔 고도를 올렸다. 조금 더 날아간 헬기는 자동차가 정리된 성수대교 중앙에 베슬을 내리고, 그 옆에 착륙했다.

"아, 잘 세워주셨습니다! 마음이 급해서 타기는 했는데, 그냥 가면 안 될 일이 있어서 말입니다……."

헬기에서 내린 오 박사가 베슬로 다가가자 구조된 군인들이 반가워하며 입을 열었다. 오 박사도 단도직입적으로 물었다.

"혹시 조금 전에 누굴 찾고 있었던 겁니까?"

"예! 저희들 외에도 세 명이… 쭉 같이 있었는데, 저희가 헬리콥터에 신호를 보내느라 정신이 팔려 있는 사이에 세 명이 감쪽같이 없어졌습니다. 그래서……."

병사들은 두서없이 지껄여 댔다. 하지만 오 박사는 대충 다 알아들었다. 그의 사악한 눈동자가 커진다. 감이 맞았던 것 같다. 고 깜찍한 젠킨스가 계집애를 데리고 도망친 거다.

"세 명이나요? 그거 큰일이잖습니까? 뭐죠? 추락 사고가 난 건 아니고요?"

도망쳤다는 걸 알면서도 오 박사는 사뭇 진지하게 걱정하는 표정을 지었다. 병사들은 도리질을 한다.

"한꺼번에 세 명이나 추락 사고가 났을 것 같지는 않습니다만… 하여튼 귀신에 홀린 것 같은 기분입니다. 꼭 찾아야 하는데……."

K—3 사수는 말을 아꼈다. 칼자국 난 사내가 저걸 타면 죽는다고 난리를 치던 모습을 본 터여서 그는 그 세 명이 도망을 친 게 아닐까 의심하고 있다.

하지만 여기에서 그 말을 꺼내봐야 공연히 이 태양 그룹 사람들의 기분만 상하게 할 것이다.

꼭 찾아야 한다고?

오 박사는 K—3 사수의 얼굴을 빤히 쳐다보았다. 테라라는 계집애는 아이돌이라니까 군인들에게 인기가 있을 수 있겠지만, 그렇게 단순한 이유 같아 보이지 않았다.

"일단 찾는 게 급선무겠네요. 혹시 실종되신 분들 성함이나 인상착의 같은 걸 알 수 있을까요? 확성기로 방송을 하면서 찾으면 효율이 더 높거든요."

오 박사는 아무것도 모르는 척하며 물었다. 군인들이 한목소리로 대답했다.

"테라 씨하고, 남자 둘입니다! 한 명은 백인인데 엄청나게 뚱뚱하고요, 또 한 명은 조금 마른 체형에… 얼굴에 칼자국이 크게 나 있습니다."

빙고! 브라보! 유레카!

테라라는 이름을 확정적으로 듣는 순간, 오 박사의 머릿속에서는 폭죽이 정신없이 터졌다.

…드디어 찾았다! 그렇게 고생을 시키더니! 게다가 뚱뚱한 백인… 100퍼센트 젠킨스다!

"…그럼 그 두 분은 이름을 모르시는군요. 그건 됐고… 실종되신 지점은요? 대강 추정되는 장소나 마지막으로 얼굴을 보신 장소, 다 좋습니다. 말씀을 해주세요."

오 박사는 숨을 헐떡이지 않기 위해 애를 쓰면서 물었다. 아마도 영동대교 부근일 것 같다고, 군인들이 대답해 준다.

멀리는 못 갔겠어…….

오 박사는 마음속으로 회심의 미소를 지었다.

"알겠습니다. 저희가 최대한 열심히 수색해 보겠습니다. 마침 저희 헬리콥터에는 서치라이트가 달려 있으니까요. 함께 돌아다니시려면 불편하시겠지만, 협조 좀 해주십쇼. 테라 씨 인기 많던데, 우리가 여러분을 내려 드리고 오는 동안 좀비들에게 물리기라도 하면 큰일이잖습니까."

오 박사는 너스레를 떨며 베슬로부터 멀어져 헬기 쪽으로 걸음을 옮겼다. 그때, 그의 등 뒤에서 누군가 수군거리는 소리가 들렸다.

"테라는 어차피 그런 걱정은 없잖아? 좀비들한테 보이지도 않는 것 같더구만 뭘……."

그런가? 좀비에게 보이지 않는다고? 그런 면역자도 있는 건가?

오 박사는 애써 못 들은 척하며 헬기에 올랐다. 문을 닫자마자 그는 조종사에게 명령했다.

"영동대교로 돌아가서 그 주변 다 훑어야 돼. 테라가 그리로 갔다."

그런 후, 그는 무전기를 집어 2호기와 3호기도 다 불러들였다. 쓸데없이 장갑 트레일러 꽁무니나 쫓아다닐 때가 아니다.

"푸훗! 푸후훗!"

자꾸만 웃음이 터져 나와서 오 박사는 입을 가렸다.
좀비에게 보이지 않는 면역자… 얼마나 좋은가.
미스터 배 따위와는 비교조차 되지 않는다. 그 좋은 재료가 오늘 밤 그의 손에 들어오게 될 거다. 상상을 하는 것만으로도 짜릿해져서 오 박사는 몸을 부르르 떨었다.

☆ ★ ☆

그 시각에 민구와 테라, 젠킨스는 한강 둔치의 넓은 공원 잔디밭을 지나 달려가고 있었다. 어떻게든 시야가 가려지는 곳을 찾아야 하는데, 이놈의 공원은 너무 넓고 개방적이다. 몸을 숨길 만한 데가 전혀 없다.
고가도로 같은 곳으로 도망칠 수는 없었다. 그렇게 탁 트인 곳을 택했다가는 단박에 걸릴 것이기 때문이다.
한참 동안 벽을 따라 달리던 세 사람은 결국 입구에 '벽천 나들목' 이라고 새겨진 보행자용 터널을 발견하고 그 안으로 뛰어 들어갔다.
끝이 보이지 않는 터널의 내부나 건너편에 무엇이 기다리고 있을지 살펴보거나 생각할 만한 여유 따윈 전혀 없었다.
"하아, 하아~ 제발! 이제 됐잖아! 여기라면 안 보여! 안 보인다고! 제발 숨만이라도 좀 돌리게 해줘! 부탁이야!"
길게 뚫려 있는 나들목의 중간 지점까지 내달렸을 때, 젠킨스가 바닥에 나동그라지며 애원을 했다. 녀석의 숨소리는 금방이라도 끊길 것처럼 불안정하고 쌕쌕거린다.
젠킨스를 두고 그냥 갈까 잠시 망설이던 민구는 결국 잠시 숨을 돌리기로 하고 녀석의 곁에 앉았다.

가능성이 높지는 않지만, 혹시라도 테라가 마음이 바뀌어 JL로 가겠다고 하면… 그때는 이놈이 필요하다.

민구가 멈춘 것을 보고, 테라도 허물어지듯 주저앉아 가쁜 숨을 몰아쉰다. 종이 인형처럼 가느다란 그녀의 다리와 굽이 높은 샌들을 보고 있으면, 이만큼이라도 뛰어온 게 대단하다고 여겨진다.

팟—

민구는 가방에서 플래시를 꺼내 터널의 반대편을 비춰봤다. 다행히 괴물 같은 건 없어 보인다.

"하아~ 하아~ 그 검은 헬기… 또 돌아올까요? 그냥 그 배에 타고 있던 사람들만 데리고 갈 확률은 없을까요?"

테라가 물었다. 민구는 플래시를 끄고 고개를 저었다.

"물론 그렇게 되면 나도 좋겠어. 네가 괴물들 눈에 보이지 않는 체질이란 걸 아는 놈들이 싹 다 끌려가서 죽어버리는 거니까. 하지만 세상일이라는 게 보통 그렇게 쉽게 풀리지는 않아. 애초부터 저놈들이 왜 저렇게 저 배에 미련을 가지고 있었는지는 모르겠지만, 일단 배에 타고 있던 놈들의 이야기를 듣고 난 뒤에는 무조건 네가 타깃이 될 거야."

"그… 저에 대해서 이야기를 하지 않을 수도 있잖아요."

"제 목숨도 망설이지 않고 맡길 만큼 태양 그룹을 믿는 놈들인데, 네 이야기라고 왜 비밀로 하겠어. 물어보기도 전부터 떠들어 댈 게 분명해. 테라와 함께 있었는데, 지금 안 보인다고… 찾아야 한다고."

후우~ 테라는 가벼운 한숨을 내쉬고 고개를 숙였다.

태양 그룹… 원래부터 진절머리 나도록 싫지만, 민구의 말을 듣고 나니 더 두렵다.

사람을 잡아다가 좀비의 먹이로 준다니… 그녀로서는 상상도 할 수 없을 만큼 끔찍한 인간들이다. 그런 놈들이 지금 자신을 쫓고 있다.

"그나저나 저놈은……."

숨을 헐떡이며 큰대자로 뻗어 있는 젠킨스를 가만히 쳐다보던 민구가 물었다.

"왜 저렇게 죽기 살기로 쫓아오는 건지 모르겠군. 너를 포기할 수 없어 한다는 건 알지만, 나랑 같이 있으면서 너를 제 마음대로 하지 못하리라는 걸 빤히 알 텐데……. 저놈도 태양 그룹이 무섭다는 걸 아나?"

"태양을 왜 무서워하느냐고? 하아아~ 하아아~!"

테라로부터 민구의 질문을 전해 들은 젠킨스는 큰대자로 뻗은 채 나불거리기 시작했다.

"입장을 바꿔놓고 생각해 보면 쉽지. 만약에 내가 JL을 안정적으로 운영하고 있는 상황에서 태양의 천재적인 연구자가 지금의 나처럼 난민 신세가 되어 있다면… 아, 물론 실제 태양에는 그런 연구자 같은 거 없어! 그냥 가정이야, 가정! 어쨌든 그런 연구자를 내가 손에 넣었다면… 내가 그를 태양으로 보내주기 위해서 노력할까? 왜 그래야 하지? 그가 여기에 존재한다는 걸 아무도 모르는데? 그냥 지하 연구실에 가둬두고 실적이 나올 때까지 고문을 해 대는 편이 더 좋지 않을까? 알겠지, 테라 양? 그런 사실을 다 알면서 태양에 따라갈 수는 없는 거라고. 그랬다가는 그 순간 이후 평생 햇빛을 볼 수 없게 될 테니까."

"잘도 지껄이는군. 숨도 제대로 못 쉬던 놈이……."

그만하면 충분히 쉬었구나 싶어서 민구는 자리에서 일어났다. 여기는 몸을 숨기기에 좋은 장소가 아니다. 헬기가 돌아와서 훑기 시작하면 금방 눈에 띌 수밖에 없다. 좀 더 미로 같은 곳으로 가서 숨어야 한다. 놈들이 지칠 때까지.

"일어나. 가자."

민구는 테라의 팔을 잡고 일으켜 세웠다. 두 사람이 움직이는 기척을 느낀 젠킨스도 뒤뚱거리며 일어나서 자신의 두 무릎을 두드린다.

투투투투투— 투투투투— 위이이잉—

헬리콥터의 프로펠러 소리가 들려온다. 꽤나 가깝다. 세 사람은 다시 뛰기 시작했다. 통행로를 벗어나자 좁은 도로와 야트막한 울타리가 나온다. 울타리 너머에는 운동장과 길쭉한 학교 건물들이 있다.

"읏!"

도로를 가로질러 인도의 가로수 그늘 아래 몸을 숨긴 민구는 위쪽을 올려다보며 긴장된 숨소리를 뱉어냈다.

헬리콥터가… 한 대가 아니다.

조금 전 그들이 보았던, 커다란 라이트가 달린 헬리콥터가 강가에서 날고 있고, 또 다른 헬리콥터가 또 그들로부터 멀지 않은 곳에 떠 있다. 길거리에서 오래 돌아다닐 수 없는 상황이다.

"학교라… 별로 안 좋아하는데……."

민구가 투덜댔다. 하지만 지금은 몸을 피할 만한 곳이 그 정도뿐이다. 나머지 조그만 건물들 안으로 숨었다가는 꼼짝도 못하고 갇힐 게 자명하다.

민구는 테라를 번쩍 들어 울타리 너머 운동장 구석에 내려놓고, 울타리를 넘는 젠킨스를 뒤에서 받쳐 줬다.

"우웃! 우웃! 이게 꽤 높군!"

젠킨스가 두 다리를 공중에서 버둥거린다. 민구는 이를 악물고 녀석의 커다란 엉덩이를 밀었다.

쿵—

젠킨스가 육중한 소리와 함께 건너편에 떨어진 걸 확인한 민구는 재빨리 울타리를 뛰어넘었다.

투투투투투투투— 위이이이잉—

그러는 동안에도 두 대의 헬리콥터는 영동대교 부근을 바쁘게 오가고 있다. 곧 이쪽으로도 저놈의 서치라이트가 비춰지기 시작할 것이다.

"들어와!"

허술하게 잠겨 있던 문을 발로 차서 연 민구는 테라와 젠킨스를 안으로 잡아 끈 뒤, 다시 문을 닫았다.

전형적인 학교 건물이었다. 긴 복도의 한쪽으로 나란히 늘어서 있는 수많은 교실들, 그리고 화장실.

스릉—!

건물 안으로 들어서자마자 강하게 느껴지는 악취에, 민구는 일단 마세티부터 뽑아 들었다. 이 안에 꽤 많은 괴물들이 있다.

물론 그놈들보다 더 고약한 괴물들은 지금 시끄러운 소리를 내며 그들의 머리 위를 날아다니는 중이긴 하지만…….

"바짝 붙어……."

버릇처럼 테라에게 말하던 민구는 이내 그럴 필요가 없다는 것을 깨달았다. 테라는 안전하다. 이 건물 안에서 괴물들 때문에 마음을 졸여야 하는 것은 그와 젠킨스뿐이다.

"창문이 없는 곳으로 가자."

민구는 마세티를 앞세운 채 길고 긴 복도를 걷기 시작했다.

그롸아아아―

저 멀리 어둠 속에서 괴물의 울음소리가 들려온다.

☆ ★ ☆

"배를 물가에 댔던 적이 없다고 했으니까 분명히 물에 뛰어들었던 거야! 그리고 기슭까지 헤엄을 쳐서 갔을 테지!"

오 박사는 조종사에게 큰 소리로 떠들어 댔다. 조종사는 그의 말이 뭘 의미하는지 알아듣지 못하고 고개를 갸웃거렸다.

"헤엄을 쳤든, 뛰어 올라갔든 그게 무슨 차이가 있습니까?"

"답답하긴! 당연히 차이가 있지! 생각해 봐! 세 놈이나 물에 흠뻑 적셔졌다가 기어 나왔다고! 그중 한 놈은 덩치가 우리 둘 합친 것만큼이나 커다랗고! 그러니까 산책로 아스팔트가 물기로 젖어 있는 구역이 분명히 있을 거야! 이렇게 무작정 뺑글뺑글 돌지만 말고 산책로를 차분히 훑어!"

오 박사는 조종사를 타박하며 다시 망원경을 들어 올렸다. 저 멀리 2호기가 날아오고 있고, 3호기는 이미 조금 전부터 합류해서 그와 함께 이 근방을 훑는 중이다.

"저기! 저기 봐! 저거! 물에 젖은 거 맞지?"

영동대교 부근의 산책로에서 물에 젖은 구간을 발견한 오 박사가 소리를 질렀다. 하지만 거기까지였다.

점점이 떨어진 물방울들이 공원의 잔디까지 이어졌다는 걸 확인했지만, 그 뒤에 어디로 갔는지는 전혀 짐작할 수 없다.

"여기에 있지는 않을 거야! 숨으려고 했으니 당연히 이보다는 멀리 갔겠지! 도로 위 좀 비춰봐!"

오 박사는 열심히 지휘를 하며 이리저리 헬리콥터를 몰았다. 그러던 중에 자신이 굉장히 어리석게 굴고 있다는 걸 깨달았다. 가지고 있는 자원조차 충분히 활용하고 있지 못했던 것이다.

그는 자신이 숨은 인간들을 찾는 일에 아주 특화된 놈들을 보유하고 있다는 걸 기억해 냈다. 정말로 요긴한 놈들이다.

"2호기!"

오 박사는 고가도로 주변을 훑어보고 있는 2호기를 호출했다.

*— 치익, 부르셨습니까, 여기는 2호기. 치이익.*

"그래."

오 박사는 입술을 삐쭉거리며 말했다.

"본사로 돌아가서 인간 샘플들 다 내려놓고, 개 싣고 와."

# 4장

# Fate

1

건대 쉘터에서 처음 잠을 깬 것은 제니였다.

“꺄아아아—!”

특유의 고음 잠꼬대!

바로 곁에서 잠들어 있던 일행들은 물론이고, 체육관의 절반은 그녀의 목소리를 들었다. 하지만 대부분은 이내 다시 눈을 꾹 감고 꿈속으로 돌아갔다.

좀비 세상이 온 후에 그 정도의 잠꼬대는 그리 희귀한 일도 아니었다. 살아남은 이들은 다들 악몽을 꾸고, 그러다 보면 가끔씩은 잠결에 큰 소리를 지르기도 한다.

“뭐야! 뭔 소리야? 누구야!”

곤히 곯아떨어져 있던 보안관은 눈도 잘 뜨지 못한 채로 벌떡 일어나 주먹부터 꽉 쥐었다. 누군가 제니를 공격하기라도 했다고 생각한 모양이다.

"아웅~ 진정해, 보안관. 제니 여기 잘 있어."

삼식이가 보안관의 바지를 잡아끌며 앉힌다. 그의 말이 맞다. 제니는 믿을 수 있는 친구들 사이에서 안전하게 아주 잘 있다.

"하아아~ 하아아~"

몸을 일으켜 앉은 제니는 커다란 눈을 깜빡거리면서 바닥을 노려보고 있다. 이제야 꿈과 현실이 겨우 좀 구분되는 모양이다.

"…미안해요. 바보같이… 하아~ 나쁜 꿈을 꿔서……."

제니는 땀으로 흠뻑 젖은 머리를 쓸어 넘기면서 중얼거렸다. 태권소녀가 측은하게 바라본다.

"그러니까 자는 동안만이라도 그 후드 좀 벗고 자. 얼굴 좀 보이면 어때. 그렇게 꽁꽁 싸매고 잠이 드니까 몸이 힘들어서 악몽도 꾸는 거지. 그 구린내 나는 수건도 목에서 좀 빼버리고."

"아… 네, 그럴게요."

태권소녀의 조언대로 후드를 벗은 제니는 머리를 좌우로 흔들어 땀에 젖은 머리카락을 털었다. 길게 웨이브 진 갈색 머리, 핏기 없이 흰 얼굴… 달빛에 비친 그녀의 모습을 멍하니 보고 있던 태권소녀가 조그맣게 중얼거렸다.

"…저기, 제니야, 그냥 후드 써야 되겠다."

"조금이라도 더 자. 해 뜨려면 몇 시간 안 남았어."

옆자리에서 자고 있던 유빈이 제니의 손등을 도닥여 주고 다시 눈을 감는다. 제니는 고개를 끄덕이고 얌전히 옆으로 누웠다.

꿈일 뿐이라는 걸 잘 알고 있는데, 그런데도 흥분되고 불안한 감정은 쉽게 가라앉지 않는다.

"…무슨 꿈이었는데? 불길한 꿈이었어?"

그녀가 좀처럼 잠을 이루지 못하고 있자, 유빈이 눈을 뜨며 조용하게 물었다. 제니는 고개를 저었다.

"아니에요. 그냥… 별 내용도 없는 개꿈이었어요. 신경 쓰지 말고 자요."

"그래? 왜 그러지? 기력이 딸리나……."

유빈은 알겠다는 표정을 지으며 다시 눈을 감았다. 그의 옆얼굴을 보며 제니는 가볍게 한숨을 내쉬었다.

너무 기분 나쁜 꿈, 입 밖에도 내기 싫어서 유빈에게 거짓말을 했다.

또 테라다. 자신이 그녀를 버리고 도망쳤던 그날처럼, 테라는 잔뜩 겁먹은 얼굴로 원망스러운 눈빛을 보냈다. 그 모습을 보는 것만으로도 가슴이 미어지는 것처럼 아팠다.

그리고… 그녀의 까만 머리카락을 적신 채 줄줄 흘러내리던 붉은 피…….

'아니야… 그런 일 없어… 내일이면, 몇 시간 뒤면 만나게 될 거야… 혹시 선로로 옮겨 갔다고 해도 금방 찾을 수 있어. 어서 자.'

자신을 다독거린 제니는 손을 뻗어 유빈의 손가락 끝에 얹었다. 아주 작은 접촉이었지만, 그것만으로도 한결 안심이 된다. 그렇게 한 후에야 제니는 다시 잠을 청할 수 있었다.

얼—!

제니가 일으킨 소동으로부터 얼마 지나지 않았을 때, 이번에는 삼숙이가 모두를 깨웠다. 진우와 꼭 붙어서 잠들어 있던 녀석은 갑자기 몸을 벌떡 일으키며 체육관 바깥을 향해 짖었다.

얼-!

친구들이 한 번에 일어나지 않자 삼숙이는 재차, 이번에는 좀 더 크게 짖었다. 종소리처럼 굵고도 우렁찬 성대의 울림이다.

"…어우, 야, 너까지 왜 그러냐……."

어제오늘 아주 무리하게 달린 바람에 잠이 부족한 삼식이가 눈을 비비면서 괴로워한다. 하지만 삼숙이는 타박을 받으면서도 꿋꿋이 다시 짖었다.

"뭔가 있는 모양이네."

제니의 잠꼬대 때는 그저 조용히 눈을 감고 있던 진우가 제일 먼저 자리를 털고 일어났다. 삼숙이의 목덜미를 쓸어 녀석을 진정시킨 진우는 배낭까지 걸친 뒤, 체육관 문밖으로 걸어 나갔다.

삼숙이가 바로 뒤를 따르고, 잠시 후 친구들도 진우를 쫓아 나갔다.

"왜 더 안 자고 벌써 나와? 아직 일러. 해 뜨려면 멀었어."

야간 경계 근무 책임자여서 확성기를 든 채 뒷짐을 지고 천천히 쉘터 내부를 돌던 김 중사가 진우 일행을 알아보고 다가와 묻는다. 그들이 지금 잠실로 가기 위해 나왔다고 생각한 모양이다.

"아뇨, 출발하려는 게 아니었습니다. 이 녀석이 짖어 대기에 무슨 일이 있나 싶어서……."

진우는 삼숙이의 머리를 짚으며 대답했다. 삼숙이는 철책이 무너진 북쪽을 노려보고 서 있다. 이 자세며 짖는 톤은, 외부에서 화약 냄새가 접근해 올 때 녀석이 보이던 반응이다.

"그래? 왜 그랬지? 이놈, 점잖던데? 한 번 위로 올라가 볼까?"

김 중사는 삼숙이의 얼굴을 보며 중얼거렸다. 이따금씩 한강 쪽에서 헬리콥터 소리가 들려오기는 했지만, 그것 외에는 딱히 평소와 다를 게 없던 밤이다. 친구들과 김 중사는 그들이 갇혀 있던 수용자 숙소 건물 위로 올라갔다.

"엇, 김 중사님! 무슨 일이십니까?"

4층 건물의 옥상에 올라가자 느슨하게 경계를 보던 병사들이 서둘러 일어난다.

"너희들, 담배 피우고 있는 것 같아서 불시에 와봤다."

김 중사가 너스레를 떨면서 난간 쪽으로 걸어가는 동안 진우와 친구들은 병사들에게 목례를 했다. 철책이 완전히 무너져 있기는 하지만, 계속 불을 질러 좀비들의 방향을 돌려놓고 있는 터라 북쪽은 대체적으로 큰 이상이 없다.

혹시 소수의 좀비들이 멀리에서 기웃거리더라도 전멸시키려 들지 말라는 명령에 따라서 병사들은 경계를 우선 수칙으로 삼고 있었다.

이쪽에서 담배를 피우거나 불을 지펴 자극하지 않으면 좀비들은 그저 몇 마리만 거리에 남겨두고 돌아간다. 유빈이 알려준 대응 방식인데, 그게 꽤나 효과가 있어서 강 소위와 김 중사는 내심 감탄하는 중이었다.

"별 이상한 점은 없어 보이는데?"

군자역 쪽의 도로를 바라보던 김 중사가 고개를 갸웃거린다.

불 꺼진 고층 건물들이 즐비하게 늘어서 있기 때문에 그리 멀리까지 보이지 않지만, 적어도 넓은 대로 위에는 이렇다 할 변화가 없어 보였다.

잠시 후, 저 멀리 도로의 끝자락에 약한 빛이 비쳐 들기 시작했다.

"어? 저게… 뭐지? 라이트?"

김 중사가 눈을 가늘게 뜨며 망원경을 눈에 가져다 댔다. 빛은 조금씩 커지고, 밝기도 강해졌다. 그러고는 이내 사거리 전체를 확 밝힐 만큼 환하게 라이트를 켠 장갑차와 트레일러가 모습을 드러낸다.

"어어어어! 저거! 자빠지겠다!"

사거리에서 급격하게 회전한 장갑차 때문에 트레일러가 심하게 기우뚱거리자 옥상 위의 사람들은 하나같이 미간을 찌푸리며 안타까워했다.

거리가 있어서 정확히 보이진 않지만, 트레일러 지붕 위에는 병사들도 잔뜩 실려 있다.

"아니! 미쳤나? 애들 달고 있으면서 왜 저렇게 속도를 내?"

건대 쉘터를 향해 똑바로 달려오는 장갑차를 보며 김 중사는 혀를 찼다. 그만큼 위험한 턴이었다. 트레일러가 나자빠졌다고 해도 전혀 이상할 게 없을 정도다.

다른 병사들 역시 장갑차장의 무모한 행동에 대해 적잖이 분노해 술렁거린다. 하지만 장갑차가 왜 그렇게 미친 듯이 급격한 회전을 감행했어야 했던 건지가 곧 밝혀졌다.

"아……."

김 중사가 말을 맺지 못하고 외마디 감탄사만 이어 붙인다.

구름처럼 많은 좀비들이 장갑 트레일러를 뒤쫓아 미친 듯이 뛰어오고 있다. 대략 눈으로 훑어봐도 500, 아니, 700마리는 족히 되어 보인다.

"이게 무슨… 왜 저렇게 쫓아와… 소독차 뒤에 따라다니는 애새끼들도 아니고……."

충격적인 비주얼에 홀려 바보 같은 소리를 늘어놓고 있던 김 중사는, 갑자기 정신이 든 사람처럼 고개를 세차게 저었다.

"아, 아니지! 이게 아니야! 정신 차려야 돼! 야! 너희! 사이렌 울리고 애들 다 깨워!"

"네, 넷!"

두 명의 병사가 건물 아래로 뛰어 내려간다.

"아, 맞다! 우리… 무전기가 없잖아!"

쉘터를 향해 대로를 직진해 오고 있는 장갑차를 보며, 김 중사는 또 새로운 문제를 생각해 냈다. 저 정도 다급하게 달려왔을 때에는 아마도 계속 지원 요청을 무전으로 보내왔을 것이다.

그러나 이 쉘터에는 무전기가 없다. 응답을 받지 못한 장갑차는 지금 건대 쉘터가 전멸당한 것이라 판단하고 있을지도 모른다. 조명도 밝지 않고, 철책도 다 무너져 버렸으니, 멀리에서 본다면 그저 폐허나 다름없다.

"저, 저거… 이리로 오면 안 돼! 왜 하필 철책도 없는 쪽으로!"

다들 깊은 잠에 빠져 있는데 철책이 없는 북쪽으로 좀비들이 밀려 들어와 버리면 엄청난 살육이 벌어지게 될 거다.

당황한 김 중사는 주변을 둘러보며 어떻게 하면 오지 말라는 신호를 보낼 수 있을지 고민했다. 발전기를 돌리지 않으니 자동차 배터리에 연결한 라이트가 가장 밝은 빛이다.

그 정도 밝기를 깜빡거려 정지 신호를 보낸다고 해서 저 장갑차가 알아봐 줄 수 있을지, 그게 자신이 없다.

"남쪽으로 돌려 올게요! 라이트 보이면 남쪽 게이트 열어주세요!"

패닉 상태에 빠져 있는 김 중사를 붙잡고 유빈이 말했다. 김 중사의 손에서 확성기를 빼앗아 든 유빈은 진우, 그리고 병사 한 명과 함께 날듯이 계단으로 뛰어 내려가 조수석 문짝을 떼어 낸 승용차에 올랐다.

부우웅—

시동을 건 유빈은 이를 악물고 액셀러레이터를 밟았다. 진우도 긴장된 표정으로 K—2를 꽉 쥔다. 물론 그중에 가장 긴장한 것은 갑자기 특공 요원들 틈바구니에 끼어버린 병사였다.

떨리는 손으로 확성기를 잡고 뒷좌석에 앉은 병사는 자신이 여기에 왜 끌려온 건지를 생각해 내려 애를 썼다.

☢ ☢ ☢

"이상한데? 저기가 건대 쉘터 맞지 않냐?"

정신없이 흔들리는 트레일러 위에서 남쪽 도로를 노려보고 있던 밤톨이 물었다. 무전병이 고개를 끄덕인다.

"맞습니다, 조 병장님."

"야, 근데… 불빛이 안 보여… 우리가 있을 때는 저기 안 저랬잖아……."

밤톨의 얼굴에 불안함이 가득하다.

이거 어째… 영 잘못 온 건 아닌가 싶다.

설마… 그 며칠 사이에 건대 쉘터가 좀비들에 의해서 무너지기라도 한 건가…….

희미한 라이트 불빛이 몇 개 보이기는 하지만, 도저히 중대병력 주둔지처럼 보이지는 않았다. 이 세상에 저 정도 밝기의 서치라이트를 비추며 경계 근무를 하는 군대는 없다.

좀처럼 속도를 올리지 못하고 머뭇거리는 걸 보면 장갑차장도 그와 비슷한 걱정을 가지고 있는 것 같았다. 혹시라도 저곳이 이미 좀비들에게 점령당한 상태라면 그때는 앞뒤로 포위되는 형국이다.

다시 말해 꼼짝없이 죽는 거다. 그러니 앞으로 몇 개 남지 않은 사거리에서 회전을 해야 할지, 직진을 해야 할지 결정을 내려야 한다.

그롸아아아아―

장갑차가 망설이며 속도를 내지 못하고 있는 동안에 뒤따르는 좀비들과의 간격은 꽤나 많이 줄어들었다. 가장 앞에서 달려오는 놈들과의 거리는 이제 10미터도 안 돼 보인다.

"이러다가 따라잡힐 것 같습니다……."

난간을 꼭 붙잡고 뒤쪽을 바라보고 있던 김 이병이 떨리는 목소리로 중얼거렸다. 다른 병사들 역시 말은 안 했지만, 비슷한 두려움에 떨고 있었다.

세상에… 바로 코앞의 장갑차에 탄창이 적재되어 있는데, 그걸 지금 받지 못해 이렇게 떨고 있어야 하다니… 이게 대체 무슨 좆같은 블랙코미디인가.

"어! 빛입니다! 조 병장님! 저기 라이트! 라이트!"

무전병이 뒤돌아보고 있는 밤톨의 어깨를 두드린다.
응? 밤톨은 다시 앞쪽으로 고개를 돌렸다.
화악—
거의 암흑 속에 잠겨 있던 건대 쉘터 안쪽에서 강렬한 빛이 뿜어져 나온다. 그리고 그 빛은 빠른 속도로 가까워졌다.
"차량입니다! 아! 조금 전까지는 하이 빔 켜고 있었나 봅니다!"
몇 차례 깜빡거리던 라이트가 조금 약해지고 승용차의 모습이 눈에 들어온다. 이어 울려오는 확성기 소리!
병사들의 얼굴에 희망이 어린다.
건대 쉘터가 전멸된 게 아니었다!
끼이이익—
넓은 도로의 오른쪽 가장자리에서 달려오던 승용차가 날카로운 턴을 하며 옆으로 돈다.
"…저 새끼는 뭐야?"
문 없는 조수석에 앉은 사제 군인을 보고 병사들이 웅성거렸다. 군인 같지도 않고, 그렇다고 민간인 같지도 않다.
개인화기나 방탄 전술 조끼를 보면 군인인데… 그렇다고 하기에는 또 복장이 너무 불량하다. 사제 카고 바지에 등산화… 뒷좌석 창문 밖으로 고개를 내민 병사가 아니었다면, 이 차량이 건대 쉘터 소속이라고 믿기도 어려웠을 것이다.
부우웅—
180도 방향을 바꾼 승용차는 장갑차가 다가오기를 기다렸다가 그 바로 옆에서 속도를 맞춰 나란히 달리기 시작했다.
"아! 아! 건대 쉘터에서 방향을 유도하겠습니다!"

뒷좌석의 병사가 확성기를 통해 외쳐 왔다. 그의 목소리는 심하게 떨린다.

"에… 지금 본 쉘터의 북쪽은… 아… 저기… 뭐라고 하라고 하셨는지… 잘 기억이……."

병사는 확성기 스위치를 꽉 누른 채 유빈을 돌아보며 자신의 대사를 다시 알려 달라고 한다. 긴장 때문에 머릿속이 하얗게 질려 버린 모양이다.

"북쪽 철책이 무너졌으니까 게이트가 있는 남쪽으로 가야 한다고요! 저희가 유도할 테니까 따라오라고 하세요!"

유빈은 빠르게 일러줬다. 고개를 끄덕인 병사는 다시 외쳤다.

"북쪽 철책이 무너졌다! 남쪽 게이트로 유도하겠다! 본 차량의 선도를 따라주기 바란다!"

병사는 떨리는 목소리로 몇 번이나 같은 말을 반복했다. 그사이에 좀비들은 그의 머리통을 노리며 방향을 바꿔 뛰어온다. 아직까지는 거리가 있지만, 그래도 꽤나 간이 조마조마해지는 광경이었다.

장갑차의 포탑 해치가 열리고, 장갑차장이 상체를 내민다. 그리고는 앞서 가라는 수신호를 보냈다. 그것을 확인한 유빈은 속도를 높여 장갑차의 앞으로 차를 몰았다.

깜빡— 깜빡—!

우회전 깜빡이가 반짝거리며 돌아야 할 방향을 일러준다. 그런 후, 승용차는 코너를 돌아 사라졌다. 그 모습을 본 트레일러 위의 병사들은 이구동성으로 탄식했다.

"또 돌아? 아우~! 그러다가 잡히겠다!"

장갑 트레일러에게 코너를 도는 건 속도를 늦춰야 하는 작업이다. 조금 전만 해도 무리하게 좌회전을 감행했다가 하마터면 트레일러가 전복될 뻔했다. 애초부터 이렇게 뭘 안정적으로 끌고 다니도록 설계된 차량이 아니다.

"꽉 잡아라! 떨어지지 않게!"

밤톨이 외쳤다. 병사들은 두 손을 난간을 꽉 움켜쥔 채 잠시 후에 전해질 관성에 대비했다.

크르르르릉— 끼기기긱—

장갑차 자체는 조금 속도를 줄인 채 별 무리 없이 코너를 돌았다. 그렇게 하라고 만들어놓은 물건이니까.

문제는 뒤에 연결되어 있는 트레일러였다. 불친절한 완충장치와 무게 배분, 과적, 그리고 너무 긴 길이 때문에 트레일러는 또 급격하게 기울었다.

텅!

뒷자리에서 떨고 있던 김 이병의 몸이 떠오른다. 그러더니 녀석은 난간 밖으로 확 밀려났다.

"으아아아! 씨발! 구해주세요! 잡아줘요!"

난간에 대롱대롱 매달린 김 이병이 다급하게 외쳐 댄다. 살려달라는 말도 참 고문관처럼 한다. 트레일러가 흔들릴 때마다 녀석의 두 다리가 시계추처럼 이리저리 흔들렸다.

"잡았어! 올라와! 발을 벽에다 대고 올라오라고, 이 새끼야!"

밤톨과 다른 병사들이 난간 아래로 몸을 기울여서 녀석의 팔목과 접어 올린 소매를 움켜쥐고 소리쳤다.

"끄응~!"

김 이병은 어떻게든 발을 트레일러 벽에 밀착시키려 애를 썼지만, 흔들리며 달리는 상황에서 그게 말처럼 쉽지 않다. 몸을 올리려던 김 이병은 몇 차례나 미끄러지며 더 아래로 축 처졌다.

"아으! 이 개새끼! 힘주라고! 이러다 떨어져!"

밤톨은 김 이병의 소매를 꽉 잡아당기며 이를 악물었다. 트레일러가 덜컹거릴 때마다 밖으로 몸을 기울여 내민 그마저도 위험해진다.

"아, 안 돼요! 놓지 마요!"

밤톨의 손에서 힘이 빠진 것도 아닌데, 김 이병은 지레 겁을 먹고 비명을 질러 댔다.

그롸아아아아—

방금 전, 우회전을 하는 동안 또 간격을 줄인 좀비들이 김 이병의 다리를 향해 팔을 뻗으며 달려온다. 거리는 기껏해야 2미터 내외다. 한 번 휘청하고 다리가 뒤쪽으로 흔들리면 잡힐 것만 같다.

근접해 있는 좀비들을 쏴버리면 제일 편하고 좋겠지만, 달리는 트레일러 위에 서서 아래쪽을 겨누고 쏘는 총알이 제대로 명중될 리가 없다. 자칫 흔들리기라도 하면 김 이병의 다리가 제일 먼저 벌집이 되고 말 거다. 아니면 서서 쏘던 놈도 아래로 떨어지거나…….

"올라오라고! 이 개새끼야! 네가 다리에 힘을 줘야 돼!"

밤톨은 녀석의 소매를 당기면서 악을 썼다. 그때였다.

끼이이익—

저만치 앞서 달리던 승용차가 비스듬히 방향을 틀어 멈춰 서고, 조수석의 사제 군인이 몸을 기울여 내민다.

사제 군인의 총구 아래 달린 플래시가 번쩍하고 켜진다 싶은 순간, 벼락같은 총성이 울렸다. 망설임이라고는 10원어치도 없는 태도다.

탕, 탕, 탕, 탕— 탕, 탕, 탕—

“저 미친!”

총성을 들은 밤톨은 자신도 모르게 사제 군인을 향해 욕설을 퍼부었다. 김 이병이나 자신에게 맞으면 어쩌려고 저렇게 생각 없이 방아쇠를 당기는 건가 싶어서였다. 하지만 결과는 그의 우려와 완전히 다르게 펼쳐졌다.

크륵—!

포효하려던 좀비가 대갈통이 뚫린 채 뒤로 나자빠진다. 그 옆에서 김 이병의 다리를 낚아채려던 좀비들도, 그리고 그 바로 뒤에서 달려오던 놈들까지도… 너무 근접했다 싶었던 좀비들은 전부 다 순식간에 뇌를 쏟아내며 바닥에 널브러져 버렸다.

“하아아~ 하아아~!”

믿을 수 없는 기적을 목격한 밤톨은 김 이병을 당겨 올리며 승용차 쪽으로 시선을 돌렸다. 사제 군인은 무표정한 얼굴로 총구를 거두었고, 승용차는 이내 다시 출발해서 앞서 달린다.

뭐냐, 이거? 마치 이 정도는 아무것도 아니라는 식의 오만한 태도.

“와아~ 씨발!”

그 대단한 간지에 밤톨은 고개를 저으며 감탄사를 연발했다. 그의 마음속에서 전투력 1위에 랭크되어 있던 민구가 지금 막 왕좌를 내줬다.

세 번의 코너를 더 돌고 난 후, 승용차는 다시 속도를 늦춰 장갑차와 나란히 달리기 시작했다. 뒷좌석의 창문 밖으로 머리를 내민 병사가 확성기에 대고 외쳤다.

“속도 최대로! 게이트 닫을 시간이 필요하다!”

병사가 같은 말을 세 번 반복한 뒤, 유빈은 속도를 높여 건대 쉘터의 남쪽 게이트를 향해 질주했다.

위이이잉—

잠시 후, 건대 쉘터의 남쪽 철책이 시야에 들어온다. 외부와 내부, 두 개의 게이트 모두 활짝 열려 있다.

유빈은 가속페달을 꾹 눌러 밟았다. 이 정도 속도를 내도 괜찮다는 것을 뒤따라오는 장갑차에게 알려주고 싶었다. 북쪽의 철책이 다 무너지고 없으니, 시속 100킬로미터로 돌진한다고 해도 얼마든지 멈춰 설 수 있는 공간이 있다.

후웅—

두 개의 게이트를 순식간에 통과한 유빈은 속도를 줄이며 크게 회전을 했다. 그러고는 진우에게 물었다.

“잘 따라오고 있어?”

“음, 꽤나 빠른데?”

고개를 돌려 뒤쪽의 장갑차를 보고 있던 진우가 대답했다. 유빈이 남쪽 철책의 오른편 구석으로 차를 돌리는 동안, 속도를 높인 장갑 트레일러도 게이트를 통과했다.

콰창! 콰창!

트레일러가 철책을 스치며 지나간다. 뒤에서 대기하고 있던 병사들은 서둘러 게이트를 밀어 닫았다.

그롸아아아—

50여 미터 뒤에서 좀비들이 맹렬한 기세로 달려온다. 게이트를 미는 병사들의 얼굴은 두려움 때문에 흘러나온 땀으로 흠뻑 젖어 있다.

쿵—!

철제 게이트가 육중한 소리를 내며 닫히자 병사들은 얼른 빗장을 찔러 넣고 잠갔다.

콰창! 콰창!

전속력으로 달려온 좀비들이 철책과 게이트에 몸을 부딪쳐 대자 조용했던 밤하늘은 쇠가 긁히고 울리는 소리로 요란하게 달궈졌다.

남쪽 건물로 옮겨 온 병사들이 아래쪽을 향해 총구를 내밀고 방아쇠를 당겼다.

투투투— 투투둑– 투투투— 투투투—

앞줄에서 울부짖어 대던 좀비들이 총알에 온몸을 꿰뚫린 채 쓰러진다. 하지만 좀비들과의 싸움이 늘 그랬듯이 쓰러진 놈들의 자리는 곧바로 뒤의 놈들에 의해 대체되었다.

백 마리 이상 되는 좀비들이 한꺼번에 달라붙어 체중을 싣자, 철책은 그물처럼 불룩해진다. 저만한 규모의 좀비들이 몰려왔으니 어차피 외부 철책은 곧 무너질 것이다.

"빨리 날라! 그거 이리 가져와! 여기 막아!"

바로 코앞에서 좀비들이 울부짖어 대는 동안 병사들은 바리게이트를 들고 뛰어와 내부 철책 앞에 지그재그로 쌓았다. 내부 철책에 좀비들이 넓게 달라붙지 못하도록 하기 위한 지연 장치다.

어제 오후에 태양 그룹 헬리콥터로부터 실탄 2,000발을 압수했지만, 그래봐야 두세 발 중 한 발은 명중시켜야만 저놈들을 다 퇴치할 수 있는 수치다. 그러니 신중하게 방아쇠를 당길 수 있도록 장애물들을 설치해야만 한다.

"흐으으~ 흐으으~"

바리게이트끼리 쇠사슬을 연결해서 고정시키는 병사들의 손이 떨린다. 캄캄한 어둠 속에서 오직 플래시 불빛에만 의지해 이런 일을 한다는 것도 쉽지 않은데, 바로 몇 미터 앞에서 좀비들이 철책을 두들기며 울부짖어 대고 있으니 당연히 간이 콩알만 해져 있다.

"설치 완료했으면 들어와! 빨리!"

내부 게이트를 지키고 있는 경비병들이 안타깝게 외친다. 이윽고 바리게이트 간 결속 작업이 끝나고, 병사들은 네발로 기다시피하며 내부 게이트 안으로 뛰어들었다.

그롸아아아아—

신선한 인간들이 도망가는 걸 보며 철책에 달라붙은 좀비들이 안타까운 울음을 터뜨린다.

끼이이잉—

내부 게이트가 쇳소리를 울리며 닫혔다. 하지만 안도하고 있을 여유 같은 건 없다. 사격조로 배정된 병사들은 지급 받은 탄창을 소중히 전술 조끼에 채워 넣고, 남쪽 건물의 계단을 뛰어올랐다.

"빨리 저거 떼어내!"

쉘터의 북단을 지나서 멈춰 선 장갑차에서는 장갑차장의 명령에 따라 트레일러를 분리하는 작업이 진행 중이었다.

장갑차 내부에 탑승하고 있던 네 명의 병사와 트레일러 지붕 위의 병사들이 모두 합세해서 견인 장치를 떼어내기 위해 안간힘을 썼다.

“열어주세요! 나가고 싶어요!”

컨테이너 안에 갇혀 있던 사람들이 벽을 두들기며 문을 열어 달라고 애원한다. 좁은 공간 안에서 꽉 낀 채 정신없이 흔들리느라 그들도 정말이지 힘이 들었을 것이다.

“내가 현재 건대 쉘터 책임자입니다. 대체 무슨 상황입니까?”

강 소위가 다가와 전차장에게 말을 건넸다. 조금 전에야 잠에서 깨어난 그의 눈은 빨갛게 충혈되어 있다.

“아, 충성!”

장갑차장인 하사는 강 소위에게 경례를 붙이고 상황을 설명했다.

“오늘 잠실 쉘터가 무너졌습니다. 이 병력과 컨테이너에 탑승하고 있는 민간인들이 마지막으로 그곳에서 빠져나온 사람들입니다.”

“잠실이… 어떻게 됐다고요?”

강 소위는 충혈된 눈을 부릅뜨며 다시 물었다. 아직 잠이 다 깨지 않아서 뭔가 잘못 들었다고만 생각했다. 하사는 한숨을 내쉬며 큰 소리로 대답했다.

“역시… 믿기지 않으시겠죠. 하지만 사실입니다. 잠실 쉘터는 완전히 함락됐습니다. 오후부터 규모 여섯 짜리가 계속 밀려들어오는 바람에…….”

그 말을 들은 강 소위는 멍한 얼굴로 비틀거렸다. 분명히 사람의 말을 듣고만 있을 뿐인데, 누군가 망치로 그의 하이바를 두들기는 것 같다.

남쪽 게이트에서 쉬지 않고 울려 대는 총소리까지 더해져서 혼이 빠져나가는 기분이다. 그가 대동하고 있던 병사들도 다들 비슷한 반응을 보인다.

하늘이 무너진다는 게 이런 기분일까? 부상당한 다리가 급격하게 쑤셔온다.

잠실이… 내일 오후에 그들이 돌아가기로 되어 있던 안전한 요새가… 무너졌다니… 도저히 믿기지 않는 일이다.

하지만 이 장갑차장의 퀭한 얼굴을 보면 그가 얼마나 급박한 상황을 헤쳐 왔는지 알 수 있다.

“잠실에서 왔는데 왜 북쪽에서 접근했습니까? 애초 목적지가 여기였습니까?”

강 소위는 다시 물었다. 어떻게든 이 상황을 부정하고 싶었다. 그럴 수 있는 증거를 찾아내고 싶었다.

“아뇨. 원래는 탄천을 넘어가려고 했는데, 길목마다 좀비들이 꽉 차서 계속 돌다 보니까 어느새 한강을 넘게 됐습니다. 북쪽으로 접근한 건… 아무리 교신을 시도해도 답이 없고, 불빛도 안 보여서 좀 헤맸습니다. 저쪽 하늘이 훤해서 거기인 줄만 알았는데, 가보니까 불이 난 거더라고요.”

“그, 그러면… 그… 거기에 있던 병력이랑 민간인들은?”

강 소위는 정신을 다잡으며 물었다.

“애초에 오늘 오후부터는 별로 남아 있지도 않았습니다. 다들 선로로 옮겨가고, 또 태양 그룹이 운영하는 쉘터로 이동하기도 해서…….”

장갑차장은 서둘러 대답하고, 뒤쪽의 장갑차를 흘끔거리며 돌아봤다. 그 모습을 보며 강 소위도 이럴 때가 아니라는 걸 깨달았다.

아무리 잠실의 소식이 충격적이라고 하더라도 놀라는 건 좀 뒤로 미뤄놓을 수 있다. 일단은 저 철책 밖에서 울부짖어 대는 좀비들부터 다 잡아야 한다.

"우리 중대는 지금 탄약이 부족한데… 싹싹 다 긁어모아도 이천 발 조금 넘는 수준입니다."

강 소위는 실질적인 한계부터 말했다.

"이천 발이요? 중대 병력이?"

이번에는 장갑차장이 믿을 수 없다는 반응을 보였다. 한 병사당 실탄을 채 20발도 지급 못하는 군대가 다 있다니… 북쪽의 철책이 다 무너져 내린 것도 그렇고… 지금까지 어떻게 살아남았는지 잘 이해가 안 된다.

"탄약은 저희에게 여유가 있습니다. 원래 잠실 방어 병력들에게 지급했어야 하는데, 생각보다 빨리 무너지는 바람에… 어이, 탄약상자 가져와!"

장갑차장은 자신이 데리고 온 병사들에게 명령했다. 지금까지 좀비들에게 쫓기느라 쌓인 스트레스가 그의 성질을 부글부글 끓이고 있다.

한시라도 빨리 저 염병할 놈들에게 40㎜ 주포를 쾅쾅 갈겨주고 싶었다. 북쪽으로 빠져나가서 한 바퀴 돌아와 뒤를 칠 생각이다.

"이쪽으로 가십쇼! 이쪽입니다! 아, 그리고 절대 금연입니다!"

분리된 트레일러에서는 문을 열어준 병사들이 강 소위의 지시에 따라 민간인들을 수용자 숙소로 안내하고 있었다.

산소도 부족한 공간에 꽉 끼어 정신없이 흔들려 댔던 생존자들은, 곳곳에 주저앉아 먹은 것 없는 빈속을 게워내면서도 열심히 안내에 따랐다. 불 꺼진 건물이지만, 좁은 트레일러 속에 꽉 끼어 갇혀 있는 것보다는 몇 백 배 나을 터였다.

투투투투투— 투투투투—

남쪽 게이트에서는 계속 총성이 울려 댄다. 그런데도 외부 철책은 어느새 완전히 무너져 내렸다. 강 소위는 입술을 꽉 깨물어 어지러운 정신을 다잡았다.

탄약도 생겼으니 이 싸움 정도는 충분히 이길 수 있다. 그리고 이겨야 한다. 그래야 그다음도 있는 거니까.

"오빠, 들어와요!"

체육관 안으로 대피해 있던 제니가 유빈을 향해 외쳤다. 임무를 완수한 유빈을 들여보내고, 진우는 남쪽의 건물을 향해 뛰어갔다.

그가 가세하는 것만으로도 병사들은 용기백배해서 함성을 질러 댄다. 그 일련의 모습들을 보며 강 소위는 또다시 머리가 어지러워졌다.

'저 친구들에게… 뭐라고 말을 해야 되지?'

그들은 테라를 만나기 위해 잠실로 가겠다고 했었다. 하지만 내일 해가 뜬 후에도 늦지 않는다고 말렸던 사람 때문에 오늘 밤을 여기에서 보냈다. 물론 그 사람이란 강 소위 자신이다.

그런데 그사이 잠실은 무너졌고, 거기에 있던 민간인들은 뿔뿔이 흩어졌다. 만약에… 만약에 테라의 행방을 모른다면, 저들의 얼굴을 볼 면목이 없다.

저 어린 친구들은 그를 살려주고 이곳을 구해냈는데… 그는… 결과적으로 말하자면, 테라를 만날 수 있는 마지막 기회에서마저 발목을 잡았던 거다.

"미쳐 버리겠군……."

강 소위는 울상을 지으며 고개를 저었다. 바리게이트를 타 넘으며 울부짖는 좀비들보다, 이 좆같은 상황을 저 친구들에게 사실대로 알려줘야 한다는 게 더 무섭고 괴롭다.

ㄹ

그롸아아아—

달려드는 괴물들!

민구는 바쁘게 두 팔을 휘둘렀다. 마세티로 뼈를 끊고, 쿠크리로 나머지 부분을 잘라낸다. 플래시조차 마음대로 켤 수 없기에 오직 창문을 통해 비쳐 드는 푸른 달빛에만 의존해서 싸워야 했다.

학교 건물 안에는 그가 예상했던 것보다도 더 많은 수의 괴물들이 돌아다니고 있었다. 지금까지 열 마리를 베었지만, 아직도 그의 앞에는 두 마리가 더 남아 있다. 물론, 앞으로 얼마나 더 만나게 될는지는 장담할 수 없다.

카아악—

두 팔이 끊긴 괴물이 아가리를 쫙 벌리며 몸을 날렸다. 민구는 왼손에 쥔 마세티를 있는 힘껏 휘둘러 놈의 두개골을 찍었다.

쩌억—!

단단한 뼈가 갈라지는, 소름 끼치는 소리가 복도를 울린다.

그 메아리가 끊기기도 전에 민구는 재빨리 몸을 돌리며 쿠크리로 뒤의 괴물을 베었다.

핏—

괴물의 목에 실처럼 가느다란 금이 생겨났다. 사람이었다면 대번에 피를 분수처럼 쏟으며 쓰러질 만한 상처였지만, 괴물에게는 그다지 큰 타격이 되지 않았다. 놈은 달려들던 기세 그대로 민구의 어깨를 움켜쥔다.

"이놈!"

살갗이 찢기는 아픔에 미간을 찌푸리면서도 민구는 곧바로 놈의 목에 쿠크리를 비스듬히 꽂아 넣었다.

푹—

쿠크리가 폐에 닿을 만큼 깊숙하게 박혀 들어갔다. 하지만 그래도 괴물은 멈추지 않는다. 놈이 아가리를 벌리며 덤벼들 때마다 쿠크리의 칼날은 놈의 상처를 벌렸고, 민구는 이를 악물며 그 힘을 받아내기 위해 버텼다.

"이익!"

쿠크리를 놓아버린 민구는 놈의 배를 있는 힘껏 걷어차서 뒤로 밀쳐 냈다. 밀려난 괴물이 벽에 부딪치는 순간, 민구는 왼팔을 역방향으로 휘둘렀다.

카득!

이미 쿠크리에 의해 반쯤 잘려 있던 괴물의 목이 바닥에 떨어진다. 민구는 숨을 몰아쉬며 쓰러진 시체에서 쿠크리를 뽑아냈다.

'젠장…….'

허리를 숙일 때 콱— 하고 쑤셔온 통증에 민구는 몰래 이를 갈았다. 한계다. 분하지만, 지금의 그는 이 정도밖에 안 된다.

총에 맞았던 오른쪽 옆구리는 똑바로 펴기도 어려울 만큼 쑤셔 대고, 오른손은 칼을 꽉 잡는 것만으로도 부들부들 떨린다.

몸에 힘이 들어가지 않는다. 조금 전만 해도 한 방에 목을 자르려던 계획이었지만, 힘이 모자라서 그렇게 질질 끌어야 했다.

민구는 조금 전 괴물에게 할퀴어진 어깨에 손바닥을 대봤다. 뜨끈한 피가 묻어 나오는 걸 보니, 상처가 꽤나 깊다.

"아아, 할퀴어지는 건 걱정하지 않아도 돼. 변하지 않아. 그저 조금 부을 뿐이지. 그 정도는 이해해 줘야지. 썩어가는 시체와 접촉을 한 거니까 말이야."

민구가 좀비들과 싸우는 내내 테라의 등 뒤에 숨어 있던 젠킨스가 입을 열었다. 그러고는 곧바로 먹을 것을 찾자는 제안을 했다.

"지쳐 보이는군, 챔피언. 이럴 때일수록 탄수화물을 섭취해 줘야 돼. 한국의 학교에는 카페테리아가 없나?"

녀석이 뭐라고 지껄이는지 테라로부터 전해 들은 민구는 쓴웃음을 지었다.

"미친놈. 이 상황에서… 배짱이 두둑한 거냐, 아니면 정말로 그냥 처먹는 것밖에 모르는 거냐?"

경멸에 가득 찬 민구의 시선을 받으면서도 젠킨스는 별로 부끄러워하지도 않는다. 이 먹보의 부탁을 들어주고 싶은 생각은 조금도 없지만, 먹을 것을 찾는 일은 민구에게도 중요하게 느껴졌다.

이미 늦은 새벽, 에너지가 고갈되어 간다. 아까 유람선에서 이 녀석이 과자를 오물거릴 때, 아무거라도 먹어두지 않은 게 실수였다.

그러나 매점을 찾아 들어갈 생각은 없었다. 괴물들의 수가 전부 얼마나 되는지도 모르는 상황에서 섣불리 지하로 내려갔다가는 꼼짝없이 거기에 갇혀 버릴 수도 있다.

언제라도 이 건물에서 빠져나갈 수 있도록 1층이나 2층에 머물러야 한다.

"여기라면……."

긴 복도의 끝에서 교무실을 찾은 민구는 반쯤 열린 문을 밀고 안쪽을 엿봤다. 검은 커튼이 드리워져 있어서 교무실 내부는 한층 더 어두웠다.

"제가… 제가 먼저 들어갈게요. 저는 물지 않으니까……."

민구가 마세티를 앞세워 한 발짝을 내디디려 할 때, 테라가 그의 팔목을 잡았다. 민구는 선뜻 결정을 내리지 못하고 머뭇거렸다.

이론적으로는 그녀의 말이 맞지만, 여자를 앞세운다는 게 영 마뜩치 않다.

"저는 대신 싸워 드리지 못하니까, 이런 거라도 하게 해주세요."

그의 망설임을 읽은 테라가 차분하게 민구를 달랬다. 그런 후, 그녀는 대답을 기다리지 않고 교무실 안으로 들어섰다.

ㄷ자 형태로 배치된 책상과 의자들. 하지만 워낙에 심하게 어지럽혀져 있다. 테라는 손으로 짚어가며 천천히 앞으로 나아가서 책상 위를 더듬거렸다.

좀비에게 물리지 않는다는 것을 알게 되었는데도… 여전히 두려움은 남아 있다. 갑자기 날카로운 손톱이 어둠 속에서 뻗어

나와 목덜미를 할퀴며 파고들 것만 같아 그녀는 계속 식은땀을 흘렸다.

"찾았다……."

한 책상에서 음료수 박스를 찾아낸 테라가 기쁜 표정을 지으며 돌아왔다. 맛을 논외로 친다면 고작 설탕물일 뿐이지만, 다들 지칠 대로 지친 상황이어서 그만큼의 음식이라도 일단 섭취해 둬야 한다. 그래야 앞으로도 더 도망 다니고 싸울 수 있다.

민구는 음료수 병을 기울이며 창문 밖을 힐끔 엿봤다. 정신없이 울려 대던 프로펠러 소리가 조금은 멀어져 있는 상황. 가장 껄끄러웠던 서치라이트의 환한 빛도 지금은 보이지 않는다.

이대로 놈들이 포기해 준다면 좋겠지만, 그럴 가능성은 낮았다. 불안하지만, 함부로 건물 밖으로 도망 나갈 수도 없는 상황이다.

"너 혼자 남게 되면 말이야……."

잠시 뚫어져라 테라를 보고 있던 민구가 입을 열었다. 테라는 겁먹은 얼굴로 황급히 그의 말을 끊었다.

"지금 저… 혼자 두고 가시려고요? 왜요?"

"아니, 아니… 두고 어디로 가겠다는 게 아니야. 나는 움직일 수 있는 동안은 너를 위해서 싸울 거야. 그건 약속하지. 하지만 내 몸은 예전만 아주 못해. 약해 빠졌다고."

민구는 테라를 진정시키며 말을 이었다. 테라는 곧바로 도리질을 한다.

"약하지 않아요. 아저씨는 제가 아는 사람 중에서 가장 강해요."

"다치기 전에는 그런 말을 들을 자격이 있었던 것도 같은데,

지금은 아니야. 어쨌든 그런 건 중요하지 않아. 중요한 건 너야. 무슨 일이 있어도 너는 살아남아야 돼. 살아서, 내가 열어놓은 지옥문을 닫아줘. 저놈의 말이 맞는 것 같으니까……. 만약에 너 혼자 남게 되면, 동쪽으로 가. 멀지 않은 곳에 건대 쉘터가 있어."

그곳이 현재 민구가 아는 가장 가까우면서도 안전한 곳이었다. 육만배가 거기에 있다는 게 조금 마음에 걸렸지만, 테라가 군인들 사이에만 있으면 감히 그녀를 해칠 수는 없을 거라고 생각했다. 저 가느다란 다리로 용산까지 걸어가라는 건 무리다.

"세 가지만 명심해. 먼저 밤에만 움직여. 손전등도 켜지 말고. 그래야 네가 사람들 눈에 안 띄니까 안전해. 또 하나는… 만일 위험하다 싶으면 괴물들 틈에 끼어서 놈들이랑 같이 걸어. 그 옷은 알아보기 편하니까 다른 걸로 갈아입는 게 좋을 거야. 그리고 마지막으로… 건대에 가면 육만배라는 인간을 조심해. 정말 악마 같은 놈이라고 생각하면 돼."

민구는 사뭇 진지하게 손가락까지 꼽아가며 말했다. 마치 유언을 듣는 것 같아 테라는 마음이 편치 않았다.

이 남자는… 태양 그룹과 싸우다가 자신이 죽은 이후에 대해 걱정하고 있다.

"왜… 저한테 이렇게까지 해주세요? 그냥 차라리 아저씨 혼자 도망치시는 거라면… 지금보다는 살아남을 확률이 높잖아요."

테라가 물었다. 민구는 천천히 고개를 저었다.

"아니, 네가 살아야 돼. 아까 말했잖아. 오직 너만이 내가 저질렀던 큰 잘못을 조금이나마 되돌릴 수 있다고."

민구의 이야기를 들은 테라는 이해할 수 없다는 표정을 지었다.

"제가… 되돌릴 수 있다고 하시지만… 전 아저씨가 말하는 그 큰 잘못이라는 게 뭔지도 몰라요. 그런데 어떻게……."

"저 괴물들!"

민구는 복도에 널브러져 있는 시체들을 가리키며 말했다.

"세상이 저런 걸로 뒤덮인 건, 다 내 잘못이야… 내가 한 달 전에 저 괴물들을 처음으로 세상에 풀어놨어. 알겠나? 지금 네가 이렇게 가슴 졸이며 뛰어다녀야 하는 것도… 결국은 다 내가 저지른 죄 때문이라고……."

"아니, 그건… 그렇지 않아요. 아마 뭔가 오해하시는 것 같아요."

테라는 안타깝다는 듯 중얼거렸다. 그 순진한 눈빛이 죄스러운 감정을 증폭시켜서 민구는 잠시 입술을 꾹 다물어야 했다.

지난 7월 14일…….

그는 그날도 그저 평소와 같은 하루일 뿐이라고 생각했었다. 늑대가 양을 잡아먹고, 살아남은 양들은 초원의 한쪽 구석으로 도망쳐서 울어 대는, 그런 하루…….

그런데 아니었다. 늑대가 물어뜯은 건 양의 목덜미가 아니라 둑을 지탱하고 있던 밧줄이었다. 이제 초원은 없다. 늑대가 살 곳도, 양이 살 곳도. 사방이 온통 물바다가 되어버렸다.

그 이후, 그 일들은 집요하게 그의 의식을 괴롭혀 왔다. 특히 민구를 줄곧 더 아프게 만들었던 것은, 옆구리에 총알을 맞고 나서 잠실의 의무실을 찾았을 때 본 광경이었다.

피투성이가 된 채 비명을 지르며 앓고 있던 수많은 부상병들.

얼마나 많고, 또 얼마나 심각하게들 다쳤는지… 그 신음 소리 하나하나가 자신을 향한 비난처럼 가슴을 후벼 파고 들어왔다.

— 이 개새끼야! 너 때문에 내 몸뚱이가 이 꼬라지가 됐어! 내 다리가 잘리고, 내 손이 날아간 건 다 너 때문이라고!

그건… 아팠다. 지독하게 아팠다. 남에게 상처를 주는 것으로 업을 삼고 평생을 살아왔으니 그런 비난 자체는 낯설지 않았다.

하지만 자신이 피해를 입힌 사람들에 빌붙어 그들의 보호를 받으며 살아간다는 건, 이야기가 완전히 달라지는 거니까.

군인들이 주는 밥을 먹을 때마다, 군인들이 그를 지키기 위해 대신 싸우고 있을 때마다, 그러다가 부상을 입고 피를 뚝뚝 떨어뜨리며 실려 들어올 때마다… 그들의 시선이 칼로 찌르는 것보다 아프게 느껴졌다. 애써 의식하지 않으려 발버둥을 쳐도 소용이 없었다.

아무것도 모르는 그들이 자신에게 칭찬이나 감사의 말을 할 때마다… 그런 게 존재하는 줄도 모른 채 이제껏 살아왔던 양심이라는 놈이 심장을 꽉 움켜쥐는 바람에 숨이 턱턱 막혔었다.

그 모든 후회와 죄스러움을 조금이나마 되돌릴 수 있는 운명적인 존재가 지금 그의 앞에 있다. 목숨이 붙어 있는 한은 평생을 자책하며 살아가야 한다고만 생각했었는데, 희망을 가지고 눈을 감을 수 있는 기회가 주어졌다.

그러니 만약 그녀를 대신해 죽어야 한다면, 그는 망설이지 않고 그 길을 택할 것이다. 두 번 생각할 필요도 없다.

"뭐라고 하는 거야, 테라 양? 응? 이 챔피언이 갑자기 왜 이렇게 심각해진 건가?"

대화를 나누는 두 사람의 얼굴을 빤히 쳐다보던 젠킨스가 흥미를 보이며 물었다. 테라는 대답하지 않았다. 이건 개인적인 이야기다. 그녀가 입을 꾹 다물고 있자 민구가 말했다.

"훙, 저놈도 궁금해하는 모양이군. 말해줘도 상관없어. 저놈이 이역만리에서 저렇게 거지꼴이 된 것도 결국 내 책임이니까, 녀석도 들을 권리 정도는 있겠지."

"테라 양, 이야기해 줘. 지금 대화에서 나를 배제하는 거야? 우리는 팀이야. 팀 멤버들끼리는 그렇게 비밀을 가지고 있으면 안 돼."

젠킨스는 집요하게 졸라댄다. 테라는 짧게 대답해 줬다.

"이 아저씨는 한국에 좀비들이 퍼진 게 전부 자기 책임이라고 생각해요."

"뭐?"

젠킨스는 눈을 똥그랗게 뜨며 물었다. 그러고는 곧바로 엄청나게 얄미운 표정으로 비웃음을 터뜨렸다.

"풋! 주제 파악을 좀 하라고 해! 이 정도의 대형 사고를 아무나 칠 수 있다고 생각하나 본데, 그렇지 않아! 자기가 뭘 했다고 하던가? 아니, 아니, 그런 건 사실 궁금해할 필요도 없지. 어차피 아무것도 아닌 수준이니까. 이 사람이 수행한 역할은 비유하자면… '발사' 라고 적힌 플라스틱 버튼을 만든 사람이, 자신이 핵폭탄을 만들었다고 생각하는 것과 비슷해. 그리고 그로 인해 일어난 모든 책임을 지려고 든다는 거지. 이봐, 챔피언! 너는 그냥 50센트짜리 플라스틱 버튼만 만들었어! 그것도 전기장치가 없는 커버 부분만!"

젠킨스는 광인답게 지구를 멸망에 가깝게 몰아간 것이 민구가 아니라 자신이라는 걸 아주 자랑스럽게 떠들어 댔다. 그게 경쟁할 거리가 된다고 생각하는 모양이다.

별로 더 듣고 싶지 않아 테라는 고개를 돌렸다. 그런데 그가 했던 말 중에 한 가지 사실만은 민구도 분명히 알아야 할 필요가 있어 보였다.

"아저씨가 무슨 일을 하신 건지 전 몰라요. 하지만 세상이 이렇게 된 건 아저씨 혼자만의 잘못이 아니에요. 이건 그보다 훨씬 이전부터……."

테라는 잠시 말을 멈추고 어떻게 표현해야 할지를 고민했다. 이 사람에게 젠킨스가 진범이라는 걸 밝힌다면… 그는 젠킨스를 죽이려 들지도 모른다.

젠킨스는 백신을 만들기 위해 필요한 사람이다. 훗날 그와 서로 다른 길을 가기 위해 헤어지게 된다면, 자신의 피를 조금 나눠 줄 용의도 있다.

"그보다 훨씬 이전부터… 아주 많은 사람들이 개입되어 있는, 복잡한 문제예요. 그러니까 아저씨 혼자서 책임을 진다거나, 속죄를 해야 한다는 생각은 하지 마세요. 그건 이 젠킨스 씨도 알고 있는 사실이에요."

테라는 적당히 에둘러, 하지만 그러면서도 사실을 말했다.

"그런 건 말이 안 돼… 내가 그놈들을 꺼내놓기 전에는 거리에 그런 괴물 따위 존재하지 않았다고."

거기까지 말하던 민구가 갑자기 깜짝 놀라 고개를 돌렸다. 워낙 멀고 또 프로펠러 소리에 묻혀 희미하게 들리지만, 이 소리는…….

개다. 커다란 사냥개들이 짖어 대고 있다.

"젠장!"

민구는 당황해하며 창밖을 내다보았다. 그의 계획은 잠시 여기에 숨어 있다가 헬리콥터가 좀 더 멀어지고 나면 이동하는 거였다. 헬리콥터가 땅에 내려앉을 것 같지는 않았다. 저놈들도 사람인 만큼 괴물들이 무서울 테니까.

괴물들과 어둠, 그리고 복잡한 건물들이 쓸 만한 방패가 되어 줄 거라고 생각했었다. 그러나 개에 대한 대비는 그의 계획 속에 없었다.

"개를 풀었어. 여기에 가만히 있으면 안 돼."

민구는 테라에게 따라오라는 손짓을 했다. 개 자체는 무섭지 않다. 하지만 그놈들은 귀신같이 숨은 곳을 찾아 소리를 남기면서 쫓아온다. 죽여 버리더라도 방향을 알리게 될 거다.

"뭐야, 갑자기? 왜 또 뛰어?"

계속해서 드링크를 비워 대고 있던 젠킨스가 화들짝 놀라며 물었다.

"개들이 쫓아온대요!"

"그건! 그건 안 좋군. 개들은 좀비에게 아무런 영향을 받지 않아!"

젠킨스도 허겁지겁 따라온다. 세 사람은 학교의 후문을 통과해서 살림집들과 아파트의 사이를 누비며 뛰었다.

언제 개들이 뒤를 덮치고 달려들지 몰라서 서늘한 등 뒤를 신경 쓰고, 계속 하늘을 올려다보면서 헬리콥터 걱정까지 해야 한다.

그롸아아아—

몇 번의 회전을 하고 골목을 돌던 민구의 앞을 괴물이 막아선다. 큰 소리가 나는 게 두려워서 민구는 다급하게 쿠크리를 뽑아 들고 놈의 아가리에 박아 넣었다. 그러고는 벽을 향해 밀었다.

각! 카각!

그 큰 칼날이 입안에 들어가 박혀 있는데도 녀석은 안간힘을 쓰며 빠져나오려고 덤벼들었다. 민구는 놈의 뒤통수를 잡고 앞쪽으로 꺾어 눌렀다. 그런 후, 쿠크리의 날을 비틀어 당겨서 목 위쪽을 잘라냈다.

훙훙훙훙훙—

근처에서 헬리콥터 소리가 가까워진다. 민구는 좀비 시체를 벽과 나뭇잎의 그늘 속에 밀어붙이고, 자신도 그 옆에 숨었다. 바로 곁의 어둠에 테라와 젠킨스도 몸을 웅크렸다. 세 사람은 어둠 속에서 잔뜩 긴장한 채 하늘 위를 노려보았다.

후우우웅—

아파트 건물 위로 헬리콥터가 스쳐 지나가는 게 보인다. 다행히 서치라이트를 비추는 놈은 아니었다.

"푸하아~!"

젠킨스가 참았던 숨을 팍, 터뜨리며 고개를 절레절레 젓는다.

"하아~ 하아~ 안 좋아. 이건 아니야… 이건 너무 계획이 없어. 이 사람에게… 어디로 가고 있는 거냐고 물어봐 줘, 테라양. 최소한 목적지에 가까이는 가야 할 것 아니야……."

그건 꽤 중요한 문제인 것 같긴 하다. 테라는 자신이 궁금한 것처럼 민구에게 물었다.

"목적지?"

괴물 시체를 자동차 밑으로 끌어다 놓고 있던 민구는 테라의 질문에 고개를 돌렸다. 그러고는 팔을 뻗어 한 방향을 가리켰다.

"건대, 건대 쉘터. 가끔씩 돌아서 움직이기는 해도 기본적으로 가고 있는 방향은 북동쪽이니까."

대답을 마친 민구는 괴물 시체를 마저 밀어 넣었다. 그러고는 잘라낸 머리도 발로 차서 시체와 나란히 자동차 밑에 숨겼다.

하늘에서 찾아다니는 놈들이 있으니, 이제부터는 눈에 띄는 곳에 시체를 남기면 안 된다. 그랬다가는 그것이 단서가 되어 뒤를 밟히게 될 것이다.

아무렇지도 않게 북동쪽이라고 말을 했지만, 실은 이 계획에는 엄청난 맹점이 있다. 크게 무리를 지어 돌아다니는 괴물들을 계산에 넣지 않았다.

만약 골목을 빠져나가거나 코너를 돌았을 때 그런 놈들을 만나게 되면, 그와 젠킨스는 그 자리에서 죽고 테라만 남게 될 것이다.

"그러고 보니……."

앞장서서 뛰던 민구는 가방 안에 손을 넣고 뒤적거려 뭔가를 꺼냈다. 그러고는 테라에게 그걸 건넸다. 가죽 홀더 안에 들어 있는 울트라마린 나이프였다.

"줄을 목에 걸어. 그리고 괴물들 사이에 숨어 있다가 가까이 오는 인간이 있으면 이걸로 목을 그어버려."

아무렇지도 않게 요령을 일러주는 민구를 보며 테라는 놀란 눈을 깜빡거렸다. 라면 쫄깃하게 끓이는 법을 알려주는 것처럼 편안하고 일상적인 말투다.

목을 그으라니… 바퀴벌레도 직접 잡아본 적 없는데…….

"아, 그리 센 힘이 필요하지 않아. 날을 잘 갈아둔 거니까 그냥 대고 슥, 밀기만 하면 돼. 그렇게만 하면 피가 팍 솟을 거야."

당황한 테라의 표정이 목을 잘 못 딸까 봐 걱정하는 거라고 이해한 민구는 엉뚱한 조언을 해줬다. 그런 후, 자신의 설명에 만족해하며 다시 달리기 시작했다.

콰아아앙— 콰앙— 콰앙—

큰길로 나서려던 순간, 멀리서 들려오는 엄청난 폭음에 세 사람은 깜짝 놀라 멈춰 섰다. 대포 소리다. 민구가 말하는 건대 방향, 즉 북동쪽에서 들려왔다.

"저기도 전쟁이 난 거 아닌가?"

젠킨스가 불안해하며 중얼거렸다. 총소리가 들려올 만큼 거리가 멀지 않다는 건 좋은 일이지만, 만일 저곳도 잠실처럼 좀비들에 휩싸인 채 탈출극을 찍고 있는 중이라면… 목숨을 걸고 거기까지 간다는 게 무의미하다.

"뭐어… 가보면 알게 되겠지. 어차피 그리 멀지 않으니까."

그렇게 중얼거리며 큰길로 발을 내디디려던 민구가 화들짝 놀라며 테라와 젠킨스를 다시 골목 안으로 밀치고 들어왔다.

"왜 그러세요?"

테라가 입술을 떨며 묻는다. 그러나 민구가 대답하기도 전에 그 이유가 시야에 들어왔다. 헬리콥터였다. 조금 전 지나갔다고 생각한 헬리콥터가 대로의 북쪽 상공에 나타나 방향을 조금씩 틀며 유영하고 있다.

"저리로는 못 가겠다. 돌자."

민구는 다시 왔던 길을 되짚어 올라갔다. 가뜩이나 좁은 골목에 자동차들까지 세워진 틈으로 빙글빙글 돌고 있자니, 불안감은 몇 배나 커진다. 게다가 개들의 짖어 대는 소리도 점점 가까워지는 기분이다.

세 사람은 멈춰 서 있는 자동차들 뒤에 몸을 숨기고 이동해서 영동대교 고가도로의 그늘 밑으로 뛰어 들어갔다. 동일로의 중앙을 따라 움직이는 것까지는 어떻게 잘 왔는데, 이제 다음 대로인 능동로까지 길고 긴 한 블록을 이동하는 게 문제다.

능동로까지만 도달하면 거기에서 건대까지는 직선 구간이고, 거리도 1킬로미터가 채 안 된다.

후우우우웅—

헬리콥터가 좌우로 바쁘게 위치를 바꾸며 넓은 도로를 감시한다. 이제 그들 세 사람은 고가도로의 그늘 아래 갇혀 버렸다. 여기에서 벗어나는 순간, 헬기의 눈에 띄게 될 것이다. 이제 인내와 끈기 싸움이 되어버렸다.

"바보 같은 결정이었어! 헬리콥터가 있는 걸 알았으면 당연히 지하로 들어갔어야지! 그래야 저쪽이 시야의 우위가 없을 거였잖아! 이 근처에는 지하철역이 없었나? 애초부터 그런 델 찾으라고 할걸!"

그새 지쳐 버린 젠킨스가 우는소리를 계속한다. 민구는 놈을 한 번 흘겨보고 나서 다시 헬리콥터 쪽으로 시선을 돌리며 테라에게 물었다.

"뭐라고 저렇게 징징대는 거야? 쓸 만한 소리인가?"

"처음부터 지하철역으로 숨었으면 헬리콥터 걱정을 하지 않았어도 되는 거였다고…….”

흠, 민구는 작게 고개를 끄덕였다. 틀린 말은 아니다. 한강 주변 어딘가에는 분명히 지하철역도 있기는 했을 거다. 하지만 그는 그게 어디인지 모른다. 언제 마지막으로 지하철을 타봤는지도 기억이 나지 않을 만큼 까마득하다.

“지하철역이 어디 있는지 몰랐어.”

잘못된 선택으로 인도한 것에 대해 조금은 사과의 의미를 담아서 민구가 중얼거렸다. 테라가 무표정하게 고개를 끄덕인다.

“저도요.”

화악—

헬리콥터에서 비춰 대는 불빛이 고가도로 주변을 훑고 지난다. 서치라이트를 달고 있는 녀석처럼 수십 미터의 반경을 대낮처럼 밝히는 것은 아니지만, 조명이라고는 달빛뿐인 죽어버린 도시에서 그 정도면 움직이는 것들은 모두 잡아낼 수 있을 것 같다.

민구 일행은 기둥 뒤에 바짝 몸을 붙이고 조명이 지나가기만을 기다렸다.

“…북동쪽이라고 했지?”

젠킨스는 웃옷 안주머니에서 꼬깃꼬깃한 지도를 꺼냈다. 하지만 고가도로 아래, 기둥 뒤여서 잘 보이지 않는다. 젠킨스의 몸이 점점 더 밖으로 기운다. 달빛에라도 비춰보려는 마음에서다.

“무슨 짓이야, 이 멍청아!”

헬리콥터에만 정신이 팔려 있다가 뒤늦게 젠킨스가 그늘 밖으로 몸을 내민 걸 알아챈 민구는 버럭 화를 내며 놈을 끌어당졌다.

"아하하하! 쏘리! 쏘리! 실수야!"

젠킨스는 미안하다는 듯 두 손을 내저었다. 짧은 시간이지만, 그는 분명히 확인했다.

YL. 마지막 드론에 실려 온 기호 중에 그를 좌절시켰던 좌표. 그것이 그리 멀지 않다. 그의 기억이 맞았다. 이제는 용산으로 가는 걸 고집할 필요도 없어졌다.

"테라 양."

젠킨스는 테라에게 다가가 조용히 말을 걸었다.

"보아하니까 저 헬리콥터는 쉽게 저 자리를 떠날 것 같지 않아. 마치 우리가 어디로 갈는지를 다 알고 있는 것 같은 태도야. 그렇지 않나?"

테라는 젠킨스를 돌아보았다. 이 사람이 또 무슨 미친 소리를 하려는 건지 짐작이 되지 않는다. 민구의 성질을 더 건드리면 무사하지 못할 것 같아서 그게 무섭다.

"아니, 그렇게 겁먹은 눈으로 보면 내 마음이 아프다네. 나쁜 소리를 하려는 게 아니야. 테라 양, 우리가 보았던 마지막 좌표 기억나나?"

젠킨스는 너스레를 떨며 물었다. 테라는 잠시 기억을 더듬어 보더니, 고개를 끄덕였다.

"…DK, KM… YL."

"오! 놀랍군! 정말이야!"

젠킨스는 가볍게 탄성을 흘렸다. 이 아이의 기억력은 이상할 정도로 비상하다. 자신이 해줬던 말을 다 기억하고 있는 것은 물론이고, 그 혼란 속에서 슬쩍 흘려보기만 한 좌표까지도 필요하면 이렇게 기억 속에서 되찾아올 수 있다.

어쩌면 이 비정상적인 기억 능력은 널 키드가 된 이후의 사이드 이펙트일지도 모르겠다. 물론 그런 변화를 무조건 긍정적이라고 볼 수는 없지만, 흥미롭다는 점만은 분명하다.

"그래, 그중에서 두 번째 것이 용산이었어. 그래서 그곳으로 가자고 했던 거지. 하지만 지금 우리는 세 번째 좌표와 더 가까워. 여기에서 불과 3킬로미터 내외야. 그 말인즉, 우리는 앞으로 2킬로미터 정도만 더 북쪽으로 이동하면 된다는 거지. 헬리콥터가 저렇게 눈에 불을 켜고 지키는 북동쪽이 아니라. 왜인줄 알겠나?"

"부메랑의 신호가 닿는 거리가 1킬로미터 정도니까…인가요? 그 반경 안으로만 들어가면 되니까."

테라가 대답했다.

"그래, 맞아. 역시 똑똑하군."

젠킨스는 최대한 자상한 미소를 지어 보이며 고개를 끄덕였다.

"이제 저 챔피언에게 말을 해줘. 굳이 길목을 지키는 방향으로 가지 않아도 된다고. 다시 골목으로 들어가서 그냥 똑바로 북쪽을 향해 2킬로미터만 가면 돼. 거기에서 내일 오후까지만 버티면… 우리는 아주 안전하고 아늑한 곳으로 가게 될 거야. 저까짓 놈들을 무서워할 필요 없는 곳으로……."

젠킨스의 제안을 들은 테라는 잠시 고민했다. JL이든 태양이든, 일단 그 집단 안으로 들어가고 나면 자신의 의지와는 무관한 삶을 살아야 할 것이다.

그런데 지금 태양으로 끌려가지 않기 위해 이렇게 애를 쓰고 도망을 다니면서… JL로 간다는 게 이치에 맞는 걸까? 두 회사 사이에 어떤 차이가 있는 건지 모르겠다.

지금은 젠킨스가 이렇게 웃으면서 말을 걸지만, 그가 절대적인 힘을 가지게 되었을 때에도 같은 태도를 보일 것이란 보장은 없다. 그리고… 젠킨스는 거짓말을 부끄러워하지 않는 사람이다.

"뒤로 물러나! 개다!"

그렇게 고민하고 있던 테라를 당겨 자신의 몸 뒤로 숨기며 민구가 속삭였다. 남쪽 고가도로의 그늘 속에서 동물의 눈이 반짝거린다. 그리고 부자연스러운 조명도 이따금씩 번쩍인다.

"뭐냐, 이놈들? 언제 이렇게 쫓아왔어? 그리고 그 불빛은 뭐고?"

민구의 눈매가 한층 더 날카로워졌다. 그들이 헬리콥터의 조명과 프로펠러 소리에 긴장하고 있는 동안 개들은 성실하게 냄새를 추적해 왔던 것이다.

으르르르— 월! 월! 으르르—!

개들은 위치를 고수한 채 사납게 짖어 댔다. 더 방치했다가는 머지않아 헬리콥터에서도 놈들이 짖어 대는 걸 깨닫게 될 터였다.

"너희들이 청한 거다."

민구는 반짝이는 개들의 눈을 노려보며 낮게 중얼거렸다. 그리고는 곧바로 놈들을 향해 달려갔다.

스릉—!

가방에서 마세티가 뽑혀 나오는 소리가 고가 차도의 기둥에 부딪쳐 가볍게 울린다. 이어지는 민구의 가벼운 발소리.

웡! 웡! 으르르르— 웡!

개들의 울음소리가 더 거세졌다. 반짝임이 어지럽게 흔들린다. 이 상황이 너무도 끔찍해서 테라는 눈을 질끈 감고 고개를 돌렸다.

3

"2호기 보고해! 현재까지 수확 있나?"

오 박사가 무전기에 대고 외쳤다. 그러면서도 그의 눈은 아래쪽을 주시했다.

그가 탑승하고 있는 1호기는 현재 건대 부근의 자양로 상공에서 동쪽의 고층 건물들과 2호선 선로들 사이로 서치라이트를 비추며 거리를 샅샅이 훑고 있었다.

*— 치이익, 여기는 2호기. 아직 별다른 단서 발견한 것 없습니다! 치이익.*

"현 위치는?"

*— 치익, 동일로 고가도로 끝나는… 치익, 지점부터 뚝섬역까지 계속 왕복 중입니다! 치이익.*

"개들은?"

*— 치이익, 열심히 뛰어다니고 있습니다. 치이익.*

"좋아! 계속 주시해라. 놓치면 안 된다. 그것만 명심해."

오 박사는 한 번 더 단단히 당부를 하고 무전을 끊었다. 지금까지 그 넓은 범위를 빠르게 한 번 싹 훑었는데도 아무 흔적을 찾지 못했다는 건, 이것들이 개방된 도로 위를 무작정 뛰어서 달아나고 있지 않다는 의미다.

이 발칙한 세 놈은 어딘가에 숨었다. 그리고 기회를 봐서 움직이려 하고 있다. 놈들의 목표가 어디인지는 모르지만, 놈들이 어디로 가는 게 가장 곤란한지는 잘 알고 있다.

건대, 혹은 조금 멀기는 하지만 한양대 쉘터도 그 후보에 포함시켜야 한다.

만약 놈들이 건대 쉘터로 들어가 버리면, 경비 부대에 조금 전 장갑차까지 가세한, 꽤나 벅찬 병력과 상대를 해야 테라를 쟁취할 수 있다.

그런데 그건 꽤나 어려운 일이다. 장갑차가 해치를 닫고 버티면 수면 가스 정도로는 이겨낼 수 없다. 그러니 놈들이 이 길을 통해 건대로 들어가 버리는 일만은 반드시 차단해야 한다. 다행이라면 지금 건대 쉘터가 아주 지랄 맞은 혼란 속에 빠져 있다는 점이다.

멀리 아래쪽에 보이는 건대 쉘터는… 좀비들과 병사들이 얇은 경계선 하나를 사이에 두고 치열하게 싸우는 지옥이다. 장갑차가 열심히 지원을 하고는 있지만, 결국 싸움의 승패는 저 경계선이 무너지는지 아닌지로 갈리게 될 것이다.

"3호기! 현 위치와 상황 보고해!"

헬기가 서치라이트를 비추며 자양동 쪽에서 구의역 방향으로 이동하는 동안, 오 박사는 3호기를 호출했다.

*— 치이익, 본 기체는 뚝섬유원지역 상공입니다. 조금 전, 지하철역 내부로 대원들 투입 완료했습니다. 치이익.*

"그래. 최대한 지원하고 오발 사고 없도록 유의해. 아마 그쪽에서 발견될 확률이 제일 높다."

*— 치이익, 알겠습니다. 치익.*

이번에도 오 박사는 절대 놓치면 안 된다는 말을 인사 삼아 남기고 무전을 끊었다. 하늘에서 쫓아온다는 것을 아니까 당연히 땅속으로 숨으려 들 것이다. 그리고 놈들이 사라진 지점에서 가장 가까운 지하철역은 뚝섬유원지역이다.

얼마 전, 쉐도우 실드 대원들이 여덟 명이나 떼죽음을 당했던 곳이기도 해서 영 내켜 하지 않는 눈치였지만, 오 박사는 대원들을 어르고 달래서 억지로 그 안에 투입시켰다.

좀비를 인지하지 못하는 개들을 앞세워서 가는 것이니까, 타깃을 좀비로 오인해서 총을 쏘는 오발 사고 확률은 거의 없을 것이다.

"우리 개들은 어디에 있나?"

오 박사는 조종사에게 물었다. 조종사는 손으로 세 시 방향을 가리켰다.

"저 건물들 사이에 있을 겁니다. 조금 전에 번쩍거리는 걸 봤습니다."

"그래?"

오 박사는 고개를 돌려 조종사가 지목한 건물 사이를 주시했다. 2호기가 싣고 돌아온 열두 마리의 개를 세 방향으로 나누어 풀었다.

조명이라고는 없는 깜깜한 도시에서 추적을 해야 하니까, 개들에게는 반사판과 Led 조명이 붙은 얇은 조끼를 입혔다. 야간에 인간 사냥을 할 때 쓰는 장비인데, 이게 꽤나 효과가 있어서 금방 눈에 확 띈다.

"저기군."

건물들 사이에서 약하게 번쩍이는 불빛을 보며 오 박사는 미소를 지었다. 개들이 열심히 뛰고 있는 걸 보니 녀석들이 뭔가 찾아낸 모양이다.

Led 등과 반사판들이 번쩍거리며 구의역 쪽으로 질주하고 있다. 오 박사는 개들이 달려가는 쪽을 가리켰다.

"비춰봐!"

서치라이트가 방향을 바꿨고, 구의역 인근이 순식간에 환하게 밝혀진다.

그리고 그때, 오 박사는 보았다. 광진 우체국의 커다란 건물, 그 유리창에 비친 사람의 그림자를. 강렬한 빛이 순식간에 비춰지자, 그림자들은 화들짝 놀라며 안쪽으로 사라졌다.

그 실루엣! 커다랗고 뚱뚱한 남자! 그리고 또 하나는 조금 마른 남자!

오 박사의 심장박동이 빨라진다. 젠킨스와 군인으로부터 전해 들었던, 제3의 인물인 것 같다. 개들도 우체국 건물 앞에 지키고 서서 맹렬하게 짖어 대고 있다.

"봤어? 봤어?"

잔뜩 흥분한 오 박사가 엉덩이를 들썩거리며 소리를 질렀다. 조종사가 고개를 끄덕인다.

"아… 네, 사람 같았습니다."

"같은 게 아니야! 사람이었지! 큰 사람! 그리고 작은 남자! 저기야! 저기! 내려가자! 하하하하, 젠킨스도 학회에서 봤을 때보다 많이 야위었군. 하긴 제대로 먹지도 못했을 테니. 크큭."

하이 톤으로 변해 버린 목소리. 이쯤 되면 남의 의견 같은 건 중요하지 않다. 괜히 성미를 건드렸다가는 온갖 꼬투리를 잡아서 괴롭혀 댈 거다.

“저기는… 착륙시킬 만한 공간이 영…….”

조종사는 주변을 둘러보며 헬기를 내릴 만한 장소를 찾았다. 높이 가로지르는 2호선 선로와 건물들, 그리고 길을 막고 서 있는 차들 때문에 베슬과 헬리콥터가 모두 착륙한다는 게 쉬운 일이 아니다.

밤중이어서 힘들기도 하거니와, 강가로부터 그리 멀지 않은 위치여서 슬슬 물안개도 피어오르고 있다. 이렇게 시계가 불량할 때 전선에 테일 로터라도 걸리면, 자칫 큰 사고가 날 수도 있다.

“뭐 이렇게 늑장을 부려! 빨리 내리라고! 이러다가 도망치면 내가 어떻게 할 것 같아?”

헬리콥터 비행에 대해 좆도 모르는 주제에 오 박사는 계속 악을 쓰며 보챈다. 조종사는 이를 악물고 우체국 건물 뒤편의 주차장으로 헬리콥터를 몰았다.

자동차들이 차지하고 있는 공간에 베슬을 내리고, 헬기 본체는 그 옆의 빈 공간에 세우면 어찌어찌 비벼볼 수 있을 것 같다.

“후우우~”

착륙에 성공했을 때, 조종사의 입에서는 저절로 한숨이 터졌다. 오늘 이 작전만 성공하면 앞으로 무리한 근무 투입은 없을 거라는 말 때문에 꾹 참고 따르기는 하지만, 도심에서 이런 식의 야간 비행은 정말 너무 위험하다.

“내려! 다 내려!”

헬리콥터 문을 열고 나온 오 박사는 뒷자리에 탑승하고 있던 여섯 명의 쉐도우 실드 대원을 모두 내리게 했다.

“잘 들어! 세 명이 있을 거다! 그중에 생사 상관이 없는 건 마른 남자 하나뿐이야. 나머지 둘, 그러니까 테라와 뚱뚱한 백인 남자는 절대로 다치게 해선 안 돼! 가능하면 공포탄만 쏴서 스스로 투항하게 하고, 도망을 치거나 하면 마취 총을 사용해. 명심해. 테라에게 총 쏘는 놈은 내가 최대한 잔인하게 죽일 거야. X-1으로 꼼짝 못하게 만든 다음에 껍데기를 세 번에 나눠서 벗겨낼 거라고."

오 박사는 제정신으로 도저히 할 수 없을 말들을 아무렇게나 내뱉었다. 쉐도우 실드 대원들은 속으로 이를 갈았지만, 일단 고개를 끄덕였다.

테라든 뭐든 마취 총까지도 쓸 일이 없다. 어차피 개인화기로 무장하지 않은 일반인들 아닌가.

월! 월! 으르르르 월!

네 마리의 셰퍼드는 조끼를 번쩍이며 사납게 짖어 댄다. 대원들은 개들을 앞세워 건물 안으로 진입했다. 건물 내부는 순식간에 플래시로 환하게 밝혀졌다.

"좋아, 좋아. 잘하고 있어!"

오 박사는 서커스에라도 놀러 온 듯 기뻐하며 손뼉을 치며 좋아한다. 그러던 중에 등 뒤에서 느껴지는 따가운 시선을 깨닫고 고개를 돌렸다.

"어라… 저놈들을 잊고 있었구만……."

베슬 안에 들어 있는 네 명의 군인과 눈이 마주친 오 박사가 작게 혼잣말을 중얼거렸다. 그놈들이 아직까지 총을 들고 있다는 것조차도 까맣게 잊고 있었다.

그건 좀 후회되는 일이었다. 안전을 위해서라고 둘러대서 비무장 상태로 태웠어야 했는데…….

하지만 당시에는 테라에 관한 정보를 얻는 게 우선이었기 때문에 놈들의 비위를 맞춰줘야만 했으니까.

오 박사는 놈들을 외면하고 헬기 앞쪽으로 자리를 옮긴 뒤, 생각에 잠겼다. 만약 잠시 뒤에 이 건물에서 테라를 데리고 나오면… 그런데 테라가 군인들에게 살려 달라고 울부짖으면 어떻게 될까…….

그건 좀 골치 아파질 것 같다. 총격전을 하는 것도 위험부담이 있고……. 아예 지금 잠시 헬기를 높이 띄워서 저놈들을 베슬째 떨어뜨려 버리는 게 나을까?

그렇게 그가 고민하고 있을 때, 호출을 알리는 램프가 깜빡인다. 그러고는 목소리가 들려온다.

— *치이익, 여기는 2호기. 치익.*

오 박사는 무전기를 집었다.

"응, 뭐야?"

— *치익, 개들이… 치익, 사라졌습니다. 치이익.*

오 박사의 얼굴이 굳었다. 그는 좀처럼 펴지지 않는 미간을 문지르며 물었다.

"그게 무슨 소리야? 사라지다니?"

— *치이익, 저도… 이해가 가지 않습니다. 치익, 조금 전부터 불빛이 보이지 않아서 찾고 있는데… 치이익.*

이건 좋지 않다. Led 등이 꺼질 수도 있고, 개들이 죽을 수도 있지만… 그래도 반사판 때문에 빛을 비추면 쉽게 찾을 수 있어야 한다. 뭔가 있다는 느낌을 받은 오 박사는 한숨을 내쉬며 물었다.

"후우우~ 마지막으로 개들을 봤던 장소가 어딘데? 그게 언제야?"

*— 치이익, 2분 전쯤에 동일로에서 좌측 주택가 골목 안으로 이동하는 것까지는 봤는데… 치익, 그 이후에는 보이지 않습니다. 치익.*

"장난치는 거야? 그럼 실종된 지점부터 찾아야 할 것……."

버럭 소리를 지르던 오 박사가 잠시 말을 멈췄다. 조금 전, 머릿속을 섬광처럼 스치고 지나는 생각이 있었다.

"좌측으로 이동한 걸 봤다고 했지? 그때, 라이트를 비추고 있었어? 정말로 개들이 뛰어가는 걸 봤냐고? 아니면 조끼가 번쩍이는 것만 곁눈으로 대충 훑은 거야?"

2호기 조종사는 잠시 대답이 없었다. 조금 뜸을 들이던 2호기 조종사가 더듬거리며 대답했다.

*— 치이익, 그게… 그때, 다른 방향을 감시하고 있던 상황이라서… 라이트까지는… 치이익, 그냥 곁눈으로 봤습니다. 치익.*

오 박사는 고개를 끄덕였다. 자신의 예상이 맞았다.

"고가도로에서 주택가로 갔다고 했지? 그럼 우리 개새끼들은 아마 고가도로 아래에 뒈져 있겠네… 뭐, 그건 됐고… 너희는 내가 갈 때까지 그 주택가 샅샅이 살피면서 지키고 있어! 잡으라고까지도 하지 않을게. 그냥 놓치지만 말라고! 어차피 그 주변에서 멀리 가지 못했을 테니까!"

쇳소리를 질러 댄 오 박사는 플래시 불빛이 번쩍거리는 우체국 건물을 올려다보았다. 이쪽, 그리고 저쪽 모두 가능성이 있다. 하지만… 이쪽은 실루엣이 비슷했다.

그런 우연은 흔치 않다. 유리창에 비친 실루엣은 100킬로그램을 훌쩍 넘는 비대한 남자의 것이었다. 마음 한구석이 불안하지만, 일단 이곳의 수색을 마치는 게 우선이다.

"3호기! 3호기!"

대신에 3호기에게 지원을 맡기기로 한 오 박사는 무전기를 잡고 큰 소리로 외쳤다. 헬리콥터 두 대면 놓치는 일은 없을 것이다.

☢ ☢ ☢

"지랄 맞게 구네, 개새끼. 진짜… 씨발, 누가 보기 싫어서 안 봤나… 이 깜깜한 데 커버할 구역은 넓고, 건물이 다닥다닥 붙어 있으니까 그렇지. 좆같은 새끼. 이 지랄을 하려면 여기에다가 서치라이트를 붙이든가."

오 박사와의 교신을 마친 2호기 조종사가 이를 빠득 갈며 욕설을 중얼거렸다. 2호기의 실내는 상갓집처럼 암울한 분위기가 무겁게 번져 있었다. 다들 입을 꾹 다문 채 한숨만 내쉰다.

개들을 모두 잃었다는 부정적이고 명백한 증거가 있는 이상, 만약 이 작전이 실패하면 그 책임은 고스란히 그들에게 돌아오게 될 것이다. 그리고 오 박사는 언제나 아주 책임을 무겁게 묻는 인간이다.

"어떻게 할 거야? 이제 오늘 밤에 못 찾으면 우리가 독박 쓰는 거야. 다 이거라고."

부기장석에 앉은 쉐도우 실드 조장이 자신의 목을 긋는 시늉을 하면서 뒤쪽의 대원들을 돌아보았다. 대원들은 심각한 표정으로 마른침을 삼켰다.

"일단 내려가서 몰아보기라도 하자. 위에서 보니까 좀비들은 별로 눈에 띄지 않는 것 같은데……."

조장이 제안했다. 대원 중 하나가 머뭇거리면서 입을 열었다.

"그런데… 좀비들보다 오히려 이 새끼들이 더 위험한 거 아닙니까? 뭔 재주를 부렸는지는 몰라도, 그 사납게 훈련시킨 셰퍼드들을 네 마리나 잡은 놈들인데……."

그 말을 들은 조장도 멍해져서 고개를 끄덕였다.

하긴… 그건 꽤 어려운 일이다. 모두가 눈치채지 못한 걸 보면 총을 쓴 것도 아닌데…….

"야, 한숨 작작 쉬고 아래나 똑바로 처살펴! 이러다가 진짜 오늘 초상 치른다고!"

2호기 조종사가 성질을 부리며 고도를 낮췄다. 물안개가 조금씩 짙어지고 있다. 이러면 가로등이 켜져 있는 평소라고 해도 운행하지 않는 편이 나을 정도의 기상 상황이다.

그런데 그냥 날아다니는 것도 아니고, 어딘가에 숨어 있는 놈들을 찾아내라니… 정말 짜증이 난다.

그래도 이제는 정말 물러날 곳이 없다. 개새끼들 따라서 저승 갈 생각이 아니라면 눈에 불을 켜고 찾아야 한다. 쉐도우 실드 대원들도 다들 같은 마음으로 열심히 창문 밖을 살폈다.

2호기는 아차산로를 따라 움직이며 남쪽의 주택가들을 훑었다. 개들이 사라진 시각 이후 지금까지 계속 뛰었다고 해도 이보다 더 멀리 올 수는 없다.

그리고 놈들도 저질러 놓은 일 때문에 이제는 마음이 어지간히 급해져 있을 터였다. 개를 죽였으니 스스로 발자취를 남긴 것과 다르지 않다.

"저기! 저기! 저거!"

헬리콥터의 라이트가 비치고 지나간 자리를 가리키며 좌측 뒷자리의 대원이 꽥꽥 소리를 질러 댔다. 조종사는 헬기의 방향을 급하게 선회했다.

~~후우우웅—~~

방향을 90도가량 남쪽으로 틀자, 골목 안에서 달리고 있는 세 명이 보인다.

뚱뚱한 남자, 마른 근육질의 남자, 그리고 테라.

"어, 저 개새끼들! 지금까지 어디 숨어 있다가 지금 갑자기 튀어나왔어?"

조종사와 조장이 한목소리로 외쳤다. 그 세 명이 왜 그리 무모하게 달리고 있는지는 조금만 시선을 아래로 옮겨도 알 수 있었다.

좀비들이었다. 열한 마리의 좀비가 그들의 뒤를 쫓아 뛰어가고 있다. 거리는 아직 60미터 이상 떨어져 있지만, 곧 따라잡히게 될 거다.

"저거 어떻게 해?"

좀비들을 가리키며 조장이 물었다. 저 중에 둘은 반드시 생포하라고 했는데, 지금 저 꼴대로라면 살아남는 건 면역자인 테라뿐일 것 같다.

"일단 좀비들은 좀 잡자. 아, 그리고 좀비들 잡은 다음에 위협사격으로 아차산로에 들어가지 못하도록 막아. 선로가 있어서 저리로 들어가 버리면 영 골 아프다."

조종사는 기체를 더욱 아래로 내리며 대답했다. 이제 모습을 드러낸 이상, 다시 또 완전히 숨기란 불가능하다. 뒷자리의 대원들이 문을 열고 MP5를 조준한다.

"…아니지."

테라를 찾았다는 보고를 하기 위해 무전기를 들었던 조장이 고개를 저으며 다시 무전기를 내려놓았다. 만에 하나 보고를 해 놓고서 놓치면… 그 성깔에 어떤 미친 지랄을 떨지 모른다.

차라리 안전하게 신병을 확보한 후에 무전을 때리는 편이 나을 것 같았다.

"좀 돌려주세요. 때리기가 나빠요."

대원의 요청을 들은 조종사는 헬기의 방향을 달려오는 좀비들과 직각이 되도록 좀 더 틀었다. 대원은 총구 아래 달린 플래시를 켜고 곧바로 방아쇠를 당겼다.

투투투투투— 투투투투투— 투투투투투—

연사로 발사된 총알이 빠르게 하늘을 가르고 날아간다. 골목을 채우고 달려오던 좀비들 중 절반가량이 바닥을 나뒹군다. 금세 탄창 하나를 다 비운 대원은 새 탄창을 끼워 넣고 다시 사격을 시작했다.

투투투투— 투투투투투— 투투투투투투—

이번에도 아낌없이 총알을 퍼부었다. 골목에는 죽거나, 혹은 다리가 부러진 좀비들이 어지럽게 널렸다. 두 번째 탄창까지 깨끗하게 쏟아부은 대원이 고개를 절레절레 흔든다.

"무서운 새끼 맞았네요. 저 뒤에 줄줄이 널브러진 좀비 시체들 좀 보세요. 씨발, 내가 총으로 잡은 것보다 더 많이 죽어 자빠져 있네. 대가리만 똑똑 따여서. 이거, 미리 알았으면 우리가 굳이 나서서 좀비들 잡아줄 필요도 없었을 것 같은데요."

흥미로운 이야기이긴 하지만 조종사는 그런 걸 구경할 시간이 없었다. 조금 전 말했던 대로 저 세 놈이 아차산로로 들어가 버리면 헬기로 쫓기가 너무 나빠진다. 그전에 방향을 틀도록 해야 한다.

"위협사격이다. 맞추면 큰일 나는 거야!"

테라 일행이 달리는 방향으로 앞질러 날아가면서 조종사가 외쳤다. 대원은 걱정하지 말라고 대답하며 탄창을 갈아 끼웠다. 그러는 사이, 조장이 확성기용 마이크를 잡았다.

"여러분! 도망치실 필요가 없습니다! 저희는 군의 의뢰를 받아 여러분을 구조하기 위해 왔습니다! 안전하게 군이 기다리는 용산철로로 모셔 가겠습니다!"

물론 새빨간 거짓말이지만, 조장은 아주 진지하게 같은 말을 반복했다. 그사이, 진행 방향으로 앞질러 간 헬기가 다시 기수를 직각으로 돌렸다.

"멈추라고! 이 개 같은 것들아!"

조금 전 좀비들을 사살했던 대원이 다시 MP5를 난사한다.

투투투투투― 투투투투투―

테라가 달리는 위치로부터 30여 미터 앞에 일렬로 총알이 박히며 시멘트 벽에서 먼지가 치솟아 오른다.

화들짝 놀란 세 사람은 뒤로 돌아서 다시 뛴다. 그러더니 오른쪽의 골목 안으로 꺾어 들어갔다.

"우리 셋 내려주세요!"

쉐도우 실드 대원들이 레펠용 로프를 아래로 늘어뜨리고 내려갈 준비를 한다.

"잊지 마! 큰길로 못 나가게 몰아! 골목 안에 가둬!"

로프를 잡고 빠르게 미끄러져 내려가는 대원들에게 조장은 몇 번이나 같은 말을 반복했다.

세 명의 대원이 착지한 것을 확인하고 로프를 풀어버린 2호기는, 오른쪽의 골목과 아차산로의 사이로 날아갔다. 이제 놈들은 독 안에 든 쥐다.

4

~~훙훙훙훙훙~~

2호기는 상공에서 유영하며 확성기를 켰다.

"왼쪽으로 이동해서 막아! 왼쪽으로 가고 있다!"

조장의 지시를 받은 세 명의 쉐도우 실드 대원은 거리를 유지한 채 테이저 건을 앞세워 전진했다. 도망가는 세 놈과 쫓아가는 세 대원의 거리는 약 20미터. 골목 두 개 정도의 차이밖에 나지 않는다. 그리고 도망치는 놈들 중에 뚱뚱한 놈이 워낙 느려서 그 격차는 곧 더 줄어들 것이다.

"조금 더 빨리! 길목 차단해! 조심하고!"

조장은 아래쪽을 살피며 계속 외쳤다. 지금 상황을 보면 아군이 압도적으로 유리하지만, 마음속에 커다란 불안이 있기 때문에 완전히 안심을 하기가 어렵다.

함부로 실탄을 사용할 수 없다는 것이 커다란 제약이다. 만약 젠킨스나 테라, 둘 중 하나가 총상이라도 입는다면, 오 박사는 이 2호기에 탑승하고 있던 전원에게 연대책임을 물게 할 테니까.

도망가는 놈들 중에는 열 마리가 넘는 좀비들의 목을 따버릴 만큼의 실력자가 있다. 뚱뚱한 백인 놈이나 테라가 그런 재주를 부렸다고 보기는 어려우니 아마 나머지 하나, 저 민첩하게 잘

빠진 놈의 소행이리라. 젠킨스의 보디가드인지 뭔지는 모르겠지만, 조심해야 할 놈임에는 틀림없다.

도망치는 것만 봐도 어지간히 약아서 참 요리조리 잘도 빠져나가고 있다. 그것도 더 어둡고 시야가 가려지는 각도만 골라서…….

깜깜한 건물들 사이로 낮게 날아다니는 것만 해도 등골에 땀이 쭉쭉 나는 상황에서 놈들을 눈으로 쫓아다니기까지 해야 하니, 헬리콥터 조종사로서는 정말로 못할 짓이었다.

"어어어! 이 씨발!"

주변 건물들 높이와 어울리지 않는 한 동짜리 아파트! 갑자기 앞쪽에 확 나타난 아파트 건물 때문에 헬리콥터 조종사는 욕설을 내뱉으며 급하게 조종간을 당겼다.

씨이이이이잉—

헬리콥터는 아파트를 아슬아슬하게 피해 옆으로 날았다.

"하아아~ 하아아~"

위기를 넘긴 조종사와 조장은 동시에 가쁜 숨을 몰아쉬었다. 그사이에 도망치던 놈들은 공장 단지의 주차장 사이에서 사라져 컴컴한 그늘 속에 묻혀 버렸다.

한 줄로 늘어서 있는 커다란 공장 단지. 아무리 라이트를 비춰봐도 주차장에 세워진 자동차들과 섀시들, 그리고 쌓여 있는 박스들만 잡힌다. 놈들을 시야에서 놓친 헬기는 방향을 틀어가며 공장 상공을 빙글빙글 돌았다.

"이 개새끼들… 어디로 간 거야……."

조종사는 땀을 삐질삐질 흘리며 조금씩 헬기의 기수를 틀었다. 앞쪽 대로에 높이 솟아 가로질러져 있는 2호선 선로 구조물이 그에게는 데드라인처럼 보인다. 저기로 도망간 이후에는 헬기로는 더 이상 추적이 불가능하다.

그리고 만일 여기에서 저놈들을 놓치기라도 하면… 그렇게 되면 차라리 태양 그룹으로 돌아가지 않는 편이 더 생존 확률이 높을 것이다.

"이놈의 동네… 뭐 이렇게 공장들이 다닥다닥 붙어 있어? 가뜩이나 정신 사나운데……."

천천히 공장들 사이를 훑으면서 조종사는 이를 갈았다. 분명 조금 전 시야에서 놓쳤을 때, 줄지어 늘어서 있는 저 공장들 중 한 곳에 들어간 것 같은데… 그중 어디쯤인지를 특정할 수가 없다.

헬리콥터에서 내려오던 지령이 갑자기 끊기자, 넓게 벌려 서서 골목 위쪽을 지키고 있던 쉐도우 실드 대원들도 덩달아 초조해졌다. 일단 2호선 선로 그늘 아래로 가지 못하도록 막는 게 우선이다.

"길목 막아! 산개해서 길목 막으라고!"

지령을 내리면서도 조장의 목소리에서는 자신감이 점점 사라져 간다. 이렇게 헬리콥터가 상공에서 확성기로 명령을 내려 대고 총소리가 여러 번 울렸으면, 쫓기는 놈들은 지레 겁을 먹고 다리에서 힘이 빠지는 게 상식이다.

그런데 이 새끼들은 끝까지 해보자는 식으로 버티고 있다. 그러니 오히려 이쪽이 불리해진다. 자신이 확성기를 통해 대원들에게 내리는 지령은 도망치는 놈들의 귀에도 고스란히 들어가고 있다.

조장은 마취 총을 꺼내 들었다. 오 박사가 개발한 X-1은 단 몇 초 만에 온몸의 운동 능력을 마비시킨다. 당황하지 말고 차분하게 몰아넣은 다음 상공에서 이것으로 노려 쏘면 생포할 수 있다.

"플래시로 비춰봐!"

한 블록에 달하는 공장 건물을 커버하기 위해서 쉐도우 실드 대원들이 산개했다. 대원들의 얼굴도 점차 긴장으로 굳어간다. 서로 간의 거리가 10미터 이상 벌어지는 상황. 총도 마음대로 쏘지 못하는데… 이건 좋지 않다.

테이저 건의 효과는 강력하지만, 연발이 아니다. 한 발을 쏘고 나면 카트리지를 갈아 끼운 뒤에야 다시 쏠 수 있고, 그나마도 근접 거리여야 한다. 게다가 왜 이리 장애물들이 많은지…….

새시와 플라스틱 패널로 이뤄진 공장의 주차장은 대낮이라 하더라도 숨어 있는 놈들을 찾아내기 쉽지 않을 것 같았다.

그롸아이아이아―

설상가상으로 대로 쪽에서 좀비들이 접근해 오고 있었다. 헬리콥터에서 보기에는 이곳에 도달하기까지 아직 조금은 시간 여유가 있지만, 그 울음소리를 들으며 땅 위에 서 있는 대원들 사이에서는 눈에 띌 정도로 동요가 일었다.

"조금만 버텨! 3호기가 곧 지원을 온다고 했다!"

마취 총에 X－1 카트리지를 끼워 넣고 있던 조장은 큰 소리로 외쳤다. 딴에는 대원들의 사기를 돋워보려 했던 말이지만, 전술적으로 보았을 때 절대 입 밖에 내서는 안 되는 정보였다. 어둠을 방패 삼아 대치 중이던 민구에게 먼저 공격해 오라고 부추긴 것과 다름없었다.

부웅— 부웅— 부웅—

그때, 바람을 가르는 낯선 소리! 거리를 둔 채 접근 중이던 쉐도우 실드 대원들은 그 소리의 정체를 찾기 위해 다급히 자세를 낮추고 플래시로 정면을 비췄다.

"읔!"

가운데 서 있던 대원의 입에서 외마디 비명이 터져 나온다. 플래시의 희미한 빛 사이에서 자신을 향해 날아오는 커다란 쇳조각이 번뜩이는 것을 보았기 때문이다.

'뭐지?' 라는 의문을 던지기도 전에 그는 몸을 옆으로 틀었다. 하지만 이미 늦었다.

칵—

회전하며 날아와 옆구리에 박힌 마세티! 그 커다랗고 끔찍한 날이 갈비뼈 사이까지 파고들었다.

"으아아아아!"

가운데 대원은 날카로운 비명을 지르며 마세티가 날아온 방향을 향해 반사적으로 테이저 건을 쏘았다. 그러고는 테이저 건을 꽉 쥔 채 앞으로 고꾸라졌다.

"어! 어!"

오른쪽 대원의 시선은 반사적으로 가운데 대원을 향해 쏠렸다. 아주 짧은 시간 동안이지만, 그는 정면이 아니라 옆으로 시선을 돌리고 있었다. 자신의 동료가 대체 왜 비명을 지르고 있는지 돌아볼 수밖에 없었다.

그리고 그는 분수처럼 피를 뿜어내고 있는 동료의 모습을 보았다. 동료의 옆구리에 박혀 있는 커다란 칼날! 이건 테이저 건 따위로 맞설 만한 상대가 아니다.

"이… 이런 씨발!"

오른쪽 대원의 입에서 욕설이 터져 나왔다. 테이저 건을 버리고 빨리 MP5를 손에 쥐어야겠다고 생각하는 순간!

턱!

어둠 속에서 뻗어 나온 손이 그의 팔목을 옆으로 비튼다.

"으아아!"

심장이 떨어질 것 같은 공포! 그리고 사타구니에 느껴지는 묵직한 통증!

오른쪽 대원의 손아귀가 수축하며 테이저 건의 방아쇠를 꽉 움켜쥔다.

퓨욱—

테이저 건이 발사되었다. 카트리지 씰 넘버가 박힌 조그만 은박지 조각이 사방으로 흩어지고, 테이저 건의 바늘이 빠르게 날아가 박힌다. 가운데 대원의 가슴과 어깨에… 그리고 곧바로 고압 전류가 전달되었다.

지지지직—

"으으으으윽!"

마세티가 박힌 충격에서 가까스로 벗어나 정신을 추스르며 MP5를 꺼내 쥐고 있던 가운데 대원의 피로 점철된 몸이 부르르르 떨렸다.

테이저 건을 맞은 몸의 근육들은 전기신호 때문에 제멋대로 경련하고, 바짝 수축했다. 가운데 대원은 MP5의 방아쇠를 꽉 당긴 채 뒤로 넘어갔다.

투투투투투투투— 투투투투투투투—

허공을 향해 날아간 MP5의 총알이 건물의 유리창과 벽면,

그리고 헬리콥터의 전면 유리를 마구 때렸다.

"히이익!"

2호기의 조수석에서 마취 총을 장전하고 있던 조장은 자기도 모르게 두 손을 교차시켜 얼굴을 가렸다. 총알은 헬리콥터의 굴곡진 유리에 맞고 옆으로 튕겨 나가 버렸다.

"하아아~ 으아, 진짜 놀랐……."

한숨을 내쉬며 조종사를 돌아보던 조장의 얼굴에서 핏기가 가신다.

조종사의 목에 박혀 있는 X-1 주사기!

조금 전, 자신이 그를 향해 마취 총을 발사한 것이다. 조종사는 당혹스러운 표정으로 조종간을 움켜쥔다. 온몸의 근육이 마비되기 전에 어떻게든 헬리콥터를 불시착이라도 시켜보고자 하는 생각에서였다.

하지만 오 박사가 조합해 낸 이 신경마비 약품은 강력했다. 불과 몇 초도 지나지 않아 조종사의 몸은 앞으로 기운다. 부릅뜨고 있는 그의 눈만이 그가 아직 온전하게 의식을 유지하고 있다는 걸 알게 해주는 증거다.

훙— 훙훙훙—

아래로 방향이 꺾인 프로펠러에서 커다란 바람 소리가 울렸다. 헬기는 빠른 속도로 20여 미터 아래쪽의 건물을 향해 곤두박질친다.

"으아아아아! 야! 야!"

조장은 다급하게 비명을 지르며 조종사를 밀어 치고 무작정 조종간을 잡아당겼다. 그가 특별히 헬기 조종에 대해 안다거나 착륙시킬 수 있는 방법을 알고 있는 건 아니었다. 그저 떨어지고 싶지 않다는 본능이 시킨 일이었다.

위이이이잉—

땅으로 곤두박질치기 직전, 극적인 각도 전환을 이루어낸 헬리콥터는 지면과 거의 수직을 유지하며 하늘을 향해 다시 솟구쳐 오르는 듯했다. 그러나 그 급상승이 진행될수록 헬기의 천장이 지면을 향해서 조금씩 기울었고, 어느 순간에 이르자 완전히 위아래가 뒤집어져 버렸다.

삐융삐융삐융~

헬기의 자세 제어장치가 계속해서 위기 경보를 울려 댄다.

"어어~ 어!"

조장이 울부짖으며 미친 사람처럼 조종간을 위아래로 흔들어 댔다. 뒤집힌 채 날아오르던 헬기는 통제력을 완전히 상실하고 공장 건물을 향해 그대로 떨어져 내렸다.

쐐애애애앵—

빠르게 바람을 가르며 떨어지는 커다란 헬리콥터!

그리고 가장 아랫부분에서 맹렬하게 돌고 있는 프로펠러!

기체가 뒤집히면서 번쩍이던 불빛이 위쪽을 비추며 아래쪽 공장 주변에 기묘한 어둠의 공백을 만들어냈다.

"이런!"

오른쪽 대원의 목을 따고 있던 민구도, 그를 향해 MP5의 방아쇠를 당기려던 왼쪽 대원도 고막을 찢을 듯 엄청난 폭음을 터뜨리는 밤하늘을 올려다보며 경악했다.

헬리콥터의 무게와 프로펠러의 크기!

이 자리에 가만히 있으면 죽는다.

"피해!"

민구는 재빨리 몸을 굴리며 공장 사무실 안에 숨어 있던 테라와 젠킨스를 향해 외쳤다. 검은 군복 놈들을 상대하려고 나서기는 했지만, 멀쩡히 날아다니던, 저렇게 큰 쇳덩이가 하늘에서 떨어져 내리는 일은 그의 계산에 없었다. 왼쪽 대원도 MP5를 난사하며 달아났다.

쒸이이이이잉—

빠르게 추락하던 헬리콥터는 공장 바로 옆의 3층짜리 다세대 주택을 들이받고 완전히 찌그러졌다.

콰작—!

헬리콥터의 프로펠러가 부러지고, 로터에서 불꽃이 튄다. 엉망으로 압축된 조종석 내부는 터져 나온 피로 붉게 물들었다.

끼이이잉—

처참하게 우그러지며 불이 붙은 헬리콥터가 옆으로 기울며 공장의 차고를 덮쳤다. 너무 순식간에 일어난 일이어서 반응을 한다는 건 불가능한 일이었다. 다세대 주택의 옥상과 계단 같은 구조물들도 함께 허물어져 내렸다.

꽈앙— 콰쾅!

추락한 헬기에서 떨어져 나온 파편과 주택과 공장이 무너지면서 피어오른 먼지, 그리고 불붙은 로터에서 터져 나온 폭발!

주변은 완전히 아수라장으로 변해 버렸다. 충격의 여파로 부근 건물에 온전하게 남아 있던 유리창들이 박살 났고, 섀시와 패널로 만들어둔 허술한 차고는 산산조각이 났다.

"쿨럭! 쿨럭! 괜찮아? 대답해! 어디에 있어?"

헬기의 라이트가 터지는 것과 동시에 빠르게 어둠 속에 잠긴 건물의 폐허 속에서 민구는 테라부터 찾았다. 먼지와 연기가 입과 코로 밀려 들어와 기침이 멈추지 않는다. 이렇게 소리를 지르면 위치가 노출된다는 걸 알면서도 자신도 모르게 입 밖으로 큰 소리가 터져 나왔다.

화르륵!

헬리콥터의 엔진 주변에서 불길이 세차게 타오른다. 민구는 소매로 코를 가린 채 차고 안쪽으로 뛰어 들어갔다. 모든 게, 정말이지 모든 게 엉망이었다.

섀시들은 부러지고 꺾여 있고, 패널들은 산산조각이 난 채 무너져 내렸다. 여기저기 튕겨져 날아간 장비들과 박스가 사방에 널려 있다.

"음!"

사무실에 도착한 민구의 입에서 짧은 신음이 터져 나왔다. 테라와 젠킨스가 그곳에 있었다. 테라는 무사했다. 멍해진 까만 눈으로 먼지를 잔뜩 뒤집어쓰고는 있지만, 별다른 상처 같은 건 눈에 띄지 않는다.

문제는… 젠킨스였다. 젠킨스는 무너져 내린 사무실의 한쪽 벽에 깔린 채 바닥에 쓰러져 있었다.

"…아저씨."

당황한 표정으로 어쩔 줄 몰라 하던 테라가 민구를 보고 입을 열었다.

"…젠킨스 씨가… 젠킨스 씨가……."

민구는 무표정한 얼굴로 젠킨스에게 다가갔다. 시멘트 더미에 깔린 녀석의 다리에서는 피가 줄줄 흘러나오고 있다.

"끄으으응!"

민구는 시멘트 더미를 들어 올리기 위해 용을 써봤다. 꿈쩍도 하지 않는다. 용을 써 대자 민구의 갈비뼈만 시큰거릴 뿐, 돌 더미는 미동도 없다. 테라가 옆자리로 와서 힘을 보탠다고 하지만, 앙상한 그 팔다리가 큰 도움이 되지는 못한다.

"후우우~ 후우우~ 웃! 으으으! 끄으으으!"

젠킨스는 계속해서 비명을 질러 댔다. 어지간히 고통스러워 견디기 힘이 든 모양이라는 건 이해하겠는데, 이래서야 이쪽의 위치를 광고하는 거나 다를 바가 없다. 민구는 테라의 팔목을 잡고 끌었다.

"저놈은 글렀어. 가야 돼."

"아니… 아니, 잠깐만요! 이 사람! 구해야 돼요! 이 사람이 없으면! 백신을… 이 좀비 세상을 끝내지 못해요!"

테라는 몸을 뒤로 젖히고 버티며 애원을 했다. 좀비 세상을 끝낸다는 말에 민구의 손에서도 힘이 빠졌다. 그가 바라는 것도 똑같다. 테라를 놓아준 민구는 근처에 떨어져 있던 새시를 집어 들었다. 그러고는 새시를 바닥과 시멘트 더미 사이에 찔러 넣었다.

"노노노노! 하지 마! 하지 말라고!"

민구가 지렛대 삼아 새시를 누르려 하자 젠킨스가 간절하게 손을 흔든다. 물론 이렇게 하는 게 젠킨스의 다리뼈에 엄청난 고통을 주리라는 것은 민구도 잘 안다. 하지만 일단 빼내지 않으면 구할 수 있는 방법이 없다.

"끄으으아아! 노! 노! 이 바보 멍청아! 끄으으!"

민구와 테라가 체중을 실어 지레를 누르자, 젠킨스는 날카로운 비명을 욕설과 섞어 질러 댔다.

파악—!

시멘트 더미가 조금 들리는가 싶었을 때, 터져 나온 피가 민구의 얼굴에 팍, 튀었다. 민구는 흠칫 놀라며 지레를 누르던 손에서 힘을 뺐다.

시멘트 더미의 그늘 아래, 젠킨스의 옆구리에서 터져 나온 피였다. 그의 옆구리에는 벽에 고정된 새시가 아주 깊숙하게 박혀 있었다. 역방향으로 박혀 들어간 것이어서 몸통이 다 찢겨야만 겨우 빠져나올 수 있는 상태였다.

"그만… 그만 누르라고… 끄으으윽! 그래봐야 내가… 후우우~ 유언을 남길 시간만… 끄으응~ 더 짧아지는 거야. 그 파이프는 내려놔, 테라 양. 그냥 여기에서 내 눈을 보고… 내 이야기를 들어줘… 우리는 아직 이 세계를 구할 수 있어… 끄으으으!"

젠킨스는 고통에 일그러진 상황에서도 테라를 올려다보며 어떻게든 마지막 말을 남기기 위해 애를 썼다.

"어떻게 해달라는 거야?"

녀석의 말을 알아듣지 못한 민구가 물었다. 테라는 작은 입술을 달달 떨며 대답했다.

"자기… 유언을 들어달래요. 아직 세상을 구할 수 있다고……."

"들어. 너무 오래만 끌지 마."

민구는 테라에게 말하고 뒤돌아섰다. 아까 전기 총을 들고 설치던 세 놈 중에 둘은 잡았는데, 나머지 하나는 생사를 모른다. 살아 있다면 이제는 분명 눈이 돌아가 있을 것이다. 이쪽에서 먼저 찾아야 한다.

그롸아아아—

괴물들의 포효가 가까이에서 울린다. 이래저래 시간이 많지 않다. 민구는 테라와 젠킨스를 등지고 선 채 주변을 경계했다.

"내… 내 허리띠… 테라 양, 이, 이걸 잘라줘. 버클을… 끄으윽!"

젠킨스는 이따금씩 눈을 질끈 감아가며 허리띠를 풀어내려 애를 썼다. 하지만 몸에 힘이 들어가지 않는 상황이어서 그마저도 쉽지 않았다.

테라는 민구에게서 받은 울트라마린 나이프로 젠킨스의 허리띠를 힘겹게 끊어냈다. 그런 후, 그의 커다란 버클을 젠킨스의 손에 쥐어 줬다.

"아… 아니야. 이건 내가 아니라… 으으윽, 테라 양이 가져가야 돼. 이 버틀, 중앙의 원… 이게… 이게 부메랑에 신호를 보내는 버튼이야… 24시간 내에… 끄응, 후우~ 후우~ 올 거야……."

젠킨스는 버클 중앙의 버튼을 몇 번이나 눌러 시범을 보이고, 그것을 테라의 손 위에 얹었다. 그러고는 겨우 상체를 뒤척여 자신의 웃옷 안주머니에서 꼬깃꼬깃한 지도를 꺼냈다.

"이건… 그동안 드론이… 쿨럭! 쿨럭! 후우우~ 보내온 암호들의 위치야… 귀하가 어디에 가게 되든… 이 위치들만 기억하면… 끄으으으! JL의 구조팀을… 부를 수 있어. 테라 양이라면… 기억할 수 있을 거야……."

젠킨스는 지도를 펴서 보였다. 서울 지도의 이곳저곳에 빨간색 동그라미가 그려져 있다. 시청 주변에 가장 큰 동그라미가 그려져 있고, MJ라는 이니셜이 적혀 있었다.

"혹시… 오늘 밤… 귀하가 더 먼 곳까지… 가게 될지도 모르고, 그사이에… 으윽! 또 드론이 새 좌표를 보내줄 수도… 후우우~ 있으니까… 내가 읽는 법을… 알려줄게. 이 위치가… 내 GPS 신호가… 마지막으로 송신되었던 곳이야. 위도… 126.98, 그게 M. 경도는… 큭!"

젠킨스는 잠시 말을 끊고 쿨럭거렸다. 그가 기침을 할 때마다 피가 지도 위에 튄다. 하지만 그는 고통 속에서도 말을 계속 이었다.

"경도는 37.55… 그게 J. 그게 기준점이야… 으흑! 쿨럭! 쿨럭! 후우우~ 새 좌표가 오면… 끄으으! 기준점 M과 J를 중심으로 알파벳의 순서대로 백분의 일을… 후우우~ 더하거나 빼. 그러면 부메랑의 위치가……."

보다 못한 테라가 그의 손을 잡고 만류했다.

"젠킨스 씨… 그만 설명해도 돼요. 다 알아들었어요."

"아니!"

젠킨스는 마지막 힘을 다하기라도 하는 것처럼 테라의 손을 꽉 쥐었다. 그러고는 다시 피를 토하며 애원했다.

"테라 양이… 끄으으~ JL로… 가지 않으려는 거… 알고 있어……. 하지만… 후우우~ 지금 귀하의 그 보물 같은 피로… 백신을 만들 수 있는 곳은… JL뿐이야. 제발… 제발 약속해 줘. 끄으으! JL로 가서 널 키드라는 걸… 알리겠다고……."

테라가 선뜻 대답을 하지 못하고 있는 동안 젠킨스의 고개는 힘없이 바닥에 떨어졌다. 흘러나온 피와 침으로 바닥은 순식간에 붉게 물들었다.

"아아… 아름다워… 널 키드의 물린 상처… 루벤스의 그림도 아닌데… 끄으으! 이제야… 보게 되는군."

두 눈을 힘없이 깜빡이며 젠킨스가 말했다. 그의 시선이 닿는 곳에는 테라의 왼발이 있다. 발가락을 감아두었던 붕대는 어느 틈엔가 날아가 버리고, 빨갛게 피가 맺힌, 잘린 상처가 그대로 드러나 있다. 잠시 말이 없던 젠킨스가 다시 안간힘을 쓰며 입을 열었다.

“제발… 부탁해… 테라 양… 나는 귀하의 부모를 죽게 만들었지만… 끄으으! 귀하는 나의 아이들을… 구해줄 수도 있을 거야…….”

테라는 아무 말도 할 수가 없었다. 젠킨스가 좋은 사람이 아니라는 것도, 그가 이 끔찍한 좀비 세상을 만든 장본인이라는 것도 잘 알고 있었지만… 그렇지만, 그가 고통스럽게 죽어가는 모습을 이렇게 가까이에서 보게 될 거라고는 생각하지 않았었다. 그리고 그의 죽음 때문에 이렇게 마음이 아플 거라는 생각도 해본 적 없었다.

“흐으으~”

테라는 자신도 모르게 흘러나온 눈물을 닦아내고 젠킨스를 바라보았다. 애초에 그 관계가 시작된 이유가 뭐였든 간에, 좀비 세상이 된 이후 젠킨스는 그녀와 가장 많은 대화를 나눴던 사람이다. 그리고 아주 깊고 은밀한 비밀을 공유했던 사람이기도 하다.

그리고 이런 상황은 정말 의외였다. 젠킨스가… 죽어가면서까지 다른 이들의 미래를 위해 뭔가를 부탁할 사람이라는 게… 언뜻 믿기지 않는다. 어쩌면 JL이라는 곳이 적어도 태양보다는 나은 집단일지도 모르겠다는 생각이 들었다.

“약…속… 제발… 내가 만들어둔… 인생의 업적을… 헛되게 하지… 마.”

젠킨스는 계속 피를 흘리면서 중얼거렸다. 테라는 고개를 끄덕이며 그의 피 묻은 손을 잡아주었다.

"약속할게요."

쿨럭! 젠킨스가 왈칵 피를 토했다. 테라의 손을 꽉 잡은 그의 크고 통통한 손이 경련을 일으킨다.

"가자. 마저 다 처리했으니까."

어느새 돌아온 민구가 테라에게 말했다. 그가 들고 있는 쿠크리의 날에서는 피가 뚝뚝 떨어진다.

민구의 모습을 확인한 젠킨스는 꽉 쥐고 있던 그녀의 손을 놓아주었다. 그러고는 쿨럭거리며 바닥에 피를 토해 댄다.

"쿨럭! 쿡! 가… 세상을 구…해. 쿨럭!"

딱히 목을 그어 고통을 덜어주지 않더라도 얼마 못 버틸 것 같아 보여서 민구는 녀석을 그냥 내버려 두고 테라를 잡아 일으켰다.

"그건 뭔데?"

테라가 소중하게 꼭 쥐고 있는 지도와 버클을 보고 민구가 물었다. 빠르게 걸어가고 있는 동안에도 몇 번이나 젠킨스 쪽을 돌아보던 테라가 대답했다.

"JL로 갈 수 있는 위치들이고… 그리고 호출하는 장치예요."

아무런 사전 정보가 없는 민구로서는 그녀가 뭔 소리를 하는지 알아들을 수가 없었다. 하여튼 어딘가로 가서 저걸 누르면 되는 모양이다.

"그래… 거기로 갈 건가? 그럼 어디에서 그걸 써야 하는데?"

숨이 끊어져 있는 검은 군복의 옆구리에서 아까 날렸던 마세티를 뽑아 들며 민구가 물었다. 테라는 혼란스럽다는 듯 이마를 짚었다.

"그… 잘 모르겠어요. 여기에서 북쪽으로 2킬로미터만 올라가면 된다는데, JL에 가는 게 정말 옳은 건지… 백신을 위해서라면, 제 피를 주고 싶은 마음은 있기는 해요. 그렇지만 저 때문에 아저씨까지 위험하게 만드는 건 아닌지… 그런데도 또 젠킨스 씨에게는 가겠다고 약속을 해버렸어요. 계속 피를 토하면서 부탁을 하니까."

테라가 어떤 기분인지 민구는 충분히 이해할 수 있었다. 죽어가는 동료 앞에서 거짓 약속을 해주는 건 흔한 일이다. 그 당시에야 편하게 눈을 감게 해줄 수만 있다면 무슨 말에든 고개를 끄덕이기 마련이니까.

"일단 여기에서는 벗어나야 돼. 추락한 헬리콥터가 불타고 있어서 금방 눈에 띌 거야."

민구는 테라의 팔을 잡고 아차산로 쪽으로 달렸다. 고가도로처럼 설치된 선로를 따라 조금만 가면 건대다. 선로의 그늘 밑으로 들어가 10분 정도만 뛰면 될 거리다.

그때, 아주 가까이에서 또다시 프로펠러 소리가 들려왔다.

투투투투투― 훙훙훙―

민구는 고개를 들었다. 반짝이는 불빛과 환한 빛이 동쪽으로부터 빠르게 가까워져 오고 있다. 또 다른 헬리콥터. 하지만 이미 지형은 그에게 유리한 상황이다. 선로를 잘만 활용하면 아주 든든한 아군이 되어줄 것이다.

"멈춰. 여기에서 기다려야 돼."

민구는 테라와 함께 도로 위에 세워진 자동차의 뒤에 숨었다. 선로 그늘과 자동차. 두 겹의 어둠 속에 모습을 감춘 채 민구는

3호기 헬리콥터의 라이트가 지나가기를 기다렸다.

"보고해! 생존자 보고해!"

3호기 조종사의 목소리가 확성기를 통해 들려온다. 물론 아무리 애타게 찾아봐야 그 요청에 대답할 수 있는 놈은 없다.

불타오르고 있는 2호기의 잔해를 확인한 3호기는 고도를 높인 뒤, 그 주변을 꼼꼼하게 라이트로 비추며 이동했다. 여러 개의 소형 플래시가 바쁘게 사방을 훑는다.

"우리가 갈 방향이 거기밖에 없다, 이거냐?"

건대로 이어지는 대로 쪽 상공으로 이동해서 그 지점을 굳게 지키고 있는 헬기를 바라보며 민구가 중얼거렸다. 다른 곳으로는 다 보내도 이 길을 통과하는 것만은 안 된다는 식이다.

그렇다면 다른 방향들에는 놈들이 안심하고 터놓아도 좋을 만한 뭔가가 있다는 의미다.

그건 아마도 괴물들일 테지.

"가자. 따라와."

민구는 테라의 손을 잡고 속삭였다. 테라는 조금 의외라는 표정으로 물었다.

"그쪽으로 가면… 완전히 반대 방향인데요."

"알아. 그런데 저놈들 꼴을 봐."

민구는 쉐도우 실드 대원들과 개들을 가리켰다. 헬기 아래에 달린 베슬에서 막 내려선 그들은 플래시도 켜지 않은 채 고가도로 아래에서 웅크리고 있다. 개들이 사납게 짖어 대고 있는데도 그걸 풀어놓지조차 않는다.

"쫓아올 생각도 없어. 저런 식으로 멀리서 버티고만 있다는 건, 지원 올 놈들이 또 있어서 그걸 기다린다는 소리야. 그러니까 그놈들이 합류하기 전에 도망쳐야 돼."

테라는 민구의 말을 들으며 고가도로 쪽을 바라보았다. 개들이 짖어 대는 소리와 놈들의 등에서 번쩍이는 Led 라이트가 분위기를 한층 더 위압적으로 만들고 있다.

민구의 말이 맞다. 동쪽으로는 갈 수 없다. 민구와 테라는 허리를 숙인 채 자동차들 사이를 내달렸다.

그롸아아아—

그들이 속도를 올릴수록 점점 더 가까워지는 괴물들의 울음소리. 이 방향으로 가면 괴물들을 만나게 된다는 것을 민구는 잘 알고 있었다. 하지만 그는 걸음을 멈추지 않았다. 어차피 괴물들은 테라를 물지 않는다. 적어도 그녀는 안전하게 살아남을 수 있을 것이다.

5

"거기 간다! 잡아!"

남쪽 내부 게이트를 담당하고 있던 병사들이 악다구니를 써가며 총질을 한다.

투투투— 투투둑— 투투투—

3점사로 퍼붓는 총알들이 어지럽게 날리고, 좀비들의 팔다리가 뚝뚝 떨어져 나간다. 그러나 이미 뚫려 버린 철책이다. 좀비들이 뛰어 들어오는 것을 모두 막지는 못했다.

쾅쾅쾅쾅쾅— 쾅쾅쾅쾅쾅—

게이트 외부에서 장갑차의 기관총성이 들려온다. 저렇게 열심히 쏴 죽이고 있는데도 아직 남아 있는 좀비들이 꽤 된다는 게 신기할 지경이다.

"으아아아! 이런 징그러운 새끼들!"

옥상에 선 채 아래를 향해 총질을 하면서 밤톨과 분대원들은 욕설을 퍼부었다. 그러나 천 번, 만 번 욕을 한다고 해도 좀비들은 신경도 쓰지 않는다. 그저 무너진 철책 사이를 극성맞게 비집고 달려올 뿐이다.

탁탁탁탁탁—

좀비들의 발소리가 체육관 건물 벽에 부딪쳐 메아리를 만들어냈다. 외부와 내부, 두 개의 철책이 다 붕괴되어 버린 지금, 건물 옥상에서 퍼붓는 화망이 건대 쉘터의 유일한 방어책이다. 그건 아주 좋지 않은 징조였다.

"이이익! 이익!"

밤톨은 열심히 방아쇠를 당기면서도 자꾸 옆을 돌아보게 된다. 이미 잠실에서 저지선의 붕괴를 경험했던 그로서는 자연스럽게 퇴로에 대한 걱정이 들 수밖에 없다.

저지선이 무너지게 되면 적당한 시기에 물러나서 후방에 새로운 저지선을 펴는 게 상식이다. 그런데… 이 건대 쉘터 방어 중대는 좀 이상하게 움직인다.

투투투— 투투둑— 투투투— 투투둑—

철책을 통과한 좀비들이 언제 건물의 옥상으로 뛰어와 뒤를 덮칠지도 모르는데, 건대 쉘터의 병사들은 묵묵히 자신이 맡은 구역의 좀비들만을 상대하는 중이다.

"저기… 이쪽으로 좀비들 뚫렸는데……."

밤톨은 오지랖을 발휘해서 옆의 건대 병사들에게 말을 걸었다. 적어도 알려줘야 하기는 할 것 같았다. 그런데 반응이 영 신

통찮다.

그와 좀비들을 힐끔 돌아본 병사들은 이내 다시 전방을 향해 사격을 시작했다.

"그쪽은 냅 둬요, 아저씨!"

너무 의외의 반응이어서 밤톨은 잠시 멍해졌다.

바보들인가… 아니면 두려움을 모르는 건가……. 뚫렸다고! 이러다간 뒤가 털린다고, 이 등신들아!

그롸아아아—

그사이에도 쉘터 안쪽까지 침투한 좀비들은 빠르게 내달려 오고 있다. 놈들의 울음소리를 들을 때마다 밤톨의 등에서는 반사적으로 소름이 쫙쫙 끼친다. 살아 있어도 살아 있는 것 같지가 않다.

'세상에… 내가 전생에 무슨 죄를 지었기에… 잠실에서도 맨 마지막으로 문을 닫고 나왔고, 여기까지 오는 동안 내내도 좀비들에게 쫓겼고… 그렇게 하고도 모자라 여기에서까지도 이렇게 목숨을 내놓고 싸워야 하는 거지?'

밤톨은 불안한 눈으로 쉘터 안쪽의 주차장을 힐끔 돌아봤다. 존나게 빠른 속도로 내달리는 좀비들.

이제 저 중 몇 마리만 민간인들이 있는 체육관까지 도달하면… 건대 쉘터는 아수라장으로 변할 것이다.

"에라, 모르겠다. 씨발, 죽으면 나만 죽겠냐."

밤톨은 이를 꽉 깨물고 탄창을 갈아 끼웠다. 그러다가 멍 때리고 있는 김 이병을 보았다. 놈의 총구는 아예 지면을 향해 내려져 있다.

"야, 이 새끼야! 뭐해! 빨리 갈겨!"

"잠깐만, 저것 좀 보시지 말입니다……."

놈은 입을 헤, 벌린 채 호기심이 가득한 눈으로 주차장과 건너편 건물의 2층을 번갈아 바라보고 있었다.

"보긴 뭘 봐? 이 미친!"

김 이병의 하이바를 후려치려던 밤톨은 뭔가 싶어 시선을 돌렸다. 그러고는 그 역시 멍해져서 넋을 놓고 바라보기 시작했다.

탕, 탕탕— 탕—

3점사가 난무하는 건대에서 낯설게 들리는 단발 총성! 그리고 달려가던 좀비들이 맥없이 픽픽 쓰러지는 광경!

이 상황… 어째 낯이 익다. 밤톨은 총알이 발사된 건너편 건물로 시선을 돌렸다.

그놈이다! 그 허세 쩔던 사제 군인 놈!

조금 전까지는 이 부근에서 다른 병력들과 함께 싸우고 있는 걸 분명히 봤었는데, 자기가 무슨 홍길동이라고 저렇게 동에 번쩍, 서에 번쩍 하고 있다.

탕, 탕, 탕— 탕탕!

녀석의 총구가 불을 뿜으며 흔들릴 때마다 철책을 뚫고 달려가던 좀비들이 대가리가 터진 채 고꾸라진다. 놈의 옆에서 함께 쏴대고 있는 병사 둘도 방아쇠를 당긴다.

투투둑— 투투투— 투두둑— 투두둑—

3점사가 날아가 제대로 박히는 게 느껴진다. 그 두 녀석도 꽤나 잘 쏘기는 하는데, 저 사제 군인의 자신감 가득한 여유에는 비교도 되지 않는다.

놈은 잠시도 쉬지 않고, 그러면서도 서두르는 법이 없이 부지

런히 총구를 돌려가며 좀비들의 머리를 터뜨렸다.

길목을 좁히기 위해 대충 쳐놓은 레이저 와이어 바리게이트 주변에는 좀비 시체들이 수북하게 쌓여갔다. 2미터 정도의 간격으로 매달려 있는 손전등의 불빛 내에 좀비가 언뜻 비쳐지기만 하면 총성이 울리고, 좀비는 뇌수를 쏟으며 엎어졌다.

덕분에 쉘터 내부로 좀비들이 난입한 상황에서도 바리게이트 라인 안쪽으로는 단 한 마리의 좀비도 지나치지 못하고 있다.

"저게 그냥… 좆 까는 짓이 아니었구나……."

손전등이 대롱거리는 레이저 와이어를 보며 밤톨이 중얼거렸다.

처음에 승용차가 레이저 와이어를 풀며 달리고, 몇 놈이 거기에 달라붙어 크리스마스트리 장식하듯 손전등을 걸 때만 해도 밤톨은 놈들의 어리석음을 비웃었었다.

저까짓 철조망 한 겹 같은 건 좀비들이 두 마리만 덮쳐도 무력화되어 버린다…고 생각했었다.

하지만 지금 보니… 저건 그냥 조명을 달아놓고 좀비들의 달리기를 1초만 늦추기 위한 장치였다. 어차피 그 1초만 벌면 저 사제 군인과 두 명의 보조 병사가 좀비들을 시체로 만들어놓을 수 있으니까.

"헐, 백발백중이네……."

김 이병은 여전히 입을 다물지 못하고 혼잣말을 중얼거린다. 밤톨 역시 홀린 듯 사제 군인의 활약에서 눈을 떼지 못했다.

발소리가 울리고, 플래시 불빛 사이로 좀비의 얼굴이 어른거리면, 탕— 소리와 함께 좀비는 여지없이 나자빠졌다.

무슨… 기계 속에 들어 있는 톱니바퀴처럼 규칙적이고, 한 치의 오차도 없다.

"그… 올림픽 사격 대회 보는 것 같습니다. 근데 그거는 표적이 움직이지나 않지……."

어느새 구경꾼 그룹에 합류한 무전병도 믿을 수 없다는 표정으로 웅얼거렸다.

"아, 아니야! 이럴 때가 아니잖아!"

놈들 덕에 제정신을 찾은 밤톨은 세차게 도리질을 한 후에, 사제 군인에게 꽂혀 있는 김 이병과 무전병의 하이바를 두들겼다.

"야, 이 새끼들아! 정신 차려! 저쪽 볼 때가 아니야! 우리 상대는 여기 있다고!"

두 병사를 사선으로 이동시킨 밤톨은 총구를 난간 아래로 돌렸다. 이제는 정말 끝나가는 분위기가 물씬 느껴진다. 뚫린 철책 주변에 모여 있는 좀비들의 수가 두 자리 이내로 줄어들어 있다. 밤톨은 정신없이 몸을 흔들어 대는 좀비들을 향해 조준을 하고 방아쇠를 당겼다.

투두둑— 투투투— 투투투—

아홉 발을 쐈는데, 머리에 맞은 건 한 놈뿐이다. 나머지는 가슴이나 어깨의 뼈를 덜렁거리며 좁은 건물 사이를 내달린다. 밤톨은 놈들의 머리통을 향해 다시 3점사를 날렸다.

투투둑— 투투투— 투투두—

이번에도 두 마리만 쓰러졌다. 놈들이 달리는 속도가 워낙 빨라서 그가 발사한 나머지 총알들은 아스팔트에 흠집만 남기고 어디론가 튀어버렸다.

아홉 발로 두 마리를 잡았다면 분명히 보통 이상의 성적인데,

조금 전 사제 군인의 활약을 보고 난 후여서 그런지 묘한 이질감과 좌절감이 느껴졌다.

밤톨은 방아쇠를 당기면서 자신의 총을, 거의 2년 동안 함께 했던 K—2를 몇 차례나 다시 바라보았다.

"야, 이거 이상해!"

명중률에 의문이 생긴 밤톨이 고개를 저었다.

어떻게… 똑같은 총인데 이렇게 다를 수 있단 말인가.

바로 옆에서 있던 김 이병도 실망스럽다는 표정을 지으며 자신의 총을 뚫어지게 노려보고 있다. 아마 녀석도 그와 비슷한 생각을 하고 있는 모양이다.

탕, 탕탕—!

그러는 동안에도 사제 군인은 계속해서 좀비의 이마에 바람구멍을 뚫어 대고 있었다. 건물 안으로 뛰어 들어오려던 좀비가 뒤통수가 터진 채 철조망에 쓰러져 대롱거린다. 김 이병의 말마따나 백발백중이다.

존나 잘 쏘는구나, 개새끼…….

☢ ☢ ☢

"아…나, 이것들… 이것들은 뭐야……."

민간인들의 신병을 확보했다는 말을 듣고 우체국 3층으로 올라간 오 박사는 신경질적으로 고개를 저었다.

거기에는 그가 보고 싶었던 얼굴이 하나도 없다. 한눈에도 사악해 보이는 중늙은이와 손가락이 날아간 젊은 놈, 그리고 오 박사가 실루엣을 보고 젠킨스라고만 생각했던 뚱뚱한 덩치. 이렇게 3인조가 불안함이 가득한 표정으로 눈동자를 굴리고 있었다.

세 놈 다 플라스틱 타이로 팔목과 발목이 묶여 있고, 아직 테이저 건의 바늘도 뽑아주지 않았다. 손가락이 없는 놈은 다리에 총상까지 입은 상태였다.

으르르르— 웡! 웡!

네 마리의 개는 세 명을 에워싸고 금방이라도 잡아먹을 듯 이를 드러내며 짖는다. 그중 한 마리는 다리를 절룩거린다.

"개새끼들 좀 조용히 시켜봐. 정신이 없잖아… 이건 왜 이렇게 해놨어?"

미간을 찌푸린 채 투덜대던 오 박사가 피투성이 총상을 가리키며 물었다. 목표했던 타깃은 아니지만, 어쨌든 다치지 않도록 하라고 몇 번이나 다짐을 해놨는데 바로 이렇게 총을 쓴 걸 보니 기분이 좋지 않았다.

그의 언짢음을 읽은 쉐도우 실드 대원이 주저하며 대답했다.

"나머지는 테이저 건으로 제압을 했는데, 저 새끼가… 자꾸 총을 들고 설치는 상황이어서 어쩔 수가 없었습니다. 개들도 다치고 해서 안전을 위해……."

"총? 민간인인 것 같은데 총이라고?"

오 박사는 시선을 돌려 대원들이 압수해 둔 놈들의 총기를 내려다보았다. 군용 K—2가 두 자루나 있다. 거기에 야구 배트와 식칼 따위의 무기도 몇 개나 있다.

"근데 우리 편은 용케 안 다쳤네?"

오 박사는 다시 물었다. 폴리카보네이트 방패를 든 대원이 흠집을 보여주며 대답했다.

"나중에 보니까 실탄이 몇 발 없었습니다. 그나마도 다 빗나갔습니다."

"하아~"

오 박사는 짜증스럽다는 듯 고개를 저었다. 그의 분노는 주로 덩치 큰 뚱뚱한 녀석을 향한 것이었다.

"아우~ 이 개새끼만 창가에 어른거리지 않았어도!"

오 박사는 덩치의 넓적한 얼굴을 구둣발로 걷어찼다. 하지만 덩치가 고개를 틀어 피하는 바람에 헛발질을 하고 하마터면 뒤로 넘어질 뻔했다.

"이 새끼가! 피했냐, 지금?"

대원들 앞에서 망신을 당한 오 박사는 얼굴이 빨갛게 돼서 놈의 가슴팍에 박혀 있는 테이저 건 바늘을 콱 밟았다.

바늘이 깊숙이 찔려 들어가자 때로 얼룩진 놈의 와이셔츠에 피가 배어 나온다.

끄으음, 덩치는 고통을 꾹 참으면서 오 박사의 눈을 노려보았다.

"기동아!"

중늙은이가 입을 열었다. 낮게 이름을 불렀을 뿐인데, 덩치는 얼른 눈을 깔고 불손한 표정을 거뒀다. 중늙은이가 오 박사에게 고개를 숙인다.

"태양 그룹에서 오신 분들인 줄 알았으면 이렇게 소란 피우지 않았을 겁니다. 세상이 하도 어수선하니 그저 제 한 몸 지켜보려다가 이런 실수를 저질렀습니다. 부디 너그럽게 헤아려 주십시오."

중늙은이는 고개를 들어 사악함이 가득한 눈으로 오 박사를 힐끔 올려다보고 말을 이었다.

"태양 그룹과 저희는 각별한 사입니다. 예전부터 저희 만배파 애들이 황 회장님 위해서 손에 더러운 거 묻는 일 여러 번 대신 해드렸습니다. 아참, 제 소개가… 제가 바로… 육만배올시다."

육만배는 다시 깊이 고개를 숙였다. 나름 바짝 힘을 줘본 자기소개였는데, 오 박사는 아무런 반응을 보이지 않았다. 테라도 모르는 인간이 육만배를 알 리가 없다.

"뭐라는 거야? 기분도 안 좋은데, 등신이……."

오 박사는 신경질적으로 머리를 쓸어 넘겼다. 모욕적인 상황이지만 육만배는 그래도 감정을 드러내지 않았다.

대체 무슨 오해를 하고 자신들을 덮쳤는지는 모르겠지만, 이 놈들은 화가 많이 나 있다. 그런 놈들에게 맞서는 건 좋지 않다. 그는 이 위기를 기회로 바꾸기 위해 다시 한 번 뱀 같은 혀를 놀렸다.

"선생님, 저희 나름 쓸모가 있는 놈들입니다. 그리고 의리가 뭔지도 아는 놈들입니다. 거두어만 주시면, 남들 눈에 띄지 않도록 처리하시고 싶은 일들… 저희가 해드리겠습니다. 나라를 위해 큰일하실 때 발에 걸리는 작은 돌들, 치워 드리고 싶습니다."

비굴한 종이 되겠다는 대사를 잔뜩 늘어놓은 뒤, 육만배는 오 박사의 대답을 기다렸다. 이만하면 충분히 어필을 했으니 긍정적인 반응을 예상하는 중이었다.

그때, 아래층에서 허겁지겁 뛰어 올라온 대원이 숨을 헐떡이며 오 박사에게 보고를 했다.

"오 박사님! 3호기가 급하게 보고를 해왔습니다! 2호기가! 2호기가 추락했답니다!"

"뭐?"

오 박사는 믿을 수 없다는 얼굴로 미간을 찌푸렸다. 개들이 사라졌다고 했던 게 그가 2호기로부터 들은 마지막 보고였다. 여기에서 그가 허탕을 쳤으니, 아마 그쪽이 제대로 추적했었을 것이다.

그런데 그 임무라는 게… 고작 세 명을 쫓는 거였다.

바짝 마른 여자애, 비대한 거구라서 100미터도 못 뛸 것 같은 중년 남자, 그리고 또 한 명이 있었지만, 그가 누군지는 중요하지 않았다. 그냥 총 한 자루 없는 민간인일 뿐이다.

그런데… 헬리콥터가 추락했다고? 구조 요청 한 번 남기지 않고?

"…대원들은? 대원들은 어떻게 됐어?"

충돌 사고의 가능성을 떠올린 오 박사는 대원들의 안부를 물었다. 1호기 조종사도 계속해서 건물들 사이로 날아다니는 일에 대해 거부 반응을 보였었다. 그러니 2호기도 건물에 부딪쳐 떨어진 것일지도 모른다.

대원들이 안전하다면 그의 추리가 맞는 거다. 하지만 보고하러 온 대원은 고개를 저었다.

"생존자는 없답니다. 전원 사망이라고……."

"헬리콥터 안에 동승하고 있었나?"

"아닙니다… 시신이… 외부에 있답니다. 시신들 상태로 보면 전투 중에 사망한 것 같다고… 아, 그리고… 찾으시던 뚱뚱한 백인 남자 말씀입니다만……."

“그래! 찾았나? 젠킨스!”

오 박사의 얼굴에 금방 화색이 돈다.

젠킨스! 위대한 사이코, MJ. 그의 연구 능력을 확보할 수만 있다면, 그까짓 헬리콥터나 대원 몇 놈쯤 죽은 건 아까울 일도 아니다.

그의 목소리 톤이 올라갈수록 대원의 목은 움츠러들었다.

“그게… 찾기는 했는데, 사망 직전이랍니다. 무너진 건물에 깔려서…….”

끄으으으~!

오 박사는 끓어오르는 분노를 꾹 눌러 참아보려 이를 악물었다. 하지만 결국 1초도 지나지 않아 폭발했다.

“뭐가! 대체! 어떻게 된 거야?”

이성을 완전히 잃은 오 박사는 어린아이처럼 펄쩍펄쩍 뛰며 발을 굴러 댔다. 그의 성질을 아는 대원들은 입을 꾹 다문 채 시선을 마주치지 않으려고 고개를 돌렸다.

“후아~ 후아~”

오 박사는 거친 숨을 몰아쉬면서 고개를 저었다. 그가 취했어야 할 두 보배 중에 하나가 날아갔다. 그러나 아직 남아 있는 보배가 훨씬 더 높은 가치를 갖고 있는 것이기는 하다.

쓰기에 따라서는 세상의 절반을 그의 손에 쥐어 줄 수도 있는, 그런 보배. 그러니 지금은 성질만 부리고 있을 때가 아니다.

“그래서… 지금 3호기는 뭐하고 있대?”

“건대로 가는 길목만 막고 대치 중이랍니다. 아마 2호선 선로 아래나 그 부근에 숨어 있을 것이라 추정하는 모양입니다.”

대원이 대답했다. 오 박사는 고개를 끄덕였다. 그건 잘한 결정이었다. 괜히 동료들의 시체를 보고 흥분해서 설치거나 하지 않아서 다행이다. 이제 그가 합류한 뒤, 1호기에 부착된 서치라이트로 찬찬히 살피고 몰아 잡으면 된다.

"가자! 젠킨스가 거기에 있었던 거라면, 테라도 근처에 있겠지!"

오 박사는 광기 가득한 눈을 번뜩이며 몸을 돌렸다. 쉐도우 실드 대원들이 육만배를 가리키며 물었다.

"이것들은 어떻게 합니까?"

응? 오 박사는 육만배 일행을 돌아보았다. 그의 시선이 기동이의 커다란 덩치에 머문다.

저… 개새끼가 현혹시키지만 않았어도!

그랬더라면 그 자신 역시도 2호기에 합류했을 테고, 압도적인 인원을 동원할 수 있었을 테니, 젠킨스의 사망 보고를 듣는 일도 없었을 것이다. 몇 초가 아까운 상황이기는 하지만, 일을 망쳐 버린 놈들이라는 데 생각이 미치자 그냥 내버려 두고 싶지는 않았다.

"권총 좀 줘봐. 쏴 죽여 버리게."

오 박사는 그의 옆자리에 서 있던 조장에게 손을 내밀었다. 조장은 머뭇거림도 없이 권총을 뽑아 그에게 쥐어 줬다.

"쏠 줄 아십니까?"

"몰라… 이거 당기고 쏘면 되나?"

"일단 방아쇠에서 손가락을 떼셔야 합니다. 다음에 총구를 위쪽으로 돌리시고 슬라이드 뒤로 당기셔서……."

조장과 오 박사가 자동권총 사격 방법에 대해 평온한 어조로 대화를 나누고 있는 동안, 육만배와 기동이, 그리고 두섭이는 필사적으로 애원을 해 댔다.

"으으으! 안 돼! 안 돼!"

"선생님! 저희가! 저희가 궂은일 다 해드리겠습니다! 뭐든지! 뭐든지 명령만 내리시면 하겠습니다! 점잖은 체면에 하시기 껄끄러운 일들! 그런 거 전문입니다!"

말만으로 부족하다고 느꼈는지, 어떻게든 일어나 보려는 기동이와 육만배의 등짝에 3단봉 매질이 쏟아진다.

"이이이익! 개새끼들아!"

기동이는 어깨와 등의 통증을 참고 벌떡 일어났다. 플라스틱 케이블로 발목과 팔목이 묶여 있지만, 커다란 덩치와 힘만으로 주변의 쉐도우 실드 대원들을 밀어 치고 들이받아 가며 놈들과의 거리를 벌렸다.

"어쭈, 어쭈… 이제 방아쇠를 당기면 된다고?"

이미 겨냥을 마친 오 박사가 기동이의 발버둥을 보고 같잖다는 듯 혀를 차다가 조장에게 물었다. 그 말은 기동이에게 사형선고처럼 들렸다.

"이야아아!"

두 발을 모아 뛰어오른 기동이가 기합 소리와 함께 복도 뒤쪽의 창문을 들이받았다. 여기가 3층이라는 생각도, 손발이 다 묶였다는 계산도 없었다. 일단 달아날 수 있는 방법이 그것밖에 없었기에 무작정 몸을 날린 것이었다.

쨍그랑—!

유리가 박살 나고, 100킬로그램이 훌쩍 넘는 기동이의 몸이 창밖으로 튀어나갔다. 그리고… 그는 손발이 묶인 채 유리 조각들과 함께 3층 아래의 콘크리트 도로를 향해 곤두박질쳤다.

퍼억—

수박이 깨지는 것처럼 둔탁한 소리. 순식간에 일어난 일이라 아무도 제지하지 못했다. 설마 이 정도 높이에서 몸을 던지리라고는 생각하지도 않았었다.

"뭐야, 이거… 아주 개판이네. 죽었어?"

오 박사는 권총을 겨눴던 손을 아래로 늘어뜨리고 한심하다는 듯 미간을 찌푸렸다. 창가에 서서 아래쪽으로 플래시를 비춰보던 쉐도우 실드 대원들이 고개를 저었다.

"아닙니다. 아직 살아 있습니다!"

"진짜?"

오 박사가 흥미롭다는 반응을 보이며 창가로 다가왔다. 기동이가 꿈틀거리며 기어가고 있는 모습이 시야에 들어온다.

유리 조각이 박혀 피범벅이 된 얼굴, 반대 방향으로 꺾인 팔꿈치, 발목이 돌아간 다리…….

그런데도 도로 바닥을 피로 물들이며 기고 있다. 딴에는 대단하다.

"하하하! 저 새끼, 뭔 생각이지? 하하하!"

놈이 그렇게 기어가려고 애쓰는 이유가 살아남겠다는 의지임을 알기에, 그게 웃겼다. 도저히 살 수 없는 상황인데도… 인간은 참으로 어리석고 미련한 짐승이다.

오 박사는 고개를 절레절레 흔들었다. 더 재미있는 건, 놈이 기어가고 있는 위치에서 그리 멀지 않은 곳에 좀비들 대여섯 마리가 다가오고 있다는 사실이다. 머리끝까지 치솟아 있던 화가 조금은 풀리는 기분이다.

"생각이 바뀌었어! 어이, 저 새끼들도 마저 던져 버려! 살고 싶은 사람들이니까 기회를 줘야지.”

권총을 조장에게 넘긴 오 박사는 그 명령을 남기고 계단을 내려갔다. 쉐도우 실드 대원들은 먼저 두섭이의 양팔과 다리를 잡고, 앞뒤로 크게 흔들다가 유리창을 향해 집어 던졌다.

“안 돼! 안 돼! 제발요오오오— 으아아아!”

두섭이는 긴 애원의 메아리를 남기며 유리창을 들이받은 뒤, 아래로 떨어졌다.

퍼억!

녀석은 몸을 둥글게 만 채 척추 부위로 떨어졌다. 녀석의 입에서 피가 터져 나오고 묶여 있는 다리가 부르르 경련하는 모습이 눈에 들어온다. 아마 허리 신경이 끊어진 모양이다.

“자, 다음! 후딱후딱 해치우고 가자! 밤새겠다, 좀비들도 오고 있는데.”

두섭이의 부상을 확인한 쉐도우 실드 대원들이 육만배의 팔을 우악스럽게 붙잡았다.

이런 미친 일이…….

육만배는 믿기지가 않았다. 자신이 저 좀비들을 이 태양 놈들에게 넘겼었다. 이제는 이 태양 놈들이 자신을 저 좀비들에게 넘기려 하고 있다니, 이런 기막힌 운명이…….

육만배는 몸을 채며 필사적으로 떠들어 댔다.

“아니! 잠깐! 잠깐만! 테라라고 했지! 나도 테라 알아! 그년 친구도 잘 알고! 임수정이라고 있어! 내가 잡아줄게! 내가 할 수 있… 끄으윽!”

육만배는 고통을 이기지 못해 몸부림을 쳤다. 말을 하고 있는 동안 날아온 3단봉에 이가 부러지고 입술이 터졌다. 그의 입안은 금세 비릿한 피로 가득 찼다. 곧이어 어깨와 머리에 매질이 가해졌고, 육만배는 무방비로 허물어졌다.

"아, 그 새끼 말 많네. 씨발, 이렇게 늙지 말아야지. 추하다."

육만배의 입을 때린 대원이 바닥에 침을 뱉고 그의 발목을 잡아 올렸다. 육만배의 한쪽 팔을 잡아 올린 대원이 웃는 낯으로 중얼거린다.

"나, 근데 이 새끼 알아. 너희는 기억 안 나냐? 예전에 철거 용역 부르면, 우리가 경찰들 지키고 있는 동안에 만배파 새끼들이 와서 싹 다 쓸고 갔었어. 그것들 대빵이 이 새끼야. 봐, 누더기처럼 되기는 했는데, 양복도 존나게 좋은 거고. 크큭."

"그러든가 말든가……."

반대쪽 팔을 잡은 대원이 관심 없다는 투로 대꾸했다. 녀석은 육만배의 팔을 아프게 꺾어 들어 올리면서 말을 이었다.

"그때야 법이 무서워서 이런 허접한 새끼들도 부르고 한 거지, 지금 이까짓 것들이 뭐에 필요해? 어차피 다 우리 마음대로 하면 되는데."

너무도 정곡을 찌르는 말!

그제야 육만배는 자신의 주제를 깨달을 수 있었다. 그는 불편하게 옭아매는 법 같은 것만 없으면 자신이 왕이 될 수 있다고 생각했었다. 자신에게는 그럴 만한 자질과 배짱이 있다고… 그렇게 생각했었다.

하지만 아니었다. 사실 그는 법의 허술한 틈바구니에서 기생하며 덩치를 키워온 기생충에 불과했다. 아무도 차마 하지 않으려는 일들을 뻔뻔하게 저질러 가면서 그것이 대단한 재주라도 되는 양 착각하고 있었던 것이다.

육만배의 몸이 앞뒤로 크게 흔들린다.

꽈창!

유리를 들이받자, 육만배의 이마가 찢기고 떠올랐던 몸은 곧바로 땅을 향해 떨어져 내렸다.

"끄아아아아~!"

두려움 가득한 비명이 밤하늘을 채운다. 그렇게 허공에서 떨어져 내리는 절망적인 상황인데도, 어떻게든 살아남아 보려고 육만배는 안간힘을 썼다.

어떻게든 다리로 떨어져야 한다…….

콰직!

어깨에 전달되는 끔찍한 고통! 그와 동시에 눈에서 불이 번쩍 튄다. 육만배는 소리도 내지 못하고 몸을 부들부들 떨었다.

묶인 팔과 어깨의 뼈가 모두 부러진 것 같다. 충격을 이기지 못하고 땅을 들이받은 얼굴은 타오르는 것처럼 뜨겁다.

"으으으윽!"

지독한 통증의 파도에 정신없이 휩쓸려 다니면서도 육만배는 눈을 떠보려고 애를 썼다. 상하좌우 분간부터 되어야 일어나든, 도망을 치든 할 수가 있다.

"으! 하아아~ 하아아~!"

육만배는 몸을 비틀어 일으켰다. 다행히 다리는 크게 부러지거나 하지 않은 것 같았다. 바로 곁에 피거품을 문 채 경련하고 있는 두섭이의 모습이 보인다. 놈은 텄다.

그런데 보이는 경치가 어딘가 이상하다. 단순히 깜깜해서 잘 안 보이는 게 아니다. 한쪽 눈이 터져서 시력을 상실했다는 것을 깨닫기까지는 몇 초가 걸렸다. 조금 전, 땅을 들이받았을 때

다친 모양이다.

"후우우~! 후우우!"

육만배는 신음을 흘리며 한쪽 눈에만 의지해 주춤주춤 걸었다.

이놈의 케이블 타이!

발목이 꽉 묶여 있어서 도무지 빨리 걸을 수가 없다. 발아래 질펀한 핏자국이 보인다. 기동이가 몸을 질질 끌고 가면서 그려놓은 핏자국이다.

"기동아! 후우우! 기동아!"

흘러내린 피 때문에 따끔거리는 눈을 깜빡이면서 육만배는 어둠 속의 기동이를 불렀다. 비록 만신창이가 되어버렸지만, 아직 살아 있다. 유리 조각으로 서로의 케이블 타이를 끊어주고 부축해 가면서 도망가면… 그러면 된다.

우드득! 우득! 짭짭! 꾸르륵! 쩝쩝!

기동이가 기어간 방향에서 들려오는 소름 끼치는 소리!

육만배는 감전된 사람처럼 얼어붙었다.

위층에서 비추던 플래시의 조명이 사라져 버려서 잘 보이지 않지만, 이 소리는… 좀비다. 좀비들이 사람 살을 뜯어먹고 있는 소리다!

"흐으! 으흐으!"

뒤돌아선 육만배는 필사적으로 걸음을 옮겼다. 뜯기는 사람이 기동이라는 건 너무도 당연한 이야기다. 녀석이 잡아먹히는 동안 어떻게든 달아나야겠다고… 그렇게 생각했다.

그때였다.

그롸아아아!

갑자기 어둠 속에서 뻗어온 손!

그것이 육만배의 얼굴을 할퀸다. 육만배는 부러져서 덜렁거리는 팔을 휘둘러 좀비의 손을 뿌리쳤다. 온몸에 찌릿찌릿한 통증이 퍼진다.

"으악!"

뒤돌아 도망치려던 육만배의 입에서 끔찍한 비명이 터져 나왔다. 뒤쪽에서 덮친 좀비의 손가락이 그의 코와 아직 시력이 남아 있는 눈구멍을 함께 움켜쥔다.

너무도 우악스럽고, 너무도 강력한 손아귀 힘이다. 육만배의 눈알이 터지고 콧구멍이 뜯겨 나갔다.

"끄으으으!"

끔찍한 고통에 육만배는 펄쩍 뛰어올랐다. 그러고는 이내 중심을 잡지 못해 바닥에 쓰러졌다.

저벅— 저벅—

두 눈을 잃고 완전히 암흑 속에 잠긴 육만배의 귀에 발소리가 들려온다. 아주 가깝게… 육만배는 벌레처럼 꿈틀거리며 기었다. 어디에 뭐가 있는지는 모르겠지만, 일단 도망쳐야겠다는 생각뿐이었다.

그롸아아아— 그아아악—!

여기저기서 터져 나오는 좀비들의 포효!

육만배는 미친 듯이 울부짖으며 몸을 흔들어 댔다. 공포 때문에 심장은 터질 것 같았다. 이럴 거였다면 차라리 3층에서 떨어질 때 즉사했던 편이 나았을 것이다.

와득!

덜덜 떨고 있던 육만배의 발목에서 끔찍한 고통이 느껴진다.

좀비의 이빨이 그의 아킬레스건을 뜯어냈다. 그것에 반응하기도 전에 그의 목덜미에, 그리고 덜렁거리던 코에 좀비들의 이빨이 박힌다. 그리고 곧이어 팔목과 다리에서도 살이 뜯겨 나가는 통증이 전해졌다.

와드득! 와드득! 찌직! 꿀쩍꿀쩍! 우득!

자신의 살이 좀비들의 목구멍을 타고 넘어가는 소리가 너무도 선명하게 육만배의 고막을 자극한다.

부하들이 잡아온 좀비의 눈알을 파고, 코와 귀를 잘라내며 호탕하게 웃던 그날 밤이 떠올라서 육만배는 부르르 몸을 떨었다. 그런 동안에도 좀비들은 열심히 그의 살을 잘라내고 피를 삼켰다.

우드득! 찌이익! 쩝쩝! 꿀쩍꿀쩍…….

## 6

"이놈!"

민구는 달려드는 괴물의 아가리에 마세티를 박아 넣었다.

칵—

마세티의 크고 무거운 날은 괴물의 이빨들과 혀, 그리고 얼굴의 절반가량을 잘라내고 놈을 뒤로 밀쳐 버렸다.

하지만 숨 돌릴 틈도 없이 놈의 뒤에 있던 또 다른 괴물이 민구의 왼팔을 노리고 몸을 날린다.

휘이익—

민구는 백핸드로 마세티를 휘둘러 놈의 목을 쳤다.

와득!

목뼈에 박힌 마세티의 칼날에서 둔중한 소리가 난다. 혼신의 힘을 기울인 스윙이었다.

그런데… 온전히 잘라내지를 못했다.

기력이, 기력이 부족하다.

"이익!"

민구는 괴물의 목을 마저 잘라내기 위해 마세티의 날을 힘주어 눌렀다. 그러는 사이, 조금 전 입 주변을 베어냈던 괴물이 또 일어나 달려든다.

민구는 마세티를 놓은 뒤, 몸을 틀어 녀석을 흘려보내고 다시 곧바로… 곧바로 다시 뒷목을 따려고 했다. 하지만 옆으로 쏠린 몸이 제대로 일어나지를 못했다. 또 그놈의 총상 부위가 발목을 잡는다.

"끄으응!"

민구는 미간을 찌푸리며 몸을 바로잡았다. 목에 마세티가 박힌 괴물은 칼날을 덜렁거리면서 그에게 달려온다. 민구는 쿠크리로 놈의 팔목을 후려치고, 마세티의 손잡이를 잡았다.

으드득!

괴물의 목뼈가 뜯겨 나가는 소리!

민구는 마세티의 날을 확 잡아챘다.

털썩.

머리를 잃은 괴물이 바닥에 무릎을 꿇고, 허공에 떠올랐던 머리가 데굴데굴 구른다. 그사이에 입이 잘린 괴물과 제3의 괴물이 한 방향에서 달려들었다. 그뿐 아니다.

뒤쪽에서도 덮쳐 오는 괴물들! 모두 몇 마리나 되는 건지 가늠조차 잘 되지 않는다.

그만큼 민구는 지쳐 있었고, 선로 아래의 어둠은 깊었으며, 달려드는 괴물의 수는 많았다. 그가 지금까지 지나쳐 온 길에는 대가리가 잘린 괴물들의 시체가 정신없이 널려 있다.

테라는 안타까움에 발을 동동 굴렀다. 그녀는 괴물들의 공격으로부터 자유로웠지만, 도움을 줄 수도 없었다. 괴물들의 공격 속도를 늦춰보겠다고 공연히 그녀가 근처에서 기웃거린다면 도리어 민구가 칼을 쓰기에 더 나쁘다.

그롸아아아—

괴물들의 포효!

민구는 두 팔을 정신없이 휘둘러 마세티와 쿠크리의 칼날을 교차시키고, 때로는 나란히 그었다. 머리를 깨고, 목을 베고, 발목을 끊고, 턱을 잘랐다. 땀이 정신없이 솟아 이마를 타고 줄줄 흘러내린다.

멀리서 개 짖는 소리가 울려온다. 놈들은 몇 분에 한 번, 꼭 한 마리씩만 개를 놓아 방향을 추적하게 한다. 그것 때문에 민구는 테라에게 먼저 앞서가라고 하지도 못하고 있다.

"이 새끼들! 질기구나!"

정신없이 칼을 휘두르고 몸을 틀던 민구가 가장 마지막 괴물의 정수리를 마세티로 때려 깨며 거친 숨을 몰아쉬었다.

이번 싸움도 겨우겨우 이겨냈다. 이마의 땀을 닦아내던 민구의 표정이 굳는다.

"이런……."

민구는 따끔거리는 오른쪽 날갯죽지를 짚어봤다.

끈적하고 따뜻한 감촉… 피다. 그리고 손끝에 피와 함께 남은 악취…….

이런 침 냄새를 풍기는 건 괴물들밖에 없다. 고개를 든 민구는 테라의 눈을 보며 말했다.

"여기까지인가 보다."

"…네? 왜 갑자기 그런 말을?"

테라는 영문을 모르겠다는 표정을 지었다. 비록 어두운 그늘 속에서 희미한 윤곽만을 바라보는 것이지만, 그녀의 까만 눈동자가 불안에 떨리는 걸 보고 있자니 마음이 찢어지는 것 같다. 민구는 힘겨운 숨을 몰아쉬며 입을 열었다.

"내가 모자라서… 익!"

민구는 돌연 말을 끊고 뒤돌아섰다. 뒤쪽에서 달려오는 괴물들… 대체 얼마나 더 있는 건지 모르겠다. 민구는 마세티를 집어 들고 놈들을 향해 달려 나갔다.

크롸악!

포효하며 달려드는 놈의 옆머리를 후려갈겼다. 그러고는 튕겨져 나온 칼날을 바로 내질러 뒤에 선 괴물의 목에 박아 넣고 밀었다. 그사이에 옆에서 몸을 날린 괴물이 민구의 얼굴을 노린다.

서걱!

재빨리 내민 쿠크리의 칼날이 놈의 얼굴을 대각선으로 가르고 들어갔다. 침이 뚝뚝 떨어지는 괴물의 이빨과 민구의 광대뼈 사이는 불과 한 뼘. 그 거리를 유지시켜 주는 것은 쿠크리의 칼날뿐이다.

"으으음!"

민구는 가벼운 신음 소리를 흘리며 떨리는 오른팔을 앞으로 밀었다. 예전 같으면 가볍게 해치울 수 있었겠지만, 지칠 대로 지치고 옆구리에 힘이 들어가지 않는 지금으로서는 그게 꽤나 어려운 일이었다.

그롸아아아—

부들거리며 괴물과 대치하고 있는 민구를 향해 제4의 괴물이 달려든다. 민구는 두 번째 괴물의 목에 박혀 있던 마세티를 옆으로 확 잡아 빼며 네 번째 괴물의 턱을 후려쳤다.

텁—!

박살 난 네 번째 괴물의 아래턱이 덜렁거리고, 뭉텅 잘린 놈의 혓바닥이 하늘 위로 떠오른다. 놈이 중심을 잃고 잠시 고꾸라지는 틈에 민구는 바짝 달라붙은 세 번째 놈의 발목을 걷어찼다.

덜컥!

세 번째 놈의 몸이 휘청거리고, 쿠크리에 잘린 상처는 더 크고, 더 깊게 벌어졌다. 민구는 마세티를 휘둘러 녀석의 팔과 옆구리, 그리고 골반을 사정없이 내리찍었다.

잘린 팔과 부러진 갈비뼈, 그리고 꺾인 다리! 세 번째 괴물은 칼날 위로 엎어지다시피 하며 비틀거린다.

그 찰나의 기회를 놓치지 않고 민구는 왼발을 내디디며 쿠크리를 든 오른팔을 뒤로 확 잡아 뺐다. 전력으로 밀어 대고만 있던 세 번째 괴물이 그의 바로 옆을 스치며 앞으로 넘어간다. 민구는 마세티를 높이 들어 놈의 뒷목을 내려쳤다.

썽둥—!

부패한 살덩이와 뼛조각이 잘려 나가고, 놈의 머리가 바닥을 데굴데굴 굴렀다. 그사이에 다시 일어난 네 번째 괴물과 다섯, 여섯 번째 괴물이 동시에 달려든다.

도대체 얼마나 더 남은 거냐…….

민구는 얼굴을 찌푸렸다.

태양 그룹 헬리콥터에 탄 놈들이 이쪽을 터놓고 건대로 가는 길목만 지키고 있던 건 다 이유가 있는 일이었다. 제대로 정신이 박힌 놈이라면 절대 이 방향으로 가지는 않을 거라는 확신이 들었던 것이다.

"윽!"

빙글 몸을 회전시키며 스텝을 밟던 민구가 인상을 찌푸린다. 하마터면 발을 헛디뎌 넘어질 뻔했다. 자신의 육체가 정확하게 명령을 따라줄 것이라는 확신이 사라진 지금, 과감한 동작을 하기가 점점 부담스럽다.

이까짓 대여섯 마리를 상대하는 게 이렇게 힘들어서야…….

그리고… 계속 흘러가는 시간이 그의 마음과 칼끝을 점점 더 무겁게 만든다. 배에서 물렸던 놈들이 변하기까지 얼마의 시간이 걸렸었는지… 괴물들과 목숨을 건 싸움을 하면서도 민구의 머릿속 한구석에서는 그걸 계산하고 있었다.

아무리 길게 잡아도 10분은 넘지 않았던 것 같다. 그리고 그 이전에 이미 의식을 잃은 채 토해 댔던 것으로 기억한다.

그러면… 이제 그에게 남은 시간은 단 몇 분밖에 되지 않는다.

그런데 그 삶의 마지막 몇 분이 이 냄새나고 썩어가는 괴물들과 뒤엉킨 채 흘러가고 있다.

남의 피로 칼을 흠뻑 적셨던 그날부터, 언젠가 칼을 쓰다 죽게 될 거라는 각오는 하고 있었지만… 아직 그에게는 해야 할 일이 있다. 저 여리디여린 계집애에게 해줘야 할 말이 있다.

찌이익—

괴물들이 휘젓는 손아귀에 걸려 민구의 트레이닝복이 찢겨 나간다. 민구는 너풀거리는 옷을 벗어버릴 틈도 없이 바쁘게 두 개의 칼을 휘둘러 놈들을 자르고 베었다.

쩍—!

마침내 여섯 번째 괴물의 관자놀이에 마세티를 박아 넣었다. 두개골이 반쯤 열린 뒤에도 괴물은 끝내 민구에 대한 살의를 버리지 못하고, 어떻게든 그를 깨물어보려 달려들며 아가리를 벌린다.

"으윽!"

민구는 놈의 덤비는 힘을 이기지 못하고 뒤로 주춤거렸다. 하지만 아직 져줄 생각 같은 건 없었다.

민구는 중심을 바꾸며 마세티를 밀어 괴물을 바닥에 쓰러뜨렸다. 녀석의 옆머리에 반쯤 박혀 있는 마세티의 칼끝이 하늘에 떠 있다.

콱—!

민구는 마세티의 칼등을 힘껏 밟았다.

까드득! 뿌드득!

녀석의 두개골이 으스러지는 소리가 울려온다.

칵—

민구는 한 번 더 체중을 실어 마세티를 밟았다.

쩌억—!

마세티의 날이 놈의 뇌를 가르고 반대편 두개골까지 닿는다. 그제야 괴물은 버둥거리던 팔다리의 움직임을 멈췄다.

민구는 떨리는 손으로 놈의 대가리에서 마세티를 비틀어 뽑았다. 그러고는 넝마가 되어 너풀거리는 웃옷을 벗어 바닥에 던졌다.

"…으으음!"

태연하게 허리를 펴려던 민구의 입에서 신음 소리가 터져 나왔다. 어지럽다. 그리고… 온몸이 점점 뜨거워진다. 신호가 너무 빨리 왔다.

"…물렸군요."

민구의 등 뒤에서 다가오던 테라가 떨리는 목소리로 중얼거렸다. 민구의 날갯죽지 상처에서는 피가 흥건히 흘러나와 옆구리까지 흠뻑 적시고 있었다.

민구는 옆눈으로 그녀를 돌아보고 힘없이 고개를 끄덕였다. 뭔가 말을 해주고 싶은 것들이 있는데… 혀가 뻣뻣해지고 입술이 딱 달라붙어 떨어지지를 않는다.

"후우우~ 하아~"

테라를 향해 돌아서려던 민구는 비틀거리며 뒷걸음질을 쳤다. 똑바로 서 있기가 너무 힘이 든다. 그는 상가 건물의 벽을 짚은 후에야 겨우 멈춰 설 수가 있었다.

"…가라. 내가… 앞으로 달려가면서 시선을 끌게. 그사이에… 너는 북쪽으로 가. 만약 개들이 쫓아오면… 이걸로 머리를 후려쳐."

마세티를 건네주려던 민구는 잠시 입을 다물고 숨을 골랐다.

지이잉—

머리가 쪼개지는 것 같은 고통이 한차례 휩쓸고 지나간다. 통증이 가라앉고 나서 민구는 다시 말을 이었다.

"이것보다는 더 버텨주고 싶었는데……."

가게 바닥에 털썩 주저앉은 민구는 땀으로 범벅이 된 얼굴에 억지로 미소를 지어 보였다. 그러고는 턱으로 뒤쪽을 가리켰다.

"가. 조금 있으면 또 개를 풀 거다. 그건 내가 잡아줄 테니까."

하지만 테라는 그의 말을 듣지 않았다. 그녀는 민구가 목에 걸어준 울트라마린 나이프를 빼 들었다. 그런 후, 입술을 꽉 깨문 채 그걸로 자신의 왼팔 손목을 그었다. 벌레 한 마리 죽이지 못할 것 같던 '여리디여린 계집애'는 그 순간 한 치의 망설임도 없었다.

피싯―!

그녀의 가느다란 팔목에서 피가 왈칵왈칵 솟아오른다. 그 날카로운 통증에 테라는 온몸을 부르르 떨어 댔지만, 작은 비명도 지르지 않았다. 오히려 민구가 더 큰 소리를 냈다.

"너! 왜 그런 짓을!"

"제발 움직이지 마세요……."

테라는 피가 솟는 자신의 팔목을 민구의 날갯죽지에 가져다 댔다. 그러고는 자신의 피가 더 잘 섞여 들어가도록 민구의 상처를 벌렸다.

"그런다고 해서… 피가 들어갈 리 없어! 뿜어져 나오는 힘이 몇 배나 더 세다고! 너 지혈이나 해!"

민구가 그녀를 밀쳐 내려 들었다. 하지만 테라의 의지는 조금도 흔들리지 않았다.

"어차피 난 상처예요! 그냥 내가 하고 싶은 대로 하게 해주세요! 제발 좀 자세를 낮추고 움직이지 마세요, 아저씨."

그녀는 민구의 옆구리에 바짝 달라붙은 채 오른손에 든 칼로 민구의 물린 자국 안쪽을 한 번 더 그었다. 그러고는 거기에 자신의 상처를 밀착시켰다.

왈칵! 왈칵!

두 사람의 상처에서 솟아오른 피는 민구의 뜯겨 나간 피부 안쪽에 고인다.

테라도 이것이 정말로 이 사람을 치료할 수 있는 방법인지에 대해 아무런 자신이 없었다. 젠킨스는 널 키드의 혈청을 주입하면 물린 사람을 치료할 수 있다고만 했지, 상처 난 곳에 생피를 가져다 대는 경우 어떻게 되는지에 대해서는 말을 해주지 않았다.

자신의 혈액형이 O형이니까 웬만한 사람들에게는 다 수혈을 할 수 있다는 것만 안다.

혈청과 이렇게 흘러나온 피가 어떻게 다른 건지, 그녀는 알지 못한다. 그리고 그의 등을 피범벅으로 만들어놓은 피들이 정말 혈관 안쪽으로 들어가기는 하는 건지도 모르겠다.

어쩌면 이 사람의 말처럼, 이 모든 짓은 그냥 헛수고에 불과할 수도 있다. 하지만… 분명한 것은 이 정도도 해보지 않고 이 사람에게 안녕을 고할 수는 없다는 사실이다.

"그만둬… 빨리 지혈이나 해. 너 그러다가… 쓰러진다. 나는… 이렇게까지 해서 살려야 할 만큼… 하아~ 하아… 가치 있는 인간…이 아니야."

민구가 점점 굳어가는 혀를 간신히 움직여 중얼거렸다. 하지만 이미 그의 몸은 도무지 말을 듣지 않는다. 테라의 팔을 떼어낼 수도, 몸을 벌떡 일으킬 수도 없다. 팔다리에 천 근짜리 추가 달려 있는 것처럼 한없이 무겁고 아득하다.

귀에 전해져 오는 발음이 이상하다. 자신의 목소리를 듣는 것인데도 꿈속처럼 멀고, 메아리가 울린다.

"생명의 은인도 구하지 못한다면, 제 피야말로 아무 가치가 없는 거예요. 그러니까… 아저씨, 꼭 사셔야 돼요."

테라는 특유의 느릿한 말투로 한마디, 한마디 힘주어 말했다. 출혈이 계속되면서 그녀의 팔과 몸은 점점 더 차가워지고, 그와 반대로 민구의 몸은 불덩이처럼 끓어올랐다.

테라는 자신의 상처에서 더 이상 피가 콸콸 흐르지 않는다는 걸 깨달았다.

'한 번 더 그어야 할까?'

테라는 울트라마린 나이프를 쥐고 잠시 망설였다. 지금까지 그녀의 피가 민구의 몸에 얼마나 들어간 건지, 어느 정도 양의 피가 들어가야 면역 체계가 발동하게 되는 건지 전혀 모른다.

그리고… 자신이 흘려도 되는 피의 양이 어느 정도인지도 알지 못한다. 모든 게 다 불명확하고, 그래서 두렵다.

투투투투투투— 후우우우우웅—

그녀가 나이프의 칼날을 다시 들었을 때, 동쪽에서 새로운 헬리콥터의 프로펠러 소리가 커다랗게 울려왔다. 그리고 거기에서 뿜어져 나오는, 눈부시게 강한 빛이 보였다.

지금까지 다른 헬기들에서 비추던 라이트와는 수준이 다른, 밝은 빛이다.

테라는 나이프를 칼집에 넣고 일어섰다. 새로 등장한 헬리콥터의 서치라이트가 선로 주변과 인근의 건물들을 찬찬히 훑으며 가까이 다가오고 있다.

여기에서 더 시간을 끌거나, 그를 내버려 두고 혼자서만 달아

난다면 민구는 저들에게 발견돼 처형당할 것이다.

그건 싫다. 어차피 그녀 혼자서 달아나지도 못한다. 개들은 그녀보다 빠르고 강하다. 그러니 한 사람만이라도 살아남을 수 있는 가능성 쪽을 택해야 한다.

"이거… 여기에 두고 가요."

낑낑거리며 민구의 두 다리를 가게 안쪽으로 밀어 넣은 테라가 그 옆에 젠킨스의 버클과 지도를 놓으며 말했다.

"크흐으~ 으으으~"

민구는 심하게 앓는 소리를 내며 숨을 몰아쉬었다. 온통 핏발이 선 그의 눈과 얼굴을 보고 있자니, 그의 몸이 얼마나 큰 고통 속에서 싸우고 있는 건지 짐작이 된다. 오직 민구의 눈동자만이 그가 아직 의식을 가지고 있다는 걸 알려주고 있다.

그의 눈동자는 테라에게 '그러지 말라' 고 애원하는 중이다.

"만약, 아저씨가 깨어나시면… 저를 구하러 와주세요. 그리고 같이 JL로 가요."

테라는 담담하게 말했다. 진심이었다. 그를 죽음으로부터 막지도 못할 정도라면… 자신은 구세주도, 뭣도 아닌 거라고 생각했다. 그냥 젠킨스가 뭔가 잘못 알고 있었던 거라고… 그렇게 생각했다.

"그렇지만 그때는 또 물리시면 안 돼요. 제 피가 효력이 있는 건 한 번뿐이랬어요."

혹시 또 올지도 모르는 좀비들로부터 민구를 보호하기 위해 가게의 셔터를 내리며 테라가 말했다. 만약 그가 살아난다면, 아나필락시스 진이 될 확률이 월등히 높다.

딱 한 번의 면역. 그 뒤로는 항체가 쇼크를 일으켜 사망하게 된다.

드르르륵—

셔터가 내려지고, 테라는 아직도 피가 뚝뚝 떨어지는 손을 가볍게 흔들었다. 그러고는 지금까지 힘겹게 왔던 길을 되짚어 달려갔다. 그에게서 멀어져야 한다.

"이쪽에 있는 게 확실해? 어떻게 알아?"

1호기에 타고 있는 오 박사가 무전기를 잡고 물었다. 3호기는 곧바로 대답했다.

*— 치이익, 개를 한 마리씩 보냈는데, 돌아오지를 않습니다. 치익, 그렇다고 뛰어다니는 불빛이 보이는 것도 아닙니다. 치이익.*

"그래? 그렇다면 맞는 것 같구만. 어이! 저길 비춰봐! 좀 더 가까이 가보라고!"

오 박사는 대로의 고가선로를 가리키며 1호기 조종사에게 명령했다. 1호기 조종사는 고개를 젓는다.

"베슬이 달려 있어서 저런 데는 가면 위험합니다. 2호기 추락한 거 보셨잖습니까? 베슬이 걸려서 갑자기 확 중심이 기울면, 끊어낼 새도 없이 떨어집니다."

"아, 맞다! 베슬! 그것들을 처리해야지!"

조종사의 말이 오 박사에게 그물 베슬 안에 들어 있는 네 명의 군인을 떠올리게 만들었다. 어차피 테라의 신병을 확보하고 나면 그놈들은 영 껄끄러워지는 존재일 뿐이다.

함께 있는 민간인들까지 싹 다 죽여야 한다는 건 아쉽지만, 이쯤에서 미리미리 처리하고 가는 편이 낫다.

"어이! 2호기 쪽으로 다시 한 번 가! 고도는 아까보다 훨씬 올리고!"

명령이 떨어지기 무섭게 조종사는 헬기의 방향을 틀었다. 아직도 타닥타닥, 불꽃이 피어오르고 있는 2호기 잔해의 상공에 도착했을 때, 오 박사가 말했다.

"베슬 끊어."

조종사는 깜짝 놀라 오 박사를 돌아보았다. 베슬 안에 타고 있는 사람이 스무 명이 넘는데, 이 높이에서…….

"…건대가 바로 근처인데요. 혹시 군인들이 이 근처를 지나기라도 하면……."

"그러니까! 여기로 오라고 한 거야. 저기 우리 헬리콥터도 추락했잖아. 누가 보더라도 괜찮아. 아니, 오히려 좋지. 무리하게 구조하다가 다 같이 사망한 걸로 보이니까 의심 받지 않을 거라고! 뭐해? 빨리하고 선로로 돌아가."

오 박사는 아무렇지도 않은 얼굴로 대꾸했다. 조종사는 잠시 망설이다가 베슬과 헬기 케이블을 연결한 전자석의 전원을 끊었다.

대롱거리며 매달려 있던 그물 베슬은 곧바로 빠르게 떨어져 내렸다.

"으아아아아아!"

베슬 안에 있던 사람들은 갑자기 떨어져 내리는 동안 절망적인 비명을 질러 댔다. 그러나 그것도 잠시. 그들은 몇 초 만에 단단한 콘크리트 바닥에 그대로 내리꽂혔다. 끔찍한 소리가 났다.

"다시 선로로 가자. 근데… 혹시 살아남는 놈은 없겠지?"

참혹하게 뒤엉킨 시체들과 그물 베슬을 내려다보며 오 박사가 물었다. 조종사는 식은땀을 흘리며 고개를 저었다.

"그럴 리가요… 60미터 상공에서 그대로 추락했는데……."

그렇게 조종사가 오 박사의 광기에 소름 끼쳐 하고 있을 때, 무전기에서 흥분된 목소리가 울려왔다.

— *치익, 테라 확보! 테라 확보! 치이익, 반복한다! 테라 확보! 치이익.*

"엉? 어, 어디야! 어디야?"

흥분한 오 박사가 미친 듯이 소리를 질렀다. 그와 함께 그를 태운 헬기는 3호기가 보고한 위치를 향해 날아갔다.

"테라! 테라!"

서치라이트 때문에 대낮처럼 밝혀진 도로 위에 까만 미니 원피스를 입은 테라가 서 있다.

불빛이 눈부신지, 그녀는 한 손을 들어 눈에 그늘을 만들어보려 애를 쓴다. 하지만 어딘가로 달아나려는 기색은 없었다.

셰퍼드를 앞세운 쉐도우 실드 대원들이 그녀의 주변으로 빠르게 접근하는 중이다.

"내려! 당장 여기에 내리라고!"

오 박사는 발정 난 돼지 새끼처럼 고함을 쳐 댔다. 조종사는 위험을 감수하고 자동차들 사이에 헬리콥터를 착륙시켰다.

이 길고 위험했던 밤이 다 지나간 이 상황에서 혹시라도 성질을 건드렸다가 목숨을 걱정하고 싶지는 않았다.

"테라! 테라 씨!"

헬기의 문을 열고 뛰어내린 오 박사는 광기가 가득한 웃음을 터뜨리며 테라를 향해 달려갔다. 그녀의 왼손이 피투성이라는 것을 발견한 오 박사는 지혈을 위해 자신의 허리띠를 풀며 쉐도우 실드 대원들을 밀어 쳤다.

"비켜! 이 새끼들아! 피가 났는데 뭘 하고 있어?"

그녀에게서 울트라마린 나이프를 압수한 뒤에도 여전히 경계를 늦추지 않고 있던 쉐도우 실드 대원이 소리쳤다.

"오 박사님! 아직 접근하시면 위험합니다! 또 한 놈이 있었는데, 아직 그놈의 위치가……."

"죽었어요. 개랑 싸우다가……."

테라는 얼른 말을 지어냈다. 혹시라도 민구의 위치를 파악하기 위해 이놈들이 수색을 계속할까 봐 두려웠다. 하지만 오 박사는 그런 것 따위 아무런 상관도 없었다.

"그래요! 죽었군요! 아쉽네요! 하하하하! 테라 씨! 출혈이 커요! 하지만 걱정 마세요! 제가! 아주 말끔하게 치료해 드립니다! 자, 저와 함께 갑시다! 하하하하하! 아아, 정말 아름답군요! 사랑합니다! 하하하하!"

허리띠로 테라의 팔을 졸라 묶은 오 박사가 손뼉을 치며 몸을 베베 꼰다. 이성을 잃은 미친놈처럼 아무 말이고 나오는 대로 마구 씨부리는 꼴을 보니, 기뻐서 어떻게 해야 할지를 모르겠는 모양이다. 테라는 쓸쓸히 시선을 바닥에 떨궜다.

☢ ☢ ☢

그 모습은 민구에게도 보였다. 환한 빛이 만들어낸 둥근 원 속에 테라가 서 있다. 그리고 악마 같은 놈들이 다가와 그녀를… 헬기에 태운다. 그녀의 슬픈 눈동자가 눈물로 젖어 있다.

너무도 선명한 광경이었다. 민구는 화가 나서 견딜 수가 없었다.

하지만 그건 그의 환상이었다. 그가 고통에 휩싸인 채 경련하고 있는 가게와 테라가 서 있는 곳 사이에는 수십 대의 자동차와 여러 개의 선로 기둥, 그리고 몇 채나 되는 건물의 벽이 버티고 있었다. 도저히 볼 수 없는 각도와 거리다. 그러나 민구는 그것이 환상이라는 것을 깨닫지 못했다.

'으으으음! 이 개새끼들!'

민구는 분노로 가득 찬 욕설을 내질렀다. 물론 그 역시 그의 의식 속에서만 터져 나온 사자후였다.

실제의 그는 고열에 시달리며 차디찬 대리석 바닥에 엎드린 채 미동조차 할 수 없는 상황이었다. 부릅뜬 눈에는 현실과 환상이 빠르게 교차하며 비쳐졌고, 때로는 기억에서조차 지워져 있던 희미한 옛일들도 그 사이에 번쩍이며 끼어들었다.

번쩍!

환상은 그를 열다섯이 되던 해의 봄으로 데리고 갔다.

번쩍!

그때 그는 고아원의 애물단지였다. 원장은 이미 그전부터 민구를 두려워하고 있었다.

번쩍!

그렇게 큰 공연장은 처음이었다. 자줏빛 커튼에 부드럽고 푹신한 좌석! 꿈속의 궁전처럼 호화로웠다.

"오늘 하루만이라도 고아라는 사실을 잊고 다 같이 즐겁게 노래합시다! 여러분을 위해 저 멀리 미국에서 재미교포 어린이 합창단도 와주셨습니다!"

개 같은 사회자 새끼가 소개를 할 때부터 이미 배알이 틀어졌다. 고아들만 잔뜩 모아둔 공연장이 싫었다. 민구는 어린이날 선물이라고 받은 과자 상자를 꽉 움켜쥐고 있었다.

번쩍!

더럽게 잘 차려입은 애새끼들이 차례차례 무대에 오른다. 부러운 꼬마 새끼들! 사람들의 박수 소리! 민구는 더 이상 참을 수가 없었다.

"야이, 개새끼들아! 좆 까! 동정하지 말라고!"

민구는 무대 근처까지 달려가 사회자와 애새끼들을 향해 꼬깃해진 과자 상자를, 집어 던졌다.

번쩍!

하필이면 과자 상자는 개중에서도 어린 계집애에게 맞았다. 까만 머리의 바짝 마른 계집애가 겁에 질려 울음을 터뜨린다. 바로 옆에 서 있던 같은 또래의 계집애가 민구를 노려보았다.

번쩍!

민구는 붙잡으려는 사람들을 피해 극장 밖으로 달려 나왔다. 마음 한구석에 후회가 있었고, 그보다 더 큰 부분에서는 까만 머리 계집애에게 미안했다.

너를 맞추려던 게 아니었어…….

번쩍!

아주 아름다운 여자와 부딪쳤다. 바닥에 뒹군 민구를 향해 여자가 손을 내밀었다.

"괜찮니?"

그녀에게 안겨 울고 싶었다. 그렇게 예쁜 여자는 처음이었다. 내 엄마가 이렇게 생겼으면 하고 늘 기도하던, 그런 여자였다. 하지만 그녀에게는 이미 아들이 있었다. 그녀를 닮아 너무 예쁜 진짜 아들이…….

"삼식아, 너도 일어나."

여자가 자기 아들을 돌아보는 순간, 민구는 견디지 못하고 그 놈을 밀치고 다시 뛰었다.

으아아아아아! 다 죽어버려!

번쩍!

엉망으로 두들겨 맞은 민구는 숨을 헐떡이고 있었다.

이렇게 죽는 거구나…….

역시 다구리에는 장사가 없다. 홧김에 이 동네 건달들을 건드리는 게 아니었는데…….

번쩍!

"살려줄까?"

쥐 상을 한 남자가 물었다. 그는 민구의 손에 짧은 칼 한 자루를 쥐어 줬다.

"다방에 들어가면 입구에 뚱뚱한 남자 앉아 있어. 그 사람 찌르고 와. 그러면 살려주지."

번쩍!
번쩍!
번쩍!

# 5장

# 여명

## 1

본사에 도착한 오 박사는 함께 작전을 수행한 대원들에게 아주 짧은 격려만을 남겼다.

"다들 고생했어. 내일부터 사람 사냥 나가지 않아도 되니까 푹 쉬어. 총기만 반납한 뒤에 하고 싶은 거 있으면 다 해. 마음껏 마시고 회포도 풀어. 여자들은 어디에 있는지 알지?"

손가락으로 땅 밑을 가리키며 웃은 뒤, 오 박사는 곧바로 테라를 엘리베이터에 태우고 자신의 연구실로 데려갔다.

다른 대원들이나 직원들이 중간에 끼어드는 것을 원치도 않았고, 그래서도 안 된다. 천하의 젠킨스가 인정한 이 면역자는 오로지 자신의 것이어야 하고, 자신만의 공로로 독점되어야 한다.

"이해해 줘요. 조금 지저분합니다. 연구만 하느라고 청소에 잘 신경을 안 써서요. 자, 여기 앉으세요.”

오 박사는 테라를 소파 위에 앉히고 테이블 위에 어지럽혀져 있던 서류 더미를 한쪽으로 밀어 치워 버렸다.

에어컨의 온도가 25도로 맞춰져 있는 실내는 시원하고 쾌적했다. 세면대로 걸어가 손을 씻은 오 박사는 의료 도구 상자를 들고 돌아왔다.

“상처부터 봅시다. 귀하신 분이 계속 피 흘리고 있으면 안 되지.”

쫙, 소리가 나게 라텍스 장갑을 낀 오 박사는 테라의 왼팔을 당겨 상처 주변을 닦아냈다. 알코올 솜으로 피딱지를 닦아내고 나니 한 줄짜리 상처가 선명하게 드러난다. 그녀의 붉은 피를 보는 것만으로도 오 박사의 숨결은 거칠어진다.

이 피 속에… 언뜻 보기에는 그저 평범한 인간들의 피와 조금도 다르지 않은 피 속에… 젠킨스가 주목했던 보석이 들어 있다. 저 이기적이고 교만한 천재 사이코패스가 목숨을 걸고 지키려고 했을 만큼 높은 가치의 보석이…….

후후후, 이제 자신의 손안에 들어와 있다.

“다행히 동맥이 다치지는 않았네요. 자기가 그은 건 아니고… 사고였나 보군요. 어휴, 실수치고는 엄청 깊은데… 놀랐겠어요. 왜 그랬죠? 개랑 싸워보려고 그랬어요? 후후후, 안 돼요, 그런 생각 하면… 이 가녀린 손으로 가당키나 한 말입니까?”

그녀의 팔목에 붕대를 감아주며 오 박사는 농담과 질문을 섞어 던지고 웃었다. 자살 시도 따위가 아니라 실수로 베인 거라 확신한 이유는 간단하다. 주저흔이 없다.

인간은 자신의 팔목을 그을 때, 몇 번이고 망설인다. 고통을 두려워해서 핏줄이 잘리지 않을 만큼 얕게 긋고, 좀 더 깊이 칼날을 넣으려다가 실패하는 일을 반복해서 상처 주변을 너덜너덜하게 만들기 마련이다. 한데 이 계집애의 팔목에는 오로지 깊은 한 줄만이 선명하게 그어져 있다.

테라는 대답하지 않고 초점 없는 눈으로 테이블을 응시하고만 있었다. 그녀의 기분을 맞춰주려고 아부를 떨어 대고 있는 오 박사로서는 만족스런 반응이라곤 할 수 없는 태도였다. 오 박사는 짜증을 꾹 누르고 다시 헛웃음을 지었다.

"뭐 좀 드시겠어요? 톱스타께서는 뭘 좋아하시나? 커피? 미네랄워터? 아니면 시원한 맥주도 있는데… 후후후, 뭐든지 좀 드세요. 피를 그렇게 흘리셨으니 영양 보충도 해야죠."

오 박사는 냉장고에서 음료수와 간단한 음식들을 줄줄이 꺼내놓은 뒤, 물을 적신 수건을 가지고 돌아왔다. 그러고는 테라의 맞은편 테이블에 걸터앉아 수건으로 그녀의 얼굴과 목을 닦아냈다. 피와 먼지, 땀이 잔뜩 묻어난다.

"엉망이 되었군요… 하루 만에… 이게 무슨 고생입니까? 처음부터 헬리콥터를 타고 이리로 왔으면 이런 일 없었을 텐데……."

수건을 잡은 오 박사의 손길이 볼 주변을 스쳐도 테라는 별 반응이 없다. 오 박사는 더럽혀진 수건을 옆으로 던져 버리고 그녀의 발에 눈길을 주었다.

무한한 증식과 파괴가 반복되고 있다는 그녀의 새끼발가락 상처를 직접 눈으로 확인하니, 의식하지 않아도 저절로 웃음이 터졌다.

"하하하하, 거기군요. 거길 물렸던 거야! 그렇죠?"

광인처럼 혼자 웃어 대던 오 박사는 갑자기 정색을 하며 담배를 피워 물었다.

"자, 이제 자세히 이야기해 봐요. 그 발가락, 언제 어떻게 물렸고, 어떻게 치료했는지, 그리고 면역은 어떻게 발동하는지……. 그동안 젠킨스와 계속 대화를 나눴잖아요. 날씨 이야기만 하지는 않았을 거 아닙니까?"

오 박사는 고개를 돌려 담배 연기를 옆으로 뿜어내며 말했다. 그때까지 그가 무슨 짓을 해도 인형처럼 앉아만 있던 테라가 처음으로 반응을 보였다.

"…제게 면역이 있다는 걸 어떻게 아셨어요?"

"음… 글쎄요? 뭐라고 할까… 이건 어때요? 테라 씨와 함께 배에 타고 있던 군인들이 말해주더군요."

오 박사는 여유 가득한 얼굴로 뻔뻔하게 둘러댔다. 테라는 고개를 저었다.

"그분들은 젠킨스 씨가 뭘 하던 분인지 몰라요. 제가 발가락을 물렸다는 것도 마찬가지고요."

"그게 중요한가요? 아니에요. 지금 우리에게 중요한 건 미래죠. 비밀로 해왔던 일이 드러나 버렸다는 게 당혹스럽겠지만, 그런 감정은 지워 버려요. 그 대신에… 테라 씨, 우리 함께하고 있는 이 시간을 더 가치 있고 창조적인 걸로 만듭시다. 우리 둘 다 그럴 능력이 있는 사람들이에요."

그가 말해줄 생각이 없다는 걸 깨달은 테라는 입을 다물어 버렸다. 오 박사는 담배를 음미하면서 다시 물었다.

"발가락을 물렸는데, 그 후로 도무지 아물지 않는다는 말이잖아요. 그게 굉장히 특이하더라고요. 우리 쪽에도 면역자가 없는 건 아니지만, 그런 경우는 또 처음 보고되는 거라서요. 후후후, 면역자가 또 있다고 하니까 놀랐나요? 그래요, 언젠가 만나게 해드릴 수도 있어요. 면역자들끼리는 서로를 어떻게 바라볼지도 궁금하군요. 아마 조금씩 징후나 특색이 다른 모양이니까. 그쪽의 경우를 말해주면 우리도 우리 면역자의 이야기를 해드릴게요."

테라는 다시 눈길을 아래로 돌렸다. 이 사람은 엄청 대단한 줄 잘난 체하고 있지만, 실은 면역자의 체계에 대해 아무것도 모르는 모양이다. 그런 사람에게 굳이 세 종류의 면역자와 특색에 대해 말해줄 이유는 없었다.

그리고… 이 사람이 얼마나 높은 지위를 가지고 있는지는 모르겠지만, 어차피 마지막에는 나쁜… 작은 회장이 올 거라고 생각했다. 그녀에게 절대 지워지지 않는 마음의 상처를 줬던 그 작은 회장이… 사실 그가 태양의 실세이니까.

다시는 단둘이 마주치고 싶지 않은 사람이지만, 이렇게 포로가 되어버렸으니 그녀에게 선택권 같은 건 없었다.

"피곤해요… 조금만 쉬었으면 좋겠어요."

테라는 오 박사의 이야기를 끊으며 조용히 말했다. 지방이라고는 없는 오 박사의 흰 얼굴이 일순 경련하듯 꿈틀거린다.

그때, 누군가 문을 두드리며 손잡이를 돌렸다. 물론 자물쇠가 걸려 있었지만, 오 박사는 한숨을 쉬면서 일어나 문을 열어주었다.

"그, 그, 그년 자, 잡아왔다면서? 오! 저, 저, 저기 있네!"

메이저였다. 퀘맨 자국이 부어오르고 보랏빛으로 멍이 들어서 프랑켄슈타인처럼 변해 버린 메이저가 문 안으로 발을 들여

놓으려고 한다. 테라를 데려왔다는 걸 듣자마자 곧바로 달려온 모양이다.

"아, 그래그래. 진정해. 약 기운은? 좀 깼어?"

오 박사는 메이저의 몸을 막아서며 물었다. 메이저는 콧김을 씩씩거리며 대답했다.

"보, 보면 아, 알잖아. 쌔, 쌩쌩해. 저, 저, 저년 좀 빌려줘."

"뭔 소리를 하는 거야? 쟤는 안 돼! 쟤를 왜 잡아왔는지도 몰라? 취했어?"

"아, 아니! 아, 안 죽여! 그냥 재, 재, 재미만 볼 거야. 어차피 피, 피, 피만 쓸 거잖아. 그 피, 피 내, 내가 뽑아줄게! 누, 누, 눈물도 쪽 뽀, 뽑아주고! 아, 아주 고, 고, 고분고분하게 만들어줄게!"

메이저가 거기까지 떠들도록 내버려 두던 오 박사는 그를 밀고 문밖으로 나갔다. 그러고는 문을 굳게 닫은 뒤, 메이저에게 말했다.

"자네, 제정신이야? 쟤한테서 관심 끊어. 내가 살살 비위 맞춰서 알아내야 할 게 많다고. 쟤는 우리 생명줄이야. 생명줄에 톱질을 해서 어쩌자는 거야? 후우~!"

한숨을 내쉰 오 박사는 아까 옥상에서 대원들에게 손짓했던 것처럼 땅 밑을 가리키며 말을 이었다.

"지하에 가면 여자가 천 명은 있어. 그중에 자네 마음에 드는 것들 있으면 다 데리고 올라와서 성질 내키는 대로 해! 몇 명을 죽이든, 어디를 어떻게 때려죽이든 나는 상관 안 할 거야. 하지만 쟤는 안 돼. 절대로! 알겠어?"

"우~ 아, 아쉬운데……."

"아쉬워하지 말고 당장 내려가. 가서 비슷한 애 찾아서 재미 보라고. 비쩍 마른 계집애들 많잖아."

오 박사는 병균을 내몰듯 메이저를 내쫓은 뒤, 다시 연구실 안으로 들어왔다. 테라는 그때까지도 별 표정의 변화 없이 가만히 앉아 있다. 하지만 메이저가 이 방 문을 열고 지껄였던 이야기는 분명히 그녀에게도 들렸을 것이다.

"봤지? 여기는 저런 놈들이 많아."

오 박사는 다시 테이블에 걸터앉으며 두 개비째 담배에 불을 붙였다. 메이저가 다녀간 후, 더 이상의 가식적 연기가 필요 없어졌는지 쉽게 반말이 튀어나온다. 그러고는 그녀에게 고민할 시간을 충분히 주고 나서야 입을 열었다.

"여기가 마음에 들지 않을 수도 있어. 나랑 이야기하는 게 유쾌하지 않을 수도 있고. 그런데 그런 판단을 내리기 전에 분명히 알아둬야 하는 사실은, 이 커다란 건물 전체에서 그래도 내가 가장 인간답게 너를 대해줄 사람이라는 거야. 그러니까… 내가 꼬박꼬박 '씨' 자 붙이고 존댓말 써줄 때 잘해. 계속 이런 식으로 굴면 그냥 저놈한테 넘겨 버릴 거야. 그게 어디에 있더라……."

테이블에서 일어난 오 박사는 책꽂이를 뒤적거려서 서류철 하나를 꺼내왔다. 그러고는 그것을 펼쳐 테라의 앞에 툭, 던졌다.

촤라락—

폴라로이드 사진들이 한 무더기 쏟아진다. 모두 여자의 얼굴을 찍은 사진이었다. 끔찍하게 폭행당한 상처투성이의 얼굴들. 다들 입술이 찢어지고, 뼈가 부러져서 부어올라 있다.

"아까 그 사람 방에 들어갔던 애들 사진이야. 끝내주지? 일단 그 방에 들어가면 그렇게 된 이후에야 나올 수 있어. 그 사람 취미 생활이 그거라서 말이지."

테라는 얼른 사진을 외면했지만, 그녀의 눈에는 눈물이 고였다. 솔직히 두렵다.

왜 이렇게까지 잔인한 사람들이 많은 걸까…….

그녀의 표정 변화를 읽은 오 박사는 시치미를 뚝 떼고 이야기를 계속했다.

"아니면 대원들한테 줘서 마음껏 돌리라고 할 수도 있고. 쓸모없는 인간인데 나 혼자 아까워해서 뭐하겠어? 어딘가에라도 쓸 수 있다면 써야지."

테라의 허벅지 위에 눈물이 뚝 떨어졌다. 그걸 보고 나서야 오 박사는 만족한 표정으로 말했다.

"에이, 테라 씨, 울지 마요. 그건 그냥 가정이에요. 테라 씨가 내게 가치 없는 사람이라고 판명되었을 경우, '이렇게 될 거다' 하는 가정. 테라 씨는 그런 사람 아니잖아. 좀비에 물리고도 살아남은, 엄청 가치 있는 사람이라고. 그렇죠?"

테라는 눈물을 씻고 고개를 끄덕였다. 기분이 좋아진 오 박사는 또 물었다.

"좀비한테 보이지 않는다는 소리도 들었어요. 그것도 사실입니까?"

테라는 또 힘없이 고개를 끄덕였다. 오 박사가 그녀의 손을 잡고 일으켰다.

"자, 그럼 이제 그 두 가지 가치를 증명하러 갑시다. 소문은 무성한데 나는 아직 그걸 직접 본 게 아니니까… 과학자라는 족

속은 이런 게 있어요. 글로만 읽은 건 안 믿어. 직접 실험을 하고 그 결과가 일치하는지를 자기가 확인을 해야 된다고요."

테라를 끌고 복도를 가로질러 걸어간 오 박사는 작은 방의 문을 열었다. 언젠가 파멸의 마녀 년과 함께 미스터 배가 물리는 걸 지켜봤던 그 실험실이다. 오 박사는 대기하고 있던 직원들에게 테라를 소개했다.

"인사들 해. 다들 누군지 알지? 어이, 안쪽 문 열어."

오 박사는 조금도 지체하지 않고 안쪽의 보안용 문을 열고 들어갔다.

그롸아아아—

그와 테라, 그리고 두 명의 직원이 방 안에 들어가자마자 반대편 벽 쪽의 우리에 들어 있는 좀비가 울부짖기 시작했다. 오 박사는 테라의 등 뒤에 서서 그녀의 귀에 대고 속삭였다.

"저 우리 중간에 구멍 뚫린 부위 보이죠? 저기에 손만 잠깐 대봐요. 너무 깊숙이 넣지는 말고 살짝만. 손가락 잘리고 그러는 거는 나도 싫으니까. 왜, 이런 데… 이런 데 있잖아요. 살점이 좀 뜯겨도 다시 자라날 수 있는 부분."

오 박사는 자신의 손날을 가리키며 말했다. 테라가 좀처럼 움직이려 하지 않자 그는 직접 그녀를 잡아끌고 좀비 우리 쪽으로 다가갔다.

그와아악— 가아아악—

사람 냄새가 가까워지자 좀비는 더욱 신이 나서 포효하며 철창을 두들겼다. 아무리 갇혀 있는 상태라고 해도 확실히 무섭기는 하다.

"자, 집어넣으라고요! 왜? 왜 그렇게 버텨요? 면역자라는 거

거짓말이었어?"

테라의 눈치를 살펴보던 오 박사는 그녀의 팔을 우악스럽게 잡고 철창 사이의 구멍을 향해 억지로 내밀었다.

"많이 안 다치게 한다니까요… 살점 조금만 뜯기면 곧바로 치료해 줄게."

오 박사는 뜨거운 콧김을 내뿜으며 테라의 어깨와 팔을 꽉 쥔다. 무섭고 꺼림칙해서 싫지만, 더 버틸 재간이 없어서 테라는 구멍 안에 손을 넣었다.

하지만 좀비는 그녀의 희고 작은 손에 아무런 관심이 없었다. 그저 오 박사와 직원들을 노려보며 철창을 두드릴 뿐이다.

아아… 이런 건가! 이런 게 바로 좀비들에게 보이지 않는 면역자라는 건가… 과연!

상상했던 것보다 더 놀라운 결과와 마주하게 된 오 박사의 숨소리가 더욱 거칠어진다.

이건 진짜 대단하다! 미스터 배 따위 거지같은 면역자와는 비교 자체가 불가한 수준이다.

"…좀 더 깊숙이 집어넣어 봐. 이렇게… 야! 팔에 힘 빼! 내가 하는 대로 따르라고!"

좀 더 확실하게 확인하고 싶었던 오 박사는 테라의 어깨를 거칠게 밀었다. 가느다란 그녀의 왼팔은 팔꿈치 부분까지 좁은 철창 안으로 쑥 들어가 버렸다.

오히려 그녀가 좀비를 밀어 쳐버린 상황!

그래도 좀비는 여전히 테라에게 아무런 관심을 보이지 않는다. 이빨을 박아 넣기는커녕, 시선 한 번 맞추려 들지 않았다.

"하! 하하하하! 이것 좀 봐! 이거! 이게 믿어져? 좀비한테 안 보인다고! 얘가 옆에 있다는 걸 몰라! 마녀, 씨발 년아! 너는 이런 거 있냐? 별것도 아닌 걸로 잘난 척이나 해 대고 말이야!"

오 박사는 박장대소를 하며 미친 사람처럼 떠들어 댔다. 그는 테라의 팔을 다시 잡아 당겨서 철창 밖으로 빼냈다.

"여기 조금 서 있어봐! 잠깐이면 돼!"

테라에게 움직이지 말라고 한 뒤, 오 박사는 직원들만 데리고 방을 빠져나왔다. 안전 도어를 굳게 걸어 잠근 오 박사는 안쪽 방이 보이는 유리 앞에 섰다. 그의 가슴은 아까부터 미친 듯이 뛴다.

"우리 열어봐."

오 박사가 명령했다. 직원이 흠칫 놀라며 되물었다.

"지금 좀비가… 머리에 안전장치도 달려 있지 않은 상황입니다만……."

"알아. 내가 너보다 모를 거라고 생각하지 마. 괜찮으니까 열라고 하는 거야."

오 박사는 평소처럼 싸가지 없이 지껄였다. 직원은 한숨을 내쉬며 우리의 잠금장치를 해제했다.

삐익—

잠금장치가 해제되자 우리 위에 빨간 경고등이 들어온다. 그런 후, 곧 좀비가 철창을 밀어 치고 우리 밖으로 걸어 나왔다.

테라가 벽 쪽으로 주춤거리며 피한다. 하지만 좀비는 그녀에게 눈길 한 번 주지 않고 곧바로 커다란 강화유리를 향해 달려들었다.

쿵—

좀비가 오 박사를 노려보며 유리를 들이받는다. 그러고는 두 주먹을 휘둘러 후려친다. 바로 1미터 옆에 테라가 있는데, 놈은 이 두꺼운 유리 벽 너머의 먹이 생각뿐이다.

면역자의 세계라는 건 무수한 변종들로 이뤄져 있는 모양이다. 대체 무슨 조화인지는 모르겠지만, 시장성이 얼마나 큰지는 잘 알겠다.

"죽인다! 저년 피에서 항체를 추출해 내면 다 이렇게 좀비들에게 안 보이는 사람으로 만들어줄 수 있는 거잖아? 이건 말이지, 그냥 백신 같은 거랑은 차원이 다른 상품이야. 이건… 가만 있어 봐. 이걸 어떻게 광고하지?"

오 박사는 계속 히죽거리면서 고민에 잠겼다. 자신을 마녀로부터 지켜줄 동아줄이라고 생각했었는데, 단순히 그 정도가 아니었다.

이건… 그에게 세계 최고의 부를 안겨줄 만한 무언가다.

이제 그는 더 이상 태양의 노예로 전전긍긍하며 살지 않아도 된다. 더 힘이 센 누군가에게 이런 사실을 알리기만 하면, 남부의 태양 그룹 따위 싹 다 죽여 버리고 그가 총수의 의자를 차지할 수도 있다.

물론 아주 약간의 과장은 필요하다. 그가 이미 이런 종류의 백신을 거의 다 완성했다는 정도의 사소한 과장.

"아하! 그렇게!"

이 대단하고 신비로운 보물을 어떻게 극적으로 알릴 수 있을지 고민하던 오 박사가 손뼉을 짝, 쳤다. 아주 그럴듯한 아이디어가 떠올랐다.

"어이, 식사실에 카메라 설치해 둬. CCTV 말고 더 선명한 걸로. 아, 그리고 진압반 불러서 이 방에 나와 있는 좀비 새끼 다시 우리에 처넣어. 아니면 그냥 죽여 버리든가."

명령을 내린 오 박사는 유리 너머, 아직도 벽에 기댄 채 고개를 숙이고 있는 테라를 보며 씨익 미소를 지었다.

그의 취향은 아니지만, 계집애가 생긴 것도 참 반반하다. 이건 아주… 기가 막힌 그림 하나 뽑아낼 수 있을 것 같다.

ㄹ

여명이 밝아오고 있다. 조금 전까지 암흑 속에 묻혀 있던 건대 쉘터의 윤곽이 어스름 푸른 새벽빛을 받아 점차 선명해진다. 남쪽 게이트가 있던 자리에 수북하게 쌓인 좀비들의 시체도.

"저걸 보니까 새삼 또 아찔하네요."

주차장 안까지 이어진 좀비 시체의 산을 보며 김 중사는 멍하니 중얼거렸다. 저 많은 놈들이 원래 접근하던 대로 북쪽에서 뛰어 들어왔다면, 건대 쉘터는 지금처럼 굳건히 버텨낼 수 없었을 것이다.

지금 그들이 살아서 무사히 서 있을 수 있는 건 장갑차 뒤의 좀비들을 보자마자 차를 끌고 나가 놈들을 남쪽 철책으로 유인해 온 유빈의 기지 덕이다.

"그러니까요. 대체 쟤들한테 몇 번이나 목숨을 빚지는 건지……."

그의 곁에 서 있던 강 소위도 한숨을 내쉬며 고개를 절레절레 저었다. 일단 임수정을 구해준 게 한 번, 고 하사가 좀비들에 쫓길 때 또 한 번, 폭주하는 박 소위로부터 인질들을 구출해 내고, 좀비들에게 휩싸인 건대 쉘터를 구해주고, 하마터면 태양 그룹에 인도될 뻔한 사람들을 살렸고… 그것으로도 모자라서 오늘 또 저 좀비들로부터 여기를 지켜냈다. 이건 무슨… 직업이 '생명의 은인' 인 사람들 같다.

그런데 지금… 그 고맙고도 감사한 친구들에게 정말 암울한 소식을 전해야 한다. 너희가 찾는 사람은 이제 잠실에 없다고… 잠실 쉘터도 이제는 없다고… 어젯밤 너희가 출발한다고 했을 때에는 있었는데, 그사이에 없어졌다고… 그저 좀비들만 가득한 곳이 되어버렸다고…….

아침에 가도 똑같으니, 밝을 때 떠나라고 붙잡았던 강 소위로서는 차마 입이 떨어지지 않는 말이다. 생명의 은인에게 은혜를 원수로 갚는… 그런 꼴이 되어버리고 말았다. 문자 그대로 배은망덕!

말을 어떻게 꺼내야 하는지…….

"어휴~ 돌겠네, 진짜!"

체육관 주변에 모여 앉아 있는 친구들의 얼굴을 물끄러미 바라보다가, 강 소위는 머리를 감싸 쥐었다. 저절로 한숨이 터져 나온다. 그래도 말하는 수밖에 없다. 어차피 곧 알게 될 사실이니까.

"유빈 군, 잠깐 이야기 좀 하고 싶은데……."

절룩거리며 친구들에게 다가간 강 소위는 유빈에게 손짓을 했다. 최대한 침착함을 가장해 봤지만, 그건 쉽지 않았다. 그래서 유빈은 그가 입을 열기도 전에 알 수 있었다. 뭔가 좋지 않은 소식이 있다는 걸.

"여기에서 이야기하시면 안 들릴 것 같아요."

친구들로부터 충분히 멀어졌다고 판단되는 거리까지 걸어온 뒤, 유빈이 말했다. 그렇게 말하는 그의 얼굴도 잔뜩 굳어 있다.

역시 이 친구는 눈치채고 있었다. 강 소위는 입술을 꾹 한 번 깨물고서 어렵게 입을 열었다.

"정말 미안한데… 어젯밤에 잠실 쉘터가 무너졌어."

유빈은 미간을 찌푸렸다. 왠지 그 이야기일 것 같다는 예상은 하고 있었다. 새벽에 갑자기 좀비들을 끌고 달려온 장갑 트레일러, 그리고 강 소위의 이 비통한 얼굴. 여기도 그렇고, 잠실도 그렇고… 많은 민간인들을 모아놓은 곳들은 전부, 이제 버티는 게 한계에 달한 모양이다.

"그러면… 거기에 있던 사람들은요? 그러니까……."

말을 고르려던 유빈은 금세 포기한 듯 톡 까놓고 물어보기로 했다.

"…테라는요? 테라도 아까 저 장갑 트레일러 타고 온 사람들처럼 어디론가 도망친 건가요?"

"그걸 모르겠어. 잠실의 본부에서 테라 한 사람을 꼭 찍어 행방을 챙기거나 하지는 않으니까. 장갑차장에게 물어도 보긴 했는데, 하루 종일 수천 명을 태운 것 같은데, 그걸 어떻게 다 기억하냐고… 부끄럽지만 내가 할 수 있는 말은… 모르겠다는 것뿐이야. 그리고……."

이제 진짜 말하기 어려운 부분이다. 강 소위는 한숨을 또 한 번 내쉬었다. 담배라도 한 대 시원하게 피운 뒤에 좀 말하고 싶은데, 좀비들이 올까 봐 중대 전체가 강제 금연하는 중이니 그럴 수도 없다.

"그… 태양 그룹으로 이송된 사람들도 꽤 되는 모양이야. 용산철로까지 가는 동안에 사망한 사람들도 많고… 그러니까 테라의 생사는 현재… 후우, 확인되지 않아."

말을 하는 동안 강 소위는 자신의 뺨이라도 몇 대 후려갈기고 싶었다. 유빈과 친구들이 어떤 기분일지 그도 잘 알고 있다.

그냥 하루만, 딱 하루만 일찍 잠실로 갔더라면…….

총알을 갚아주고 싶다는 그의 뻘 소리라든가, 내일 해 뜨면 가라는 바보 소리를 듣지 않고 어제 이른 아침에 출발해서 잠실에 도착했더라면… 그랬으면 벌써 테라를 구해내서 돌아왔을지도 모른다는 생각과 함께 원망이 들 수밖에 없다. 만약 자신이 유빈의 입장이었더라도 그랬을 것이다.

"어휴우~"

유빈은 특유의 걱정 가득한 표정을 지으며 무거운 한숨을 내쉬었다.

역시 어제 떠났어야 했나…….

하지만 문제는 그렇게 간단하지 않다. 만일 어제 그들이 함께 싸우지 않았다면… 이곳에 있는 700명의 사람들이 생명의 위협을 받았을지도 모른다.

그러니까 어젯밤을 여기에서 보낸 건… 부정할 수 없을 만큼 꽤나 의미 있는 일이었다. 많은 사람들을 구하고 도왔으니까.

하지만… 테라의 행방을 모른다는 이야기를 제니에게 어떻게 해야 할지… 막막하다. 다른 무엇보다 그녀의 실망하는, 그러면서도 애써 그 실망의 기색을 지우고 태연한 척하는 얼굴을 보고 싶지 않았다.

테라가 면역자이고, 항체를 얻을 수도 있었다는 이야기는 그 다음이다.

“바로 조금 전까지… 테라를 만나면 어떻게 해줄지에 대해서 이야기하고 있었는데…….”

유빈은 제니를 슬쩍 돌아보았다. 여전히 후드를 뒤집어쓰고 수건으로 얼굴을 가리고 있는 그녀. 테라를 구해서 코스트코로 돌아가면, 맛있는 찌개를 해줄 거라고 하며 웃던 소리가 아직도 귓가에 남아 있는데…….

“아! 아야야! 아아!”

주차장에 설치된 야전 의무대.

소독약을 바르는 내내 김 이병은 뒈진다고 고함을 질러 댔다. 결국 고 하사는 치료하던 손을 멈추고 놈의 얼굴을 지그시 노려봤다.

대단한 부상이라면 납득할 수 있겠는데, 그런 게 아니다. 그저 조금 긁힌 거다. 오늘 그가 치료한 모든 부상병 중 가장 경미한 부상이다. 그것도 전투 중에 당한 부상이 아니고, 전투가 다 끝나고 주차장으로 내려오다가 계단에서 굴러 다친 상처다.

“너, 용케 지금까지 살아남았다? 밤톨, 어떻게 애 교육을 이렇게 시켰냐? 아무것도 없는 계단에서 왜 굴러, 구르기를…….”

고 하사는 옆에서 기다리고 있던 밤톨에게 타박을 했다. 김 이병은 부끄러운 기색도 없이 대답한다.

“저 사람 쳐다보다가 그랬습니다.”

"누굴 쳐다봤다고?"

김 이병의 손가락이 가리킨 방향으로 시선을 돌리던 고 하사가 고개를 끄덕였다.

"아아~ 진우! 사격하는 거 봤구나. 그래, 뭐… 누가 보더라도 반할 만큼 멋있기는 하지. 눈이 안 간다고 하면 그게 거짓말이겠다."

"어? 고 하사님, 저 사람 아십니까?"

밤톨도 반가운 얼굴로 물었다. 고 하사가 그렇다고 하자, 밤톨은 고개를 갸웃거리며 또 물었다.

"근데… 저 사람은 소속이 뭡니까? 장비는 군용 장비가 맞는데, 복장은 그냥 등산 나온 아저씨고… 같이 앉아 있는 일행도 별의별 사람이 다 섞여 있고… 뭔지를 잘 모르겠습니다. 민간인에게 개인화기를 지급하셨을 것 같지는 않은데……."

"음, 저 사람들 중에 몇 명이 특수 요원이라고 하더라. 신분은 밝힐 수 없는데, 임무 수행 중에 여기를 지나다가 아주 크게 도와줬지."

고 하사는 강 소위가 쳤던 뻥을 똑같이 말할 수밖에 없었다. 자신이 말하면서도 영 민망하다.

특수 요원이라니… 그런 걸 누가 믿겠나 싶다. 그런데 의외로 이게 통했다.

"우와~ 특수 요원! 쩐다… 어쩐지 멋있더라."

김 이병은 거의 감동한 표정으로 진우에게 시선을 고정시킨 채 중얼거렸다. 고 하사는 김 이병을 옆으로 밀어내고, 다음 부상병을 불렀다. 이번에는 레이저 와이어를 치다가 베인 환자여서 부상 부위가 좀 컸다.

"이거 항생제니까 매일 한 알씩 먹어. 염증 생기면 영 골치 아프다."

정성껏 소독을 끝낸 고 하사는 비닐 지퍼백에 알약을 넣은 뒤, 그 위에 매직펜으로 약의 종류를 적어 줬다. 이래야 아무 약이나 막 집어먹지 않는다.

"저… 그 펜 좀 잠시 빌려도 됩니까?"

김 이병은 고 하사에게 손을 내밀었다.

"빌려도 되기는 하는데, 뭐하려고?"

"특수 요원한테서 사, 사인 받을 겁니다. 하이바에다가!"

김 이병은 얼굴에 홍조를 띠고 대답했다. 고 하사와 밤톨, 그리고 그의 분대원들 전체가 동시에 미간을 찌푸렸다.

"뭔 소리야, 이 미친놈아! 정신 차려! 무슨 연예인인 줄 알아?"

밤톨이 곧바로 만류하려 들었지만, 이미 김 이병은 발동이 걸렸다.

"안 될 거 없잖습니까? 저 사람 사인 받으면 저도 그 기를 받아서 사격 잘하게 될 것 같습니다! 백발백중!"

고문관다운 똘끼로 아무 소리나 씨부린다. 그런데 제 딴에는 그게 무슨 부적이라도 되는 것처럼 생각하는 모양이어서 밤톨은 굳이 더 말리지 않았다.

다들 살고 싶어 하고, 그런데도 매일 생명의 위협을 받고 있다. 그러니 생존 확률을 높여보겠다는 안간힘을 나무랄 수는 없다.

"예의 바르게 잘 말씀드려. 인사부터 하고. 알았지?"

밤톨이 그렇게 말했는데도 김 이병은 건성으로 고개만 끄덕인 뒤, 진우 일행 쪽으로 다가갔다. 잠실에서 무슨 일이 있었는지 까맣게 모르는 친구들은 출발할 준비를 다 마쳐 놓고 강 소위와 유빈을 기다리고 있었다.

"후우우~ 후우우~"

긴장을 풀기 위해 몇 차례나 숨을 몰아 쉰 뒤, 김 이병은 하이바를 벗어 매직펜과 함께 내밀며 고개를 푹 숙였다.

"저, 사인 좀… 부탁드리겠습니다!"

그 황당한 제안에 남들보다 먼저 반응한 것은 제니였다. 제니는 버릇처럼 하이바를 받아 들고, 매직펜 뚜껑을 열며 김 이병과 다정히 눈을 맞췄다.

"그러세요. 성함이……."

그러다가 이내 자신이 지금 변장 중이라는 걸 깨달았다. '사인' 이라는 단어에 기계적으로 반응이 나와 버린 것이다. 민망해하는 제니를 김 이병은 당황스런 표정으로 바라본다.

"저는… 저기 계신 특수 요원한테 사인 요청한 건데요……."

"아… 네! 네!"

제니는 시선을 피하며 진우 쪽으로 하이바와 매직을 넘겨줬다. 이번에는 진우가 황당해졌다.

"저기… 무슨 오해를 하시는 건지 모르겠지만, 저는 사인해드릴 만큼 유명인이 아닙니다……."

'우와, 슈퍼스타다!' 를 연발하는 삼식이와 보안관을 조용히 시키고, 진우가 쑥스러운 얼굴로 대답했다. 김 이병은 단호하게 고개를 젓는다.

"유명인! 그런 거 상관없습니다! 요원님 사격 실력에 완전히 반했습니다. 사인이랑 그 옆에 딱 네 글자만 써주세요. '백발백

중!' 이렇게요! 그러면 저도 기를 받아서 사격을 잘하게 될 것 같습니다! 그래서 살아남아야죠!"

진우는 난감해하면서도 하이바에 또박또박 이름과 백발백중이라는 글자를 써주었다. 한자로 쓰면 좀 더 멋질 것 같았는데, 아무리 머릿속으로 생각을 해봐도 '발' 자가 잘 떠오르질 않아서 그냥 한글로 썼다.

그 별것도 아닌 여섯 글자를 쓰는데 손이 떨린다. 이상한 기분이었다.

"여기요. 사격 잘하시고 건강하세요."

진우로부터 원하던 글자와 사인을 받아낸 김 이병은 몇 번이나 고개를 숙여 인사를 하고 돌아섰다. 빨리 이 멋진 하이바를 쓴 자신의 모습을 밤톨 병장에게 보여주고 싶다.

"어이쿠, 죄송합니다!"

헐레벌떡 뛰던 김 이병은, 이야기를 마치고 돌아오던 유빈과 어깨를 부딪쳤다. 그래도 마냥 좋아서 고개만 꾸벅 숙이고 밤톨이 기다리는 곳으로 뛰어갔다.

"그래그래, 멋있다. 우리 김 이병 좋겠네, 소원 성취해서."

잠시나마 눈 좀 붙여보려던 밤톨은 건성으로 대답하며 손을 휘저어 꺼지라는 신호를 보낸다. 그런데도 김 이병은 오히려 바짝 달라붙어 그에게만 귀엣말을 했다.

"근데, 조 병장님. 저기 말입니다… 히힛, 제니가 있습니다."

"뭐어?"

밤톨은 같잖다는 얼굴로 녀석을 노려보았다. 김 이병은 눈을 크게 뜨고 고개를 주억거린다.

"진짭니다! 저기 저 여자, 저 수건 쓴 여자 말입니다. 저 여자, 제니입니다."

김 이병은 누가 들으면 큰일 난다는 듯 목소리를 낮춰 은밀히 말하며 히죽거렸다. 밤톨은 녀석의 코를 쥐고 흔들었다.

"지랄하시네… 야, 내놓은 게 눈밖에 없는데 뭘 보고 그딴 소리를 지껄여? 남들이 들으면 너 비웃어, 이놈아!"

"아니, 조 병장님은 가까이에서 눈동자를 마주 보고 목소리를 들어도 제니를 못 알아보십니까?"

김 이병이 진지하게 물었다. 잠시 생각해 보던 밤톨도 고개를 저었다.

"아니지, 그럴 리가 없지. 네 말이 맞아, 당연히 알아볼 거다. 근데… 왜 저렇게 꽁꽁 싸매고 있지? 야, 매직펜 내놔봐. 저기 분위기 어때? 사인 잘해주디?"

"밝은 분위기였습니다. 다들 엄청 웃고 친절하고."

"근데 넌 왜 제니 사인은 안 받았냐?"

밤톨의 질문에 김 이병은 단호한 표정을 지었다.

"전 테라파지 말입니다!"

"그래? 그럼 나도……."

밤톨은 하이바를 벗어 들고 제니를 향해 걸었다. 제니… 마음속 깊이 간직한 그의 연인. 그녀가 바로 1미터 앞에 있다. 물론 테라도 좋지만, 아까는 너무 긴박했다.

하루 만에 테라와 제니, 둘을 실물로 가까이에서 본다는 건 정말 흔치 않은 행운이다. 기념으로 사인 하나 정도는 꼭 받아야겠다.

"저… 실례합니다."

밤톨은 조심스럽게 말을 걸었다. 그런데… 일행들의 분위기가 어째 아주 심각하다. 잘 웃는다고 분명히 김 이병이 그랬는데… 전혀 그렇지 않다. 그래도 여기까지 와서 말도 꺼내보지 않고 물러나기는 싫었다.

"죄송합니다. 저희가 지금……."

제지하려고 일어났던 진우가 말을 맺지 못한다. 밤톨의 하이바 안쪽에 소중하게 붙어 있는 핑크 펀치의 사진을 보았기 때문이다. 이 사람은 진우가 아니라 제니의 사인을 받으러 왔다.

어떻게 알게 된 건지는 모르지만, 진우는 그를 말릴 수가 없었다. 저 작은 사진 한 장이 지옥 같은 생활에서 버텨내는 데 얼마나 큰 힘을 주는지 진우는 아주 잘 안다.

그 역시 혼자서 여행을 하는 내내 하이바 안쪽의 핑크 펀치를 보며 매일 잠을 청했었으니까.

"아… 좀 곤란하신가요? 제니 씨가 계시다는 걸 듣고 왔는데……."

밤톨은 민망해하며 한 걸음 뒤로 물러났다. 제니는 목소리를 가다듬고 헬멧을 달라고 손을 내밀었다. 아까 그 병사와 눈이 마주쳤을 때 아차 싶더니, 결국 정체가 드러난 모양이다.

테라가 실종된 건 슬픈 일이지만, 그 불행을 이 병사가 나눠 짊어질 이유는 없으니까.

"아니요, 괜찮아요. 성함이……."

하이바를 받아 든 제니가 갑자기 흡, 하고 울음 섞인 소리를 냈다. 안쪽에 붙은 사진, 자신의 옆에서 환하게 웃는 테라… 그걸 보는 순간, 애써 진정시켜 왔던 감정이 격해져 버렸다.

"죄송합니다! 제가 괜히… 무슨 일이신지 모르지만, 마음 푸세요. 제 딴에는 좋아서 그랬던 거니까… 어젯밤에는 테라 씨를 봤는데, 오늘은 제니 씨가 여기 계시다고 하니까, 그게 저한테는 대단한 행운인 것 같아서 그랬습니다. 사인은 안 하셔도 됩니다!"

"잠깐만요. 지금 뭐라고 했어요?"

보안관이 물었다. 밤톨은 멍하니 그를 보고 대답했다.

"사인은 안 하셔도 된다고……."

"아니, 그게 아니라요! 그전에! 테라를 만났다고 했지 않았어요? 어젯밤에 만났다고?"

흥분한 보안관의 목소리가 커진다. 밤톨은 고개를 끄덕였다.

"네, 어젯밤에… 테라 씨는 잠실 쉘터에 계셨거든요. 아, 지금은 용산철로 어딘가로 이동하셨겠네요. 제가 본 게 이동하기 직전이었으니까."

"테라, 이동했어요? 무사히 이동…했어요?"

제니가 그의 손을 꼭 잡으며 물었다. 눈물이 그렁거리는 그녀의 눈에 홀려서 밤톨은 말을 더듬었다. 꿈에서만 보던 제니의 느낌과 꼭 같긴 한데, 얼핏얼핏 쉰내가 좀 난다.

"그, 그럴 겁니다! 거의 확실해요! 그… 같이 이동하시는 일행분 중에… 엄청 센 분이 있었거든요. 아… 물론 진우 요원님만큼은 아닙니다. 하여튼 그분이 무사히 지켜줬을 겁니다. 네!"

친구들의 표정이 극적으로 바뀌었다. 제니는 밤톨에게 기쁨의 사인을 해주며, 테라 이야기를 좀 더 해달라고 부탁했다.

그사이 유빈은 강 소위에게 뛰어갔다. 용산철로를 향해 출발하는 첫 트레일러에 자신들을 태워 달라고 하기 위해서다.
이제… 만날 수 있다!

⁂ ⁂ ⁂

철컹! 철컹!
그롸아아아—
철컹!
꾸에에에—!
소리가… 들린다. 귀가… 윙윙 울려 댄다.
감각은 그쪽에서부터 돌아왔다. 너무도 시끄럽고 부산스러워서 민구의 의식이 조각을 맞춰 나가는 속도가 조금씩 빨라졌다.
청각 다음으로 돌아온 감각은 시각이었다. 굳게 감고 있는 눈꺼풀 안쪽에 붉은 햇살의 기운이 비쳐 든다.
민구는 아주 천천히 눈을 껌뻑였다. 눈꺼풀과 안구가 아주 뻑뻑해서 눈을 반쯤만 뜨기까지도 꽤나 시간이 필요했다.
그렇게 된 이후에도 의식은 아직 정상적으로 작동하지 않았다. 그저 감각에 자극이 느껴졌을 뿐이다.
철창이 울리고… 볕이 비쳐 들고… 뭔가가 울어 댄다. 아주 시끄럽게…….
목이 마르다. 팔다리가 쑤신다. 그리고 머리는 깨지는 것 같다. 불편하다. 대리석 바닥에 닿아 있는 맨살에서 차가움이 느껴진다.
여기가… 대체… 어디지? 누가 저것 좀… 조용히 시켜라…….

"음!"

민구는 눈을 번쩍 떴다. 이 상황이 뭔지 조금이나마 깨달은 것이다.

괴물이 울어 대고 있다!

민구는 몸을 벌떡 일으켜 소리가 나는 쪽을 돌아보았다.

철컹! 철컹!

세 마리의 괴물이 셔터에 몸을 부딪쳐 오고 있었다. 그럴 때마다 셔터는 세차게 파도치며 요란한 쇳소리를 울려 댄다.

일단 안전하다는 것을 확인한 민구의 눈동자가 빠르게 흔들렸다. 그는 우선 두 자루의 큰 칼부터 집었다. 하지만 아직도 여기가 어딘지조차 잘 모르겠다.

"이건……."

바닥에 떨어져 있던 지도와 그것을 눌러놓은 커다란 버클을 보고 민구가 혼잣말을 중얼거린다. 그것이 기제가 되어 기억과 의식이 하나씩 제자리를 찾아 돌아오기 시작한다.

"…살아남은 건가……."

민구는 다시 주변을 둘러보았다. 환상과 함께 뒤섞여 버린 바람에 연기처럼 뿌예진 기억이 맞았다.

테라는… 여기에 없다. 그를 치료하기 위해 피를 나눠 주고… 그리고 태양 그룹 놈들에게 스스로 걸어가 잡혀 버렸다.

헬리콥터에서 내려 쏘는 환한 빛 속에 슬픈 얼굴로 서 있던 그녀의 모습…이 기억난 시점에서 민구는 이를 부득 갈았다.

"으으음! 쿨럭! 쿨럭!"

바짝 말라 있던 목에서 기침이 터져 나온다. 민구는 마세티로 땅을 짚고 비틀거리며 일어났다. 어젯밤 무슨 가게인지도 모르고 무작정 쓰러졌던 곳은 작은 부동산 중개소였다.

민구는 입구에 놓여 있는 정수기 쪽으로 걸어갔다. 위에 꽂힌 물통에는 아직도 물이 반 이상 남아 있다.

콰창—!

그롸아아아! 끄롸악—!

셔터 너머의 괴물들은 한층 더 시끄럽게 치댄다. 민구는 놈들을 한 번 노려보고 나서 정수기의 노즐을 눌러 손바닥에 물을 받았다. 그러고는 정신없이 마셨다.

조금 곰팡이 냄새가 나기는 했지만, 급한 갈증을 속이는 용도로 채우기에는 충분했다.

"푸우우!"

민구는 얼굴과 머리에 물을 뒤집어쓰고 피와 먼지, 그리고 아직도 달라붙어 있는 뜨거운 열기를 씻어냈다. 물줄기가 목덜미를 스치고 지나니 의식은 조금 전보다 훨씬 더 또렷해졌다.

얼굴의 물기를 훔쳐 낸 민구는 거울에 자신의 등을 비춰보았다. 아직도 피딱지가 남아 있는 날갯죽지의 상처… 거기 흐른 피의 7할은 테라에게서 나온 것이다. 그리고 그녀의 피가 그를 죽음으로부터 꺼내왔다.

"젠장……."

민구는 미간을 찌푸리며 욕설을 내뱉었다. 그녀의 말이 기억나 버렸다.

"만약, 아저씨가 깨어나시면… 구하러 와주시면 되잖아요. 그리고 같이 JL로 가요."

이렇게 숨을 쉬고 있으면서도 믿기지 않기는 하지만, 정말로 깨어났다. 그러니 이제 그녀를 구하러 갈 차례다.
얼마나 시간이 지난 걸까…….
팔목의 미키마우스 시계는 다섯 시를 가리키고 있었다. 족히 한 시간은 뻗어 있었던 모양이다.
민구는 천천히 손끝을 움직여 봤다. 손가락들이 뜻대로 따라주는 걸 확인한 후엔 팔을 돌려봤다. 그러고는 허리와 다리를, 목을 움직였다.
머리통이 깨질 듯 아프다는 걸 제외하고는 모두 다 정상이다. 신기하게도…….
"JL……."
민구는 테라가 남기고 간 버클과 지도를 집어 들었다. 그러고는 그걸 바지 주머니에 넣었다.
툭—
버클은 곧바로 바닥에 떨어져 내렸다. 트레이닝 바지의 주머니가 뜯어져 있다. 양쪽 다. 웃옷은 입고 있지도 않았으니 주머니도 없다.
민구는 일단 두 물건을 가방 안에 집어넣었다. 그런 후, 가방을 옆으로 비껴 멨다. 이제 나갈 시간이다.
"그만 치대, 이 새끼들아!"
민구는 오른발을 셔터의 틈에 끼워 넣고 힘을 주어 차올렸다.
차르르륵—
셔터는 빠르게 올라간다. 민구는 한 발 뒤로 물러나며 마세티를 치켜올리고, 쿠크리로 앞쪽을 비스듬히 겨냥했다.

그롸아아아—

셔터가 들리자마자 기다리던 괴물들이 달려든다. 민구는 세차게 마세티를 내휘둘렀다.

카작—!

무력한 자신에 대한 분노가 마세티의 칼끝에 실려 괴물의 대가리를 매섭게 때렸다. 두개골이 박살 난 괴물의 시체를 훌쩍 피하며 민구는 쿠크리를 내질러서 두 번째 놈의 목을 깊숙이 그었다. 그런 후, 칼을 빼내며 뒤돌려 차기로 덜렁거리던 놈의 머리통을 날려 버렸다.

세 번째 괴물이 아가리를 벌리고 달려든다. 민구는 마세티를 세차게 내리그었다. 녀석의 목뼈와 쇄골이 부서지면서 대가리가 한쪽으로 기운다. 민구는 그 틈을 놓치지 않고 무방비로 열린 채 꺾인 놈의 반대편 목을 쿠크리로 찍었다.

카각—!

근육과 힘줄이 잘려 나간 채 대롱거리는 괴물의 머리. 민구는 한 발을 내디디며 백핸드로 마세티를 휘둘러 놈의 뒷목을 잘라 냈다.

툭!

데구루루루—

바닥을 구르는 괴물의 머리. 민구는 그 바로 옆을 걸어 가게를 빠져나왔다. 가게 두 개를 더 지났을 때, 남자 정장을 파는 옷가게를 만났다. 예전에 그가 입던 것만큼 비싸고 좋은 옷은 아니지만, 그래도 넝마가 된 트레이닝복 바지보다는 백배 나을 터였다.

쨍그렁—!

마세티로 유리를 깨고 가게 안으로 들어간 민구는 마네킹이 입고 있던 여름 정장을 통째로 벗겨냈다. 그러고는 벨트의 버클을 테라가 남기고 간 것으로 바꿔 끼웠다. 웃옷 안주머니에 지도를 소중히 넣고 단추까지 잠근 민구는 다시 가방을 메고 걷기 시작했다.

와이셔츠에 닿자 겨드랑이의 상처가 가볍게 따끔거린다. 그 정도의 고통은 좋다. 뭘 해야 하는지 계속 상기시켜 주니까.

"여기에서 잡혀 갔군……."

사거리를 지나다 바닥에 떨어져 있는 울트라마린 나이프를 발견한 민구는 눈을 가늘게 뜨며 그걸 주워 올려 목에 걸었다.

이미 선물했던 물건이니까 다시 주인에게 돌려줄 것이다. 이 칼의 날에 묻어 있는 피의 주인에게… 꼭 돌려줄 것이다.

민구는 테라, 그리고 젠킨스와 함께 걸어왔던 길을 되짚어 한강 산책로로 나왔다. 다른 곳을 헤매다가는 길을 잃을 것 같아서, 아예 한강을 따라 걸어가는 편이 나을 거라고 판단했다.

"후우우~"

용산까지는 꽤나 멀었다. 적어도 10킬로미터 이상. 터벅터벅 걸어가는 동안 민구는 길가의 가게에서 꺼내 온 생수로 갈증을 달랬다. 아직 새벽인데도 햇살이 어지간히 강렬하고, 기온은 순식간에 뜨거워졌다.

크르르르릉―

서울 숲의 입구에 도착했을 때, 등 뒤에서 요란한 소리가 들려왔다. 민구는 걸음을 멈추고 뒤를 돌아보았다.

장갑차다.

아지랑이가 피어오르기 시작한 산책로를 따라 트레일러를 매단 장갑차가 달려오고 있다.

〈『좀비묵시록 82-08』 제17권에서 계속〉

# 좀비묵시록
# 82-08

1판 1쇄 찍음 2016년 9월 7일
1판 1쇄 펴냄 2016년 9월 20일

지은이 | 박스오피스
펴낸이 | 정 필
펴낸곳 | 도서출판 **뿔미디어**

기획 · 편집 | 문정흠

출판등록 | 2002년 9월 11일 (제1081-1-132호)
주소 | 경기도 부천시 원미구 소향로 17번길(두성프라자) 303호 (우) 14544
전화 | 032)651-6513 / 팩스 032)651-6094
E-mail | bbulmedia@hanmail.net
홈페이지 | http://bbulmedia.com

**값 8,000원**

ISBN 979-11-315-7406-5 04810
ISBN 979-11-315-6934-4 04810 (세트)

※파본은 구입하신 서점에서 교환하여 드립니다.

www.bbulmedia.com

www.bbulmedia.com